Waldesecke

Felix Ritter

Waldesecke

Spurensuche nach einer Jugend in Kriegs- und Nachkriegszeit

(1941-1953)

© 2003 Felix Ritter
Herstellung und Verlag: Books on Demand GmbH, Norderstedt
ISBN 3-8334-0287-3

Inhalt

Worte	9
Warum ich über mein Leben berichte	11
Büren, der Ort vor der Bröke	15
1 Entscheidung im Hunsfeld	18
2 Neuanfang	22
3 Lateinfabrik	22
4 Stundentafel im Einmannbetrieb	23
5 Pauken und ein bisschen jung sein	25
6 Ungleiche Brüder	27
7 Schießübungen	31
8 Schreck in der Schulstunde	33
9 Gefangenenlager mit Hintertür	34
10 Schusters Jans	37
11 Fisimatenten	39
12 Gespensterspiel	43
13 Heldenmacher	44
14 Aufbruch zum Nabel der Welt	45
15 Im Kasten	47
16 Ein schwarzer Sonntag	50
17 Koppers Mariechen	51
18 Schule im Abwärtstrend	52
19 Spatenkult	53
20 Atempause	59
21 Blaugrau mit Vogelschwingen	60
22 Chateau Rothschild	63
23 Exodus	66
24 Feindberührung	68
25 Umschulung	71
26 Feuertaufe	73
27 Fronteinsatz	74
28 Der Durchbruch	76
29 Lungern und Hungern	79
30 Arbeitseinsatz	81
31 Fliegendes Kommando	83
32 Strafarbeit	85
33 Farbe bekennen	88

34 Fahrt ins Ungewisse	90
35 Gedränge hinter Stacheldraht	92
36 Latrinenparolen	93
37 Schüsse in der Nacht	94
38 Freiwillige vor	96
39 Medical Supply	97
40 Augenverklärung	98
41 Do you like Hitler?	101
42 Experimente	102
43 Ein Wiedersehen	104
44 Rosa Himmelbett	105
45 Switchboard Operator	106
46 Der Krieg ist aus	109
47 Ein Stückchen Himmel	110
48 Anfechtungen	112
49 Auftritte	114
50 General Hospital II	115
51 Verordneter Platzwechsel	119
52 Lichtblicke	121
53 Wachsende Freiheiten	122
54 Bildungsangebote	123
55 Entlassungsträume	124
56 Reiz des Verbotenen	125
57 Aufbruchsstimmung	127
58 Inneneinsichten	131
59 Endstation	132
60 Gebremstes Glück	133
61 Heimwärts	138
62 Home, sweet home	142
63 Feiertage	147
64 Ehrengäste	150
65 Unna kommt	152
66 Balkenbrand	154
67 Schnupperfahrt	155
68 Späte Jugend	156
69 Theaterpläne	159
70 Küsterdienste	161
71 Aufbruch	163

72 Auf glattem Parkett	164
73 In Präses' Hand	166
74 Familienanschluss	169
75 Kalte Herberge	172
76 Abschied auf Raten	174
77 Fahrschüler	175
78 Arbeitsnischen	180
79 Abendgeschichten	181
80 Harte Währung	185
81 Auf großer Fahrt	187
82 Ein Vetter in der Fremde	193
83 Am Schwäbischen Meer	195
84 Rückfahrt zu zweit	197
85 Fiffi, Netti und Wolf	200
86 Besuch in Velbert	204
87 „Pilgerfahrt": Kölner Impressionen	206
88 Die saubersten Mädchen Deutschlands	209
89 Rheinromantik	210
90 Schwitzen und schwimmen	212
91 Das Ehlen-Schaf	214
92 Goethes liebliche Töchter	216
93 Stenokurs und Seelenwäsche	217
94 Schulstress	218
95 Die Schlacht an den „Thermopullen"	219
96 Freudenfeuer	221
97 Höhenluft	222
98 Grün ist Leben	223
99 Von der Muse geküsst	227
100 K.O. im Festzelt	229
101 Herbststräuße	232
102 Marienminne	234
103 Glückssuche	237
104 Wo die Nachtigall singt	238
105 Schmalspur-Studenten?	240
106 Homo ludens	241
107 Aus Erde gemacht	242
108 Die Sprache der Zukunft	245
109 Zehnkämpfer	246

110 Nach den Sternen greifen	251
111 Literatur-Verschnitt	253
112 Klausurtage	255
113 Gott lebt	257
114 An hellen Tagen	261
115 Gehversuche	263
116 Ein Fenster in die Welt	265
117 Letztes Spiel	267
118 Heideblumen	270
119 Alter Plunder?	271
120 Schöne, kleine Welt	273
121 Ausblick	275

Worte

Mit den Worten kann man spielen,
hören kann man sie und fühlen.
Liebe Worte machen Mut,
böse bringen mich in Wut.

Leise Worte, hingeflüstert,
Tuschelworte, hingewispert.
Worte, klar wie Diamant,
Worte, hingestreut wie Sand.

Mutterworte, mir gesungen,
Wort des Vaters, nie verklungen.
Wort macht Frieden oder Krieg,
Wort bestimmt Verlust und Sieg.

Wortgeklingel, Wortgeklapper,
Trommelfeuer, Wortgeplapper.
Taube Nüsse; hohl und leer.
Worte, tief und inhaltsschwer.

Fensterworte, die beglücken,
hoffnungsvoll hindurchzublicken.
Mauerworte, grob und hart,
Worte, liebevoll und zart.

Herrenworte, Demutsworte,
tausend Worte aller Sorte.
Worte können Waffen sein,
spitze Nadeln, dünn und fein.

Worte, die die Welt ergründen,
immer suchen, selten finden.
Fänd ich doch das Zauberwort,
wäre jeder Zweifel fort.

Worte werden dich geleiten,
deinen Lebensweg begleiten.
Worte, die du nicht vergisst,
Wort, das Sinn des Lebens ist.

Wort am Anfang und am Ende.
Letztes Wort in Gottes Hände.
Der das All zusammenhält,
kam als W0RT in diese Welt.

Warum ich über mein Leben berichte

Wie ein Pflänzchen, das durch Wärme und Licht aus dem Boden gelockt wird, wage ich es, nach ermutigendem Zureden meiner Familie und einiger Freunde, einen für mich wichtigen Lebensabschnitt aufzuschreiben und zu veröffentlichen. Das schriftliche Ichsagen ist mir nicht fremd. Ungewöhnliche Ereignisse habe ich seit meiner Jugend festgehalten. Jetzt kann ich sie mit verwerten. Spektakuläres ist nicht zu erwarten, wohl aber eine um Ehrlichkeit bemühte Darstellung. Meine Geschichte kann nicht ohne weiteres als glänzende Erfolgsstory herhalten nach dem Motto: "Seht mal her, da hat ein einfacher Bauernjunge genau gewusst, wo es langgeht." Nein, es gab Höhen und Tiefen, fester Boden wechselte mit schwankendem Grund. Dankbar bin ich, den „roten Faden" auf meinem Lebensweg nie ganz aus den Augen verloren zu haben.

Das Haus Waldesecke, mein Elternhaus, in dem ich eine gesicherte und gar nicht langweilige Kindheit und Jugend verbrachte, soll meinem Rückblick auf zwölf Jahre als Titel dienen. Wie an unsichtbaren Fäden zog es mich während der Jahre, die ich beschreibe, immer wieder dorthin. Als mir der Weg versperrt war, beschwor ich mit Briefen die Waldesecke in meine Nähe und auch heute habe ich diesen Ort nicht aus meinem Denken, Erinnern und Sehnen entlassen. Dass das Erscheinen meiner Lebensrückschau mit dem 100-jährigen Bestehen der Gaststätte Waldesecke zusammenfällt, ist eher zufällig, kann aber die aus solch denkwürdigem Anlass zu erwartenden Feierlichkeiten unterstützen und bereichern.

Mehrere Absichten verfolge ich mit der Niederschrift meiner Erinnerungen: Ich will von dem unerhörten Glück reden, durch den geistlichen Rektor und Privatlehrer Adolf Lücke in Büren weg von dem toten Geleise, auf dem ich mit 14 Jahren nach meiner Schulentlassung stand, auf eine neue Schiene gesetzt worden zu sein. Er hat mich auf einen Weg gebracht, von dem ich ernsthaft nicht mehr abgewichen bin. Meinen Dank drücke ich stellvertretend aus für die mehr als 250 Schüler, denen in Wettringen, wo Lücke eine sechsjährige Kaplanszeit verbrachte

und in meinem Heimatort Büren durch seine Hilfe ein neues Ziel gewiesen wurde.
Ich schreibe dieses auch, um mir ein Bild von mir selbst machen zu können. Alle Gedanken führen mich immer wieder auf den Kristallisationspunkt meines Lebens zurück: die Soldatenzeit und die zwei Jahre meiner Gefangenschaft. Diese Jahre sehe ich nicht als verlorene Zeit an. Sie waren eine Lebensschule, in ihrer Intensität mit keiner anderen Phase in meinem jungen Leben vergleichbar. Zu keiner Zeit und nirgendwo habe ich stärker zu mir selbst und zu Freunden gefunden als bei meinem Einsatz als Sanitäter an der Front und in den verschiedenen Gefangenenlagern. Die Zuverlässigkeit der Menschen stand hier auf dem Prüfstand, mehr als im normalen Leben. Ich weiß, dass viele ihre Militärjahre als gestohlene Zeit betrachten, was im Grunde ja auch stimmte. Mein besonderes Glück mag gewesen sein, dort auf wertvolle Menschen zu stoßen.
Die nachfolgenden Schuljahre zähle ich als weitere prägende Zeit hinzu. Als Spätentwickler kann ich sagen: Die zwölf Jahre vom 15. bis zum 27. Lebensjahr haben mich am stärksten geformt. Vieles habe ich gemeinsam mit meiner Generation, die einen katastrophalen Zusammenbruch weltgeschichtlichen Ausmaßes durchlitt.
Für die nachwachsenden jungen Menschen mag manches des von mir Geschilderten wie eine Sage aus einer längst versunkenen Welt klingen. Vielleicht entdeckt hier und da jemand aber auch Vertrautes in meinem Suchen und Finden, in den jugendlichen Unklarheiten, die sich im günstigen Fall zu Überzeugungen wandelten, zu Erfahrungen und Deutungen führten, die mir heute noch sinnvoll erscheinen und mich tragen. Es ist leicht zu sagen, unsere Generation habe es schwer gehabt. Stimmt das wirklich und ausschließlich? Hat nicht die heutige Jugend es schwer, zwischen dem Vielerlei der Angebote, den Verlockungen und Ansprüchen zu wählen?
Es gibt weitere Gründe, die mich zum Schreiben veranlasst haben:
Meinen Eltern und der Familie, in der ich aufgewachsen bin, möchte ich danken. Jedes der sieben Kinder fühlte sich vollkommen geborgen und angenommen. Ein großer Harmoniebogen

spannte sich wie ein schützendes Dach über uns und schloss geschwisterliche Eifersüchteleien fast gänzlich aus. Rückblickend wundert mich das; denn für meine vier Schwestern hätte es Grund genug zu Missgunst und Neid gegeben. Ihnen blieb der Weg zu einem Beruf trotz guter Begabung versperrt. Ihre Arbeitskraft wurde im Haus und auf dem Feld gebraucht. Lediglich ein Ausbildungsjahr in einem fremden Haushalt gestand man ihnen zu. Diese gängige Regelung ist in all den Jahren als selbstverständlich angesehen und klaglos hingenommen worden wie ein Naturgesetz. Unser familiärer Zusammenhalt war zuverlässig und durch nichts zu erschüttern. Bis heute spiegeln die regelmäßigen Zusammenkünfte der inzwischen alt Gewordenen die harmonische Eintracht der Kinder- und Jugendjahre wider.

So gut das Zusammenleben in der Familie auch klappte, vieles blieb doch auch ungesagt, wurde verschwiegen. Erzählfreude herrschte eher bei den angenehmen Dingen, Unangenehmes, Problematisches wurde verdrängt und unter der Decke gehalten. Gern hätte ich von meinem Vater Erlebnisse aus seiner Soldatenzeit während des ersten Weltkrieges gehört. Einige Male wurde er verwundet. Er sprach nicht darüber, behielt seine Geschichten für sich. Vielleicht haben wir ihn nicht nachdrücklich genug aufgefordert, uns davon zu erzählen.

Ebenso sparsam wie mit Worten war man mit Zärtlichkeiten. Liebkosungen wurden nicht gewagt. Eine Umarmung durch die Eltern war die große Ausnahme. Überhaupt war jeglicher Körperkontakt verpönt. Auch die Eltern scheuten sich, sichtbare Zeichen der Zuneigung vor den Augen der Kinder auszutauschen.

Gelesen wurde in unserer Familie wenig. Entsprechend mager war auch der Vorrat an Kinderbüchern. In Erinnerung geblieben sind mir der Struwwelpeter von dem Frankfurter Arzt Heinrich Hoffmann und die Max und Moritz- Streiche von Wilhelm Busch. Mutter sang Kinderlieder und betete mit uns. Vater war auch hier zurückhaltend. Gelegentlich sang er einem von uns, der in einer günstigen Stunde auf seinem Knie reiten durfte, ein Lied, das aus seiner Schulzeit oder der Soldatenzeit

herrühren mochte, etwa sein Lieblingslied „Ich hab mein Herz in Heidelberg verloren."
Gefragt werde ich, warum ich gerade jetzt Rückschau halte. Es liegt wohl daran, dass Erinnerungen im Trend liegen. Bekannte Größen finden damit ein breites Publikum, aber auch gewöhnliche Mitmenschen schreiben Memoiren und begnügen sich mit einem kleineren Leserkreis. Denkmäler werden errichtet, Jubiläen gefeiert. Kurzum: Das individuelle und kollektive Erinnern hat Konjunktur. Und die Chronisten des letzten großen Krieges, zu denen ja auch ich zähle, müssen sich beeilen, ihre Erlebnisse aufzuschreiben, bevor die Zeit ihnen die Feder aus der Hand nimmt.

Ich frage mich selbst, ob das, was damals zentrale Bedeutung für mich hatte und in die Mitte meiner Aufzeichnungen gerückt wurde, mich heute noch in ähnlicher Weise bewegt und stelle fest, dass sich vieles relativiert hat. Manches ist belanglos geworden. Einiges bedrängt mich stärker. Mir genügt es, mich in diesem Rückblick wiederzuerkennen, ein wenig wie im Nebel und mit verlagertem Schwerpunkt. Unverändert stark ist in mir lebendig geblieben die Neugier auf das, was an jedem Tag auf mich zukommt und nicht minder auf das, was mich nach meinem letzten Tag erwartet. Ich habe bis heute nicht verlernt, nach dem Sinn des Lebens zu suchen, Fragen zu stellen, vielleicht gelassener und mit weniger missionarischem Eifer als früher. Das Prinzip Hoffnung ist mir ins Herz gebrannt und gibt mir die Zuversicht, dass meinem Geschick ein Plan zugrunde liegt und von mir nur die kleine Treue verlangt wird, auf dem Weg zu bleiben. Über das Zauberwort, das jeden Zweifel fortwischt, verfüge ich nicht. Mir bleibt die Aufgabe, die Schicksalsfäden, die mein Leben durchziehen, aufzunehmen und sie in das Bild einzuweben, an dessen Muster ich ein Leben lang knüpfe und dessen endgültiges Aussehen ich nicht kenne.

Büren, der Ort vor der Bröke

Die Bauernschaft Büren zieht sich wie ein langes Band zwischen Stadtlohn-Estern und Legden-Beikelort hin, geteilt durch die Kreisstraße 21 in Almsick mit Wald und magersandigem Boden und dem landwirtschaftlich ergiebigerem Büren.
Einen Mittelpunkt bekommt dieses Gebilde erst um die Jahrhundertwende durch Schule, Kirche und die Gaststätte Ritter.
Damals sind sich die Bauern der Ortsteile Almsick und Büren und einige Esterner einig: Schule und Kirche müssen her, wobei kurioserweise die Schule in Almsick zu stehen kommt und die Rektoratkirche auf der Bürener Seite der Straße ihren Platz findet. Die Bürener haben ihre kulturelle Mitte.
Die Kirche ist „gebraucht". Hundert Jahre hat sie den Theologen des Borromäums in Münster als Hauskirche gedient. Nun ist sie dem großen Andrang junger Männer in den zukünftigen Priesterberuf nicht mehr gewachsen und steht zum Abbruch bereit. Mit Sonderzügen wird sie, sorgfältig zerlegt, aus Münster zum Bahnhof Legden befördert. Die Bauern transportieren mit Pferd und Wagen die Einzelstücke über den Sandweg nach Büren. Das Grundstück wird gestiftet, die Bausteine werden aus der Ziegelei Hochfeld bezogen.
So ersteht auf Bürener Ödland die Borromäuskirche neu.
Mit dem Läuten der Kriegsglocken im September 1914 versammeln sich die Bürener Bauern zum ersten Gottesdienst in ihrer Kirche. Der vorgesehene Turm bleibt ein Torso. Ihn als Krönung und Dach überragendes Gebilde aus Stein und Schiefer weiterzubauen, bleibt der nächsten Generation vorbehalten.
Nach dieser Kraftanstrengung ist das Verhältnis der Bürener zu ihrer „Kapelle" bis heute ungebrochen gut.
Eine selbstständige Kirchengemeinde ist Büren nicht, sondern ein so genanntes Rektorat, abhängig von der Mutterpfarre St. Otger in Stadtlohn. Bis zum Jahre 2001, fast 100 Jahre lang, genießen die Bürener die Anwesenheit eines Priesters, der vor Ort im Pfarrhaus wohnt. Seit dem Tode des letzten Pfarrers Bernhard Tacke wird Büren von Stadtlohn mitversorgt. Zu Taufen, Hochzeiten, Beerdigungen und den vorgesehenen Gottesdiensten reist ein Kirchenbediensteter in die Borromäuskirche

nach Büren. Eine „Kirche mit Gesicht", wie Bischof Reinhard Lettmann es nennt, ist damit nicht mehr gegeben – gewünscht ist ein Mensch, der mit und in der Gemeinde den Glauben praktiziert, mit ihr feiert, trauert, den Alltag erträgt und jederzeit erreichbar ist. Ich würde den Bürenern eine solche „Kirche mit Gesicht" wünschen – und sei es eines mit Falten und Runzeln.

Heute ist um Schule, Kirche und Gaststätte ein durchaus gefälliges Dörfchen entstanden. Das „Haus Waldesecke" hat sich aus einer kleinen Bauernwirtschaft zu einem Ausflugslokal mit Hotelbetrieb entwickelt und lockt mit seiner Lage an der waldreichen Bröke Erholungssuchende, Gäste und Urlauber an.

Mag der materielle Reichtum der Bauern in Almsick und Büren immer bescheiden gewesen sein, an Kinderreichtum hat es nicht gemangelt: Für Hinterbüren, die östliche Hälfte des Sprengels, errechnete mein Bruder Karl für unserer Generation einen Durchschnitt von zehn Kindern pro Familie. Heute ist die Kinderzahl auf das gängige Maß von zwei bis drei Sprösslingen geschrumpft.

Haus Waldesecke im Jahre 1904

Meine Geschwister

Hier, an der Schnittstelle zwischen Almsick und Büren, unmittelbar am Rand der Bröke, bin ich im Sommer 1926 geboren - als Sonntagskind, während eines Gewitters. Dort wird mir in meinen ersten Säuglingsmonaten von einem Sonnen durchglühten Herbst die lebenslange Sehnsucht nach Wärme und Helligkeit eingebrannt. Dort verbringe ich meine Kindheit mit meinen älteren Schwestern Agnes und Mia, meiner jüngeren Schwester Hedwig, dem Bruder Karl und den Zwillingen Ludger und Luzi. Zur Familie gehörten neben meinen Eltern auch Vaters älterer Bruder Jupp, der als „Öhm" einen gesicherten Platz im Haus hatte und bis Ende der 20er Jahre Vaters jüngster Bruder Willi. Er war als „Nachkömmling" nur zwölf Jahre älter als Agnes und wuchs meiner Mutter wie ihr eigenes Kind ans Herz. Mit meinen Geschwistern besuchte ich die Volksschule Almsick II, die in nächster Nachbarschaft zu meinem Elternhaus lag.

1 Entscheidung im Hunsfeld

Von Ottenstein, das mir zur zweiten Heimat geworden ist und mich auch im Alter nicht loslässt, fahre ich jeden Sommer mit dem Rad durchs Hunsfeld zu Lutz' Hütte in Almsick. Rast mache ich, wenn möglich, an unserer ehemaligen Bullenweide im hinteren Hunsfeld. Zwei durch Zäune getrennte Weiden sind es eigentlich, etwa vier Morgen, von Vater und Onkel Jupp auf fürstlichem Besitz von Heide-Kiefernflächen zu Weidegrund umgewandelt. Ich suche nach dem damaligen offenen Brunnenloch, das für manches Kaninchen zur tödlichen Falle wurde. Es ist aufgefüllt oder nur zugedeckt. Keine Spur mehr. Am Waldrand entdecke ich einen Findling, den ich vielleicht vor 58 Jahren dorthin gelegt habe.
Alle fünf Jahre wurde damals eine der Bullenweiden zu Ackerland umgebrochen und mit Roggen besät. Vor dem Bullenauftrieb wurde im Frühsommer geheut.
Im Frühjahr 1941 steht der Umbruch einer Weide zu Ackerland an. Vater fordert mich zum Mitgehen auf. Ganz in meinem Sinne. Ich will zeigen, was ich kann. Unser Pferd Lotte wird vor den Sturzkarren, der mit einem leichten Pflug und Handgerät beladen ist, gespannt. Wir nehmen den Richtweg durch die Bröke, weiter über die „Russenstraße". Nur wenig wird gesprochen, als wir neben dem Gefährt hergehen. Vater redet nie viel. Ich habe Zeit zum Nachdenken. Die leidige Berufsfrage geht mir durch den Kopf. Ich bin gerade aus der Volksschule entlassen. Alle Versuche meiner Eltern, mich in einen Lernberuf zu drängen, sind gescheitert. Eine Anfrage des Lehrers Albin Engberding, mich auf eine Lehrerbildungsanstalt zu schicken, ist von Mutter brüsk abgelehnt worden, da sich nach intensiver Befragung des Lehrers herausstellt, dass dies keineswegs eine kirchliche, sondern eine „braune" Ausbildungsanstalt ist. Dieses Angebot ist vom Tisch, ehe ich Stellung beziehen kann.
Pastor Adolf Lücke, der in Büren eine Private Höhere Schule betreibt, stößt bei ihr auf offenere Ohren, als er mir einen Platz anbietet. Ich kann im Sommer anfangen. Doch meine Bereitschaft, in die Reihen der „Studenten" zu treten, ist gering. Ich kenne zwar einige, die noch volksschulpflichtig sind, oder die

ich bei „Schusters Jans" in der Bude treffe. Verglichen habe ich mich mit ihnen nur in den Volksschulfächern, nicht aber mit ihrer Welt der Fremdsprachen Latein und Griechisch, mit der Welt der Bücher. Über das Lesebuch der Oberklasse hinaus habe ich keinen Zugang oder gar Drang nach weiterer Lektüre gespürt. In der Familie existieren die Steyler Schriften „Der Jesusknabe" und die „Stadt Gottes", die ich allerdings Zeile für Zeile lese. In der Schule sind uns in der Unterklasse die „Jugendburg", in der Oberklasse „Hilf mit" verordnet worden. Auch diese lese ich mit Vergnügen, obwohl Mutter abwertende Bemerkungen über die „Hitlerblätter" parat hält.

Mein erstes eigenes Buch bekam ich von Franziska Bode aus Oberhausen geschenkt. Es hieß „Die schönsten Sagen des klassischen Altertums", zusammengestellt von Gustav Schwab. Den Zugang zu der verwirrenden Fülle der Götter und Halbgötter konnte ich nicht finden. Die Hürde, in diese fremde Welt einzudringen, lag für mich wohl zu hoch. Das Buch blieb, nach mehreren Anläufen, ungelesen in der Wäsche-Schublade des Elternschlafzimmers. Nein, in die Welt der „Bürener Studenten" passe ich nicht hinein, mag der Pastor sich auch persönlich um mich bemühen. Ich will als Erstgeborener den Hof übernehmen, die Landwirtschaft also, dazu die Gastwirtschaft, die beim Fürsten Salm-Salm als Pachthof unter dem Namen „Waldesecke" geführt wird. Auch den „Winkel", den Kolonialwaren-Laden rechne ich zu der Erbmasse, die auf mich wartet. Das alles, meine ich, steht mir zu. Tränen vergieße ich, als meine Mutter mir vorhält, ich sei kein Bauer, habe viel zu viel Fisimatenten im Kopf, in einem Alter, in dem andere längst vernünftig arbeiten. Ich kann nur mein Erstgeburtsrecht dagegen halten, habe den Verdacht, ich werde ihnen zu früh erwachsen. Fürchten die Eltern, ich könnte sie binnen kurzem aufs Altenteil setzen? Mutter zieht den entscheidenden Trumpf aus der Tasche: Dein Bruder Karl ist stärker als du. Er ist beständig, kennt unsere Kühe mit Namen, kann mit dem Pferd umgehen und weiß, wo Hott und Haar ist. Ich bleibe uneinsichtig, weiß mir nicht vorzustellen, wie außerhalb dieses gewohnten Bürener Rahmens ein sinnvolles Leben möglich sein soll. Im letzten Volksschuljahr mache ich mich auf vielerlei Art nützlich. Unaufgefordert hacke ich

Holz im Schuppen, dränge auf selbständiges Pflügen im Kamp nach der Ernte, will unschlagbar sein beim Roggenpacken mit „stehendem Wagen". Auf 14 Fuder bringe ich es an einem Tag. Eine Leistung, die sich nachts bis in die Träume fortsetzt.
Kann ich die Familie überzeugen durch meinen Einsatz? Meine älteren Schwestern halten sich aus diesem für mich so wichtigen Entscheidungsstreit heraus. Bei ihnen werden berufliche Überlegungen erst gar nicht angestellt. Sie sind unbezahlte Arbeitskräfte im Haushalt, in der Gastwirtschaft und im Laden. Irgendwann werden sie in einem fremden Haus die Küche erlernen. Als Belohnung für ihre jahrelangen Mühen haben sie eine Aussteuer zu erwarten. Sorge mache nur ich mit meiner Hartnäckigkeit, als Hoferbe anerkannt zu werden. Mein Bruder Karl soll mir vorgezogen werden. Er, der Kräftige, Gesunde, Beharrliche ist ihr Wunschkandidat. In ihren Augen bin ich, der Unstete, ständig in Unfälle Verwickelte, für die Landwirtschaft unbrauchbar. Karl selbst kann in diese Debatten nicht mit einbezogen werden. Er ist erst 10 Jahre.
Ich trotte also dahin in Richtung Hunsfeld. Vater geht vor mir her. Ein kaum merkliches Hinken stelle ich bei ihm fest. Sein rechtes Bein ist nach einem Oberschenkeldurchschuß im ersten Weltkrieg etwas kürzer. Er redet nie über seine Kriegserlebnisse, nicht über seine mehrfachen Verwundungen. Das Wenige wissen wir von Mutter. Auch heute mag ich ihn nicht danach fragen, obwohl Zeit zum Plaudern wäre.
Ich erinnere mich, als vor einigen Monaten in einer fiebrigen Nacht ich in das leerstehende zweite Bett der Eltern gelassen werde, das für Krankheitsfälle immer bereitsteht: Hier geht mir die ganze Schwere meiner anstehenden Berufsentscheidung auf. Meine Mutter flicht in die Reihe der laut gesprochenen täglichen Abendgebete, die fast alle aus ihren Kindertagen herrühren, ein frei formuliertes Gebet ein, in dem die baldige Lösung einer richtigen Berufswahl ihres Sohnes Felix dringend erfleht wird. Das kommt ihr fließend von den Lippen, hat schon Routine, wie ich merke. Erschrocken höre ich mir das an, rühre mich nicht und weiß jetzt, dass meine Berufsfrage eine schicksalhafte Dimension angenommen hat, gewichtig genug, um die Lösung dem Himmel anzuvertrauen.

Seit einigen Wochen bin ich nun aus der Volksschule entlassen, zeige bewusst Interesse für Kühe, Schweine und Acker, mache mich nützlich und hoffe, das leidige Thema der Berufswahl durch Hinausschieben zu lösen. Das gelingt nicht. Mutter kommt mit einigen konkreten Vorschlägen: Eine Bürostelle, wie wär's damit? Ich könnte doch ganz gut schreiben. Mein Entlassungszeugnis sei hervorragend. Ich wehre ab. Ein ganzes Reich mit Land und Vieh, mit Wirtschaft und Laden gegen eine Bürostelle! Dann würde ich lieber Gärtner oder Förster. Bei dem Forstberuf stoße ich auf einen neuralgischen Punkt bei ihr, ernte ein entschiedenes Nein. Das würde sie nie zulassen. Förster, gottlose Menschen, Fürstendiener, niemals!

Wir sind im Hunsfeld angekommen. Lotte wird von der Last der Sturzkarre befreit und vor den mitgebrachten Pflug gespannt. Wir haben uns auf eine Tagesarbeit eingerichtet, Butterbrote und Kaffeekanne mitgenommen. Nach den schwierigen ersten Furchen fassen wir Tritt. Vater führt den Pflug, den Lotte gleichmütig zieht. Die treue Stute muss sich plagen. Das tiefgreifende „Schar" gräbt sich unter die Grassoden und wendet glänzend schimmernde bräunliche Erde nach oben. Ich sammle die wie aus einem Versteck gerissenen kleinen und größeren Findlinge in einem Drahtkorb und schleppe sie an den Weidenrand. Das kann eine befriedigende Tagesarbeit werden, wenn die umgebrochene Fläche heute abend wie ein kleiner dunkler See vor unseren Augen liegt.

Beim Wenden des Pfluges sagt Vater fast beiläufig: „Junge, weeß wat, du soss bie de Pastor anfangen." Heikle Themen anzusprechen, welcher Art auch immer, ist in unserer Familie nicht geübt worden. Ich spüre, ich muss irgendwie Stellung nehmen. „Aber für mich ist die Schule doch zu Ende. Ich hab das letzte Jahr bei „Vati" schon keine Lust mehr gehabt, die Schularbeiten nicht mehr gemacht. Da soll ich als „Student" ganz von vorn anfangen?" Vater setzt den Pflug in den Boden. „Mach einen Versuch. Wenn du keine Lust am Lernen hast, hörst du auf. Wenn es nicht klappt, finden wir einen anderen Weg. „Ohne weitere Einwendungen sage ich zu. Nach den Sommerferien, kurz nach meinem 15. Geburtstag, fängt ein neues Schulleben bei dem Privatlehrer Pastor Adolf Lücke in Büren an.

2 Neuanfang

Mit mir zusammen fangen auf Lückes Privatschule zwei Nachbarjungen in der Sexta an, beide einige Jahre jünger, also noch schulpflichtig: Günter Engberding und Hubert Winking. Dazu auch einige Gleichaltrige. Hannes Schnermann aus Groß-Reken, der beim Pastor wohnt, Klaus Gruber, untergebracht bei der Familie Deggerich, einige Fahrschüler. In Erinnerung geblieben ist mir da Josef Kaup aus Gescher. Zwölf Jungen insgesamt in dieser Anfängergruppe. Maß für die Klassenzugehörigkeit ist das Lateinbuch „Ars Latina". Das Tempo, mit dem dieses Buch durchgeackert wird, bestimmt die Klassendauer. Die Schulentlassenen unter uns kriegen als Zielvorgabe von Pastor Lücke zwei Klassen, Sexta und Quinta, für das erste Jahr gestellt.
Bevor es losgeht, beschaffe ich mir mit Günter Engberding bei einer gemeinsamen Fahrt nach Stadtlohn das notwendige „Werkzeug" bei Wüllner: ein Etui mit Zirkel und anderen Messgeräten, die uns von den Studenten des Pastors als Grundausstattung für den Matheunterricht empfohlen wurden, Hefte, liniert und kariert, einen gut funktionierenden Füller. Das Lateinbuch für die Sexta übernehme ich von Ewald Weitkamp aus Wessum, der mir ein Jahr voraus ist und das Buch nicht mehr braucht.

3 Lateinfabrik

Mache ich heute einen Gang durch Büren auf den Spuren der damaligen Zeit, so zieht es mich fast magisch zu dem Schulraum am Pastoratsgebäude. In die Außenmauer sind die Initialen oder ganze Namenszüge ehemaliger Schüler geritzt . Meinen eigenen entdecke ich auch. Von der freundlichen Haushälterin des jetzigen Pfarrers lasse ich mir die Tür zum Klassenraum aufschließen. Er zeigt sich mir völlig unverändert, hat in den verflossenen Jahrzehnten der Landjugend als Versammlungsraum und dem Kirchenchor als Proberaum gedient. Ein Harmonium an der Wand erinnert daran Ein leichter

Modergeruch liegt im Raum. Frische Luft fehlt. Eine Wandtafel ist das einzige Requisit, das an die 30 Jahre erinnert, in denen hier gepaukt, gebüffelt, gehofft und gebangt wurde, in denen Hunderte von Schülern der Wissensstoff für die Klasse fünf (Obertertia) eines altsprachlichen Gymnasiums vermittelt wurde. Ein einziger Lehrer besorgte das, von morgens bis abends, neben seiner Tätigkeit als Pfarrer in der Rektoratgemeinde Büren. Adolf Lücke wurde im Mai 1930 in diese Bürener Idylle versetzt, um ungestört „spätberufene" Jungen zu unterrichten. Schon in seiner Kaplanstelle in Wettringen hat er erfolgreich Latein und Griechisch an schulentlassene Jungen vermittelt und sie mit dem erworbenen Wissen aufs Gymnasium geschickt. Er verhehlt nicht, dass er mit seiner Nachhilfe Priesterberufe wecken will. Er selbst war nach zwei Jahren Privatunterricht am königlichen Gymnasium in Warendorf zur Reifeprüfung gelangt, hatte dort das Glück, von dem berühmten Lehrer Dr. Alfons Egen in den alten Sprachen unterrichtet zu werden.
Ich erinnere mich an Adolf Lücke seit meiner Grundschulzeit, als er in der Schule Religionsunterricht erteilte und mich mit den Bürener Kindern auf die Erstbeichte und die Erstkommunion vorbereitete. Im dritten Jahrgang wurde ich in die Geheimnisse des Messedienens eingeweiht und erhielt nach den ersten Versuchen ein Lob wegen des flüssigen Vortrages des Confiteor und des Suscipiat, dieser in jeder Messe vorkommenden zungenbrecherischen Lateintexte.

4 Stundentafel im Einmannbetrieb

Der Unterricht beginnt nach Messe und Frühstück um 8.15 Uhr mit Latein. Die Unterrichtsmethode ist denkbar einfach, läuft nach einem festen Muster ab. Jeder kommt dran, muß übersetzen oder „rückübersetzen", das heißt, deutsche Texte ins Lateinische übertragen, wie das Buch es verlangt. Das Arbeitsheft des Schülers liegt dem Pastor vor. Das Gestammel des Übersetzens wird kritisch mit der vorliegenden Hausaufgabe verglichen. Der Unterrichtston ist wohlwollend, kann aber ruppig werden, wenn Unverständnis oder Faulheit sich unverhohlen zeigen. Dann wird Lücke nervös, die Brille wird mit beiden Händen von der Nase geschoben oder, was eine Steigerung des Missgestimmtseins anzeigt, werden Pumpbewegungen mit den Fäusten gemacht. Ja, er kann außer sich geraten. Sarkastische Worte prasseln dann auf den Unbedarften nieder, der trotz wiederholter Erklärungen nichts begreift. Heinz Brauer, das Lernen wird dir sauer, werde lieber Bauer. Aber nach einem gelungenen Satz ist er wieder versöhnt.

Ab 10 Uhr ist Mathe dran, im wöchentlichen Wechsel zwischen Geometrie und Algebra. Deutsch als drittes Fach eher am Rande, etwa zweimal die Woche. Von Quarta an, mit dem dritten Lateinbuch, kommt Griechisch dazu.

Das Silentium von 17-19 Uhr wird beaufsichtigt von einem fortgeschrittenen Schüler, gelegentlich auch von Pastors Nichte Änne Lücke, die in seinem Haushalt wohnt und das „Annastift" in Stadtlohn besucht. Sie lässt nichts durchgehen. Bei einer Frage muss aufgezeigt und um Erlaubnis gebeten werden. Die Tüchtigkeit dieser in unserem Alter stehenden Schülerin hält uns der Pastor ständig vor Augen. Daran können wir nicht tippen.

Schon in den ersten Wochen beim Pastor fühle ich mich zu dem gleichaltrigen Hannes Schnermann hingezogen. Es entwickelt sich rasch eine echte Freundschaft. Wir pauken gemeinsam die Lateinvokabeln und vergleichen unsere schriftlichen Arbeiten. Nach einem Monat stelle ich fest: Er studiert über die vereinbarte Zeit hinaus. Ausgemacht ist, nach dem Silentium sich mit Lektüre aus der Borromäus-Bücherei zu befassen. Er schuftet bis in den späten Abend, befasst sich schon mit dem nächsten Latein-Kapitel. Will er vor dem Pastor glänzen? Ich mache es ihm heimlich nach. Eine Rivalität, die von Pastor Lücke nicht unbeobachtet bleibt. Es gibt Lob für beide.

Von Probezeit ist bei mir nicht mehr die Rede. Hier bin ich richtig, hier bleibe ich.

Nach einem Jahr steht das dritte Lateinbuch an, Quarta also, und es erfolgt der Einstieg in das auf Anhieb so fremd wirkende Griechisch. Ich bin begeistert dabei. Alle Zeit der Welt für zwei Fremdsprachen und, weniger geliebt, die Schritt für

Schritt geduldig erklärte und doppelt geübte Mathematik. Es ist abzusehen: Nach einem weiteren Jahr in Pastor Lückes Händen steht der Übergang auf die Obertertia des Paulinums in Münster an. Das wird zwar mit einer Aufnahmeprüfung verbunden sein, aber den Schülern aus Lückes Lateinfabrik geht ein guter Ruf voraus.

5 Pauken und ein bisschen jung sein

Lückes Unterricht erstreckt sich über den ganzen Tag. Vormittags die Älteren bis 13 Uhr, am Nachmittag die Jüngeren, angereichert durch gelegentliche Gastschüler. Sie müssen sich mit zwei bis drei Stunden begnügen. Ein paarmal in der Woche muss der Pastor Religionsunterricht erteilen in der Volksschule. Dann haben wir eine verlängerte Pause. Als Pausenfüller stehen bei unserer Gruppe Fangen um den Teich und Schinkenkloppen hoch in Kurs. Für Ballspiele ist das Gelände nicht geeignet. Ich gehöre zu dem kleinen Kreis der „Steinestoßer". Findlinge bis zu halber Fußballgröße werden, wohlinszeniert im Blickfeld der Haushälterinnen und ihrer Lehrmädchen, zuerst Annemie, dann Hildegard Stapper, durch die Luft gewuchtet. Die noch fehlende Armmuskulatur, hier wird sie antrainiert.

Die erklärende Unterrichtsmethode, bei Bedarf zu der fragenden erweitert, mit gelegentlichem Tafelanschrieb, sie bestimmen den Wissenserwerb. Die Anschauung für die Sinne muss sich aus den Büchern vor uns ergeben. Bilder, Medien sonstiger Art, werden nicht eingesetzt, auch nicht erwartet.

Pastor Lücke verlässt seinen Sesselplatz am Kopfende des langen Tisches nur selten. Vor ihm unsere Zwölfergruppe, auf jeder Seite sechs Schüler. Er ist jetzt 54 Jahre alt, wirkt auf mich aber viel älter. Beim Unterrichten raucht er am Vormittag eine Zigarre, wobei er das kurz gewordene Stummelchen auf ein Streichholz spießt und bis zum letzten Endchen daran saugt. Gelegentlich liegt neben dem Aschenbecher eine Handvoll säuberlich geschabter Möhren, die vom Pastor geräuschvoll geknackt und gekaut werden. Die „Damen" halten das wohl zur Vitaminergänzung für notwendig. Sie versorgen ihn gut. Seine Leibesfülle beweist das. Er wiegt mehr als zwei Zentner und zeigt auch bei außerhäuslichen Anlässen, bei Hochzeiten und Hausbesuchen etwa, einen guten Appetit. Er leidet, wie er mir später einmal gesteht, unter übermäßigem Speichelfluß, den er nicht kontrollieren kann. Auf dem schwarzen Priestergewand zeichnen sich die aus seinen Mundwinkeln tropfenden Speichelspuren ab. Die ständigen Reinigungsbemühungen durch die Haushälterinnen machen die Abreibung des Stoffes sichtbar.

Im Unterricht geschieht es fast täglich einmal, dass eine meditative Stille eintritt. Der Pastor hält ein Nickerchen. Wir flüstern dann, wollen ihn nicht stören, sondern die ungeplante Pause möglichst lange ausdehnen. - „Wo sind wir stehen geblieben?"

Hat er von seinem Kurzschlaf nichts bemerkt? Wir fahren mit unserer Arbeit fort, als sei nichts geschehen.

Seine „Jungs" gehen ihm über alles. Zwei bis dreimal im Jahr fährt er mit ihnen per Rad in die Umgebung: zur dicken Eiche und zum Försterdenkmal in die Brökenwälder, zur Düstermühle, wo wir in der Dinkel ein Bad nehmen. Solche Extratouren erlauben wir uns allerdings nicht mehr in den letzten Monaten vor der unerbittlich näherkommenden Aufnahmeprüfung im Paulinum. Jetzt gilt nur noch Bimsen, Auswendig lernen, Pauken der Regeln in griffigen Sprüchen und Wiederholen früherer Kapitel. „Repetitio est mater studiorum." Ein paar deutsche Aufsätze müssen noch geschrieben werden. „Das müsst ihr auch können. Einleitung, Hauptteil und Schluß." Sprichwörter und Redensarten also sind es, zu denen wir unsere Gedanken schriftlich äußern sollen. Der deutsche Aufsatz hat nicht die Gewichtung wie der Fremdsprachenunterricht und wird eher beiläufig behandelt. zum Beispiel das Thema „Aller Anfang ist schwer", das Klemens Goes so beginnt: „Es stimmt: Aller Anfang ist schwer. Aber nicht beim Eierkrämer; seine Kiepe ist am Anfang leicht und am Ende schwer." Oder das Sprichwort: „Es ist noch kein Meister vom Himmel gefallen. „Wer soll Meister sein?- Wer was ersann. Wer soll Geselle sein? - Wer was kann. Wer soll Lehrling sein? - Jedermann." Die ganze Hierarchie der

schaffenden Berufswelt ist in diesem griffigen Spruch enthalten. Da kann das Thema gar nicht verfehlt werden. Eindringlich werden wir darauf verwiesen, keine Fremdwörter zu gebrauchen. Die gehören in den Fremdsprachenunterricht.
Der Vormittagsbetrieb wird ab Ostern 1943 am Nachmittag um ein paar Stunden erweitert. „Ihr sollt alle bestehen." Vier aus unserer Gruppe sind im Sommer 1943 für den Übergang auf das Paulinum in Münster gerüstet. Die Anmeldung für das Internat „Heerde-Kolleg" ist bereits erfolgt.
Es herrscht Aufbruchsstimmung. Ein neuer Lebensabschnitt beginnt. Weg aus Büren in die große Stadt Münster. Verabschiedung bei den Nachbarn und Verwandten. Auch von Hildegard Stapper, dem Lehrmädchen aus der Pastorenküche, mit der ich in letzter Zeit Blicke getauscht habe, wird der Abschied geprobt. Wir treffen uns im Klassenraum, beide mit einem Geschenk versehen. Sie hat einen Pfirsich anzubieten, ich lege einen Fünfpfennig-Lutscher auf den Tisch. Doch zum Austausch kommt es nicht. Es will sich kein Gesprächsstoff einstellen. Hildegard ist dreizehn, ich noch sechzehn.

6 Ungleiche Brüder

Das massive Schulgebäude Almsick 2 mit Lehrerdienstwohnung ist heute zu einer Pension umfunktioniert. Etliche Male habe ich dort mit meiner Familie gewohnt. Es ist schon ein eigenartiges Gefühl, in der Wohnung eins der Pension Ritter an der Stelle aufzuwachen, wo in der Oberklasse der Schule das Lehrerpult stand. Hier haben die Bürener mit ihrem ersten Pfarrektor Heinrich Lohmann als Notbehelf ihren Sonntagsgottesdienst gefeiert, bis die Kirche gebaut war.
Die Schule existiert an diesem Platz seit 1905. Anfangs einklassig, wird im Jahr 1934 ein Raum für die Unterklasse angebaut. Bis 1968 wird sie als zweiklassige Volksschule geführt, dann, zur Grundschule geschrumpft, im Jahr 1971 aufgelöst und

von der Stadt Stadtlohn mit dem umliegenden Gelände an die Familie Ritter verkauft. Die macht Wohn- und Schlafräume daraus.

Während der vier Jahre in der Oberklasse ist Albin Engberding mein Lehrer. Er weckt in mir die Liebe zur Natur, legt den Grund zu einem neugierigen Umgang mit Pflanzen und Tieren, der mich heute noch fragen und suchen lässt nach allem, was lebt. Er ist verantwortlich für meinen Hang zum Gärtnern. Seit 1928 ist er in Büren. Zwischen ihm und dem geistlichen Rektor der Kapellengemeinde Adolf Lücke mag anfangs Eintracht bestanden haben, herrscht aber in der Zeit, die ich beschreibe, Dauerspannung. Zwei ungleiche Brüder, die in Büren für Schule und Kirche zuständig sind. Sie finden nicht zueinander, weil ihre politischen Ansichten zu unterschiedlich sind, aber auch, weil ihr Naturell zu gegensätzlich angelegt ist. Der bodenverbundene und bei der Bevölkerung beliebte Lehrer und der streng an der Kirchenhierarchie orientierte Rektor, der seine Kraft und Zeit der Heranbildung spätberufener Jungen opfert und das Ziel, Priesterberufungen zu fördern, nie aus den Augen verliert. Ich muss mich hüten, hier die Rolle des Richters, des Begutachters und Zensurenverteilers zu spielen, zumal ich mich beiden Menschen verbunden und zur Dankbarkeit verpflichtet fühle. Ich bin nie ernsthaft versucht worden, einen der beiden zu „verraten" oder sie gegeneinander auszuspielen.

A. Engberding hat sich recht früh in das Geflecht der NS-Rollenverteilung einbinden lassen. Er wurde Parteimitglied, stellvertretender Ortsgruppenleiter und versuchte den fast aussichtslosen Spagat zwischen Partei- und Kirchentreue. In den Werktagsmessen spielt er die Kirchenorgel, den biblischen Religionsunterricht erteilt er weiter, auch das Gebet am Unterrichtsanfang und -ende wird gesprochen, obwohl die Behörde das längst untersagt hat. Den Erlass, das Kruzifix weg von der Stirnwand mit dem Hitlerbild zu tauschen, führt er nicht aus. Im Rückblick stelle ich fest: Das katholische Ferment hat uns damals in diesem abgelegenen Winkel alle durchtränkt, nicht nur mich, auch Partei-Gehorsame, eine ganze Generation. Das „Eigengewicht" einer Gemeinde, repräsentiert durch A. Lücke, lässt ein Ausbrechen aus der Geschlossenheit gar nicht zu.

Auch A. Engberding ist darin eingeschlossen. Eine katholische Nische ist dieses Büren, die anderweitig nicht besetzt werden kann. Dieser kleine Ort und seine Bewohner bleiben ziemlich unangefochten von dem Gedankengut der neuen Zeit. Sogar in" künstlerischen Entscheidungen" bleiben wir dem Bekannten, Bewährten und Gewohnten verhaftet. So kauft eine Schülerabordnung aus der Klasse acht, der ich angehöre, im Januar 1941 für A. Engberdings Namenstagsfeier bei Wüllner in Stadtlohn eine mittelgroße Herz-Jesu-Statue aus Gips für 5,-Mark und, da noch Geld übrig blieb, eine kleinere von gleicher Machart für 2,-Mark. Womit wir dem Kunstverstand, wenn schon nicht der gesamten Schülerschaft, so doch zumindest unseres Jahrgangs, ein Denkmal setzen.

Im Rückblick stelle ich erstaunt fest, dass die obligatorischen Jugendgruppen der damaligen Zeit, Hitlerjugend (HJ) und Jungvolk in Büren nicht Fuß gefasst haben, obwohl von Stadtlohn aus ein paar Mal der Versuch zur Gründung unternommen wurde. Das Votum der Eltern stand dagegen, die ihre Jungen für die Feld- und Stallarbeit brauchten und den städtischen Firlefanz überhaupt ablehnten. Jedenfalls durfte ich an dem für die Aufnahme vorgesehenen Nachmittag das Haus nicht verlassen. Ich sehe aus dem Fenster meines Schlafzimmers den HJ-Führer mit kurzer, schwarzer Manchesterhose, Koppel und Fahrtenmesser auf dem Schulplatz auf- und abgehen in Erwartung der Bürener Jungen, die nicht erscheinen.

Die gleichaltrigen Mädchen haben den Boykott nicht geschafft. Eine eifrige Werberin hat auch meinen beiden älteren Schwestern Agnes und Mia eine BDM-Bluse mit Lederkordel und Halstuch verpasst.

Hat der Lehrer A. Engberding den Druck von oben aufgefangen? Wahrscheinlich hat er mit Blick auf die ländlichen Zustände in Büren, unter denen Schüler der Oberklasse in die landwirtschaftlichen Arbeiten eingebunden sind, an höherer Stelle eine plausible Erklärung vorgetragen.

Zwar wurde in seiner Klasse Wert gelegt auf einen zackigen „Heil-Hitler-Gruß" bei Unterrichtsschluss, auch artete der Sportunterricht der Jungen in regelmäßigen Abständen in Kampfspiele aus, die mit Platzpatronen- und Korken-Pistolen,

denen als Hütchen leer geschossene Jagdpatronenhülsen zur Verstärkung aufgesetzt waren, lautstark ausgetragen wurden. Der Sport hatte überhaupt einen hohen Stellenwert in Engberdings Unterricht. Sogar Schwimmen, damals von den Eltern noch mit gewissen Vorbehalten beurteilt, gehörte zum Sportrepertoire. Dass ich es an „Damhues Staue" lernen durfte, hat mir später bei der Rekrutenausbildung manchen Ärger erspart.
„Der deutsche Junge muss sein hart wie Krupp-Stahl, zäh wie Leder und flink wie Windhunde."
Diese Maxime Hitlers, die deutsche Jugend sportlich zu stählen, mit dem von kritischen Zeitgenossen schon bald erkannten Hintergedanken, sie für den geplanten Krieg zu ertüchtigen, blieb also auch in Büren nicht ganz ungehört. Aber obwohl die Macht in den NS-Jahren eindeutig in den Händen des Lehrers Engberding lag, standen bei ihm insgesamt Toleranz und Rücksichtnahme vor ideologischer Ausrichtung. Er hat die Möglichkeiten seines Parteiamtes, zum Segen für Büren, nie missbraucht.
Mögen die Kontrahenten Lücke und Engberding sich fremd geblieben sein, der vom Bischof lizensierten, vom Staat aber argwöhnisch beobachteten Privatschule hat Engberding seinen Respekt dadurch gezollt, dass er seinen Sohn Günter zusammen mit mir 1941 auf die „Sexta" dieser Anstalt geschickt hat.
Ich selbst habe in späteren Jahren, auch über den Krieg hinaus die zwei ungleichen Persönlichkeiten nicht aus den Augen verloren. Beider Hilfe habe ich in meiner weiteren Berufsausbildung in Anspruch genommen. Auf einer Radtour mit dem Nachbarjungen Helmut Robert sind wir unangemeldet zu dem Elternhaus Engberdings in Hembergen bei Emsdetten gefahren, haben uns den erstaunten Hausbewohnern als ehemalige Schüler Albin Engberdings vorgestellt und sind ob solch rührender Anhänglichkeit an den alten Lehrer durch den Bauernhof geführt und freundlich bewirtet worden.
Bei der Suche nach Lückes Spuren in Harsewinkel auf derselben Fahrt hat uns kurz vor dem Ziel der Mut verlassen, und wir sind ausgewichen in das nahe gelegene Wiedenbrück, wo wir stattdessen den Schöpfer der frisch in die Bürener Kirche gelieferten Christusfigur und dreier Heiliger, den Bildhauer Heinrich Pütz,

aufsuchen. Er ist Lückes bevorzugter Künstler. Loblieder hat er auf diesen begnadeten Menschen gesungen. Somit ist er für uns wichtig und einen Besuch wert. Ein wenig verhalten empfängt uns der etwa Siebzigjährige an der Haustür. Doch nach einigen kritischen Fragen schließt uns Herr Pütz seine Werkstatt und sein Herz auf. Er kann es kaum glauben, dass junge Menschen auf Adolf Lückes Spuren zu ihm gefunden haben.

7 Schießübungen

Nicht nur ständige Rivalität gab es zwischen Hannes Schnermann und mir in den zwei Bürener Jahren beim Pastor, es entwickelte sich eine gute Freundschaft zwischen uns. Ich fuhr einige Male an Wochenenden mit ihm nach Groß-Reken, wo seine Eltern eine Gastwirtschaft mit Schießstand betrieben. Hannes hatte sich hier zu einem zielsicheren Luftgewehr-Schützen entwickelt. Er brachte eines Tages ein ausgedientes Luftgewehr mit nach Büren, womit wir geheime Schießübungen auf der menschenleeren „Haar" veranstalteten, einem Waldgebiet, das uns bis dahin nur als Übungsgelände zum Einpauken lateinischer und griechischer Vokabeln gedient hatte. Wir zielten wahllos auf alles, was sich bewegte. In Terschlusens Weide auf dem Weg zur Haar holte Hannes ein herrlich buntes Vögelchen von der Elektroleitung. Es fiel uns vor die Füße und wir stellten erschrocken fest, dass das Tierchen beringt war mit der Anschrift einer Vogelwarte in Brüssel. Gemeinsam entwarfen wir einen Brief an diese Adresse - in Latein „ Invenimus avem mortuum." Kein Wort davon, dass wir selbst das Tierchen auf dem Gewissen hatten. Nach ein paar Wochen bekamen wir in französisch eine freundliche Antwort, worin wir als Tierfreunde gelobt wurden. Bei dem Vogel hatte es sich um einen Distelfink gehandelt.
Da ich nicht ständig von Hannes' Luftbüchse abhängig sein wollte, besorgte ich mir selbst eine von Johann Sprey über seinen Sohn Egon, der mir einen Gefallen tun wollte. Sein Vater hatte das Gewehr bis dahin auf Jahrmärkten genutzt. Eine Flinte mit „gezogenem Lauf". Sie enthielt sogar ein Magazin

für sechs Bleikugeln. Wie es bezahlt worden ist, weiß ich nicht mehr zu sagen. Ich habe das wohl aus gutem Grund verdrängt. Aus Mangel an Munition bestückte ich den Lauf mit kleinen Holzstückchen, immer auf der Hut vor meinen Eltern, die meine Schießübungen mit Argwohn verfolgten.

Peinlich wird es, als ich bei dem Versuch, eine Fledermaus im Halbdunkel aus der Luft zu holen, bei „Rudden Liesbeth", diesmal mit einer Bleikugel, die geriffelte Scheibe ihrer Haustür durchlöchere. Der Vorgang wird dem Pastor Lücke weitergemeldet, der mich am nächsten Morgen zur Rede stellt. Das Loch in der Türscheibe wird notdürftig geflickt und erinnert mich jeden Morgen an meine Untat, wenn ich auf dem Weg zur Lateinschule daran vorbei muss.

Ein Segen war mein Besitz eines Luftgewehrs für Büren nicht. Noch heute schäme ich mich, dass ich mit Günter E. am Waldteich hinterm Blockhaus mit diesem Gewehr die Froschpopulation dezimierte. Jeder Schuss verlief tödlich für einen Wasserfrosch, der sich an die Oberfläche wagte.

Größere Not und die Beinahe-Konfiszierung des Gewehrs brachte mir meine Schießwut, als ich" aus Spaß" meinem fünf Jahre jüngeren Bruder Karl ein Holzstückchen an den Hintern schoss. Er schrie lauthals los und wollte sich stracks auf den Weg zu den Eltern machen. Das könnte das Ende meiner Schießkarriere sein. Ich versuchte Karl zu beruhigen, ihn abzulenken, redete freundlich auf ihn ein. Nichts zu machen - bis ich ihm die Flinte mit neuer Holzmunition in die Hand drückte und mich selbst als Zielscheibe anbot. „Los, knall mie achten drup!" Ich bückte mich und fühlte einen brennenden Stich, hüpfte wimmernd umher, mehr um Karl zu beruhigen als aus wirklichem Schmerz. Wir waren quitt und das Petzen unterblieb.

Meine Schießfreudigkeit erlebte noch eine weitere Fortsetzung und ein abruptes Ende, als ich mit einem alten Zündnadelgewehr aus dem Kleiderschrank meines Vaters nebst Patrone aus seiner Jackentasche im hausnahen Wald auf ein Kaninchen brannte. Der Rückstoß gegen Schulter und Wange genügte einfür allemal, dieses Ungeheuer nie mehr freiwillig anzupacken. Auch das Interesse an meinem Luftgewehr verlor sich.

8 Schreck in der Schulstunde

Das Jahr 1941, in dem ich den Unterricht in Lückes Privatschule begann, hält bedeutsame geschichtliche Ereignisse bereit. Nur nebenher wird berichtet, dass der letzte deutsche Kaiser Wilhelm II., seit 1918 im Exil im holländischen Doorn, gestorben ist. Für das NS-Regime mag dieses Jahr den Höhepunkt der Macht bringen. Ganz Mitteleuropa ist „befriedet", der Einmarsch Hitlers nach Russland erfolgt nach einem stets gehegten Plan, der schon 1926 in seinem Buch „Mein Kampf" niedergelegt und begründet wird. Und als im Dezember 1941 der Vormarsch der deutschen Truppen vor Moskau ins Stocken gerät, erfolgt, für die Welt völlig unbegreiflich, die Kriegserklärung Hitlers an die USA. Rektor Lücke, vom Bischof Clemens-August von Galen zum Pastor ehrenhalber ernannt, erfährt, dass er sich unauffälliger verhalten muss. Seine Schule werde kritisch beobachtet. Über gelegentlichen Privatunterricht hinaus dürfe er nicht tätig sein. Ein regelrechter Schulbetrieb im eigenen Haus sei ihm nicht gestattet. Außerdem werden gewagte Äußerungen in den Sonntagspredigten über die NS-Regierung registriert. Er wird beobachtet. In letzter Zeit haben im Hochamt auffällige fremde Gestalten gestanden. Könnte da nicht mal plötzlich die Gestapo einen „Unterrichtsbesuch" machen? Er rechnete damit, obwohl er in der Bürener Enklave zwischen Privatschule und Kirche bisher unbehelligt lebte. Eine gewisse Weltfremdheit bewahrte ihn vor übergroßer Ängstlichkeit.
Eines Vormittags klopft es kurz an der Tür zum Klassenzimmer. Bevor wir Einlass gewähren, tritt schneidigen Schrittes ein hochgewachsener Mann in Uniform ein, baut sich vorm Pastor auf, dem die Angst im Gesicht steht und - entpuppt sich als Heinz Vorspel, ein uns wohlbekannter ehemaliger Schüler des Pastors. Heinz Vorspel war schulisch wenig erfolgreich, in seiner Bürener Zeit Dauergast bei Schusters Jans, der ihm manchen Streich spielte. Er grinst über seinen Überraschungscoup. „Hast du uns einen Schrecken eingejagt", entfährt es dem Pastor.
Geschichtsunterricht steht nicht auf dem Stundenplan. Aber privat hält der Pastor nicht mit seiner Meinung zurück. Ver-

traulich sagt er mir, es gebe eine Liste mit den Namen derer, die nach dem „Endsieg" liquidiert werden sollen. Er selbst stehe an zweiter Stelle nach dem Bischof Clemens-August von Galen. Aber einen Endsieg werde es nicht geben. Die ganze Welt stehe gegen uns. Hitler sei ein maßloser Mensch, habe den Blick für die Wirklichkeit längst verloren, sei größenwahnsinnig und gottlos. Seine Politik führe Deutschland zwangsläufig in den Untergang. Leider hätte er so viele Helfer, blinde Helfer. Es werde ein schreckliches Erwachen geben - womit er schon bald recht behalten sollte.

9 Gefangenenlager mit Hintertür

Der Saal Ritter ist unmittelbar nach dem Bau der Gaststätte Ritter entstanden. Ein Foto aus dem Jahr 1910 zeigt ihn schon als leichten Fachwerkbau mit Scheinfassade. Nach zahlreichen Um- und Ausbauten ist er heute, da ich diese Zeilen schreibe, ein wahres Schmuckkästchen. Hochzeits- und Geburtstagsfeiern mit den Ansprüchen unserer Zeit finden jetzt darin statt. Bei Kriegsausbruch 1939 war dieser Raum nicht mehr als eine ans Haus gebaute Halle mit einem Dachbelag aus Teerpappe.
Unmittelbar nach dem Blitzkrieg in Polen wird unser Saal zu einem Gefangenenlager umfunktioniert. Ein Käfig aus Stacheldrähten, wie ein überdimensionierter Hundezwinger vor den Saalausgang gesetzt, erweitert den Raum zum Hof hin. Zur Straßenseite des Saales ist ein abgetrennter Raum als Wachstube eingerichtet.
Anfangs sind polnische Kriegsgefangene darin untergebracht. Sie sind disziplinierte Menschen, arbeiten korrekt bei den Bauern. Einen der Gefangenen, Adam, bekommt mein Vater als Hilfe zugewiesen. Er ist Lehrer, bekennt offen seine Abneigung gegen landwirtschaftliche Arbeiten und lehrt mich den bis heute einzigen polnischen Satz „Adam, prosche do jesenna." (Adam, bitte zum Essen!) Abends singen die polnischen Männer, vor ihren Betten stehend, gemeinsam ein langes Abendgebet. Ich finde nichts Ungewöhnliches dabei, ist mir

diese Geschlossenheit im Denken und Handeln von Büren her wohlvertraut. Ein Wechsel von Arbeiten am Tag und Ausruhen in der Nacht - ohne Zerstreuungen und Höhepunkte. Fast wäre es in diesem scheinbar idyllischen Gefangenenlager zu einem Amoklauf gekommen, verursacht durch Hubert E., bis vor kurzem noch wohnhaft tief in der Bröke, jetzt als Soldat auf Urlaub. In unserer Gaststätte renommiert er über seine Erfahrungen im Polenfeldzug, lässt sich langsam voll laufen, erfährt, dass nebenan gefangene Polen sind und stürzt mit einem Brotmesser aus unserer Küche an den verdutzten Wachposten vorbei in den Bettenraum der Gefangenen. Mit dem Ruf: „Wer nicht stirbt, der wird geschlachtet!" gerät er sofort an den Richtigen. Ihm wird das Messer aus der Hand gewunden. Die deutschen Wachposten liefern den Messerhelden in der Wirtschaft ab. Bei den Polen gibt es kein Aufsehen. Alle haben offensichtlich erkannt, dass der Mann nicht nur stockbetrunken war, sondern auch unter einer gestörten Gemütslage litt.

Schon 1940 trafen nach dem Frankreichfeldzug französische Kriegsgefangene ein, an deren Anwesenheit wir uns im Laufe der Zeit so gewöhnten, dass sie zum festen Hausstand gezählt wurden. Sie versorgten sich in unserer Waschküche mit Wasser, liehen sich dies und das aus. Es entwickelte sich bald ein Vertrauensverhältnis. Der Käfig zum Hof hin blieb offen. Einige Franzosen spielten allabendlich ihr Boule, bei dem wir neugierig zuschauten. Andere brieten auf kleinen Feuerchen im offenen Käfig selbstgefangene „Berkelfrüchte", Fische und Krebse. Vor unseren Augen zauberten sie Menüs, angereichert mit uns unbekannten Kostbarkeiten aus ihrer Heimat, die ihnen per Post zugestellt wurden, garniert mit ausgesuchten Salaten vom Wegesrand, zartem Löwenzahn und Wegerich oder gekochten jungen Brennnesseln. Für mich fiel häufig eine kleine Portion ab. Ich probiere zum erstenmal in meinem Leben eine rosarot gekochte Krebsschere. Im Tausch gegen Zigarren, die ich aus der Kiste hinter der Theke entwendete, bekam ich Schokolade aus Frankreich.

Das ausgewechselte Bettstroh aus den Matratzen der Franzosen landet in unserem Pferdestall. Von dort her versorgen wir nicht nur die Bürener Bauern, die sonntags während des Hochamtes ihre Kutschpferde in unseren Pferdeställen parken, sondern besonders die eigene Familie mit kleinen hüpfenden Plagegeistern, die sich auf unserer Haut festbeißen. Mit Essigwasser geht Mutter diesen durstigen Quälgeistern zu Leibe und reibt unsere Rücken und Bäuche ein. Erleichterung für den Augenblick. Aber im warmen Bett und in Ruhestellung zwicken die ungebetenen Gäste wieder drauflos. In Pastor Lückes Schule kann ich mich oft eines hartnäckigen Saugers nicht erwehren, versuche, ihn mit dem Rücken gegen die Banklehne zu drücken, muss dann doch auf der Toilette Jagd nach dem braunen Hüpfer machen, Rock und Hemd ablegen und den Floh zur Strecke bringen, der mir die Konzentration geraubt hat.

Ebenso in den Hygienebereich des Franzosenlagers reicht die wöchentliche Entleerung des hölzernen Klobeckens, das an zwei Stangen vorsichtig zu unserer Jauchegrube getragen wird. Um die anfallende Menge an Fäkalien zu reduzieren, wird es für die Gefangenen zur Gewohnheit, ihre Bedürfnisse in der hinterm Schuppen beginnenden „Waldesecke" zu erledigen. Auf die Dauer ist dieses Waldstück „vermint" - zum Ärger des Försters Lücke, der bei den immer noch vorhandenen Wachposten auf taube Ohren stößt.

Im Verlauf der letzten Kriegsjahre verblieben die französischen Kriegsgefangenen immer häufiger auch nachts bei ihren Bauern. Der Saal stand wieder leer.

Wie ich als Soldat erfuhr, haben 1944 russische Kriegsgefangene ein kurzes Gastspiel in diesem Lager gegeben. Ich hörte, meine Mutter habe für die halbverhungerten jungen Männer gegen den erklärten Willen des deutschen Feldwebels an manchem Abend einen Eintopf mit viel Fett gekocht. Sie mag dabei an ihren Sohn gedacht haben, der um diese Zeit selbst in Gefangenschaft geriet.

10 Schusters Jans

Der Bewegungsradius der „Studenten" an Lückes Schule ist eng gesteckt. Anlaufstelle Nummer eins ist Schusters Jans in seiner Zweiraumbude. Er hämmert, falzt und näht einen langen Arbeitstag hindurch in der Werkstatt. Dahinter liegt ein Mehrzweckraum, bestehend aus Schlafstelle, Sitzecke und Küche. Er lebt bescheiden hauptsächlich von Brot und Milch, erweitert gelegentlich durch eine Tauben- oder Hähnchensuppe, die er auf dem „Bunkeröfchen" kocht. Seine Lebensmittelvorräte bewahrt er unterm Dielenboden auf. Er braucht nur ein Fußbodenbrett zu heben und hat alles griffbereit.
Die nach Abwechslung aus der täglichen Schulroutine hungernden Pastorenschüler finden sich bei ihm ein. Jans sucht sich seine Opfer, provoziert die Ahnungslosen, stiftet sie zu allerlei Unfug an, der nach gerechter Strafe verlangt, vom tadelnden Verweis bis hin zum „Hausverbot". Ich sehe den langen Heinz Vorspel, dem der Zutritt für einen Tag untersagt war, vor Schusters Fenster knien, um Einlass bittend: „Schuster mien, laot mie harin!"
Eine Strafe, die ich am eigenen Leibe nie erfahren habe, war es, mit einem Lederriemen unter den Armen an die Balkendecke gehängt zu werden. Schusters Jans konnte als Junggeselle frei über seine Zeit verfügen. So legte er sich an warmen Sommertagen zur Mittagsrast in Terschlusen-Weide ins lange Gras. Gelegentlich hatte er Lust zum Eichkatzenjagen. Einmal kletterte ich an „Piepers Heck" in eine hohe Fichte, riss einen Eichhörnchenkobel aus der Astgabel und warf ihn dem wartenden Jans vor die Füße. Er steckte den Inhalt des Kobels, ein junges Eichhörnchen, in seinen Rockärmel. In einer kleinen Voliere hat das Tierchen den Sommer bei mir verbracht. Es bekam den Namen „Hansi", ließ sich leicht zähmen und machte mit mir Spaziergänge auf meiner Schulter, bis es im Herbst davonlief. Ein andermal hat Schusters Jans vier junge Kaninchen in ihrem unterirdischen Versteck aufgestöbert, mit weit gestrecktem Arm nach ihnen getastet und sie in seinen Rockärmel schlüpfen lassen. An diesen Tieren hatte ich keine Freude. Sie konnten sich mit meinen eigenen zahmen Kaninchen nicht anfreun-

den, brachten die ganze Gesellschaft durcheinander. Ich ließ sie wieder laufen.

Wenngleich ich täglich ungerufen in die Schusterbude kam, wurde ich eines Nachmittags durch einen Schülerboten dorthin beordert. Jans empfing mich unfreundlich: „Du hast doch Alois Dapper einen Feigling genannt. Hier steht er. Zeig ihm, dass du selbst kein Feigling bist." Ich bin mir sicher, Alois Dapper niemals einen Feigling genannt zu haben, und nach einem Wettkampf, der jetzt offensichtlich ansteht, ist mir nicht zumute. Jans setzt nach:" Hab ich mir gedacht. Jetzt drückt er sich. Ich hätte dich zu Hause lassen sollen." Er bringt es fertig, Alois und mich in ein Gerangel zu verwickeln. Wir kämpfen in der engen Schusterbude, die vollgestellt ist mit Flickschuhen, Pferdegeschirren und anderem Lederwerk. Ich komme in eine gute Position und drücke meinen Kontrahenten über die Knie des sitzenden Jans hinweg in das Budenfenster. Eine Scheibe splittert, der Kampf ist beendet. Schusters Jans denkt eine Weile nach und erklärt mich zum Verursacher dieses Schadens. Wenn nicht meine Eltern in diesen Schlamassel hineingezogen werden sollten, so könnten jetzt nur noch ein Glasschneider aus Opa Hemings Schreinerwerkstatt und eine neue Fensterscheibe helfen; der Schaden müsse auf der Stelle behoben werden. Mir fallen einige Fensterrahmen mit Scheiben ein, die seit dem Brand im Hause Ritter vor fünf Jahren auf dem Dachboden gelagert sind, verpflichte mich, alles Gewünschte zu besorgen. Der Nachbar Heming rückt aus der stillgelegten Schreinerwerkstatt den Glasschneider heraus, ich lasse an einem Wagenseil den schweren Rahmen mit Scheibe durch ein Fenster zur Erde und schleppe ihn zur Schusterbude. „Hier ist alles, was du brauchst und lass meine Eltern aus dem Spiel!"
So gut Jans mit Hammer, Nadel und Pechdraht umgehen kann, der Gebrauch des Glasschneiders ist ihm nicht geläufig. Die Scheibe wird kreuz und quer zerschnitten, ohne dass ein brauchbares Stück für das gähnende Fensterloch herauskommt. Mein Selbstvertrauen wächst. Ich halte ihm sein handwerkliches Versagen vor. Alles besser wissen, aber nicht mal einen Glasschneider bedienen können.

Jans schneidet ein Stück Pappe maßgerecht in das Sonnenloch. Ein bisschen dunkler wird es dadurch in der Schusterbude. Dieser Kinderfreund sieht keinen Anlass, den Vorfall weiter zu bereden. Das Leben geht über solche kleinen Malheurs hinweg und der kommende Tag bringt mit Sicherheit wieder Arbeit und Abwechslung.

11 Fisimatenten

Manchen schönen Dingen des Lebens, die ich mir während meiner Volkschulzeit heimlich erschleichen musste oder die gar mit striktem Verbot belegt waren, konnte ich als Pastorenschüler ungehinderter nachgehen. Meine große Leidenschaft galt den Brieftauben. Ein einziges Paar wurde mir in einem kastengroßen Schlag im Schuppen erlaubt. Ich drängte auf eine größere Taubenfamilie. Als alles Quengeln erfolglos blieb, hämmerte ich schließlich unbemerkt an einem Taubenschlag auf dem Dachboden, der Zimmergröße hatte. Mühselig schleppte ich Bretter und Draht nach oben, bis Vater hinter mir stand und mir Hammer und Nägel aus der Hand nahm. Wie eine Taube mit gebrochenem Flügel kam ich mir vor, zumal ich merkte, dass an der Endgültigkeit dieser Entscheidung nicht zu zweifeln war. Noch heute erinnern Reste dieses nicht vollendeten Taubenschlages an meine damalige Niederlage.
Ungehinderter konnte ich den Traum vom Fliegen in einem geradezu fanatisch betriebenen Drachenbau verwirklichen. Aus fingerdicken Nussruten schneiderte ich die Rippen, Packpapier bot sich an in unserem Kolonialwarenladen, Windvogelband gab es im Geschäft Robert, 20 Meter für 10 Pfennig, eine gekochte Kartoffel diente als Klebestift. Den anfänglichen Spitzkopfkonstruktionen folgten bald die briefförmigen, Sechsecke und später die Kastendrachen. In den Sommerferien ließ ich die Drachen tagsüber in der Luft stehen, auch wenn ich einem anderen Tagwerk nachgehen musste. Lenkdrachen, mit denen ich mich später nicht mehr anfreunden konnte, waren mir völlig unbekannt. Den Drachenbau habe ich weit über die

Bürener Zeit hinaus fortgesetzt, doch das Erstellen von Flugkonstruktionen genügte mir nicht. Ich wollte selber in die Luft steigen oder besser aus ihr heruntergleiten. Der Hühnerstall vorm Wald schien mir die passende Höhe zu haben, ohne gleich Kopf und Kragen riskieren zu müssen. Der erste Sprung mit einem geöffneten Regenschirm in beiden Händen stellte mich nicht zufrieden. Ein Bettlaken, an den Zipfeln gehalten und zum Fallschirm gebläht, ließ beim Absprung etwas von der Lust des Fliegens ahnen.

Wintersport auf dem Waldteich

Zusammen mit Günter Engberding konnte ich mich ausgiebig diesem heißgeliebten Eissport zuwenden. Neue Schlittschuhe wurden mir nicht genehmigt. Beim Fahrradhändler Wilm Meis am Breul erstand ich für 2 Mark ein Paar vorsintflutlicher Schlittschuhe, ein holländisches Format mit Holzrahmen und Lederriemen. Die Kufen ließ ich beim Schmied Bernhard Osterholt mit Kerben versehen, die den eigentlich notwendigen Schliff ersetzten. Auf dem zweiten Waldteich hinterm Blockhaus, wo wir im Sommer den Fröschen nachgestellt hatten, drehten wir Runden, vorwärts und rückwärts, mit Übersetzen und Sprüngen. Vorbilder hatten wir nicht, aber unsere Fantasie wies uns neue Laufarten.
In demselben Tümpel badeten wir im Sommer mit den Fröschen um die Wette. Ein Graben zog sich als Vertiefung quer

durch den Tümpel. Hier konnten Tauchübungen gemacht werden. Der Förster Karl Lücke machte sich einmal die Mühe, Günter Engberdings und meine Kleidung an sich zu nehmen und damit zu verschwinden. Wir fanden sie in der Nähe meines Elternhauses hinter einem Baum wieder.

Mein letztes Bad im Waldteich endete mit einem Unfall. Mit Günter Engberding hatte ich den Vormittag in dieser Ersatzbadeanstalt verbracht. Gegen den ausdrücklichen Willen meiner Eltern, die in Stadtlohn einkauften, entwischten wir, beide mit einem alten Melkrad versehen, noch einmal in unseren Badetümpel. Ich tauchte in der Vertiefung des Grabens und trat in eine zerbrochene Flasche. Das Wasser um mich färbte sich rot, ich eilte in Panik zu meinem Rad und nach Hause. Dort lege ich Blutspuren durch mehrere Räume, bis meine Schwester Mia erste Hilfe leistete. Zu meinem Unglück kehrten meine Eltern in diesem Augenblick ebenfalls zurück, konnten das Ganze nur mühsam einordnen und über die Schimpfkanonade hinaus bekam ich von meinem Vater die letzten Prügel meiner zu Ende gehenden Kindheit. Daran erinnere ich mich genau, auch daran, dass mein Vater sich hinterher entschuldigte, denn mit Schlägen ist er ein Leben lang sparsam gewesen - anders als meine Mutter, die eine eher „lockere Hand" hatte.

Die Erkenntnis, dass ich im Gegensatz zu meinen älteren Schwestern und auch zu meinem jüngeren Bruder Karl aus der Art schlug, machte mir zu schaffen. Meine ganze Kindheit hindurch war ich von einem Unfall in den nächsten geschlittert. Da stimmte etwas nicht mit mir. Immer wieder hat meine Mutter mir prophezeit: „Den Jungen, de wött nich groot."

Meine Kindheit lag hinter mir, die Unfälle hatten aufgehört. Aber warum wurde ich weiterhin geplagt von Neigungen, die anderen offensichtlich fremd waren: auf Stelzen durch Büren zu laufen, wobei die Hecke am Schulplatz kein Hindernis war, mit einer selbstgebauten Schleuder oder einem „Flitzebogen" Vögel aus den Bäumen zu holen, mit dem „Iskloot Bocken" nicht aufhören zu wollen, das „Pinneken Schlagen", ein dem Golf verwandtes Schlagspiel, bei dem ganz Bürens Mitte als Spielfeld diente, weil nur die erreichte Entfernung vom Ausgangspunkt zählte. Lauter Dinge, die an der Bürener Normalität vorbeigingen.

12 Gespensterspiel

Eine mittlerweile zum starken Baum gewachsene Eiche an „Piepers Heck", einem Eingangsweg in die Bröke, mahnt mich, wenn ich dort einen Rundgang mache, an eine Untat aus dem Herbst 1942. Ein stiller leistungsstarker Mitschüler, Klemens Hillmann aus Metelen, ist das Opfer. Dabei ist mir die Rolle des Täters erst im letzten Augenblick zugefallen. Klemens hat Kost und Logis in der Familie Gesing, die 50 Meter von diesem Schauplatz entfernt wohnt. Hannes Schnermann hat den Plan, diesen ängstlichen Jungen zu erschrecken. Ich brauche nur das nötige Zubehör, ein Bettlaken und eine möglichst lange Eisenkette, zu besorgen. Er will dann im Dunkeln aus dem Versteck hervorspringen, sobald Klemens die Stelle passiert. Im letzten Augenblick kommen ihm Bedenken, ob er sich das als Gast im Pastorat erlauben dürfe. Ich sei da unabhängiger. Das leuchtet mir ein, zumal ich mir von diesem gespenstischen Spiel in der Abendstunde einen gehörigen Nervenkitzel verspreche. Hannes will das Opfer zu einer verabredeten Zeit nach dem Silentium auf den Weg schicken. Mit den erforderlichen Utensilien kauere ich hinter der Eiche, mache mich unsichtbar vor einem Radfahrer und höre in einiger Entfernung den ahnungslosen Mitschüler näherkommen. Mit lautem Kettengerassel springe ich, eingehüllt in das schleppende Bettlaken, lärmend und tanzend auf die Straße. Klemens stößt einen einzigen hohen Schrei aus und rennt zur Haustür seiner Gasteltern.
Mit gemischten Gefühlen packe ich meine Folterinstrumente und berichte Hannes von der gelungenen Aktion.
Am nächsten Morgen herrscht ernste Stimmung in der Schule. Pastor Lücke weiß, dass Klemens heute nicht zum Unterricht erscheint. Er habe zwar die Sprache wiedergefunden, die ihm gestern Abend abhanden gekommen sei. Stumm und entsetzt sei er Frau Gesing vor die Füße gefallen.
Wir melden uns, gestehen die Tat, das sei nur aus Spaß geschehen, ein kleiner Streich.
Hätte Pastor Lücke nicht so große Hoffnungen auf uns gesetzt, wäre das unser letzter Schultag bei ihm gewesen.

Klemens' Großvater aus Metelen erscheint am nächsten Tag in unserer Familie. Als reumütiger Sünder stehe ich vor ihm, lass mir sagen, der Arzt habe bei seinem Enkel einen Schock festgestellt, den er erst in Jahren überwinden könne.
Bei Klemens entschuldige ich mich mehrmals. Er trägt mir die Untat nicht nach, wie er beteuert. Er ist später Priester geworden. Berührungsängste habe ich aber bis heute nicht überwunden. Zu deutlich steht mir die fliehende Gestalt des unschuldigen Jungen vor Augen und klingt sein gellender Schrei in meinen Ohren nach. Für mich ist es eine Lehre fürs ganze Leben.

13 Heldenmacher

Die Esterner Volksschule liegt auf halbem Wege zwischen Büren und Stadtlohn. Hierhin wurden die Sechzehnjährigen aus Estern, Büren und Almsick zur Musterung gerufen. In Erinnerung geblieben ist mir die Scheu vor der Nacktheit, deren nicht nur ich mich vor den Augen der Ärzte und des Personals schämte. Dann die Oberflächlichkeit und Beiläufigkeit, mit der diese Tauglichkeitsprüfung vonstatten ging. Offensichtlich lauter gesunde Bauernburschen, die da vor ihnen standen. Peinlich erinnere ich mich, wie ich mich belehren lassen musste, nicht „Student" zu sein, sondern bestenfalls Schüler.
Das zweite Treffen meines Jahrgangs folgte bald danach, ebenfalls in der Esterner Schule. Eine bindende Einladung „Information für Wehrpflichtige" kam mit der Post. Worüber sollten wir informiert werden? Welche Ratschläge und von wem kamen auf uns zu? Werbung für eine bestimmte Waffengattung? Mit den älteren Geschwistern und den Eltern überlegte ich mögliche Strategien und fuhr erwartungsvoll zu dem zum Zentrum erhobenen Schulgebäude. Der Stadtlohner Polizist Mahlberg belehrte uns, wir seien vom Führer ausersehen, in einer Spezialtruppe, der SS, zu dienen. Diese Auszeichnung sollten wir wohl zu würdigen wissen. Helden brauche das Land in der jetzigen Bedrängnis. Stolz könnten wir sein, zu den Erwählten

zu gehören. Daher nehme er an, uns ausnahmslos melden zu können. Drückeberger würden in dieser Zeit nicht geduldet. Es gehe, wie gesagt, ums Vaterland und unsern geliebten Führer, dem wir unsere Wehrkraft zur Verfügung stellen dürften. Nur gewichtige Gründe könnten von diesem Angebot des Führers entbinden. Betretenes Schweigen durch alle Bankreihen. „Ich sehe allgemeine Zustimmung," kommentiert der Polizist unser Schweigen. Einer von uns steht auf und geht zögernd nach vorn, flüstert mit dem Uniformierten am Katheder. Was er sagt, bleibt für uns unverständlich. Ein Zweiter folgt, bringt Einwände vor. Das Zwiegespräch wird lauter. „Wir stehen im Krieg. Der muss gewonnen werden. Zurückstellung wegen Landwirtschaft! Wo kommen wir da hin! Die Volksgemeinschaft braucht Jeden. Außerdem bin ich für Zurückstellungen nicht zuständig."
Ich zwinge mich und bewege mich klopfenden Herzens auf den Mächtigen in Uniform zu. „Na, was haben Sie vorzubringen?" Zaghaft stottere ich: „Ich will mich freiwillig melden – zur Luftwaffe," „Aha, Sie wollen ..." fragt er ironisch. Und was reizt Sie da? „Das Fliegen. Mein sehnlichster Wunsch ist das Fliegen." „Wann gedenken Sie das zu tun?" „In einigen Wochen ziehe ich um nach Münster. Dort will ich mich sofort beim zuständigen Wehrbezirkskommando melden. Ich freue mich schon darauf." „Na, dann wünsche ich Ihnen viel Glück bei der Luftwaffe."
Außer mir kommen etwa zehn junge Männer nach vorn, die ihre Einwände vortragen. Die größere Zahl wird zur Waffen-SS gezogen. Von Freiwilligkeit kann da nicht gesprochen werden, eher von einer Kapitulation vor der Allmacht der damaligen Staatsvertreter.

14 Aufbruch zum Nabel der Welt

Der Schulwechsel nach Münster steht bevor. Ich habe diese Stadt noch nie gesehen und halte sie für den Nabel der Welt. In Latein haben wir Cäsars „bellum Gallicum" durchgeackert „Gallia est divisa in partes tres ... „ und schnuppern an den Aussagen des Livius und Cicero herum. In Griechisch mühen wir uns ab an „Xenophons Anabasis" und Homers „Odyssee" : Ana moi enepe mousa polytropon ... (Nenne mir, Muse, den Mann, den vielgereisten ...). In Mathematik, dem mit Sicherheit erwarteten dritten Prüfungsfach für die Aufnahme ins Paulinum, ist ein solider Grund gelegt. Pastor Lücke versichert uns, wir könnten damit bestehen. Keine Angst. Seine Schule habe bei den Lehrern des Paulinums einen guten Ruf als Zubringeranstalt. Da das Fach Deutsch in den zwei Jahren nur am Rande behandelt wurde, tut sich da bei uns eine Unsicherheit auf, ganz zu schweigen von Geschichts- und Geographieunterricht. Und wie steht es mit den naturwissenschaftlichen Fächern Chemie und Physik? Reicht da das Volksschulwissen?

Mit Hannes Schnermann übe ich auch in der Freizeit auf diesen Prüfungstermin im Juli 1943 hin. Als wir mit dem Rad aus Coesfeld Stearin- und Wachskerzen für den Bürener Kirchenbedarf abholen müssen, fragen wir uns unterwegs lateinische Vokabeln ab, übertragen Hausnummern ins Lateinische, kein Straßenschild ist vor uns sicher, latinisiert zu werden. Das Schulleben wird ernst. Wer möchte von Münster zurückgeschickt werden?

Zum Glück bin ich über die Fremdsprachen ans Lesen gekommen. Im Pastorat existiert eine Borromäusbücherei, die sonntags nach dem Hochamt für die kleine Bürener Lesergemeinde geöffnet ist. Die Haushälterinnen sind für die Ausleihe zuständig. Ihre Lehrmädchen Annemie Stapper, später ihre Schwester Hildegard, vertreten sie dabei. Sie ermöglichen mir den Zugang zu dem Zimmer mit den Regalen voller schwarz eingebundener Bücher. So gerate ich an den Priesterdichter John Svensson, einen Isländer, der in seinen Nonni- und Mannigeschichten seine eigene Kindheit und Jugend schildert. Ich stoße auf Collonis „Hölzernes Bengele." Mit Winnetou streife ich durch die Prärie. Auch an Wilhelm Herchenbach, einem viel schreibenden Volksschullehrer führt kein Weg vorbei. Und obendrein kann ich Pubertierender die Nähe fast gleichaltriger Mädchen erleben, was allein schon aufregend genug ist.

Drei aus unserer anfangs sechsköpfigen Schülergruppe erklärt Pastor Lücke für reif, zur Aufnahmeprüfung auf dem altsprachlichen Gymnasium Paulinum zugelassen zu werden: Hannes

Schnermann, Klaus Gruber und mich. Wohnen sollen wir im Internat Kollegium Heerde, kurz „Kasten" genannt, das von dem Präses Dr. Alois Schroer geführt wird. Er ist Priester, 36 Jahre alt und schreibt gerade seine Habilitation zur mittelalterlichen Kirchengeschichte des Bistums Münster. Aber das erfahre ich erst später, auch, dass die Alumnen ihn den Alten nennen.
In einem Schreiben aus dem Heerde-Kolleg werde ich informiert, was alles bei einer Aufnahme in dieses Haus mitzubringen ist. Von einem Sonntags- und Schulanzug ist dort die Rede und einem warmen Pullover. Zwei Paar Schuhe seien erforderlich und Unterwäsche zum Wechseln. Zahnbürste und Zahnpasta, beides bisher nicht benötigt, zwei Servietten und Serviettenring, wobei ich beim Kauf erst erfahre, welcher Ring hier gemeint ist. Die Schuhe werden bei Schusters Jans nach Katalog bestellt. Einen Sonntagsanzug , pfeffergrau, soll der taubstumme Schneider Trepmann in Stadtlohn nach meinen Maßen anfertigen. Drei- viermal muß ich zur Anprobe dorthin. Ein kleiner Koffer, voll mit wichtigen Utensilien, steht für den neuen Lebensstart in der fremden Stadt bereit.
Bei der Aufnahmeprüfung, die sich mit den Leistungen in Latein, Griechisch und Mathematik zufriedenstellend anlässt, erforscht man unseren Wissensstand in zwei weiteren Fächern, in denen erhebliche Defizite festgestellt werden: Deutsch und Geographie. Über die Vereinigten Staaten von Amerika sollen wir uns vor einer Landkarte äußern. Unser Volksschulwissen reicht dem Prüfer nicht. Aber trotzdem, wir werden für die Obertertia angenommen.

15 Im Kasten

Vater begleitet mich einen Tag vor Schulbeginn nach Münster. Der riesige Hauptbahnhof beeindruckt mich sehr. Zu Fuß nehmen wir den Weg zum Heerde-Kolleg, dem „Kasten." Dort empfängt uns der Präses, ein imponierender Mann. Väterlich spricht er uns an und stellt uns den gerade anwesenden Schülern vor. Zum Glück kenne ich einige der Bewohner, solche, die über Büren dorthin gelangt sind, Ewald Weitkamp und Hubert Bücker. Wir werden durchs Haus geführt, vom Keller bis zu unserem Schlafsaal im vierten Stock. Etwa 10 Betten stehen dort, meines steht in der Nähe des Fensters. Die Hausordnung ist an der Innenseite der Tür zu lesen.

Die Hauskapelle, in der jeden Morgen die Messe gelesen wird, liegt im zweiten Obergeschoss, das beängstigend große Arbeitszimmer des Präses ein Stockwerk tiefer. Ebenerdig der Küchentrakt mit dem geräumigen Speisezimmer und ein großer Studiersaal, in dem das tägliche zweistündige Silentium unter persönlicher Aufsicht des „Alten" stattfindet. Ein Spielplatz im Hof grenzt direkt an das Landgericht. Der Blick fällt auf die vergitterten Zellenfenster der Untersuchungshäftlinge. Hier soll ich also heimisch werden. Als Vater mich Richtung Bahnhof verlassen hat, wird mir bewusst, welch ein radikaler Einschnitt in mein bisheriges hinterwäldlerisches Dasein heute beginnt.

Noch am selben Abend führen die erfahrenen Mitbewohner die Neulinge in die Umgebung, zum Paulinum, in den Dom, zum Prinzipalmarkt und Drubbel, wo ich als erstes Geschäft in dieser Stadt den Buch- und Papierwarenladen Buschmann betrete.

Die erste Nacht in diesem „Kasten", wie ist sie? Gewohnt war ich es, zu zweit oder gar zu dritt in einem Bett zu schlafen. Aber mit zehn fremden Schülern in einem Raum, das ist gewöhnungsbedürftig.

Der Tagesablauf im Kasten ist streng geregelt. Eine Klingel, durchdringend und andauernd, ertönt zeitig genug, um nach der Morgentoilette die Messe in der Kapelle mitzufeiern. Es wird betont, der Messbesuch sei zwar erwünscht, aber nicht verpflichtend. Gemeinsames Frühstück ohne den Präses und Abmarsch in das jeweilige Gymnasium der Stadt. Einige besuchen das Ratsgymnasium. Die größte Gruppe macht sich auf den Weg zum Paulinum, dem ältesten Gymnasium Münsters, von den Jesuiten gegründet, jetzt zwar gleichgeschaltet, aber immer noch mit dem Nimbus einer besonders leistungsfähigen Schule behaftet. Gegen 13 Uhr trudeln alle nach und nach wieder ein und setzen sich hungrig zum gemeinsamen Mittagessen

zu Tisch, diesmal unter Vorsitz des Präses. Vor und nach dem Essen wird gebetet. Schüsseln sind höflich weiterzureichen. Wie ein Dirigent vor seinem Orchester gibt der Alte den Auftakt zum Essensbeginn. Gedämpfte Rede ist erlaubt. Richtige Handhabung von Messer und Gabel macht mir anfangs noch Schwierigkeiten. Eine Karaffe mit Wasser lädt zum Trinken ein. Das gab es zu Hause nicht. Jeden Tag ein Dreigang-Menü. Ich wundere mich, welch bekömmlichen und für mein Begreifen üppige Mahlzeiten die Ordensschwestern und ihre Küchengehilfinnen in diesem vierten Kriegsjahr zu zaubern wissen.
Die strenge Ordnung im Tagesablauf ist für mich ein neues Erlebnis. Spielräume für Eigeninteressen sind klein. Trotzdem empfinde ich das Reglement nicht als bedrückend.
Da der Religionsunterricht auch im ehemals jesuitischen Paulinum untersagt ist, treffen wir uns regelmäßig mit einem Kaplan Weinand in einem kirchlichen Raum. Das sind spannende Stunden, kein bisschen langweilig. Der Kaplan führt uns an biblische Texte, lässt uns Deutungen finden. Kein Appell an Moral und Pflichtbewusstsein. Keine Dressur.
Solchen Unterricht hatte ich bisher nicht erlebt. Wie in Büren haben auch hier Jugendorganisationen des NS-Staates keinen Zugang. Wir vermissen sie auch nicht, bilden eigene Gruppen, unabhängig von jeder Ideologie. An den Wochenenden im Kasten werden gemeinsame Fahrten in die Umgebung gemacht. Wir zelten in Einen an der Ems, schwimmen im Hallenbad, wobei ich das Tauchen lerne, dürfen einen Film sehen, besuchen das Landesmuseum, und ich erlebe sogar die erste Oper meines Lebens, „Martha" von Friedrich von Flotow.
In regelmäßigen Abständen finden zwischen Präses und Zögling Benimm-Übungen und Einzelgespräche statt. Das beginnt mit dem Klopfen an der Tür seines großräumigen Büros, nicht zu heftig, dem richtigen Eintreten und Platznehmen. Der schulische Stand wird kurz angesprochen. Belehrende Einsprengsel fehlen nicht. Bedrückender wird es beim privaten Teil. Die Frage nach den Mädchen. Spielen die schon eine Rolle? Meine verneinende Antwort muss ihn überzeugt haben. Ja, dann ist da noch die Sache mit dem eigenen Körper. Das ist ganz normal. „Das tut jeder Junge in deinem Alter". Was meint er? Er lässt

nicht locker. „Jungen empfinden Freude, wenn sie mit sich selbst spielen." Das müsste ich doch wissen. Da sollte ich mich nicht zieren. So fühle ich mich gedrängt, Erfahrungen zuzugeben, die ich bis dahin nicht habe.
Jeden dritten Samstag dürfen wir nach Hause fahren, müssen es nicht. Ich möchte am liebsten jedes Wochenende nach Büren, denn Heimweh nach meiner Familie und den vertrauten Menschen in der Nachbarschaft plagt mich.

16 Ein schwarzer Sonntag

Nach dem Drei-Wochen-Zyklus steht am 9. Oktober 1943 ein Wochenende zu Hause an. Jede Stunde werde ich genießen. Der Sonntag ist ungewöhnlich strahlend und warm. Goldener Oktober. Am Nachmittag sehen wir über Büren große Bomberverbände ostwärts ziehen. Wo ist ihr Ziel? Ein deutsches Jagdflugzeug wagt sich an den Pulk dieser fliegenden Festungen heran. Aus großer Höhe stürzt es vor unseren Augen ab. Ein Pilot trudelt am Fallschirm nach unten. Wir hören von einer Bombardierung Coesfelds. Von dem Angriff auf Münster dringt nichts zu uns durch. Davon erfahre ich erst am Montagmorgen im Zug. Spreng- und Brandbomben hätten die Innenstadt Münsters hart getroffen. Die Innenstadt, das ist auch das Heerde-Kolleg. Vom Bahnhof aus haste ich an rauchenden Häusern vorbei und auf Trümmer übersäten Straßen zum Krummen Timpen und zur Neustraße.
Das Heerde-Kolleg hat zwei Treffer abgekriegt. Das vierte und fünfte Geschoss sind verschwunden. Eine Bombe hat die Hauskapelle verwüstet. Der Schlafsaal ist von außen einsehbar. Eine weitere Bombe hat nur ein Einschlagloch auf dem Spielplatz hinterm Haus hinterlassen, ist nicht explodiert. Zum Glück. Denn zu dieser Seite liegt der Luftschutzkeller des Hauses, in dem sich ein Teil der Dagebliebenen aufhielt. Der Präses beweist Nervenstärke. Ohnmächtig angesichts der gähnenden Löcher im Kasten bewegt er Trümmerstücke und Steinschutt nach unten, schickt uns nach Hause mit dem Auftrag, in einigen

Tagen zum Aufräumen wieder hier zu erscheinen. Mein ganzer persönlicher Besitz ist verschwunden. Ich bin ein Bombengeschädigter und muss einen Antrag auf Erstattung stellen.
Das Paulinum wurde ebenfalls von Bomben getroffen und ist unbenutzbar. Der Unterricht fällt für zwei Wochen aus. Eine schlagartig veränderte Situation: Im Kasten sind die strengen Regeln außer Kraft gesetzt. Wir haben die Chance, zu einer echten Notgemeinschaft zu werden. Wir räumen auf, schaffen Geröll abwärts. Das Haus soll schnell abgedichtet werden gegen den bevorstehenden Winter, die Arbeit in der Küche möglichst nahtlos fortgesetzt und Schlafmöglichkeiten für die kommende Abiturientia geschaffen werden. Alle anderen müssen sich eine Schlafstelle besorgen, irgendwo in der Stadt oder in erreichbarer Nähe. Silentium findet wieder statt, ab jetzt freiwillig, soweit die Umstände das zulassen. Schwester Fides, eine der treuen Nonnen im Haus, ermuntert uns immer wieder, dem Herrgott dafür zu danken, dass kein Mitglied der Hausgemeinschaft bei dem Angriff zu Schaden gekommen ist. In der Schule haben sich die Schwerpunkte auch verlagert. Einige Tage helfe ich beim Verfrachten der gesamten Bibliothek des Paulinums nach Sprakel. Auslagerung aus Sicherheitsgründen. Das Gebäude selbst lässt auf lange Sicht den Schulbetrieb nicht wieder zu. Das unbeschädigt gebliebene Schillergymnasium bietet sich für einen Schichtunterricht an. Die gewohnte Ordnung hat einen gehörigen Riss bekommen. Wo ist man noch sicher? Einige Fliegeralarme treiben uns in den Luftschutzkeller. Wir hören das Ballern der Flakgeschütze. Einige Brandbomben fallen. Erklärtes Ziel für weitere Großangriffe ist Münster vorerst nicht.

17 Koppers Mariechen

Eine Schlafstelle finde ich bei meiner Cousine „Koppers Mariechen", die seit kurzem in Laer verheiratet ist. Ihr Mann ist als Soldat eingezogen.
Eingebettet in das intakte Verhältnis zwischen Mariechen und ihrer Schwiegermutter fühle ich mich dort sofort zu Hause.

Morgens steige ich in den Bus nach Münster, verbringe den Tag in der Schule und im Heerde-Kolleg. Am Abend gehöre ich zur Familie in Laer. In dem Frühbus bildet sich eine Art Fahrfamilie. Es sind immer dieselben Gesichter. Gespräche werden möglich, gelegentlich wird gemeinsam gesungen. In völliger Dunkelheit muss der Weg zur Bushaltestelle gefunden werden. Kein Licht aus den Häusern wegen der Verdunkelungsvorschrift. Einige Male verschlafe ich die Abfahrt. Dann nehme ich den drei Kilometer langen Weg zum Bahnhof Horstmar. Für das zu spät Kommen in der Schule lasse ich mir Passendes einfallen.

Mariechen geht fürsorglich auf meine Essgewohnheiten ein, verwöhnt mich mit Reibepfannkuchen und Durchgemüse. Die persönlichen Freiheiten sind gewachsen. Ich kann an Samstagen nach Hause fahren, wie es mir beliebt. Freiwillig verbringe ich einige Wochenenden bei Mariechen und ihrer Schwiegermutter. Bis Weihnachten zieht sich das Intermezzo in Laer hin. Dann ist dank eiliger Reparaturen der Kasten in Münster wieder aufnahmebereit.

18 Schule im Abwärtstrend

Die Löcher in den Außenmauern des Heerde-Kollegs sind notdürftig geflickt, ein Notdach ist über das dritte Stockwerk gezogen, Schlafsäle wieder hergerichtet. Der Präses ruft seine Schäfchen zurück. Ich folge dem gern. Der Kasten ist für mich eine Zufluchtsstätte geworden, ein zweites Zuhause. Den Präses haben wir als einen um das Wohl seiner ihm anvertrauten Zöglinge besorgten „Alten" erkannt. Wir wissen uns mit ihm in einem Boot. Im hauseigenen Luftschutzkeller hat jeder Hausinsasse ein zweites Bett für die nächtlichen Alarme. Wenn wir Bombeneinschläge in bedrohlicher Nähe und Flakgebelle wie eine Begleitmusik dazu hören, erteilt uns der Präses die Generalabsolution. Man kann ja nicht wissen.

Inzwischen bin ich vorstellig geworden beim Wehramt an der Münzstraße, habe dort die „Freiwilligenmeldung" vorgebracht. Von der SS-Drohung in der Esterner Schule rede ich nicht. „Sie

werden vorher zum Reichsarbeitsdienst eingezogen. Das wird schon bald sein." Schöne Aussichten. Ich möchte wenigstens das Schuljahr beenden.
Die Schule spielt, so empfinde ich es, nicht mehr die alles beherrschende Rolle, sie bindet die Kräfte nicht mehr ausschließlich. Überlebens-Strategien rücken nach vorn. Wie überstehe ich den Krieg? Junge Lehrer sind kaum noch anzutreffen, ältere Herren sitzen auf dem Katheder, lassen Fünfe grade sein. Der Lateinlehrer ist ein beinamputierter Kriegsinvalide. Große Anforderungen stellt er nicht. Unseren Ehrgeiz fordert er nicht heraus. Hausarbeiten im Kasten werden zwar täglich gemacht unter persönlicher Aufsicht des Alten, aber in der Schule kaum noch vorgewiesen oder abgefragt. Wir sind wieder im alten Gebäude des Paulinums. Auch hier ist nach der Teilzerstörung alles enger gerückt, auch Lehrer an Schüler. Die äußere Bedrohung bringt das fertig, reißt Schranken ein, nivelliert sorgsam gehütete Unterschiede. Mögen die besten Lehrkräfte weg aus der Schule in die Wehrmacht beordert sein, der Geist des Paulinums bleibt erhalten. Die Ideologie des NS-Staates fasst hier nicht Fuß. In den „Gesinnungsfächern" keine Kriegspropaganda, kein Aufruf zum Durchhalten.

19 Spatenkult

In diese Beinahe-Normalität hinein erreicht mich im Februar 1944 die Einberufung zum Reichsarbeitsdienst, kurz RAD. Rückblickend fällt mir heute der lächerlich wirkende „Spatengriff" ein, der in dieser militärähnlichen Organisation mit Hingabe gepflegt wurde. Spaßeshalber habe ich später meinen Kindern die Abfolge seltsamer abrupter Verrenkungen vorgeführt, die mir beim RAD angedrillt wurden unter der Bezeichnung Spatengriff.
Im Kasten fühlte ich mich um die Zeit damals rundum wohl, ebenso im Paulinum, das mir in den knapp dreiviertel Jahren vertraut geworden ist. Nun dieser Gestellungsbefehl. Er kommt mir zu früh. Vater begleitet mich zum Hauptbahnhof in Müns-

ter, wo ein Sonderwagen, angehängt an den Personenzug Richtung Bremen, auf uns wartet. Etwa 20 Siebzehnjährige aus dem Münsterland, von denen ich keinen kenne, suchen sich erwartungsvoll einen Platz. Aus nicht genannten Gründen ruft man uns aus dem Abteil und entlässt uns für drei weitere Stunden, über die frei verfügt werden kann. Vater hält treu bei mir aus und steuert für die Wartezeit mit mir das Heerde-Kolleg an. Am Nachmittag geht die Fahrt nordwärts. Das Ziel ist uns nicht bekannt. Rheine, Osnabrück, Cloppenburg. In Bremen steigen wir um in Richtung Cuxhaven. Ein gleich großer Haufen junger Ostfriesen aus Aurich, Leer, Jever stürmt zu uns ins Abteil. Lustige Typen sind darunter. Wir finden rasch zueinander, singen sogar gemeinsam. „Bolle reiste jüngst zu Pfingsten". Imponiergehabe auf Seiten der Ostfriesen und der Münsterländer. Mir ist während der ganzen Zeit gar nicht nach Singen zumute. Kurz vor Cuxhaven steigen wir in einer menschenleeren Gegend aus, werden mit unserem kleinen Gepäck von RAD-Leuten an unser Ziel begleitet. Weite Landschaft ringsum, Sand und Heide. Die Luft riecht salzig. Was soll hier mit uns geschehen? Die Dunkelheit wirkt bedrückend. Schließlich gelangen wir an steinerne barackenähnliche Gebäude. Sie sind schwach erleuchtet. Über einen weiten Platz stolpern wir einige Ziegelsteinstufen hinauf zu einer breiten Tür. Jetzt kann ich die Uniformen unserer Begleiter genauer sehen. Ein hässliches Braun mit Hakenkreuzbinden am linken Arm. In strengem Befehlston weisen uns Gleichaltrige die mit fünf doppelstöckigen Betten besetzten Buden zu, die Stuben genannt werden und nummeriert sind. Nichts anfassen, nichts fragen! Ob die immer diesen Ton am Leibe haben? Die Forschen aus unserm Abteil sind still.
Kleiderempfang am nächsten Morgen. Weißer Drillich und braune Uniform, Unterwäsche, Socken und einen viel zu langen Mantel kriege ich verpasst. Schirmmütze und Koppel machen die Einkleidung perfekt. Das Anprobieren wird kurz gehalten. Auf der Stube bekommt jeder seinen Spind zugewiesen. Dann geht es schon an den Bettenbau. Laken und Bettdecke sind auf Passform zu bringen, ebenso die Kleidungsstücke rechteckig zum Päckchen aufzubauen.

In RAD-Uniform

Auf dem Exerzierplatz werden Trupps aus etwa drei Stuben gebildet. Als die ersten Kommandos zur Aufstellung in Reih und Glied gebrüllt werden, gibt es ein Gehusche über den Sandplatz. Hier wird mit geübtem Auge erkannt, wer das Aufstellen und Marschieren noch nicht gelernt hat.

Ein eigener Akt ist das Bekannt machen mit dem Spaten. Jeder bekommt ein blitzendes Gerät zugewiesen. Zweierlei Aufgaben soll es erfüllen. Wir werden Erde damit bewegen müssen und den zackigen Spatengriff einüben, der wiederum als Vorübung zum Gewehrgriff zu gelten hat.

Da ist also vom ersten Ausbildungstag an eine Menge zu bewältigen. Das Aufstellen mit „Richt euch", Marschieren, das Knochen Zusammenreißen, rechts um und links um, die Au-

gen links und Augen rechts. „Aus euch muss man erst einmal Menschen machen."
Die Ränge der RAD-Hierarchie müssen wir erkennen und nach den Rangabzeichen einordnen lernen: Vormann und Obervormann, Unter- und Oberfeldzeugmeister, Oberstfeldzeugmeister rangiert schon hoch oben. Täglich zu leiden haben wir unter den niederen Chargen, den Vormännern. Noch in der ersten Woche wird ein Bursche mit Kellnererfahrung für die Offiziersmesse gesucht. Voreilig melde ich mich und kriege auf der Stelle eine Zusage. Das macht mich stutzig und ich bereue diesen Schritt, sorge mich, wie ich das den Stubenkameraden erklären soll und widerrufe alles mit der Begründung, auf die Ausbildung am Spaten nicht verzichten zu wollen. Somit ist die Chance, dem harten Alltag zu entrinnen, vertan. Dieser Alltagsdrill ist in der Tat hart und fordernd.
Um 5.30 Uhr ist Wecken mit anschließendem Frühsport in der Umgebung. Im Trainingsanzug, ein Lied auf den Lippen, geht es hinaus in die Dünen. „Frühmorgens, wenn die Hähne krähen" Mit freiem Oberkörper gegen die niedrigen Temperaturen. Es dient, wie alles hier, der Abhärtung. Ein Genuss ist da schon das anschließende Duschen und das Frühstück. Kommisbrot, Margarine und Kunsthonig in beliebiger Menge mit Malzkaffee. Danach singend zur Arbeitsstelle, zu dünenartigen Sandbergen, wo in vorgegebener Zeit Kipploren voll zu schaufeln sind. Die bewegte Erde werde zur Abdeckung unterirdischer Ölbehälter gebraucht, heißt es. Um 10.00 Uhr kann jeder sein Kochgeschirr mit wohlschmeckendem Grießbrei füllen und, wenn erwünscht, nachfassen. Angenehm wie Milchbrei aus Kinderzeiten. Kraftnahrung zum Durchhalten. Diese Zwischenmahlzeit ist mir in angenehmer Erinnerung geblieben.
Nach kurzer Mittagspause ist Zeit für Wehrertüchtigung: Laufen, Robben, Marschieren und Einüben des Spatengriffs, der nach vierzehn Tagen schon „sitzt". Große Bedeutung wird dem Strafexerzieren zugemessen. Es bleibt mir ein Rätsel, ob unser Trupp diese Strafe wegen Untüchtigkeit auf sich zog oder ob dieses schmerzhafte Ritual fester Bestandteil des Ausbildungsplans ist. Nach Abschaffung der Militär-Prügelstrafe im vorigen Jahrhundert erfreut sich diese Art der Disziplinierung: hin-

legen - auf, marsch marsch - Panzer von links - Tiefflieger von rechts - in diesem Haufen großer Beliebtheit, wobei matschiges Gelände bevorzugt wird. Der Ausbilder braucht keinen Prügel in die Hand zu nehmen, um dem Delinquenten Unlust- und Schmerzgefühle zuzufügen. Bis zu völliger Erschöpfung der Gepeinigten wird dieses Spiel getrieben, wobei zu allem noch der Würdeverlust hinzu kommt, wenn wir als die Ausgelieferten auf dem Bauch durch Schlammlöcher kriechen müssen, gehalten an der unsichtbaren Leine von Angst und Gehorsam gegenüber den gleichaltrigen Peinigern. Einmal in der Woche ist mit solcher Maßnahme der versteckten Gewaltanwendung zu rechnen. Und immer geht sie von denselben Vormännern aus, denen als Breslauern das „Lerge" besonders häufig über die Lippen kommt.

Auf unserer Stube wird beratschlagt, ob da nicht eine Beschwerde fällig sei. Wir entscheiden uns für weiteres Erdulden, da wir uns Hilfe nicht vorstellen können. „Was uns nicht umwirft, macht uns nur härter."

Beim Antreten werden uns lang andauernde Informationen verabreicht, bestehend aus Hinweisen zur militärischen Lage der deutschen Wehrmacht, aus Mahnungen, manchmal aus Drohungen. Eines Tages wird auf den nahen Besuch des Oberstfeldzeugmeisters hingewiesen. Dazu müsse noch gefeilt und gebimst werden., besonders am Spatengriff. Auch ein Tagesmarsch wird angekündigt - mit Gepäck. Da kämen die Socken ganz schön zum Dampfen. Bei der Vorbereitung des Marsches kriege ich zum erstenmal in meinem Leben das Meer zu sehen. Ich staune über die endlose Weite, wundere mich über die ausgedehnten Schlickflächen des Watts bei Ebbe.

Ein großes Ereignis steht uns bevor: Scharfschießen mit dem Karabiner 98K, liegend aufgestützt aus 100 Metern Entfernung. Ab 34 Ringen bei drei Schuss winken drei Tage Urlaub. Es wird ausdauernd geübt. Beim Probeschießen mit scharfer Munition erziele ich passable Ergebnisse. Wie sieht das im Ernst aus? Ich weiß, dass meine Nerven bei starker Belastung anfangen zu flattern. Zahlt sich der Umgang mit dem Luftgewehr aus, bei dem ich mir eine hohe Treffsicherheit antrainiert habe? Wir marschieren mit dem Karabiner aufs Schießgelände. Mecha-

nisch singe ich die gewohnten Lieder mit. Verheißungsvolle Bilder eines möglichen Sonderurlaubs ziehen mir durch den Kopf. Endlich liege ich auf dem Bauch,, drücke das Gewehr fest in die Schulter. Beim ersten und zweiten Schuss treffe ich die Zwölf. Der Ausbilder spürt meine Nervosität, lässt mich eine kleine Pause einlegen. Tief durchatmen. Jetzt nur noch eine Zehn. Das reicht. Meine Hände zittern und ich schieße eine „Fahrkarte". Ich hatte das Glück zum Greifen nahe und stehe nun da mit leeren Händen. Sogar der Ausbilder zeigt sein Bedauern.
Ausgang gibt es in der knappen Freizeit während des zu erwartenden Vierteljahres nicht, die kleinen Nachbarorte habe ich nicht kennen gelernt., Gern hätte ich einen Sonntagsgottesdienst besucht, irgendwo in einem nahen Küstendorf. Doch Religion ist nicht gefragt, passt nicht in den Erziehungsauftrag des Reichsarbeitsdienstes.
Bei einem morgendlichen Appell wird ein RAD-Mann nach vorn zitiert und beschuldigt, einen Rosenkranz und ein Kondom in seinem Spind versteckt zu haben. Rosenkranz und Kondom, bigott und geil, das passe doch wohl nicht zusammen. Auf beides wolle man bei der nächsten Spindkontrolle nicht noch einmal stoßen.
Eine angenehme Überraschung blüht uns an manchen Abenden: Ein Ostfriese durfte sich sein Schifferklavier nachschicken lassen. Er kann damit umgehen, verzaubert uns mit „Tiger Rag" und „Schwarzer Panther", beherrscht „Lilli Marlen" und „Kennst du Lamberts Nachtlokal".
Bei der Einberufung hat man uns eine Mindestzeit von drei Monaten Intensivausbildung angekündigt. Auf diese endlos lange Zeit bin ich eingestellt, teile sie in meinen Briefen nach zu Hause und an den Präses, mit angedeuteten Klagen über meinen grauen Alltag, auch mit. Um so glücklicher macht uns nach acht Wochen beim Morgenappell die Nachricht: „In zwei Wochen werdet ihr entlassen." Dann könne die Wehrmacht uns weiter bilden. Der Grund sei hier gelegt. Ein gutes Fundament für die Zukunft.
Egal, was kommt. Nur hier weg. Ich kann nicht verstehen, wie einer aus unserer Stube sich für ein weiteres Vierteljahr verpflichtet, sich zum Vormann und Ausbilder befördern lässt.

Nach Büren, zur Waldesecke steht mein Sinn, in den Kasten sehne ich mich zurück und in die Schule.

20 Atempause

Mit Bauchschmerzen vor Aufregung, die aber bald verfliegen, komme ich in Büren an. Die Schule billigt mir ein paar freie Tage für die versäumten Osterferien zu. Ich streife durch die heimatlichen Büsche, die gerade in frischem Maigrün strahlen und freue mich über die Maiblumen, Waldmeister und Sternmiere, die den Weg zum Kamp schmücken. Meine Augen und mein Herz sind offen für alles, was ich hier ganz neu entdecke.
Im Heerde-Kolleg werde ich mit Hallo empfangen, muss berichten über die kuriosen Erlebnisse mit dem Spaten „Schipp immer treu und red nicht bei" und präsentiere zum Ergötzen der Kastenzöglinge einen Spatengriff. In der Klasse werde ich als Halbsoldat bestaunt, dann tritt wieder Alltag ein. Wie lange wird man mich in Ruhe lassen?. Die Atmosphäre ist hektischer geworden. Fliegerangriffe, auch am Vormittag, häufen sich. Aufenthalte im Luftschutzbunker, die die Stundenpläne durcheinander bringen.
In Büren sind Gleichaltrige bereits zur Wehrmacht eingezogen. Hatte meine Freiwilligenmeldung zur Luftwaffe etwa aufschiebende Wirkung? Doch lange darf ich mich der Fortsetzung meines Schullebens nicht mehr freuen. Ein paar Wochen nach der Landung der Alliierten in der Normandie, am 6. Juni 1944, erreicht mich der Gestellungsbefehl. Jetzt wird es ernst, obwohl ich noch keine 18 Jahre alt bin. Bei der Abmeldung im Paulinum werden mir gute Wünsche mit auf den Weg gegeben. Die Versetzung in die Untersekunda kriege ich jetzt schon zugesprochen. „Holen Sie Ihr Zeugnis nach Beendigung der Wehrzeit ab und halten Sie die Ohren steif."
Der Präses empfiehlt mich dem Schutz Gottes, spricht von einem Neuanfang nach dem Krieg, dessen Ende abzusehen sei. Nun heißt es nur noch in Büren Abschied nehmen. Pastor Lücke rät mir, gut auf mein Leben zu achten. Unsere Kriegsgegner rü-

cken von allen Seiten auf uns zu. Der Krieg geht bald zu Ende. Komm möglichst schnell wieder zurück in die Schule.
Bei Albin Engberding fällt mir auf, dass sein Parteiabzeichen am Rockaufschlag fehlt. Er sagt mir unverblümt: „Der Krieg ist verloren. Adolf Hitler hat uns belogen und betrogen. Sieh zu, dass du deine Haut rettest."
Einige Tränen beim Abschied von der Familie. Nach Onkel Willi, von dem seit Wochen keine Nachricht mehr kommt, bin ich nun der Zweite aus dem Haus, der in diesen Krieg muss. Mutter weist immer wieder darauf hin, dass ich bei Kriegsausbruch noch ein Kind gewesen sei und nun die Uniform anziehen muss.

21 Blaugrau mit Vogelschwingen

Mit Gleichaltrigen aus der Reichweite des Wehrbezirkskommandos Coesfeld treffen wir uns am Coesfelder Bahnhof und werden mit dem Zug über Dülmen, das Ruhrgebiet, Köln, Koblenz nach Trier-Euren befördert. Die meisten dieser Stationen passiere ich zum ersten Mal. Als eindrucksvollstes Erlebnis ist mir die Fahrt durch das Moseltal in Erinnerung geblieben. Am 26. Juni 1944 treffen wir dort ein und verbringen fast zwei Wochen mit Nichtstun in und vor den Baracken eines Segelfluggeländes, schauen den Starts und Landungen der Segelflugzeuge zu, lassen uns fotografieren fürs Soldbuch, das uns dort ausgehändigt wird. Eine Uniform wird uns hier auch verpasst, blaugrau mit Vogelschwingen am Kragen. Mir gefällt dieser Anzug von der Stange besser als die RAD-Uniform mit ihrem aufdringlichen Braun und der Hakenkreuzbinde. Die Zivilkleidung schicke ich im Koffer nach Hause.
In diesem Trierer Ortsteil Euren, in einem Brief an die Familie gebe ich als Standort Wengerohr an - dürfen wir uns noch zwölf Tage unserer zivilen Freiheiten erfreuen, kein Strammstehen, kein militärischer Gruß vor Funktionsträgern, deren Dienstgrad wir nicht kennen, stattdessen können wir sonnenbaden und letzte Grüße aus Deutschland nach Hause schicken.

Chateau Rothschild

Im Radio erfahren wir, dass die alliierten Invasoren feste Brückenköpfe in der Normandie gegen den hartnäckigen Widerstand der Deutschen eingerichtet haben. Sie sind also vom Festland nicht mehr zu vertreiben.
Am 8. Juli fahren wir mit dem Zug westwärts. Wir berühren Luxemburg, streifen den Argonnerwald und überqueren die Marne bei Chalons. In Melun erreichen wir am Abend ein Verteilungslager, wo drei aus je 40 Rekruten bestehende Züge zu einer Kompanie zusammengefasst werden. Als Kompaniechef stellt sich Hauptmann Angermann vor. Wir erfahren, dass wir zum Einstellungskommando des Flieger-Ersatzbataillons 11 gezählt werden und dem Fliegerregiment 90 zugehörig sind. Der schon ältere Hauptmann spricht wie ein gütiger Vater zu uns, ohne jeden Schneid in der Stimme, wie ich es vom RAD her kenne. Mir scheint, wir sind bei ihm in guten Händen. Unser Bestimmungsort heißt Croissy-Beaubourg. Es liegt etwa 30 Kilometer östlich von Paris. Auf Lastwagen fahren wir dorthin. Zu meinem Erstaunen steigen wir im Vorhof eines pompösen Schlosses aus, das uns für die Grundausbildung als Kaserne dienen soll. Das Chateau gehöre, so wird uns gesagt, den Rothschilds. Wir werden beim Betreten zum rücksichtsvollen Umgang mit dem vorhandenen Inventar gemahnt. Die Parkett-

böden dürfen nur behutsam betreten werden. Vor uns müssen schon deutsche Soldaten in diesem Chateau gewohnt haben. Die Vorratsräume bergen alles, was unserer Ausbildung und unserem Aufenthalt dient: Waffen aller Art, Munition, Panzerfäuste, Gasmasken, Lebensmittel und für die Gulaschkanone einen ganzen Stall mit lebenden Kaninchen, dazu reichlich Zigaretten. Alkohol hält man von uns jungen Spunden fern, den konsumieren die Ausbilder, wie unser gutherziger Unteroffizier beiläufig preisgibt.

Ohne mein Zutun werde ich dem ersten Zug zugeordnet. Alle „Höheren Schüler" und Abiturienten der Kompanie werden in diesem Zug kurzerhand, bevor die Grundausbildung beginnt, zu potentiellen Kriegsoffiziers-Bewerbern erklärt. Wie sich herausstellt, hat das keine Bedeutung, weder Vor- noch Nachteile, wahrscheinlich nur statistischen Wert. Ich bin froh, wenn ich nach drei Tagen, gerade 18 geworden, noch ohne Bart und nicht ausgewachsen, meine Rekrutenrolle unauffällig spiele. Im Gegensatz zur RAD-Zeit fällt mir die Ausbildung in Croissy gar nicht schwer. Wir werden nicht „geschliffen" und getriezt. Von Begeisterung kann allerdings, auch in den Briefen von damals, nicht die Rede sein. Meine Erinnerung sagt mir zwar, die Meldung zum KOB sei mir aufgedrängt worden, doch die Briefe aus jenen Wochen, die erhalten sind, schließen die Freiwilligkeit nicht aus. In einem Brief vom 9. August 44 teile ich meiner Familie mit: „Ich werde auf einen Lehrgang für Offiziersbewerber wohl zugelassen. Wir wurden in Mathematik, Erdkunde und Geschichte geprüft und mussten einen Aufsatz schreiben mit dem Thema „Warum möchte ich Offizier werden?". Zwei Tage später steht im Brief an die Mutter: „Du fragst, warum ich mich als KOB gemeldet habe. Wenn ich nämlich hier mit der Ausbildung fertig bin, habe ich bald die Aussicht, nach Deutschland auf einen Lehrgang zu kommen". Möglicherweise haben die Ausbilder augenzwinkernd auf diese Kehrseite der Medaille hingewiesen.

Bei den ersten Marschübungen erkunden wir das Schlossgelände ringsum. Eine verwitterte Steinmauer umfasst einen ausgedehnten Park. Alles wirkt verwahrlost. Ungepflegte Apfelbäume hängen voll halbreifer Früchte. Auf der Rückseite des Schlosses,

500 Meter entfernt, liegt ein See. Nur geübte Schwimmer können das jenseitige Ufer erreichen. Ich gehöre nicht dazu, gottlob aber auch nicht zu den Nichtschwimmern, die mit robusten Methoden mit dem Wasser vertraut gemacht werden.

22 Chateau Rothschild

Bei den Außenübungen halten wir uns aus Angst vor englischen Jabos im Park oder in einem Wäldchen auf. Auch gegen die heiße Sommersonne sind wir da geschützt. Unsere Ausbilder leisten ihren Dienst human und nachsichtig. Kein provozierender Drill. Bei Kletterübungen über die Schlossmauer mit aufgesetzter Gasmaske weist der Unteroffizier diskret auf die Möglichkeit hin, das Mundstück der Maske zu lockern, um besser atmen zu können.

Vor dem Chateau

Allerdings sind die bei bestimmten Anlässen zu tragenden Stahlhelme für unsere unausgewachsenen Knabenköpfe zu groß, rutschen häufig in unsere Kindergesichter und nehmen uns die Sicht, auch wenn die Sturmriemen stramm gezogen sind. Aber tüchtige Männer sollen wir schnellstens werden, denn die Invasionsfront schiebt sich unaufhaltsam näher.

In einem Brief nach Hause äußere ich die Hoffnung, dass die feindliche Luftwaffe uns als Schlossbewohner noch nicht entdeckt hat. Es hat keine Direktangriffe auf uns gegeben, obwohl wir ungeniert in der Umgebung herumkrachen und ballern. Wir probieren Panzerfäuste aus, wobei wir die alte Mauer um den Park mit dieser Wunderwaffe durchlöchern. Die Zugführer kriegen aus Einsparungsgründen je einen Schuss zugebilligt, wir Rekruten machen „Trockenübungen", dürfen mit dieser Handfeuerwaffe nur zielen, kriegen aber die panzerbrechende Wucht deutlich vor Augen geführt.

Ein paar Mal marschiert die ganze Kompanie durch den Ort Croissy-Beaubourg, Lieder auf den Lippen „Heute marschieren wir zu den Bauern ins Nachtquartier" oder „Das Leben ist ein Würfelspiel", mit geschultertem Gewehr. Mir fällt auf: Wir haben keine Zuschauer am Straßenrand. Die Leute bleiben in den Häusern, auch die Kinder. Sie meiden diese Art unserer Selbstdarstellung. Ich selbst bin seit dieser Zeit skeptisch gegenüber protzig vorgetragenen Demonstrationen.

Nach vier Wochen wird uns der erste Ausgang zugebilligt. Zu dritt können wir uns in die Nachbarorte begeben, mit geladenem und geschultertem Gewehr. Ich kaufe mir für den ersten Sold in Franc einen Fotoapparat, eine einfache Box mit einem Film dazu. Wir besichtigen die offene Kirche im Ort, die dunkel und moderig auf mich wirkt und in der ich mir mit dem Gewehr auf der Schulter deplatziert vorkomme.

Ein großes Ereignis dagegen die Risiko beladene freie Tagesfahrt nach dem 30 Kilometer entfernten Paris. Auch hier sind Dreiergruppen gefordert. Es ist ein Angebot. Wir müssen es nicht wahrnehmen. Die Fahrwilligen kriegen eine Extrainformation: „Also, schaut Euch Paris an! Auf den Hauptstraßen bleiben! Nicht ansprechen lassen! Und wer ins Bordell geht, nur eins wählen für Wehrmachtsangehörige und hinterher sanieren lassen ist unbedingte Pflicht!" Ich bin fahrwillig, erreiche Paris, benutze mit zwei Kameraden die Metro und gehe ein Stück die Champs-Elysées Richtung Eiffelturm. Klein und verloren komme ich mir in diesem Menschengewimmel vor und bin froh, als wir den Zug zurück nach Croissy gefunden haben.

In den Instruktionsstunden in dem Salon des Chateaus wird auf die aktuelle militärische Lage verwiesen in beschönigender Sprachregelung. Gelegentlich spürt man den ironischen Unterton des Ausbilders. „Im Osten ist die Lage unerhört stabil. Der Frontverlauf wird geordnet begradigt. Im Westen machen die Alliierten nur geringe Fortschritte." Uns interessiert, wie weit die Amerikaner und Engländer von uns entfernt sind, ob und wann die uns überrollen könnten mit ihren Panzern.

Mitten in der Nacht vom 20. auf den 21. Juli werden wir aus den Betten gepfiffen zu einer Sondermitteilung. Ein schändlicher Anschlag auf den Führer sei misslungen. Die Schuldigen, deutsche Offiziere, schon ihrer gerechten Strafe überführt. Ein Komplott sei da vorausgegangen. Um Treue zu dem wunderbar geretteten Oberbefehlshaber der Wehrmacht zu bekunden, gebe es ab morgen nur noch die Ehrenbezeugung mit deutschem Gruß. Der seit zwei Wochen geübte Gruß an den Mützenrand oder den Stahlhelm werde ab morgen mit ausgestrecktem Arm vollzogen. Da müssen wir uns also umgewöhnen.

In zu Hause wie kostbare Reliquien gehüteten Briefen aus meiner Ausbildungszeit in Frankreich, noch eine Mischung aus Sütterlin und lateinischer Schrift, zähle ich die kleinen Dinge des Alltags auf, scheine gar nicht zu merken, auf welchem Pulverfass unsere Luftwaffeneinheit hier sitzt. Ich schildere, dass ich mit der für 720 Francs erworbenen Box-Kamera auf Motivsuche gehe, berichte über das beständig heiße Wetter im Gegensatz zur Heimat, wo ein verregneter Sommer herrscht, frage nach meinen Altersgenossen, ob die alle noch leben. Der letzte mit Bleistift geschriebene doppelseitige Brief, vom 13. August datiert, ein paar Tage vor dem fluchtartigen Verlassen des Rothschild-Schlosses, verrät etwas von der steigenden Aufgeregtheit in unserer Kompanie. Von drei geschlachteten Schweinen ist da die Rede, die als Vorrat für den Rückzug dienen sollen und als Ergänzung zu dem bisherigen „Kaninchenhasch mit Nudeln" willkommen sind. Das Näherkommen der Front, angekündigt durch die rege Lufttätigkeit alliierter Flugzeuge, ist unübersehbar. Dennoch wird rund um die Schlossmauer und im Park weiter Wache geschoben, werden die noch sauren unreifen Äpfel von den Bäumen geschlagen und als zusätzliche Vitaminspender verzehrt.

23 Exodus

Hals über Kopf - nur ein paar Stunden bleiben uns zum Packen und Verladen - verlassen wir Croissy-Beaubourg. Es ist der 17. August.
Jeder darf sich aus dem Vorratslager bedienen. Ich räume einige Stangen Zigaretten und Brot in meinen Tornister, Vorrat für mehrere Tage. Der einzige LKW, ein Holzkohlenvergaser, nimmt die Gulaschkanone, haltbaren Proviant und einige im Dienst der Kompanieführer stehende französische Frauen auf. Diese Frauen begleiten uns über mehrere Tage und verschwinden dann eine nach der anderen. An Bewaffnung sind nur einige Maschinengewehre, Handgranaten und Panzerfäuste vorhanden. Dazu hat jeder für sein Gewehr Sorge zu tragen und entsprechend Munition mitzuschleppen. Ein fast wehrloser Haufen. Nach zwei Stunden - es beginnt dunkel zu werden - zieht die 125-köpfige Kolonne los. Noch in Sichtweite explodieren mit großem Getöse und Feuerschein vier oder fünf Kiloladungen Sprengstoff in dem uns so vertraut gewordenen Schloss. Ein Murren geht durch die Reihen. Welcher Idiot hat das angezettelt? Werden die französischen Kämpfer der Résistance diesen Willkürakt hinnehmen?
Nach und nach sickern Erklärungen für unseren plötzlich Aufbruch durch. Alliierte Panzerverbände seien nördlich und südlich an Paris vorbei bis in unsere Höhe vorgestoßen. Da unsere Kampfkraft bedeutungslos sei, müssten wir ostwärts marschieren, also fliehen. Das halten wir einige Stunden durch. Dann fangen die ersten an zu torkeln, treten dem Vordermann auf die Hacken. Ich kann mich gegen Kurzträume beim Marschieren nicht wehren, erwache immer wieder stolpernd. Der längste Tagesmarsch betrug 19 Kilometer. So stark sind wir auf Ausdauer nicht getrimmt. Ein erlösender Befehl wird gegeben, der uns gegen Mitternacht eine halbe Stunde Schlaf gestattet, mitten auf

der Straße, den Tornister als Kopfkissen. Ich schlafe sofort ein, habe hinterher wieder die Kraft zum Weitermarschieren.
Genau drei Wochen später, am 5. September, schreibe ich über diese Flucht in einem Brief, den ich an der Feldpost vorbei, frankiert und mit fingiertem Absender versehen, nach Hause schicke: „Wir mussten zuerst Tag und Nacht marschieren, da es hieß, der Engländer sei links und rechts von uns durchgebrochen. Aber es hat alles geklappt."
Nach Tagen gewöhnen wir uns an die Nachtmärsche, während wir uns tagsüber in Wäldern und Parks vor den allgegenwärtigen Jabos verstecken. Angenehme, aber auch unangenehme Erinnerungen an den dreiwöchigen Exodus Richtung Deutschland werden beim Schreiben wach. Um unser Gepäck nicht selbst zu schleppen, müssen Pferde und Fuhrwerke her. Zweimal werde ich in einem Dreierkommando abgeordnet, auf einem nahegelegenen Bauernhof Pferde und Wagen zu requirieren. „Kommt nicht mit leeren Händen zurück." Mit vorgehaltener Waffe dringen wir in die Familie ein, beide Male mit Erfolg. Der als erster betroffene Bauer gibt rasch nach und schirrt vor unseren Augen zwei Pferde vor einen Leiterwagen.

Rückmarsch aus Frankreich

Der zweite gibt seine Pferde nicht aus der Hand, begleitet uns nach langen Verhandlungen zwei Nachtmärsche lang und darf mit seinem Gespann zurückkehren. Unsere Ausbilder haben

sich mit Fahrrädern versorgt, um mobiler den Block der marschierenden Leute begleiten zu können.
Die Verpflegung ist besser als im Schloss. Der Koch erweitert die warme Mahlzeit um Kartoffeln, die wir von den Äckern holen. Hühner und Gänse, die uns in die Hände laufen, wandern mit in die Nudelkartoffelsuppe. Brot wird in den Orten gekauft, die wir berühren. Unser geordneter Rückzug bietet streckenweise das Bild abenteuernder Pfadfinder, wobei wir den brandgefährlichen Hintergrund nie aus den Augen verlieren. Aber kein Wüstenzug mit Hunger und Durst, eher ein wachsames Dahintasten durch ein reiches Land, in dem die Sommerernte eingebracht wird. Auf einigen Rastplätzen sind sogar kleine Feuerchen geduldet, an denen Kartoffeln gebraten werden. Ein marodierender Haufen sind wir nicht. Wir meiden die Hauptstraßen und die größeren Orte, halten Distanz zur Bevölkerung und zur Invasionsarmee, die in berechenbaren Etappen ebenfalls ostwärts zieht, uns immer auf den Fersen. Jede Berührung kann für uns tödlich sein.
Epernay lassen wir nördlich liegen, bewegen uns in Richtung Vitry, Bar le Duc und Nancy. Wir Fußsoldaten nehmen plötzliche Richtungsänderungen stoisch hin, ohne deren Ursachen und Hintergründe zu durchschauen. Das Hin und Her wirkt wie ein Katz- und Mausspiel, wobei wir die Gejagten sind und uns auf die Logistik der Kompanieführung verlassen müssen.

24 Feindberührung

Hinter Pont à Mousson treffen wir auf deutsch sprechende Menschen, spüren die näherrückende Heimat in Lothringen. Gerade hier werden wir von amerikanischen Panzern eingeholt. Wären wir weiter in Richtung Saarbrücken getürmt, wie wir es seit drei Wochen geschafft haben, hätte es keine für uns so verlustreiche Feindberührung gegeben. Ich habe den Verdacht, unser Führungsstab will oder muss sich profilieren. Widerstand soll geprobt werden. Nicht nur Gejagte, sondern einmal Jäger sein. Das ging gründlich daneben. Jedenfalls bringt dieser Tag eine schicksalhafte Wende. Es muss der 7. September gewesen sein. Das beständige Sommerwetter ist einem Wolken verhangenen Himmel gewichen. Es sieht nach Regen aus. Wir wollen uns in den Räumen einer Schule richtig ausschlafen, richten uns auf eine marschfreie Nacht ein, da kommt der Befehl, sich binnen einer Viertelstunde feldmarschmäßig bereitzuhalten, das heißt, sich mit dem wackeligen Stahlhelm über Patronengurt und Gasmaske, Gewehr samt Seitengewehr auszurüsten und anzutreten. Ehe wir uns versehen, sind wir auf einem Marsch ins freie Feld zwischen Pont à Mousson und St. Avold. Wie ein lebendiger Sperrriegel, so lautet der Auftrag, sollen wir uns mit dem Seitengewehr eine Mulde zum Hineinlegen schaffen, uns also eingraben. Abstand von Mann zu Mann zehn Meter. Ist dies ein Manöver, in dem nach unseren wochenlangen erlebnisarmen Fluchtbewegungen Stellungskrieg Mann gegen Panzer geprobt werden soll? Einen Kilometer lang schiebt sich der Menschenriegel durch Felder und Weiden und über sanfte Hügel. Ich suche eine Vertiefung, die ich mit dem Seitengewehr bearbeite. Ein langsam fliegendes Aufklärungsflugzeug mit amerikanischem Stern unterm Flügel streicht extrem niedrig über unsere Linie. Ich sehe den Piloten in seiner Kanzel. Mein Nachbar legt den Karabiner an, lässt ihn aber auf meinen Zuruf hin fallen. Das so harmlos dahinsteuernde Kleinflugzeug, unserem „Fieseler Storch" ähnlich, verheißt nichts Gutes. Was hat man mit uns vor? Fühlt sich hier jemand verpflichtet, am Ende des Krieges 120 unerfahrene Menschen in den Tod zu führen? Eine halbe Stunde vergeht. Mein mühselig geschaufeltes Erdloch gleicht einem flachen Grab, wenn ich mich leicht gekrümmt hineinpasse.

Ein dumpf dröhnendes Geräusch dringt über die Hügel zu uns. Panzer! Das können nur Panzer sein. Da tauchen sie wie riesige Insekten am Hügelkamm auf, kommen auf uns zu. Wir rufen uns links und rechts „volle Deckung" zu. Zum Weglaufen ist es zu spät. Jetzt heißt es sich tot zu stellen. Unterm Stahlhelm äuge ich den näherkommenden Ungetümen entgegen. Dreißig, vierzig mögen es sein, die in breiter Front mit dröhnenden Motoren auf uns zurollen. Ich bin entschlossen aufzuspringen, bevor ich überfahren werde. Einige Augenblicke sehe ich einen

röhrenden Eisenberg, nehme in der Panzerluke einen farbigen Soldaten mit Maschinenpistole wahr und - bleibe liegen. Es wird geschossen: Maschinengewehr-Salven und Einzelschüsse, höre auch Geschrei, lasse aber Kopf und Körper am Boden, verharre in meiner Mulde, bis der Motorenlärm verebbt. Endlos lange hat der Spuk gedauert. Ich spähe vorsichtig aus meiner Mulde. Mein Nebenmann gibt mir ein Zeichen. Wir springen auf, lassen Gasmaske und Seitengewehr liegen und rennen den leichten Hügel hinauf einem dahinter liegenden Wäldchen zu. Doch da entdeckt uns ein Panzerfahrer, dreht sein Rohr in unsere Richtung und feuert seine Salven auf uns, die wir längst wieder am Boden liegen. Ich nehme die Einschüsse um mich herum wahr, besonders die Leuchtspurgeschosse. Kleine Staubfontänen spritzen aus dem trockenen Boden. Minuten lang bleiben wir liegen, stellen uns tot. Beim Weiterlaufen entdecken wir eine leere Runkelmiete, die uns als rettende Höhle birgt und nach und nach weitere Versprengte aufnimmt, die meisten ohne Gewehr. Einer stürzt herein:" ich war eine Viertelstunde in Gefangenschaft, musste mit erhobenen Händen vorm Panzer herlaufen und hab euch hier reinkriechen sehen."
Wir sechs oder sieben verängstigten Rekruten warten die Dunkelheit ab. Es hat leicht zu regnen begonnen. Eine Stunde gönnen wir uns, im Schutz des Waldes, zum Schlafen, sondieren beim beginnenden Morgendämmern eine Landstraße aus unserem Waldversteck, hören näherkommendes Motorengeräusch und erkennen einen deutschen Militärlastwagen. Der hält auf unser Winken und Rufen hin. Wären wir nicht so müde gewesen, wir hätten Luftsprünge gemacht. Der Fahrer nimmt uns bis zu einem kleinen Dörfchen mit, das nach meinem Erinnern nur aus ein paar Bauernhäusern bestand. Zu unserer Überraschung stoßen wir auf etwa 30 Versprengte aus unserer Einheit, in ihrer Mitte Hauptmann Angermann, der uns auf den Heuböden der Höfe Plätze zum Ausschlafen zuweist. Wo sind die fehlenden Zweidrittel unserer Kompanie und was wird jetzt aus uns?
Schon nach einer Stunde am frühen Nachmittag kommt ein Weckruf. Unser Hauptmann lässt uns zusammentrommeln. Neben ihm stehen zwei Uniformierte. SS-Leute, wie sich herausstellt. Sie haben den Auftrag, versprengte und flüchtige

Soldaten, gleich welcher Waffengattung, zu sammeln und ihren eigenen Verbänden einzugliedern. Doch hier zeigt sich die Qualität unseres Kompanievaters. Er habe den Auftrag, seine Einheit bis Deutschland zu führen, müsse jetzt nach den fehlenden Leuten forschen und gebe keinen einzigen Soldaten ab. Dafür stehe er. Nach einigem Gerangel geben die SS-Leute nach. Zum zweitenmal bin ich dem Zugriff dieser nach „Menschenmaterial" lüsternen Waffengattung entkommen.

25 Umschulung

Die Panzerspitze, die uns überrollte, hat sich wieder zurückgezogen und uns das Feld unserer Schmach überlassen. Mit einem LKW bergen wir die toten Kameraden. Es sind nach meiner Erinnerung fünfzehn, darunter unser Zugführer. Demnach muss mehr als die Hälfte von den Amerikanern gefangen worden sein. Da Walter Große Lutermann aus Schöppingen, mit dem mich die Nähe des Wohnortes und Sympathien verbinden, nicht unter den Gefallenen ist, melde ich ihn in einem Brief nach Büren als wahrscheinlich von den Amerikanern gefangen. Das stellt sich als richtig heraus.
Als Luftwaffeneinheit sind wir nach dem Desaster nicht mehr existenzfähig und werden kurzerhand in unseren Fliegeruniformen in Panzergrenadiere umbenannt und der dritten Panzer-Grenadier-Division zugeteilt.
Kein Brief liegt aus dieser Zeit vor. Auch meine Erinnerung streikt hier. Wie bin ich nach Otzenrath bei Jülich gekommen, wo der Tross dieser uns fremden Einheit sich aufhielt, deren aktiver Teil an der stagnierenden Front bei Aachen lag? Jedenfalls hielt man unsere sechswöchige Grundausbildung in Frankreich mit dem anschließenden Rückmarsch für ausreichend und abgeschlossen. Jetzt war Fronterfahrung angesagt. In Aachen habe der Amerikaner die deutsche Grenze erreicht. Vaterlandsverteidigung im eigentlichen Wortsinn. Begeisterung ist auch hier nicht zu spüren. Beiläufig erfahren wir, dass vor dem Fronteinsatz noch ein Schnellkurs für Hilfskrankenträger möglich ist.

Von meiner Kriegsoffiziers-Bewerbung in Croissy-Beaubourg ist hier nichts bekannt, Unterlagen gibt es offensichtlich nicht und ich rede nicht davon. Aber ein Lehrgang, der mich vorerst von der Front fernhält, ist mir hoch willkommen. Also melde ich mich mit Friedhelm Voß und Walter Holtwick zu einem Kurzlehrgang für Hilfssanitätsdienste. Zwei Wochen Ausbildung sind dafür vorgesehen, fast ausschließlich aus Übungen im Freien bestehend. Ruhiges Spätsommerwetter begleitet diese erholsamen Tage. Ein Erste-Hilfe-Kurs, der sich mir, rückblickend betrachtet, wie aus der Froschperspektive erlebt darstellt. Eine Achtergruppe, bei der in meinem Kopf bodennahe Bilder fixiert sind: dürre Grasbüschel, halb verdorrte Sträucher, dazu der Geruch des warmen Bodens. Auf der Viehweide wird geübt, werden imaginäre Wunden verbunden, Knebel angelegt bei arteriellen Verwundungen zur Hemmung des Blutstroms, bis zur Routine geübte Griffe beim Bergen und Transportieren. Psychologische Tipps werden gegeben, Verwundete zu beruhigen. Ein bisschen Theorie, entspannt auf dem Boden sitzend, hingenommen. Um Gottes willen die Krankentrage nicht Bahre nennen, denn wir seien keine Leichenträger, sondern Helfer der Lebenden, den verwundeten Kameraden nicht als verletzt bezeichnen, wie Feuerwehrleute das täten. Monate hätte diese Umschulung zum humanitären Hilfsdienst dauern können. Tag für Tag dieser Ausbildung wird genossen unter einem Sanitätsfeldwebel, dessen Unterrichtston freundlich und zivil ist. Unsere Unterkunft in einer Schule ist anheimelnd wie ein Ferienlager. Das friedliche Örtchen Otzenrath, heute wegen Braunkohle-Abbaus in seiner Existenz bedroht, wirkt rückblickend auf mich wie eine Oase der Ruhe und Erholung, dem zu erwartenden Sturm der näher rückenden Front vorgelagert.

26 Feuertaufe

Ende September sind die beschaulichen Tage in Otzenrath vorüber. Ich bekomme als Hilfskrankenträger die Rotkreuz-Embleme für Stahlhelm, Rücken und Bauch und eine Armbinde ausgehändigt, dazu Erste-Hilfe-Päckchen und ein Ausweis, der mich als aktives Mitglied im Sanitätsdienst ausweist. Gewehr und Patronen haben wir schon zu Beginn des Kurses abgeben dürfen.
Mit etwa 50 Leuten werden wir auf zwei Lastwagen in die Kampfzone nahe Würselen gebracht. Die Anfahrt bei einbrechender Dunkelheit muss den Spähern der gegnerischen Seite aufgefallen sein. Mein Gedächtnisbild dieses Tages liefert mir zuerst die Erinnerung an eine gespenstische Stille inmitten eines Waldstückes, während wir in Vierergruppen in schon vorhandene Erdlöcher steigen, an tiefe Dunkelheit und plötzlich einsetzenden Granatenbeschuss, der nicht aufhören will. Die Baumkronen fallen unter den berstenden Granaten, decken unsere Löcher zu. Aus einigen Erdhöhlen kommt das Geschrei Verwundeter , die entweder durch Splitter oder Baumstücke getroffen sind. Es gibt kein Ausweichen, keine Gegenwehr. Hilflos hocken wir da, ziehen die Köpfe ein und warten auf das Ende des Infernos.
Erst gegen Mitternacht tritt Ruhe ein. Dieses zweite hautnahe Fronterlebnis nach der Begegnung mit den Panzern lässt mich die ganze Hilflosigkeit und Unterlegenheit unserer Truppe in dieser Phase des Krieges spüren. Siegerstimmung ist mir während meines gesamten Einsatzes fremd geblieben.
Nach und nach klettern wir aus unseren Löchern, tasten uns durch das Chaos der Äste und werden, fast vollzählig, in die vorgesehenen Stellungen bei Broich-Weiden geführt, wo wir gegen Morgen eintreffen. Hier dürfen wir uns erst einmal ausschlafen.

27 Fronteinsatz

Mit Kameraden aus dem Sanitätsdienst werde ich dem Stabsarzt Dr. Bisa zugewiesen. Voll ausgebildete Sanitäter, die sich an diesem vorgeschobenen Truppenverbandsplatz auskennen, stehen uns Neulingen zur Seite. Wir halten uns vornehmlich in Kellerräumen auf, in denen frisch geschlagene Wanddurchbrüche ganze Häuserzeilen unterirdisch verbinden. Alle Einwohner des Ortes sind evakuiert. Das ist so in Broich-Weiden, ebenso im nahen Würselen, in das wir nach einigen Tagen verlegt werden. Auf der gegenüberliegenden Straßenseite sitzen die Amerikaner. Die Front ist hier erstarrt. Scharfschützen auf beiden Seiten lauern auf Beute, verfolgen jede Bewegung außerhalb der bergenden Häuser und Hauskeller. Vor der eigenen Artillerie, die einige Kilometer rückwärts platziert ist, müssen wir uns ebenso in acht nehmen wegen ihrer Treffungenauigkeit wie vor den Scharfschützen uns gegenüber, die als treffsicher gelten.

Sind Verwundete zu bergen, werden wir am Tage rundum bestückt mit Rotkreuz-Emblemen. Auch die Sanitätskraftwagen, kurz Sankra, in denen die Verwundeten nach der Erstversorgung zurück zum Hauptverbandsplatz befördert werden, tragen deutlich das Rote Kreuz. Da das Gelände durch die Artillerieeinschläge durchlöchert ist wie ein Schweizer Käse, müssen wir die Verwundeten, die gehunfähig sind, auf der Trage zum Hauptverbandsplatz einen Kilometer zurück schleppen. Die Amerikaner respektieren den Akt, Verwundete zu versorgen und zu transportieren, mit einer Feuerpause. Auch unsere Seite hält sich an die Abmachungen der Genfer Konvention. Bei Dunkelheit muss die rotweiße Verkleidung wegfallen. Wir müssen unsichtbar sein. Das ist weitaus risikoreicher.

Es gibt ruhige Tage und bewegte, an denen sich beide Seiten die Hölle heiß machen. Bei Artillerie- und Granatwerfer-Beschuss steigt die Zahl der Verwundeten schlagartig an. Hierbei lerne ich, leichtere Fälle selbst zu behandeln - mit zitternden Händen, oder Dr. Bisa zu assistieren. Bei der Amputation eines durchschossenen Beines holt er mich als Helfer dazu. Er hat kein Narkosemittel mehr und schneidet ohne Betäubung,

wobei der Schwerverwundete an der Schmerzgrenze das Bewusstsein verliert und mir alle Farbe aus dem Gesicht weicht. „Ritter, da gewöhnst du dich dran. Suche einen passenden Platz für das Bein."
Ein verwundeter Sanitätsgefreiter will nach einem Beindurchschuss und erster Versorgung nicht bei Tage transportiert werden. Er bittet uns, die Dunkelheit abzuwarten. Bei einer Erste-Hilfe-Leistung sei er beschossen worden. Er traut den Burschen von drüben nicht.
Dr. Bisa macht ein bedenkliches Gesicht, als zwei Verwundete bei uns auftauchen, die beide Handverletzungen vorzeigen. Er vermutet Selbstverstümmelung, worauf schwere Strafen stehen, behandelt die beiden verstörten Gestalten aber doch mit einem Notverband und schickt sie mit anderen Leichtverwundeten nach hinten.
Eines Tages, als ich Verbandszeug aus dem Nachbarkeller holen will, entdecke ich im Dämmerlicht in der Ecke einen Amerikaner, der die Hände über den Kopf hebt und ruft: "I surrender." Er ist unbewaffnet wie ich, und ich schiebe ihn vor mir her durch die dunklen Kellerräume bis zum Sanitätsarzt Dr. Bisa. Der empfängt ihn freundlich und weiß sich in einem besseren Englisch mit ihm zu verständigen als ich. Dieser Überläufer ist nicht der einzige, der aus Versehen oder freiwillig zu uns kommt. Meistens sind es Verwundete, die in unser Kellersystem geraten. Ein verwundeter Amerikaner, halb bewusstlos, taumelt in unser Gehege, mir in die Arme. Er klagt laut: „Oh, my chest, my chest." Ich suche seine Hüften nach Blessuren ab in der Annahme, „chest" bedeutet Hüfte, bis ich seine blutende Brust sehe.
Dauernd auf dem Sprung sein, auch nachts, nie aus den Klamotten kommen, bestenfalls die Stiefel für Stunden ausziehen dürfen, stockender Essensnachschub zehren an den Kräften. Dazu der wegen fehlender Hygiene zunehmende Läusebefall. Das Knacken auf dem Daumennagel bringt nicht den gewünschten Erfolg. Mit der Flamme einer brennenden Kerze fahren wir an den Nähten unserer dreckigen Hemden entlang. Es prasselt regelrecht von platzenden Läusen, aber die verbleibenden vermehren sich rasch wieder.

Dr. Bisa hat sich einen kleinen Granatsplitter am Arm eingefangen. Er bekommt eine Woche Genesungsurlaub in seiner Heimatstadt Mainz. „Ritter, du siehst elend aus. Ich nehme dich mit bis Otzenrath, wo du dich erholen kannst. Keiner weiß davon. Du hast keinen Urlaub und keinen Urlaubsschein, darfst nicht nach Hause, musst dich für eine Woche in Otzenrath tot stellen. Ich übernehme die Verantwortung und verlass mich darauf, dass du stille hältst." Mit einem gepanzerten Wagen bringt uns ein Fahrer durch die gefährliche Zone. Es gibt keinen Beschuss. Für mich tut sich nach drei Wochen der Himmel auf, als ich in Otzenrath ankomme. Ich kann frei atmen, duschen, satt essen, Briefe schreiben und einfach durch das Örtchen bummeln. Bis heute begreife ich nicht, warum ich es nicht einmal gewagt habe, zu Hause anzurufen. Im Elternhaus gab es einen öffentlichen Fernsprecher. Wahrscheinlich hatte ich Angst, Dr. Bisa, dem allein ich dieses Wohlleben verdankte, zu enttäuschen. Oder habe ich einfach das Risiko gescheut, ohne Urlaubsschein den Weg nach Büren zu suchen oder wenigstens telefonisch ein Lebenszeichen zu geben? Aber auch so habe ich in der Geborgenheit Otzenraths neue Energien gesammelt für den weiteren Kräfte zehrenden Einsatz in Würselen und Umgebung.

28 Der Durchbruch

Schweren Herzens fahre ich nach acht Tagen mit Dr. Bisa an die Front zurück. Die letzten Kilometer sind von Granattrichtern zerfurcht. Mit dem Geländefahrzeug kommen wir kaum durch.
Es hat sich wenig verändert an der Frontlinie. Kein Geländegewinn- oder -verlust. Doch jeder weiß, dass das Kräfteverhältnis sich ständig zu unseren Ungunsten verschiebt. Schon in Otzenrath habe ich im Radio von dem Näherkommen der kämpfenden Truppen auf Deutschland zu gehört. Von dem bedrohlichen Vorrücken der Sowjetarmee in Ostpreußen und Schlesien ist die Rede, wenn auch in beschönigenden Worten. Bei uns können Sankras wegen des aufgerissenen Bodens keine

Verwundeten mehr zum Hauptverbandsplatz befördern. Die Gehfähigen begleiten wir, heftig mit den Rot-Kreuz-Fahnen winkend, durch die Mondlandschaft nach hinten.
Es folgen warme und ruhige Oktobertage. Nur geringe Schusswechsel. Ist das die Ruhe vor dem Sturm? Wir streifen durch leerstehende Keller, tauchen auf in die Erdgeschosswohnungen. Keine Menschenseele ist mehr da. In den halb zerschossenen Häusern herrscht das Chaos leergeräumter Schränke und Laden. Ich tausche mein verlaustes Hemd gegen ein neues, das ich am Boden finde, entdecke ein Schott-Messbuch, das ich einstecke, ein Paar Schlittschuhe, die ich mit in unser Kellerquartier schleppe. Als sorgsam verschnürtes Päckchen, adressiert an meine Eltern, lasse ich diese geplünderte Ware durch die Essensträger auf den Weg bringen. Noch heute schäme ich mich deswegen.
Auch die ersten Novemberwochen sind von der auffälligen Ruhe geprägt. Allen ist klar: Die Amerikaner planen einen Durchbruch. Sie lassen die Frontlinie hier nicht auf Dauer erstarren, wo die deutsche Wehrmacht überall auf dem Rückmarsch ist.
Mitten in der Nacht vom 17. auf den 18. November kommt Alarm: Alles fertig machen! Amerikanische Truppen seien in breiter Front vorgestoßen. In großer Hast bricht die siebenköpfige Belegschaft des Truppenverbandsplatzes auf. Wir wünschen uns eine Flucht ostwärts Richtung Eschweiler. Stattdessen rumpeln wir in unserem Fahrzeug nach Linden Richtung Alsdorf, also nordwärts. Dort geraten wir unter Beschuss und weichen aus nach Mariadorf. Auch hier wird aus unterschiedlichen Richtungen geschossen. Wir sind in der Falle, Der Sanitätsfeldwebel, der das Kommando hat, verlässt mit uns das Fahrzeug. Wir suchen in der Dunkelheit eine Einfahrt in einen Innenhof, tasten uns von dort in einen Keller hinein. Hier hören wir das Bellen der MGs und die Granateinschläge gedämpfter. Erstes Dämmerlicht durch ein Kellerfenster dringt in den Raum. Gläser mit Eingemachtem stehen auf Regalen. Gerümpel, Bretter liegen umher. Im Nebenraum finden Walter Holtwick und ich einige Matratzen und schleppen sie heran. Einige legen sich hin. Ein Weckglas mit Birnen wird geöffnet und herumgereicht.

Ich verzichte, kann mich nicht entspannen, spüre, dass etwas in der Luft liegt.
Plötzlich ein Granateinschlag vor unserem Kellerfenster. Maschinengewehrfeuer in unmittelbarer Nähe. Der Lärm spielt sich vor unserem Haus ab. Wir hocken hier, ein Nest mit sieben unbewaffneten Sanitätern. Feldwebel Leverenz, ein Berliner, der uns seit unserer Ausbildung in Otzenrath begleitet hat, bemerkt trocken: „Wir müssen uns rüsten für die Gefangenschaft." Mit Rückzug waren wir vertraut, immer darauf bedacht, nicht in die Falle zu geraten. Aber einfach überrollt zu werden, sich ergeben zu müssen, das trifft mich wie ein Schlag. Ich bin heute Nacht bei dem plötzlichen Aufbruch ohne Socken in meine Schnürschuhe gefahren. Ohne Socken in Gefangenschaft! Die Lärmkulisse aus Schreien, Rufen und Schießen schiebt sich in den Innenhof, wo unser Sanitätswagen steht. Man muss uns entdeckt haben. Ausländische Stimmen in unserem Haus. „Come out!" Ich ziehe mir hastig meinen Mantel an und stolpere mit den anderen die Holztreppe hoch - mit erhobenen Händen. Gewehrläufe sind auf uns gerichtet. Dahinter vier oder fünf aufgeregt wirkende Männer. Hilflos stehen wir im Innenhof. Kein Schuss fällt. Haben unsere Häscher an unseren Armbinden erkannt, dass wir allesamt waffenlose Rot-Kreuz-Mitglieder sind? Beide Seiten sind nervös. Da könnte sich aus Versehen ein Schuss lösen. Endlich „Let's go!" Ab auf die Straße. Immer noch Schießerei in der Nähe. Plötzlich der Befehl des Anführers: „To the wall! Your face to the wall!" Die Hände über den Kopf an die Wand gestreckt, stehen wir da. Wollen die uns von hinten erschießen?
Ich staune heute noch darüber: Diese wohlgekleideten und bestversorgten Soldaten nehmen uns die Armbanduhren ab, reißen sie uns von den Handgelenken. Meine Kommunionuhr, die ich in der Hosentasche trage, entdecken sie nicht.
Die einzelnen Begebenheiten der Gefangennahme habe ich genau zwei Jahre später aufgeschrieben und mit viel Pathos ausformuliert. Demnach hielt die anfängliche Nervosität und Sprachlosigkeit - abgesehen von einigen unverständlichen Rufen zwischen den Amis und unserem armseligen Häuflein - zum Glück nicht an. „Does anyone of you speak English?"

Keiner meldet sich. Ich bringe ein leises „a little bit" heraus. „A little bit is not enough." Dann redet er polnisch. Einer von uns übersetzt. „Er hat gesagt. Noch ist Polen nicht verloren." Wir trotten weiter, immer mit erhobenen Händen. Die paar gesprochenen Worte scheinen die Spannung zwischen den Bewachern und uns zu entkrampfen. Der Gänsemarsch durch Mariadorf setzt sich fort. „Keep on the pavement!" wird dem ersten aus unserer Reihe zugerufen, als er den Bürgersteig verlässt. Er begreift nicht, kriegt einen Stoß mit dem Gewehr. „Du sollst auf dem Bürgersteig bleiben" rufe ich ihm zu. Doch das wird wohl als Aufforderung zur Flucht missverstanden. Diesmal kriege ich den Flintenlauf in den Bauch gestoßen. Ich habe den Mund zu halten. Etwa drei Kilometer trotten wir weiter, lassen schon mal den linken oder rechten Arm sinken, bewegen uns durch Alsdorf, das menschenleer wirkt. Uns kommen endlose Panzerkolonnen entgegen. Wir können uns so ein wahres Bild von der Kräfteverteilung machen. Geschlagene Fußsoldaten gegenüber dieser beeindruckenden materiellen Überlegenheit des Gegners. Freude darüber, der unmittelbaren Lebensgefahr entkommen zu sein, kommt bei mir nicht auf. Die Ungewissheit, was mit uns geschieht, ist zu groß. An einem Bauernhaus befördert uns ein LKW mit anderen Gefangenen in ein kleines Dorf, wahrscheinlich schon auf holländischer Seite.

29 Lungern und Hungern

In meinen Aufzeichnungen von 1946 heißt es:" Mit 200 Mann verbrachten wir die erste Nacht in einem stallähnlichen Raum. Keine Möglichkeit zu sitzen, geschweige denn zu liegen. Die Hitze war fast unerträglich." Ich erinnere mich: Die Bewacher ließen keinen von uns nach draußen, um die Notdurft zu verrichten. Einige hielten es nicht aus, pinkelten in die Stiefel oder auf den Boden. Bei einbrechender Helligkeit werden wir auf Lastwagen weiterbefördert zu einem Sammellager. Ein großes Areal, notdürftig mit Stacheldraht eingezäunt. Sind die gesamten Aachener Frontlinien zusammengebrochen und die

Überlebenden hier versammelt? Wir treffen Dr. Bisa. Er lässt sich unsere Rote-Kreuz-Ausweise geben, auf denen die Unterschrift fehlt. „Vielleicht kriegt ihr eine Sonderbehandlung als Sanitätspersonal." Es gibt hier nichts zu essen und zu trinken. Man ist offensichtlich auf einen solchen Berg an Gefangenen nicht eingerichtet. Hunger habe ich nicht. Um den Durst zu löschen, filtere ich aus den Regenpfützen Wasser in eine Blechdose. „Viererreihen! Let's go! Schneller!" Diese Kommandos beherrschen unsere Wachsoldaten, als wir am Nachmittag aus dem Camp geführt, mehrmals durchgezählt und in Waggons in die Festungsstadt Namur in Belgien gefahren werden. Der Gang durch die Stadt bis zu den Kasernenbauten ist mir als entwürdigendes Spießrutenlaufen erinnerlich. Es ist Sonntag, der 20. November. Wir sind nach den drei Tagen Zwischenaufenthalt in einem verwahrlosten Zustand. Viele Zuschauer beobachten vom Straßenrand aus den Vorbeimarsch der Erniedrigten. Einige machen sich lustig über uns, rufen Dreckworte wie „boche" und „merde" zu uns herüber, johlen und werden von den Bewachern zurückgedrängt. Manche lassen diesen Geisterzug schweigend an sich vorüber ziehen. Ich sehne mich nach Ruhe, nach Wärme und nach einem warmen Essen.

In den massiven Steinbauten der ehemaligen Kasernen wird uns eine erste Wohltat zuteil: An mehreren weiß bekittelten „Bestäubern" vorbei werden wir von Kopf bis Fuß mit DDT eingepudert. Diese Maßnahme behebt mit einem Schlag unser Läuseproblem. Die Personalien werden aufgenommen. Ich bekomme die Nummer, die mir bis heute fest im Gedächtnis verankert ist: 31 G-981830. Damit ist mein Gefangenendasein besiegelt und dieser Zustand endgültig geworden. Der Name ist nicht mehr gefragt, es zählt die Nummer. Wie mögen die Eltern und Geschwister zu Hause reagieren, wenn jetzt die Post von mir ausbleibt. Ob es eine Vermisstenmeldung gibt?

Ich schaue mir die Situation an, tausche Hoffnungen, Ängste und Befürchtungen mit Walter und Friedhelm aus. Wir sind uns einig: Dieses Riesenlager kann keine Endstation sein. Wir wechseln zwar in Vierer- oder Fünferreihen ständig die Wohnquartiere des Lagers, werden in Blöcken immer wieder neu durchgezählt. Doch nach einigen Tagen kehrt ein geregelter

Tagesablauf ein. Ausgerüstet mit einer leeren Blechbüchse als Essensgeschirr und einem Löffel, den wir ständig in Griffnähe haben, lungern wir von der Morgensuppe zur zweiten warmen Suppenmahlzeit am Abend, diesmal mit einem Stück Brot, durch den trüben Novembertag. Mir ist dauernd kalt bei fehlender wärmender Oberbekleidung. Als Socken habe ich mittlerweile Fußlappen in die Schuhe gelegt. Eines Nachts kommt das große Frieren über mich. Ich zittere am ganzen Leibe, kann kein Glied stillhalten. Wie dankbar bin ich Friedhelm Voß, als er sich wärmend auf mich legt und mich langsam beruhigt.
In meinem Bericht von 1946 beschreibe ich das so: „Nach fünftägigem Herumlungern, Hungern - und Frieren, melde ich mich, obwohl ich als Sanitätsangehöriger nicht verpflichtet bin zu arbeiten, in eine Arbeitskompanie. Walter und Friedhelm unternehmen mit mir, unzertrennlich wie wir sind, den gleichen Schritt."

30 Arbeitseinsatz

Der Ort, zu dem wir gefahren werden, heißt Ciney. Er liegt im wallonischen Teil Belgiens, etwa 30 Kilometer von Namur entfernt. Vor zehn Jahren habe ich mit Helga bei einer Autotour ins flämische Brügge und in das Lier des Felix Timmermanns einen Abstecher nach Ciney gemacht. Dieses langgestreckte Städtchen ist viel größer als in meiner Erinnerung. Nach einigem Suchen finden wir das Krankenhaus, in dessen Schatten, in einer lehmigen Mulde, die 24 Zweimastzelte für 2oo Gefangene aufgebaut waren. Eine moderne Berufsschule in Flachbauweise dehnt sich heute über das ehemalige Lagerareal. Der Friedhof, mit dem mich unangenehme Erinnerungen verbinden, liegt noch so ungepflegt da wie damals. Beherrschend an der Ostseite des offensichtlich nicht mehr genutzten Totenackers steht noch das hoch aufragende Dreinagelkreuz aus Stein. Es will mir nicht recht gelingen, mir das Elendslager von Herbst 1944 zu vergegenwärtigen mit den geschotterten Wegen und Plätzen für den amerikanischen Sergeanten und seine Wachsoldaten, mit dem regendurchweichten Boden, auf dem die Zelte standen, mit dem Doppelzaun aus Stacheldraht rund um das Lagerviereck und dem Wachturm am Eingangstor. Die Scheinwerfer, schon angebracht, funktionierten noch nicht, sodass abends Novemberdunkelheit über uns hereinbrach.

In den Aufzeichnungen von 1946 berichte ich über die fünfwöchige Periode im Arbeitslager Ciney ausführlicher als über jede andere Phase meiner Gefangenschaft. Beim Lesen spüre ich noch jetzt die Emotionen, die mich bei der Niederschrift oft ins Pathetische fallen ließen. Der Empfang durch den Sergeanten lässt keinen Zweifel aufkommen: Hier geht es an die Substanz. Ein unscheinbarer Mann in gepflegter Uniform, dessen Lippen beim Sprechen wie zugenäht wirken. Mit unverkennbarem Wiener Akzent gibt er die Befehle, flankiert von zwei Soldaten rechts und links mit geschulterten Karabinern. Auf seinem Schotterhügel erhebt er sich über die im Lehm Verharrenden. „Stellt euch in Reihe und Glied auf, wie ihr es bei eurer Wehrmacht gelernt habt. Und rührt euch nicht von der Stelle! Dieses ist euer Lager. Es ist viel zu gut für euch. Ihr werdet schwer arbeiten. Dafür sorge ich."

Acht bis zehn Gefangene werden jedem Zelt zugewiesen. Bewaffnete Posten begleiten uns. Die Zelte sind leer bis auf einen kleinen Bunkerofen in der Mitte. Aus dem nahen Krankenhaus, das den Amerikanern als Lazarett dient, werden Eisenbetten geholt und Decken. Da die Streben an einigen Bettgestellen fehlen, so vermerke ich in der Niederschrift zwei Jahre später, müssen einige Eisengerüste auf die lehmige Erde gelegt werden. Ich erwische ein Gestell mit Beinen. Es ist schon dunkel, als jeder seinen Platz hat. Wir suchen nach Latrinen und entdecken eine Pissrinne und einen Donnerbalken in einem eigenen Zelt. Wasserkräne sind in einem weiteren Zelt installiert. In den Schlafzelten ist es kalt. Es fehlt noch das Brennmaterial. Wir rollen uns in die Decken und schlafen dem ersten Arbeitstag entgegen.

Mit Walter und Friedhelm habe ich dasselbe Zelt erwischt. Wir legen bei der Frühstückssuppe unsere Strategie für die Arbeitseinteilung fest: zu nichts freiwillig melden. So ergibt sich, dass wir bei der Arbeitsverteilung mit einigen Kameraden übrig bleiben als Verfügungstrupp für besondere Aufgaben.

31 Fliegendes Kommando

Gelegenheitsarbeiten sind für uns vorgesehen. Es fängt ganz erfreulich an: Wir schleppen Holz und Kohle ins Lager. Schwieriger wird eine Fahrt über Landstraßen zu einem Steinbruch, wo wir gesprengte Steinbrocken bewegen müssen, die in einer Mühle zu Schotter zerkleinert werden. Die Arbeit ist hart, die Fahrt nicht ungefährlich. Wir sitzen ungeschützt auf der Ladefläche eines Lastkraftwagens. Erwachsene, die uns als deutsche Gefangene erkennen, drohen uns mit der Faust, rufen „Boches", Kinder werfen einige Male mit Steinen. Einen von uns trifft es am Ellenbogen. Wir tauchen weg, so gut es geht. Man mag uns nicht. Wir Deutschen haben den Hass unserer Nachbarn auf uns gezogen. Der zeigt sich unverblümt.
Bei einbrechender Dunkelheit folgt der tägliche Appell. Er dauert etwa eine Stunde und ist angefüllt mit Hassreden des Sergeanten, unseres Lagerleiters. In adretter Uniform mit Bügelfalte und elegant sitzendem Käppi steht er vor uns. Sein verkniffener Mund entlässt Bosheiten gegen uns. Jeden Tag wird er deutlicher: Er sei Jude und wisse, was Deutsche mit Juden machten, angestachelt von Hitler, der alle Juden ausrotten wolle. „Ich kenne Hitler. Ich kenne seine Methoden, und ich werde Hitlermethoden bei euch anwenden. Hitler hat in Europa KZs gebaut. Dies ist euer KZ. Ihr werdet euch noch wundern." Das macht wenig Hoffnung.
Eine neue Arbeit wartet auf mich: Gleise müssen verlegt werden vom höher gelegenen Krankenhaus-Lazarett abwärts bis in den Lagereingang. Die einzelnen Gleisstücke sind zu verschrauben. Das liegt mir gar nicht. Meine Hände sind steif vor Kälte. Eine Lore wird auf die 30 Meter lange Strecke gesetzt. Drei Tage dauert diese Prozedur. Dann geht die eigentliche Arbeit los. Ein riesiger Schotterberg hinterm Lazarett wartete darauf, lorenweise ins Lager gefahren zu werden. Zu zweit wird geladen, und die volle Lore, das Gefälle zum Lagereingang hin nutzend, vorsichtig über die wackeligen Gleise bugsiert. Neben den amerikanischen Wachsoldaten sind junge Belgier, abenteuerlich als Halbsoldaten gekleidet, unsere Bewacher. Ihr Alter schätze ich auf 16 bis 17 Jahre. Sie sind bewaffnet und treiben uns zu

schnellerer Arbeit an. Einer von ihnen weicht nicht von meiner Seite. Er hat beobachtet, wie ich auf die Puffer der abwärts fahrenden Lore gesprungen bin und das Gefährt zum Entgleisen gebracht habe. Er spricht von Sabotage, stößt mir den Gewehrlauf in den Bauch und droht, mich bei der nächsten Entgleisung zu erschießen. Ich fürchte mich vor diesem Fanatiker. Sein Gewehr ist mir dauernd im Wege. Sein verwegenes Jungengesicht ist zu allem entschlossen. Mit aller Kraft bremse ich die volle Lore auf dem Weg ins Lager, verhindere so eine weitere Entgleisung. Zum Glück wechseln die Wachposten am Schotterhaufen. Der eine drängt zu schnellerer Arbeit, ein anderer verhält sich still, steht einfach herum. Ich schippe gleichmäßig das sperrige Material, flüchte in Kindergebete und Kirchenlieder „Wird mir das Tagwerk schwer und lang, so tröstet mich der Worte Klang: Jesus, Maria, Josef." So vergesse ich beinahe die Anwesenheit des Bewachers, mache mich stark, fühle mich manchmal sogar überlegen. Ich spüre, kein Schicksal, keine Not ist groß genug, um aussichtslos zu sein. Auch am härtesten Wintergestrüpp entdecke ich Knospen, die zu Blättern oder zu Blüten werden können. Nicht einen Augenblick gebe ich auf. Aus Worten, wie sie mir gerade in den Sinn kommen, baue ich eine Mauer gegen den Druck und die Bedrohung. Keiner kann mir so etwas anhaben.

Seit dem Beginn der Adventszeit, Anfang Dezember, haben die Amerikaner das Lazarett mit Lichterketten und einem Weihnachtsbaum geschmückt. Etwas von dieser vorweihnachtlichen Atmosphäre springt auf mich über. Ich wappne mich mit Adventsliedern, die meine Situation widerspiegeln: „Aus hartem Weh die Menschheit klagt."

Eines Tages weckt mich ein junger amerikanischer Wachposten aus meiner eintönigen Schipperei: „Hey boy, can you sing „Stille Nacht?" Er sieht mich aufmunternd an „Sing it, now!" Ich zögere noch ein bisschen, stütze mich auf meine Schaufel und singe leise, dass nur wir beide es hören, alle drei Strophen dieses Weihnachtsliedes. Ein Lied lang bleibt für mich die Zeit stehen. Wie zwei Komplizen stehen wir da, als er, vorsichtig nach allen Seiten sichernd, mir ein paar Zigaretten zusteckt und ich mich wieder ans Schaufeln mache. Keiner hat etwas von dieser „Fraternisation" gemerkt, die beiden Seiten streng verboten ist. Für mich ist durch diese Geste des Bewachers ein Stern vom Himmel gefallen. Für den Tag ist alle Not von mir gewendet.

32 Strafarbeit

Eines Abends beim Appell liegt etwas Besonderes in der Luft. Fünf Wachsoldaten flankieren den Sergeanten, das Gewehr im Anschlag. Der kleine Mann reckt sich auf seinem Schotterhügel zu voller Größe. Er hält zwei Gegenstände in die Luft. „Gestohlenes Gut der US-Army!" ruft er. „Ein Messer und eine Petroleumlampe, selbstgefertigt aus gestohlenem Material. Petroleum, gestohlen aus der Detachment-Area. Wozu wohl ein Messer? Was macht ein Gefangener mit einem Messer?" Er macht eine lange Pause, als wolle er uns zwingen, über Lampen und Messer in der Hand von Gefangenen nachzudenken. Diese Gegenstände seien in Zelt 14 bei einer Razzia am Tage gefunden worden. Er lässt die acht Männer des Zeltes 14 vortreten und fordert die Diebe auf, sich zu melden. Zwei Männer heben den Arm. Der Lagerleiter geht auf sie zu und ohrfeigt die beiden. Schallende Ohrfeigen links und rechts. Nichts rührt sich. Die Posten mit ihren Karabinern stehen unbeweglich. Unser Lagersprecher, Feldwebel Solbach, wo ist er? Müsste er nicht Einspruch erheben? Die Belegschaft des Zeltes 14 wird zur Strafarbeit verurteilt. Sie müssen von 20 Uhr bis Mitternacht Lehm auf Schubkarren laden, mit der Fracht im Eilschritt das Lager durchqueren und sie am anderen Ende auskippen. Eine Sisyphusarbeit. Die Wachposten treiben die Verurteilten an. „Let's go!" Wir hören die Rufe bis in den späten Abend. Was wäre geschehen, hätte auch nur ein Mutiger Gegenwehr geleistet? Der Schotterhaufen hinter dem Lazarett ist abgetragen. Die Wege im Lager sind begehbar gemacht, der Feldherrenhügel des Lagerleiters ist zu einer stattlichen Plattform angewachsen und der Appellplatz trocken gelegt. Neue Arbeiten kommen auf uns zu. Nach dem Morgenappell hat ein amerikanischer

Wachposten eine Überraschung für das „fliegende Kommando" bereit. „I have a surprise for you." Er lächelt süffisant. Zuerst sollen wir die Latrinen säubern. Um elf Uhr käme die Überraschung. Pünktlich um elf erscheinen vier Bewacher. Unser Kommando besteht aus acht Mann. Wir werden geradewegs auf den Lazarettfriedhof nebenan geführt. Bis vor kurzem, solange das jetzt amerikanische Lazarett von den Deutschen genutzt wurde, sind hier deutsche Soldaten beerdigt worden. Acht Spaten und zwei Paar gerade bis über den Puls reichende Gummihandschuhe werden uns zur Verfügung gestellt. Jeweils zu zweit geht es an die Arbeit. Friedhelm Voß und ich bilden ein Team. „Now, let's go!" Das Geviert des Grabes ist gut erkennbar, die obere Erdschicht leicht zu bewegen. Tiefer wird der Boden lehmig. Friedhelm tut sich schwer mit dem Spaten. Ich habe da mehr Routine von zu Hause und vom RAD her.
Warum diese Arbeit? In den Aufzeichnungen zwei Jahre nach diesem Vorgang, deren Wortwahl mir heute wiederum zu pathetisch erscheint, habe ich diese uns aufgezwungene Ausgrabung verstorbener deutscher Soldaten für eine pure Schikane der Amerikaner gehalten. Ja, ich habe es für möglich gehalten, dass sie die Leichenteile, die wir ausgraben sollten, auf die nächste Müllkippe brächten. Viel später habe ich einen deutschen Soldatenfriedhof in Holland besucht, dessen Anlage sorgfältig geplant und dessen Belegung mit deutschen Toten aus der belgisch- niederländischen Region bis in die von mir beschriebene Zeit reichte. Also doch wohl eine sinnvolle Arbeit. So schaufeln wir uns, so langsam wie möglich, in den feuchten und schwerer werdenden Boden hinein und spüren den hohlen Widerhall des Sarges unter unseren Füßen. Wir machen uns leicht, möchten nicht einsacken. Der Wachposten schießt einige Fotos, als wir eine Bretterkiste freigelegt haben. Wir klettern aus dem Loch heraus. Der Amerikaner leistet uns Hilfestellung. Er hat bereits Hammer und Brechstange bereit gelegt. Damit sollen wir erneut in die Grube. Friedhelm weigert sich. Er nimmt die Schaufel und macht sich an einem weiteren Grab zu schaffen. Dem Wachposten demonstriert er Gesten des Erbrechens. Also steige ich allein hinab und mache mir eine Nische neben dem Sarg. Der Deckel lässt sich leicht aufstemmen. Ein fürchterlicher

Gestank steigt mir in die Nase, als ich dort halb verweste Teile eines Menschen im Wasser schwimmen sehe. Ich will da raus, werfe die beiden Arbeitsgeräte über Bord und strecke dem Amerikaner Hilfe suchend die Arme entgegen. Der zieht mich ans Licht. Auf meinem Rücken muss er die mit weißer Farbe aufgepinselten Buchstaben PP (protected personnel) gelesen haben. Auch bei Friedhelm, der stoisch am Nachbargrab werkelt, entdeckt er diese Buchstaben. Wir sind geschütztes Personal und bräuchten demnach nicht zu arbeiten. „You needn't work". Ob wir das nicht wüssten. Außerdem sei jetzt Mittag. Wir sollten beim deutschen Lagerführer Beschwerde einlegen. Heute Nachmittag seien Andere dran.
In der Tat, mir wird erklärt, mein Ausweis als „Hilfskrankenträger" verpflichte mich zur Krankenpflege, nicht zu anderen Arbeiten. So muss ich in den kommenden Tagen im Krankenzelt Dienst tun mit anderen PPs. Vorerst in Nachtschicht. Es liegen dort nur ein paar kranke Kameraden. Einen Arzt allerdings gibt es nicht. Endlich komme ich zum Nachdenken. Wie gerne hätte ich jetzt ein Buch. Gibt es nicht ein Internationales Rotes Kreuz, das Gefangene versorgt? Feldwebel Solbach hat einen Weihnachtsbaum fürs Lager versprochen. Ein Gottesdienst sei vorgesehen. Etwas Besseres könnte uns nicht passieren. Ich gäbe alles für eine Messe oder einen evangelischen Gottesdienst. Könnte ich doch nach Hause schreiben! Es gibt weder Bleistift noch Papier. Und wer sollte die Post befördern über die Fronten hinweg. Drängender taucht die Frage auf: Was wissen meine Eltern und Geschwister von mir? Mehr als drei Wochen bin ich jetzt gefangen. Wahrscheinlich gelte ich als vermisst. Von der Schreibstube in Otzenrath als vermisst gemeldet. Im Raum Aachen von den Amerikanern überrollt. Oder ist die in Namur ausgefüllte Karte mit Gefangenennummer und erstem Lebenszeichen „Ich lebe. Mir geht es gut" über eine internationale Stelle nach Hause gelangt? Muss ich nicht eigentlich froh sein, ohne Schramme davon gekommen zu sein?

33 Farbe bekennen

Es hat sich schlagartig etwas geändert. Unsere Bewacher haben Rote-Kreuz-Armbinden angelegt. Wir trauen unseren Augen nicht. Hatten wir es bisher ausschließlich mit verkappten Sanitätern zu tun, die jetzt Farbe bekennen? Oder ist das eine Schutzmaßnahme aus Angst vor deutschen Panzern? Der Sergeant - mit Rot-Kreuz-Armbinde - fasst sich kurz: Ein deutscher Angriff von den Ardennen her bewege sich auf unser Lager zu, Das Lazarett sei jetzt Hauptverbandsplatz. Die Sanitäter unter uns müssten verwundete Amerikaner transportieren. Heute keine Drohungen, keine Vorwürfe. Wir packen also mit an, schleppen Verwundete „easy, easy" aus dem Sankra durch enge Korridore bis in die oberen Stockwerke des Lazaretts. Einige Amis stehen unter Schock, irren durch die Gänge, reden wirres Zeug. Schwerverwundete sind dabei, die bewusstlos sind. Wir hören entfernten Geschützdonner. Einige Male heulen, deutlich sichtbar, V1- oder V2-Geschosse über uns hinweg. In unserem Zelt werden am Abend von einigen Gefangenen Rachepläne geschmiedet, Mordfantasien entwickelt. Der Sergeant soll dran glauben, wenn wir befreit werden. Die meisten verhalten sich still, warten ab. Ich glaube keine Stunde daran, dass deutsche Panzer sich gegen die amerikanische Übermacht, die ich mit eigenen Augen erlebt habe, durchsetzen können. Sind die belgischen Bewacher verschwunden? Zu sehen sind nur amerikanische Sanitäter, deutsche PPs und PWs und eine steigende Zahl von verwundeten GIs.
Der deutsche Lagerfeldwebel Solbach nutzt die Gunst der Stunde. Er lässt ein leer stehendes Zelt als Informationsraum herrichten. Hier werden wir über den aktuellen Stand der „Rundstedt-Offensive" ins Bild gesetzt. Ich traue meinen Ohren nicht. Er rechnet tatsächlich mit unserer Befreiung durch deutsche Truppen. Wenn ihr glaubt, Kameraden, ich hätte euch bei den Amis verraten, dann irrt ihr gewaltig. Gekämpft habe ich für euch. Dieses Zelt habe ich für euch erstritten, in dem der Sergeant uns nicht erreichen kann." Wir staunen über diesen Mann. „Und nach der Befreiung weiß jeder, was seine Pflicht als deutscher Soldat ist, zumal jetzt wohl endlich die Wunderwaffe

zum Zuge kommt, die schon eindrucksvoll über unsere Köpfe hinweggedröhnt ist." Er sei da ganz zuversichtlich. Gegen diese patriotischen Reden steht der unbeugsame Wille des Sergeanten, als er, gepflegt wie immer, mit Rot-Kreuz-Armbinde auf dem Schotterhügel thront. Er spürt das Aufmucken einiger Gefangener. Weiß er auch von den aufrührerischen Reden des Feldwebels Solbach? Die täglichen Appelle, untermalt von dem stärker werdenden Geschützdonner, dauern länger, werden rabiater und haben den gemäßigten Ton der letzten Tage wieder verloren. Amerikanische Gefangene seien von deutschen SS-Leuten misshandelt worden. Dafür sollen wir büßen. Kein Holz mehr für die Öfen in den Zelten. Tägliche Razzien. Unsere Betten durchwühlt nach verbotenen Gegenständen aus der Detachment-Area oder einfach nur aus Schikane. Das findet ein plötzliches Ende am 20. Dezember. Binnen einer Viertelstunde wird die ganze Belegschaft unseres Lagers auf Sattelschlepper geladen und nach Namur ins Sammellager gefahren. Neue Ungewissheit. Für manche zerplatzt ein Traum von der Freiheit. Ich bin erleichtert, aus diesem Gefängnis heraus zu kommen und weine dem Arbeitslager in Ciney keine Träne nach. Viel schlechter kann es nicht werden. Wenn wir vor dem Zugriff der Deutschen bewahrt werden sollen, können wir hier nicht bleiben, denn die näher rückende Front ist auch in diesem Lager nicht zu überhören. Ältere unter uns wissen den Geschützlärm zu unterscheiden, ob Artillerie, Panzerabwehrkanonen oder Granatwerfer. Ich höre nur den Angst machenden Lärm. Wir sind nicht die einzigen hier. Gefangene aus Rundstedts Wundertruppe sind vor uns da und bringen uns auf den neuesten Stand: Die Amerikaner seien anfangs gelaufen wie die Hasen. Ein paar Tage Siegesrausch bei den deutschen Panzerfahrern. Dann sei ihnen der Sprit ausgegangen. Bei Bastogne sei der Angriff gestoppt worden. Ein Strohfeuer das Ganze. Jetzt würden die Deutschen zurückgejagt. Rette sich, wer kann. Sie seien froh, beim Ami in Sicherheit zu sein.

34 Fahrt ins Ungewisse

Am 23. Dezember werden wir aus dem Lager zum Bahnhof Namur getrieben. Hinauf in leere Waggons. Die Wachposten stehen unter Druck. Mit dem Gewehrkolben wird der Aufstieg beschleunigt. Ich kriege auch einen Kolbenstoß ab, so sehr ich mich auch um einen eleganten Sprung ins Waggoninnere bemühe. 50 Leute drängen sich in den leeren Waggon, suchen einen Platz mit dem Rücken zur Wand.
Die beginnende Fahrt ins Ungewisse gehört zu den längeren Zugfahrten meines Lebens. Zu den bequemen Fahrten zählt sie nicht. Ganz im Gegenteil. Trostlose vier Tage werden wir durch Belgien und Frankreich befördert. Als Verpflegung gibt es eine Ration bestehend aus drei Keksen, einem Riegel Schokolade, zwei Kaugummis und drei Zigaretten für jeden. In unserem Waggon finden wir einen Fünfkilo-Behälter mit Trockenei-Pulver und einen Kanister mit Wasser für alle vor. Das Wasser wird allerdings unbrauchbar, weil ein Kamerad es in der ersten halben Stunde fertig bringt, in seiner Not gezielt die Notdurft in die enge Öffnung zu verrichten. Also kein Trinkwasser.
Seit zwei Tagen herrscht Frostwetter, passend zu Weihnachten. Die Kälte kriecht in den Waggon. Jeder schützt sich auf seine Art, mummt sich in den Mantel ein. Ein paar Astlöcher in der Waggonwand erlauben es, mit angewinkelten Knien die Blase zu leeren. Mir machen meine Füße Sorgen. Sie schwellen an, weil der Frost ihnen zusetzt. Am Heiligen Abend ziehe ich die Schuhe aus. Das bringt Erleichterung, lässt aber den Frost ungehindert an die geschwollenen Füße.
Es wird wenig gesprochen. Durch einen Sehspalt in Augenhöhe können wir uns orientieren. Die Erkenntnisse werden weitergegeben. Cambray wird erkannt, St. Quentin durchfahren. Bis Paris müssten es noch 100 Kilometer sein. Einer weiß von einem Schlammlager in Compiegne. Wenn man uns da bloß nicht hinsteckt. Jedenfalls geht es tief nach Frankreich hinein. Aber wohin? Am Weihnachtstag steht fest, wir bewegen uns in Richtung Normandie, dorthin, wo die alliierten Truppen im Sommer bei ihrer Invasion gelandet sind. Also, wollen einige wissen, kann es nur nach Amerika gehen. Mir ist das ziemlich egal. Ich hülle

mich in meine Fantasie und Halbträume ein, versetze mich nach Büren, wo ich den Weihnachtsbaum im Wald schlage, mit Karl oder Ludger als Begleiter. Ich schmücke den Baum mit silbernen Kugeln, mit Lametta und Engelhaar. Meine Schwestern bestaunen das Werk. Ich stelle das Krippenställchen unter den Baum mit den bunten Gipsfiguren. Die Kerzen stecke ich auf die Zweige. Weil es sicher keine zu kaufen gibt, die halb abgebrannten vom letzten Jahr. Ob sie heute wohl Weihnachtslieder singen? Mutter höre ich sagen: „Wenn doch nu den Jungen hier was!" Zu Weihnachten zwei Vermisste in der Familie, Onkel Willi und ich. Da unterbleibt das Singen. Weihnachtslieder still vor mich hinsingen, im Takt mit den rollenden Rädern, das kann ich jetzt auch nicht. Aber die Lieder aufsagen, alle, die ich kenne, das beruhigt mich. Trotzdem schüttelt es mich plötzlich. Ich kann das Heulen nicht zurückhalten. Mein Sitznachbar stößt mich an: „Mensch, hör auf zu flennen!" Weihnachten wird jedem ein letzter Löffel Eipulver verabreicht. Der Waggonälteste sorgt dafür, dass keiner überschlagen wird. Alles geht friedlich vonstatten. Auf Socken tappe ich an den Sichtspalt. Eine winterliche Landschaft, darin eine schwarz gekleidete Frau mit einem Gebetbuch in der Hand. Friede den Menschen mit gutem Willen. Ein friedliches Weihnachtsbild, betrachtet durch den Spalt eines Güterwaggons. Am Morgen des zweiten Weihnachtstages hält der Zug. Wir hören laute Stimmen, Befehle. Waggontüren öffnen sich mit lautem Getöse. Wir stehen in Cherbourg auf dem Bahnhof. Es sind keine ansehnlichen Gestalten, die da aus den Waggons klettern. Ich gehöre zu den Hilfsbedürftigen. Walter und Friedhelm nehmen mich in die Mitte und stützen mich, da meine geschwollenen Füße, in die Schuhe gezwängt, mich nicht tragen wollen. Ich sehe den mitleidigen Blick eines schwarzen Bewachers. Los geht's, durch die Stadt, am Hafen entlang, dann aufwärts, etwa sechs Kilometer weit.

35 Gedränge hinter Stacheldraht

Das Sammellager ist unüberschbar groß. Ein Gewirr von Stacheldrähten und Zelten. Hier ist Platz für die im Westen gefangenen Teile der deutschen Wehrmacht. Unser „Cage", unser Käfig also, ist für die mittleren Dienstgrade, die Unteroffiziere und Feldwebel und für das Sanitätspersonal, das heißt für die PPs, vorgesehen. Ich werde erst einmal zum Sanitätszelt gebracht. Die beiden müssen mich regelrecht hineintragen. Der deutsche Arzt macht nicht viel Umstände. Ich bin nicht der einzige Kranke. Er stellt Erfrierungen dritten Grades fest. „Bleiben Sie acht Tage auf dem Sack liegen. Ihre Kameraden sollen Ihnen das Essen bringen." Friedhelm und Walter haben das in der Zwischenzeit für mich schon besorgt: eine Scheibe Brot, ein Stückchen Speck und zwei Kekse halten sie für mich bereit. Erstaunlich wenig nach drei Hungertagen. 50 Jahre später hat mir Walter Holtwick gebeichtet, meine halbe Ration für sich und Friedhelm abgezweigt zu haben. Er entschuldigt sich nachträglich. Kameradendiebstahl, Ausnützen einer Notlage. Ständig habe ihm das auf der Seele gelegen. Gut, dass ich es an Ort und Stelle nicht gemerkt habe.

Wir bekommen unser Zelt zugewiesen. 50 Mann liegen auf Tuchfühlung auf dem Boden. Auf jeder Seite 25 Mann in einem Zweimastzelt. So eng war es in den Zelten noch nie. Jeder bekommt zwei Decken. Als Kopfkissen falten wir unsere Jacke oder den Mantel zu einem Päckchen. Ich mache mir eine kleine Mulde für meine Hüftknochen, die nach den Entbehrungen der letzten Wochen deutlich abstehen. In der Zeltmitte steht eine große Tonne als Ofen, dessen Rohr durchs Zeltdach ragt. So ist es auszuhalten. Einem Vertrauensmann fällt die Aufgabe des täglichen Brotverteilens zu. Bei dem Nichtstun reichen die kargen Portionen. Täglich ein Brot für sechs Personen, sechs Kekse, ein Stückchen Speck oder Käse. Dazu morgens Kaffee, mittags Suppe und abends wieder Kaffee. Jeder hat sein Essgeschirr, bestehend aus einer längsseits halbierten Literdose, mit einem Holzgriff unterlegt, in ständiger Reichweite. Ich kann mir nach drei Tagen das Essen selbst holen. Aber aus Gründen

der Bequemlichkeit wechseln wir drei uns im Essen holen und Essnapf spülen ab.
Meine Füße bessern sich zusehends. Ich kann das ganze Lager erkunden, nach Bekannten Ausschau halten.

36 Latrinenparolen

Ständig treffen neue Gefangene ein. Sie bringen die letzten Meldungen von der Westfront. Auf der Latrine, einer langen Grube mit Donnerbalken, erfahre ich die Gerüchte, enttäuschten Hoffnungen, geheimen Sehnsüchte, aber auch die verwegenen Fantasien der Mitgefangenen. Die chlorgetränkte Grube mit den zwei tragenden Balken als Umschlagplatz neuer Einsichten. Zum Glück gebe es noch Kampfmoral. Noch würden Bastionen verteidigt. Die Kanalinseln, gar nicht weit von hier, würden noch von patriotischen Kämpfern gehalten. Da wage sich kein Ami dran. Im Gegenteil, Deutsche hätten von der Insel Jersey aus den Hafen von Cherbourg angegriffen. Das könne man im „Bulletin" an der Toreinfahrt nachlesen. Im Osten sähe es schlimmer aus. Alle Deutschen in Ostpreußen auf der Flucht. Da müssten Elitetruppen hin, um das zu stoppen. Aber hier im Westen sei noch Hoffnung. Die V2, diese Wunderwaffe, wir würden uns noch wundern. Die Überschalljäger Me 262 stünden zum Einsatz bereit. Die langen Startbahnen seien bereits fertiggestellt an geheimen Orten und erprobt. Raketenjäger, Turbinenjäger himmelhoch überlegen allem, was bisher fliegt. Nicht immer komme ich erleichtert von der Latrine ins Zelt zurück.
Der Arzt, dem ich meine geschädigten Füße zeige, lobt die schnelle Heilung. „Sie können gehen, soviel Sie wollen." Prompt melde ich mich zum Holzholen. Ein Posten führt uns in die Nähe der Küste. Hier sind die Spuren der Invasion sichtbar: Halb abgetauchte Kähne, Sturmboote, größere Wracks säumen den Strand oder liegen in tieferem Gewässer. Noch ist nichts weggeräumt. Wir laden uns Holzstücke aus zerschossenen und

leer stehenden Häusern auf und schleppen sie ins Lager. Es tut gut, für ein paar Stunden keinen Stacheldraht zu sehen.
In einem kleinen Zelt wird ein evangelischer Gottesdienst angeboten. Ich sichere mir rechtzeitig einen Platz. Die versöhnlichen Worte des Pfarrers gehen mir zu Herzen. Vom Frieden der Weihnachtsbotschaft ist da die Rede, und dass wir unser Schicksal annehmen sollten. Das hebt sich wohltuend ab von manchen starken Worten im Zelt und auf der Latrine.

37 Schüsse in der Nacht

Silvester 1944. Der deutsche Lagerleiter lässt die gesamte Belegschaft antreten und hält eine patriotische Rede: "Vergesst nicht , dass Ihr Deutsche seid!" Deutsche Tugenden werden beschworen: aufrechter Gang, Zusammenhalten, Durchhalten. Einige rufen Bravo. Ab 22 Uhr sei vom Amerikaner Ruhe befohlen worden. Müssten wir uns den Mund verbieten lassen? Er empfehle, sich in jedem Zelt zu überlegen, wie man den Jahreswechsel begehen wolle. Es gibt die doppelte Menge an Brot für jeden Gefangenen. Dazu - wir trauen unseren Augen nicht - 200 Raleighs, das sind 10 Schachteln Zigaretten für jeden. Welch ein Neujahrsgeschenk! Hochstimmung breitet sich aus. Im Zelt wird gesungen, als seien alle von dem Zigarettenqualm euphorisiert. Einige stimmen Nazilieder an, werden niedergeschrieen. Unsere Bewacher außerhalb der Stacheldrähte schießen ganze Salven in die Luft. Stört sie der Lärm aus den Zelten oder ist es die Freude über den bevorstehenden Jahreswechsel? Wahrscheinlich ist beides der Fall. Wir merken bald, uns passiert nichts, auch wenn laute Rufe, endlich Ruhe zu halten, von draußen hereintönen. Wie sollen wir schweigen, wenn bei den Amis die Hölle los ist? Bei denen ist offensichtlich Alkohol im Spiel. Wenn die bloß nicht durchdrehen!
In unserem Zelt toasten wir Brot am Tonnenofen bis zur Sättigung. Tauschhandel :Zigaretten gegen Brot. Aus dem Lärm heraus erhebt sich gegen Mitternacht Walter Holtwicks Stimme. Er entpuppt sich als Solist, der mit seinem Tenor die Zeltbeleg-

schaft in Bann schlägt „Drunt' in der Lobau, wenn ich das Plätzel nur wüsst, drunt' in der Lobau hab ich mein Mädel geküsst. Ihre Augen waren blau, so wie die Veilchen in der Au, an dem wunderschönen Plätzel in der Lobau." Walter erntet Beifall. Mit gleichem Applaus wird sein Lied „Ännchen von Tharau" bedacht. Eine feierliche Stimmung bleibt. Wir brauchen nicht mehr zur Ruhe gemahnt zu werden.

Als am Neujahrstag ein evangelischer Gottesdienst angeboten wird, drängen wir uns wieder in das geistliche Zelt hinein, um wie Verdurstende nach langer Entbehrung Trostworte zu hören. Anschließend stellen wir unseren religiösen Nachholbedarf unter Beweis und beichten bei einem katholischen Pfarrer. Stehend flüstern wir ihm unsere Vergehen ins Ohr.

Obwohl immer halbsatt, erholen wir uns hier. Fließende Wasserkräne erlauben das Waschen. Viele rasieren sich und verschaffen sich ein gepflegteres Aussehen. Mein Bart ist noch im Flaumstadium. Ein Spätentwickler. Aber mein Äußeres wird mir wieder wichtig. Mich stört, ständig unter vielen Menschen zu sein, im Zelt, auf der Latrine draußen und auf dem freien Platz. Kein Alleinsein ist möglich. Appelle durch den deutschen Lagerspieß sind verpflichtend. Wir müssen uns dabei in Dreierreihen formieren. Haltung wie auf dem Kasernenplatz ist nicht mehr gefragt. Die alten Sprüche: Kopf hoch, Brust raus, Bauch rein sind vergessen. Die militärische Lage wird uns vorgestellt. Im Osten bahnt sich eine Katastrophe an, im Westen löst sich die Front auf. Keine deutsche Gegenwehr mehr. Wenn das noch vorhandene deutsche Potenzial mit den Alliierten zusammen nach Osten gekehrt würde, welch eine Chance, den Kommunismus in seine Schranken zu weisen. Die Westeuropäer mit den Amerikanern gegen die Russen. Das sei die Lösung. Aber diese Wunschträume scheinen allesamt aus dem Latrinendunst zu stammen.

38 Freiwillige vor

Dann die Nachricht: Sanitätspersonal werde gesucht für ein deutsches Lazarett in der Normandie, nahe dem kleinen Ort Lison. Freiwillige müssten sich bis morgen melden. Wir beschließen, ein weiteres Mal den Arbeitseinsatz zu wagen, denn das Herumlungern in diesem überfüllten Lager kann keine Dauerlösung sein. Unsere Dreiergruppe mit Walter und Friedhelm schließt Hans-Joachim Beielstein aus Wuppertal mit ein, der uns als Nichtraucher großzügig seinen Zigarettenanteil überlässt, dessen Urteil wir schätzen. Er ist ein kluger Außenseiter, neigt zum Zynismus und beherrscht die englische Sprache besser als jeder von uns. Er sorgt sich um seinen Vater, einen hohen Nazifunktionär. Der sei unbeugsam. Was die wohl mit dem machen, wenn der Krieg verloren geht. Am achten Januar werden wir mit 200 arbeitswilligen Sanitätern nach Lison gefahren, ins General Hospital Nummer 8279. Es ist eine Ansammlung unterschiedlich großer Zelte. Wege sind noch nicht markiert, die Umzäunung erst zum Teil fertiggestellt.
Als vorläufige Unterkunft dient eine Zelthalle, ein futuristisches Gebilde aus aneinander gebauten Zelten, bestückt mit 200 Feldbetten. Den Mittelpunkt bildet ein großer Tonnenofen, wie wir ihn von Cherbourg her kennen. Alles wirkt hier geräumig. Amerikanisches Personal erwartet uns. Diesmal offensichtlich wirkliche Sanitäter. Wir behalten bei der Aufgabenverteilung unsere abwartende Strategie bei und lassen uns nicht auf der Stelle zu einer Arbeit einteilen. Zwei Tage leisten wir Gelegenheitsarbeit, schippen Abzugsrinnen um die Zelte. Walter Holtwick fühlt sich stark angezogen von dem Küchenbereich, der für Amerikaner und Deutsche gleichermaßen zuständig zu sein scheint und ergattert einen Posten hinterm Großkochtopf.

39 Medical Supply

Friedhelm und mir wird nach drei Tagen eine Arbeit im „Medical Supply" angeboten, in einer Art Apotheke, in der gegen Quittung Medikamente für die Grundversorgung der kranken und verwundeten Deutschen auszugeben sind. Drei Amerikaner sind unsere Chefs und Mitarbeiter. Sie führen uns an den Regalen entlang und weisen uns mit unterschiedlicher Geduld ins Lesen und Verstehen des vorhandenen Medikamentenangebotes ein. Mein Schulenglisch ist den Anforderungen auf Anhieb nicht gewachsen. Friedhelm ist mir überlegen. Er hat acht Jahre Englisch gelernt, ich weniger als ein Jahr. Einer der Amerikaner nimmt mich bei der Hand, klopft auf die Ausgabentheke und sagt in einem belehrenden Tonfall: „This is a counter. Say it in German." Ich folge ihm: „Das ist eine Theke." Wir vereinbaren, uns jeden Tag wechselseitig in unsere jeweilige Sprache einzuführen, so oft wir Zeit und Lust dazu haben. „In April you will speak a perfect English like Dietmar does." Wer ist Dietmar? Der sei ein gefragter Mann im Lager. Er habe den Amerikanern so gründlich aufs Maul geschaut, dass er deren „Slang" spreche. Wir büffeln also täglich englisch gegen deutsch und umgekehrt. Mein „Lehrer" verrät mir einen Hintergedanken bei diesem Sprachaustausch. Im April hätte er da einige Fragen, die zu beantworten mein Englisch jetzt noch nicht reiche. Ein paar Tage später erscheint Dietmar leibhaftig. Er legt ein Rezept vor und verhandelt mit einem Amerikaner in betont lässig gesprochenem Englisch. Man könnte ihn für einen echten Ami halten, wären da nicht die klein gepinselten PP auf seiner Windjacke. Beide Hände hat er in seinen Taschen vergraben. Verwegen reicht ihm das Käppi bis in den Nacken. Cowboy-Verschnitt, denke ich, als er breitbeinig das Zelt verlässt. Da müsste ich noch eine mühsame Verwandlung durchlaufen, wenn ich in diesem anpassungsfähigen Mann ein Vorbild sähe. Der Amerikaner zwinkert mir zu, als Dietmar entschwindet. Dieser Oberschlaumeier, will er wohl damit sagen. Vergiss den!
Unser Gemeinschaftsschlafraum hat kleineren Zweimastzelten weichen müssen, die jeweils mit 20 Mann belegt werden. In

meinem Schlafzelt lerne ich Fritz Stoiber kennen . Er ist nach einer Kinderlähmung seit seiner Jugend gehbehindert. Marschieren hätte er nicht können, aber als Sanitätssoldat sei er für tauglich befunden worden. Er ist Münchener, Mitte dreißig und Junggeselle. Bis zum Ende der Gefangenschaft verlieren wir uns nicht aus den Augen. Wir schreiben uns Jahre darüber hinaus Briefe. Als ich im Jahre 1960 anlässlich des Eucharistischen Weltkongresses in München seine Anschrift aus dem Telefonbuch aufstöbere und ihn besuche, stehe ich einem Fünfzigjährigen gegenüber, der frühzeitig gealtert und schon arbeitsunfähig ist. Seine Beine tragen den massigen Körper kaum noch. Leere Bierflaschen auf dem Tisch lassen ahnen, woher seine frühzeitige Invalidität rührt.

Hier im Schlafzelt des General Hospitals höre ich mir seine Münchener Geschichten an, die aus einer mir unbekannten Welt stammen. Die derbe Sprache des Bayern und der restlichen österreichischen Zeltbewohner gefällt mir. Ebenso kommt die eingefleischte Katholizität meinem münsterländischen kirchentreuen Denken sehr entgegen. Walter Holtwick hält als Küchenbediensteter, von der Nachtschicht kommend, häufig für Friedhelm und mich eine Überraschung parat. Er schiebt im Vorbeigehen eine Dose Büchsenmilch oder ein Kotelett unter unsere Kopfkissen. „Daor, dat giff Schmant up de Piepe." Wir betrachten das dankbar als bekömmliche Draufgabe zu unserem kargen Frühstück.

40 Augenverklärung

Ins Schwärmen gerate ich in meinen Aufzeichnungen von 1946. Es heißt dort: „Eine ganz wunderbare Luft weht durchs Lazarett. Etwa 100 deutsche Rot-Kreuz-Schwestern sind eingetroffen, die nach Deutschland ausgetauscht werden sollen. Wir dürfen sie ansprechen, forschen nach Bekannten. Aus Dortmund, aus Gladbeck. „Was sagen Sie, eine Schwester aus Gescher?" „Dort, sie spült gerade ihr Essgeschirr." Schwester Hoffmann, ein zartes Persönchen. „Wie schön doch die Mädchen alle sind."

Schwester Hoffmann treffe ich nach dem Essen ein zweites Mal. Ich führe sie mit Billigung des Chefs durchs Medical Supply. Sein verstehendes Lächeln begleitet uns. „I see, you are a grand filou." Am Abend kann ich ihr einen Brief zustecken, den sie meinen Eltern überbringen will. Dieser Tag lässt ein Licht aufleuchten an unserem sonst so düsteren Horizont.
Das gesamte Lazarettgelände ist erst teilweise eingezäunt. Gefangene PWs arbeiten daran, weitere Stacheldrähte zu entrollen und an Holzpfosten zu klammern. Die noch offenen Stellen sind zu meiden. Wachposten können unvermittelt auftauchen. Gefürchtet ist vor allem ein Hitzkopf polnischer Herkunft, dem Schießwütigkeit nachgesagt wird. Genau dem laufen Walter und ich in die Hände, als wir in die Nähe der neu gezogenen Zäune geraten. Er lässt sein Repertoire an Flüchen und Verwünschungen los und fuchtelt mit der Waffe, sodass wir schleunigst in die Sicherheit bewohnter Zelte ausweichen.
In unserem neuen Schlafzelt herrscht nie Langeweile. Die Österreicher sind ein quirliges Völkchen. In der damaligen Beschreibung steht: „Dies ist ein lustiger Haufen. Franzel, Bepperl und wie sie alle heißen. Lustig, oberflächlich, katholisch geprägt mit der Neigung zum Fluchen , Lästern und Spotten." Eduard vor allem, ein Theologiestudent, ein herzensguter Mensch, ist Ziel des Spottes. „Eduard, du frommer Mann, schenke mir ein Bildchen, dass ich heilig werden kann" spottet Franzel. Eduard hat sein Brevier gerettet, in das er sich am Abend vertieft. Franzel stört ihn beim Lesen: „O heiliger Eduard, mach mich fromm, dass ich in den Himmel komm!" Eduard reagiert ganz gelassen:" Ach geh, Damischer."
Politische Themen werden ausgespart. Wir haben wohl genug mit der Bewältigung der Gegenwart zu tun. Allerdings verkündet Viktor, ein Medizinstudent aus Wien, täglich lauthals seine Abneigung gegen das immer noch herrschende NS-Regime und gegen alles Militärische . Eine Vergewaltigung sei es gewesen, ihn zum Soldaten zu machen. Viktor zieht abends kein Kleidungsstück aus. Sogar die Schuhe behält er an den Füßen. Morgens wäscht er Gesicht und Hände. Die wöchentliche gemeinsame Dusche lässt er aus. Er arbeitet im Labor des Lazaretts. Ein Intellektueller mit Stirnglatze und randloser

Brille. Er liegt auf seiner Bettstelle, schaut gegen das graue Zeltdach und deklamiert Verse von Erich Kästner:" Wenn wir den Krieg gewonnen hätten." Er betont die satirischen Texte, verschafft sich Gehör durch Überbetonung und reizt damit seine spottlustigen Landsleute. "Wir lägen selbst noch in den Betten mit Händen an der Hosennaht" rezitiert er. „Aber Viktor," spöttelt Franzel „für dich ist es ein Leichtes, im Bett die Hände an die Hosennaht zu legen. Du ziehst deine Hose ja nie aus." Empört ruft Viktor: „Lieber lass ich mir nachts die Hände hochbinden." Ein paar seiner Zeltkameraden unterziehen ihn eines Tages einer gewaltsamen Körperwäsche. Jacke und Hemd werden ihm ausgezogen und ein Eimer kalten Wassers über seinen Oberkörper gegossen. Sogar aus den Nachbarzelten wird diese Vergewaltigung mit Applaus bedacht. Viktor straft seine Peiniger mit tagelangem Schweigen.

Friedhelm und ich wechseln von unserer Apothekentätigkeit im Medical Supply ins gegenüberliegende Zelt zur Wäscheausgabe. Das verspricht einen lauen Job. Wir bekommen dort einen neuen Chef, den Sergeanten Abraham Nitzberg. Er weist uns in die verschiedenen Abteilungen ein. Akkurat sind hier Bettlaken und Kopfkissen, Hand- und Badetücher, Wolldecken und Vermischtes, miscellaneous genannt, auf langen Regalen gestapelt. Das gesamte Hospital wird von dieser Stelle mit frischer Wäsche versorgt. Gewaschen wird außerhalb unseres Lagers, die Wäsche täglich mit einem Spezialauto zu uns befördert. Diese Arbeit ist weniger anspruchsvoll als die Medikamenten-Ausgabe. Als häufiger Gast kommt der Berliner Pit Prescher zu uns, ein unterhaltsamer Mensch, der mit uns in der reichlich anfallenden Freizeit englische „Folksongs" übt. Pit beherrscht die englische Sprache souverän und ist als Dolmetscher im Lager tätig. Er hat überdies eine gute Stimme. Die von ihm vorgetragenen Lieder singen wir nach, bis wir Text und Melodie beherrschen. Die Renner sind „I came to Alabama, with my bagno on my knee" und „Carry me back to old Virginia", deren Texte mir bis heute geläufig sind. Ich beteilige mich an diesen Liederstunden umso intensiver, da mein Englisch hierbei entwickelt und vertieft wird. Auch rückt der Zeitpunkt näher, an dem der Englischdialog mit meinem ersten Chef ansteht.

Mein jetziger Boss ist häufig abwesend. Er vertraut uns das Wäschelager an. Ständig hängt eine Jacke von ihm im Zelt. In allen Taschen Schachteln mit Zigaretten. Wahrscheinlich stellt er damit unsere Ehrlichkeit auf die Probe, da er uns als starke Raucher kennt, die unter chronischem Zigarettenmangel leiden. Aber wir hüten uns, auch nur eine Zigarette zu nehmen.

41 Do you like Hitler?

Unser Englischlehrer vom Medical Supply hat Friedhelm und mich nicht aus den Augen verloren. Wir üben mit ihm nur noch sporadisch. Aber eines Tages steht unsere Befragung an. Er ruft uns einzeln zu sich wie zu einer Ohrenbeichte. Ich bin zuerst dran. Wie ein gütiger Beichtvater sichert er mir Lossprechung zu, was immer ich ihm zu berichten habe. Gespannt höre ich seine erste Frage :"Do you like Hitler?" Wahrheitsgemäß antworte ich, dass ich in meiner ganzen Jugend ständig von Hitler gehört habe, ich ihn aber nicht liebe. „Okay, how many years were you in the Hitlerjugend?" „I wasn't in the Hitlerjugend at all." Ungläubige Augen wie beim ersten Verhör nach der Gefangennahme. Ich dürfe ruhig die Wahrheit sagen. Es passt nicht in das Bild über die Deutschen. „What do you know about the Werwolf?" Ich verstehe nicht, was er meint. Ich kenne den Ausdruck Werwolf als Titel eines Romans von Hermann Löns. Dieses Buch hat mein Onkel Willi von der gewerblichen Berufsschule in Velen als Prämie für gute Leistungen geschenkt bekommen. Es gehört zu den wenigen Werken in meiner an Literatur armen Familie, das ich gelesen habe. Löns beschreibt darin die Selbstverteidigung der Bauern im 30-jährigen Krieg gegen marodierende Soldaten. Ich sage ihm :"Werwölfe gab es im 30-jährigen Krieg vor 300 Jahren." „Nein, nein. Alle jungen Deutschen sollen, wenn ihr Land besetzt ist, aus dem Hinterhalt weiterkämpfen." Diesmal schaue ich ihn ungläubig an. Mir fällt das ausgehängte Bulletin der letzten Tage ein. Danach sind alliierte Truppen in den Raum Borken eingedrungen. Heute mögen sie meinen Heimatort erreicht haben. Wie ich später

erfahre, sind englische Truppen am Karfreitag, gerade als Mutter die „Karfreitagsstruwen" backte, in Büren eingezogen. Auf Panzern, von denen aus sie zwei Häuser in Brand geschossen haben. Wer könnte da wohl als Werwolf aufgetreten sein, wo doch schon die 17-Jährigen aus ihrer Heimat gerissen und irgendwo in Europa mit der Waffe Dienst tun müssen?
Die Befragung ist zu Ende. Freundlich lächelt mich der Amerikaner an, drückt mir eine Schachtel Chesterfield in die Hand und bittet Friedhelm Voß zu sich herein. Der erzählt mir hinterher, er habe aus Trotz behauptet, Hitler zu lieben und mit Freude in der HJ gewesen zu sein. Das entspricht durchaus seiner Grundeinstellung.

42 Experimente

Wir sind mit Arbeit nicht ausgelastet in der Wäsche-Ausgabe. So nur erklärt sich unsere Neigung, die uns Kopf und Kragen hätten kosten können. In einer kleinen Runde wurde im Gang zwischen zwei Wäscheregalen eine Benzinspur gelegt, die wir mit dem Feuerzeug anzündeten. Mit einem Knall brannte die Benzinschlange an beiden Enden gleichzeitig. Das war nicht gewollt. Es sollte eher ein gemütlich dahinlaufendes Feuerchen werden. Jeder schnappte sich einen Gegenstand zum Löschen. Ohne Wasser klopften wir das Feuer aus. Einige Laken zeigten Brandflecken. Die ließen wir in hintere Regale verschwinden. Übrig blieb ein Benzingeruch im Zelt, den wir Abraham Nitzberg am nächsten Tag mit einer umgefallenen Benzinflasche erklärten.
Dieses im wahren Sinne des Wortes Spiel mit dem Feuer hätte ungeahnte Folgen gehabt, wäre unser Leichtsinn ans Licht gekommen. Der Krieg stand kurz vor dem Ende. Sabotage gegen feindliche Einrichtungen wäre uns angehängt worden.
Zum Gaudi Vieler wurden im Schlafzelt Nummer fünf Experimente mit Lachgas gemacht. Freiwillige lachten sich vor den Augen ihrer Kameraden halb zu Tode, wenn ihnen ein Tuch mit diesem Betäubungsmittel vor Mund und Nase gehalten wurde.

Nach ein paar Atemzügen ging das Lachen los. Einige Opfer allerdings blieben bei der Narkose stumm. Die Lachwirkung wollte sich bei ihnen nicht einstellen. Alle Betroffenen aber priesen die gehobene, ja euphorische Stimmung während der Dauer der Betäubung. Diese „Lachnummer" hatte sich in den Nachbarzelten herumgesprochen und Neugierige angelockt. Ich gehörte dazu. Unmittelbar in der Nähe Stehende mussten ihren Logenplatz mit dem Versprechen bezahlen, sich auch betäuben zu lassen. Ich verpflichtete mich, verschob aber den Termin meiner Narkotisierung ein paarmal. Schließlich erklärte ich mich bereit, im kleinen Kreis an meinem Arbeitsplatz mich in Trance versetzen zu lassen. An ein mit Wolldecken bestapeltes Regal lehnte ich einen Stuhl, ein wenig gekippt. Ich machte es mir bequem, ließ die Beine baumeln und gab ein Zeichen, mir das getränkte Tuch vor Mund und Nase zu pressen. Auf Anhieb setzte sich in meinem Kopf ein Mühlrad in Bewegung. Es rauschte und brauste. Dann traten Bilder vor meine Augen. Ein schwarzer GI sprach, mit den Händen fuchtelnd, auf mich ein. Sein Gesicht glänzte, als sei es hochpoliert. Schemenhafte Umrisse weiterer Menschen gesellten sich dazu. Einige Gesichter glaubte ich zu kennen. Sie gestikulierten, wiesen auf mich, berührten, ja bedrohten mich. In meinem Kopf wurde es nach und nach stiller. das Bild verschärfte sich. Ich erkannte meine Mitarbeiter. In ihrer Mitte sah ich einen amerikanischen Farbigen. Alle wirkten hilflos, als ich mich auf meinem Stuhl wiederfand, festgehalten von den Kameraden, die mein Fallen verhinderten. Das Lachgas hatte bei mir die erwartete Wirkung verfehlt, hatte den medizinischen Versuch zu einem Horrortrip werden lassen. Der Schwarze verließ gerade das Zelt mit zwei Decken unter dem Arm. Er brauchte sie, wie er zuerst mir, dann meinen Mitarbeitern freimütig bekannt hatte, für ein Rendezvous mit einer französischen Mademoiselle. „Mensch, hast du uns einen Schrecken eingejagt. Du hast gestiert, als blicktest du direkt in den Schlund der Hölle und versuchtest ständig, von deinem Stuhl aufzuspringen, als wolltest du dem ahnungslosen Ami an den Kragen."

43 Ein Wiedersehen

Es ist Ostern 1945. Die spärlichen Nachrichten über die Kriegslage lassen viel Raum zum Spekulieren. Fest steht, es wird weiter gekämpft. Immer neue Verwundete von der Westfront werden in unser Hospital eingeliefert. Das Münsterland ist von englischen Truppen besetzt. Ein beunruhigender Gedanke, sich die eigene Heimat als besetztes Gebiet vorzustellen.
Die nach Revanche, Rückeroberung und Endsieg rufenden Stimmen in unserem Lager sind verstummt. Der Krieg gilt als verloren. Friedhelm nimmt mich am zweiten Ostertag beiseite: „Gehst du mit, den Osterhasen suchen? Ich möchte auf Suche gehen. Ich hab's im Urin, heute Bekannte zu treffen." Wir lassen uns in den Krankenzelten die Beleglisten zeigen, fragen uns von Zelt zu Zelt durch. Die meisten Verwundeten sind erst in den letzten Tagen eingetroffen, keine Schwerverwundeten dabei. Fünf Zelte haben wir abgeklappert. Im sechsten stockt Friedhelm beim Lesen. Er entdeckt einen Namensvetter auf der Liste. Mal sehen. Wir lassen uns das Bett eines Verwundeten namens Fritz Voß zeigen. Friedhelm stürzt auf den auf dem Bettrand sitzenden kleinen Mann zu und nimmt ihn in den Arm. „Vater, du? Das kann doch nicht wahr sein!" Das Personal und alle gehfähigen Zeltinsassen laufen zusammen, dieses Osterereignis zu bestaunen. Friedhelm wusste nicht einmal, dass sein Vater Soldat war. Erst vor ein paar Wochen war der als Volkssturmmann eingezogen und an die Westfront geschickt worden. Zum Kämpfen seien sie gar nicht gekommen. Sie seien geradewegs in die Gefangenschaft marschiert, wobei er sich einen Schuss in den Unterschenkel eingefangen habe.
Dieses Treffen von Vater und Sohn wurde der amerikanischen Lagerleitung gemeldet. Die ließ verlauten, die beiden könnten zusammen bleiben, in welchem Lager auch immer. Fritz Voß ist bald nach Kriegsende als Verwundeter in die Heimat entlassen worden, während unsere Gefangenschaft noch lange dauerte.

44 Rosa Himmelbett

Einmal in der Woche ist Duschtag. Unter mehreren Duschköpfen tummeln sich die Kameraden. Jeder versucht möglichst viel von dem strömenden warmen Wasser einzufangen. Ein schon älterer Mitgefangener sucht offensichtlich meine Nähe. Er drängt sich zu mir, auch wenn ich den Standort wechsle. Nach und nach erkenne ich seine Absicht. Beim Essenfassen taucht er ebenfalls wie zufällig neben mir in der Warteschlange auf und spricht freundlich auf mich ein. Mir wird sein bedrängendes Naherücken immer unangenehmer. Mit Friedhelm berate ich, was zu tun ist. Er meint, ich müsse Beweise haben gegen diesen Mann. Vermutungen, Befürchtungen reichten da nicht aus. Erst wenn seine Absichten deutlich genug sind, musst du ihn dem deutschen Lagerspieß melden. Diese Gelegenheit kommt bald. Mein Amigo bittet mich beim Essenholen, doch mal einen Blick zu werfen ins Zelt sieben. Sie hätten sich dort besonders wohnlich eingerichtet. Ich folge ihm. Zwei Doppelbetten sind mit rosa Tüll ausstaffiert. Ein Tüllvorhang vor dem Bett, aber auch als Baldachin darüber. Ich hätte mich nicht gewundert, wenn er aus einem Versteck Damenunterwäsche oder Ohrringe hervorgezaubert hätte. Das ist nicht meine Welt, in die ich da schaue. Ich ernüchtere ihn mit der Feststellung, dass ich eigene Freunde hätte und in einem Bett ohne Vorhänge schliefe.
Nach einigen Tagen macht er einen neuen Anlauf. Er wolle mir kostenlos die Haare schneiden. Ich winke ab. Vom Medical-Supply-Zelt aus telefoniere ich mit dem Lagerleiter. „Aha, wieder einer am 17. Mai geboren. Von dieser Spezies haben wir eine ganze Reihe im Lager. Ich werde ihn verwarnen." Worin die Verwarnung bestand, habe ich nicht erfahren. Jedenfalls grüßte mich mein hartnäckiger Freund am nächsten Tag nicht mehr, als habe er mich nie gekannt. Mein Problem ist gelöst.

45 Switchboard Operator

Meine Englischkenntnisse halten sich auch nach der gelungenen Befragung im Medical Supply in Grenzen. Immerhin reichen sie aus, gebastelte Schmuckstücke aus Holz im Auftrag einiger Kameraden verschiedenen amerikanischen Wachsoldaten als wertvolle Souvenirs anzubieten, im Tausch gegen Zigaretten, von denen ich meinen Anteil abzweige. Aber es wird weiter geübt, mit meinem Lehrer und Pit Prescher. Da stellt mir Hans-Joachim Beielstein, an sprachlichem Können mir weit überlegen und als Dolmetscher tätig, eine neue Plattform für mein radebrechendes Englisch in Aussicht: Die Stelle eines Switchboard-Operators in der lagereigenen Telefonvermittlung sei frei geworden. Sie solle wieder mit einem Deutschen besetzt werden, der über angemessene Englischkenntnisse verfüge. Er kenne den Boss der Vermittlung, einen gutmütigen Amerikaner, persönlich und dürfe bei dem Vorstellungsgespräch dabei sein. Zwei Bewerber seien bereits abgelehnt worden - durch ihn. Er habe diesen Posten für mich vorgesehen und könne mich präparieren, denn er kenne jetzt schon die Fragen des Prüfers. Jedenfalls seien die beiden vorausgegangenen Prüfungen nach dem gleichen Muster vonstatten gegangen. So übe ich mit Hans-Joachim mein Bewerbungsgespräch. Die erste Frage werde gestellt nach dem Woher meiner Englischkenntnisse. „Where did you learn English?" Ich müsste dann möglichst umfassend antworten. Also „I learned it on an German highschool in Münster. This is a town in Westfalia near Cologne." Auch meine Bemühungen hier im Lager mit Hilfe eines freundlichen Amerikaners müsse ich erwähnen. Die nächste Frage nach meinen Englischbemühungen müsse ich großzügig auslegen. Aus dem knappen Jahr Schulenglisch solle ich getrost fünf machen, die anderen erlernten Fremdsprachen erwähnen und mit der Begeisterung gerade für die englische Sprache nicht hinterm Berg halten. Wir üben die aus Dichtung und Wahrheit bestehenden Antworten bis zur Geläufigkeit, wobei die „Latin and Greek languages" sogar zutreffen. Die dritte Fragestellung könnte ich mir schon denken: Why do you want to become a switchboard operator?" Da könnte ich meiner Lie-

be zu der damit verbundenen Technik Ausdruck geben. Doch das mache ich nicht mit. Ich halte mich technisch für unbegabt und befürchte ohnehin, den technischen Anforderungen dieses mit Schnüren und Stöpseln vollgestopften Vermittlungskastens nicht gewachsen zu sein. Die technische Schiene fahre ich nicht. Gut, da seien auch andere Antworten denkbar. Etwa „I like the communication." Das kann ich akzeptieren. An dieser Stelle, erklärt mir mein Repetitor, würde er sich einmischen und - vorausgesetzt, ich hielte mich an unsere eingeübten Texte - mich als den passenden Kandidaten empfehlen.
Die Stunde meiner Bewerbung kommt und verläuft in den mit Hans durchgeprobten Bahnen. „Now, Hans, what do you mean?" fragt mein freundlicher Prüfer. „Well, I guess, he is the right guy for this job." „ Okay, my name is Bill. What is your name?" Ich nenne meinen Vornamen und greife die ausgestreckte Hand Bills. Der richtet mein Augenmerk auf den mit Lämpchen und kleinen Klappen ausgestatteten Schrank, vor dessen Innerem mit all den vermuteten Strippen und Schnüren mir graut. Da ist mir mit Hans' Hilfe der Einstieg in die begehrte Stelle als Telefonvermittler gelungen, aber die Bewährung in diesem Job liegt noch vor mir. Bill bittet mich freundlich, vor dem Schrank Platz zu nehmen. Ein paar Trockenübungen vorweg. Er lässt ein Lämpchen aufleuchten, ein Kläppchen fallen, das ein schrilles Geräusch von sich gibt, meldet sich mit „Operator" und stellt imaginäre Verbindungen her. Heute brauche ich noch nicht selbst zu stöpseln, sondern Bill einfach bei der Arbeit zuzuschauen. Er geht mit mir die telefonisch im Lager erreichbaren Stellen im Hospital durch. Etwa 60 Anschlüsse gibt es da, die direkt verbunden werden können. Eine Außenverbindung führe nach Carentan zur nächsten Vermittlung. Die Bezeichnungen stehen akkurat getippt unter dem Lämpchen und der kleinen Fallklappe. Ich kann die Namen größtenteils nicht einmal richtig aussprechen. Hier bedarf es noch längerer Einübung, das wird mir schnell klar. Eine Woche und ich wäre perfekt, prophezeit mir Bill. Ich habe ein gemischtes Gefühl, kann in den ersten Tagen die oft liederlich ausgesprochenen Wünsche der Anrufenden nicht verstehen. Zum Glück werden häufig dieselben Adressaten verlangt. Bill hat recht. Nach einer

Woche brauche ich keine Hilfe mehr, kann die gewünschten Verbindungen akustisch bewältigen und geläufig herstellen.
Eine Versuchung, der ich gelegentlich erliege, besteht darin, mich in laufende Gespräche einzuklinken und mitzuhören. Ein knackendes Geräusch beim Umlegen des Schalters verrät mich. Bill empfiehlt, die Neugier zu zügeln und nicht zu lauschen. „You better don't listen to what people talk about." Nicht immer halte ich mich daran. Als ein amerikanischer Offizier wiederholt einen Fernanschluss über Carentan verlangt, klicke ich mich neugierig ein und löse nach dem Knackgeräusch eine Kanonade von Schimpfwörtern aus. Ich bleibe ungerührt in der Leitung, um nicht ein zweites Knacken auszulösen. Soll er mir einmal nachweisen, dass ich gelauscht habe.
Mein Switchboard-Chef ist ein gemütvoller und sangesfreudiger Mensch. Bei seinem Lieblingslied, das in ihm sentimentale Stimmungen auslöst, bewegt er mich zum Mitsingen. Auch mich rührt das Lied an. Ähnlich wie bei Pit Preschers amerikanischen Folksongs handelt der Text von der Sehnsucht nach Geborgenheit und Liebe. Ich kann das Lied noch heute hersagen und es singen:
When wheepowils call and the ev'ning is nie, I hurry to my blue heaven. I turn to the right, a little white light, I'm happy in my blue heaven.
I will see a smiling face, a fire-place, a cosy room, a little nest and nestled where the roses bloom. Just Molly and me and baby makes three. I'm happy in my blue heaven. Wenn beim Üben dieses Liedes das Lämpchen eines Anrufers aufleuchtet, muss der warten. Singen geht vor.
Unser Vermittlungsraum ist Teil einer festen Holzbaracke. Ein Zelt wäre wohl zu unsicher für die empfindliche Apparatur. Eine Pritsche steht für den Nachtdienst bereit. Da darf man sich schon mal hinlegen, wenn wenig los ist. Das optische Signal der rot leuchtenden Birnchen wird dann auf den rasselnden Weckruf durch die fallende Klappe umgeschaltet.

46 Der Krieg ist aus

Der Krieg, der in der friedlichen Oase des General Hospitals weit weg gerückt scheint, ist an sein Ende gekommen. Waffenstillstand an allen Fronten. Die Nachricht wird uns ohne großes Aufsehen an den Arbeitsstellen mitgeteilt. Siegesfeiern finden in unserer Nähe nicht statt. Seit Wochen haben wir diesen Tag erwartet. Wir wissen, die deutschen Städte liegen in Schutt und Asche. Wie es in meiner engeren Heimat aussieht, weiß ich nicht. Erst viel später erfahre ich, dass Stadtlohn und Vreden schwere Luftangriffe haben hinnehmen müssen. Wir hören, Hitler habe sich umgebracht, seine engsten Gefolgsleute ebenso oder hielten sich versteckt. Die deutsche Wehrmacht käme geschlossen in die Gefangenschaft, im Osten zu den Russen, im Westen zu den Amerikanern und Engländern. Auch die Franzosen sicherten sich deutsche Arbeitskräfte aus Angehörigen der Wehrmacht. Deutschland werde jetzt besetzt von den siegreichen Alliierten. Es sei geplant, vier Verwaltungszonen zu bilden: eine amerikanische, englische, französische und russische Zone. Bill hat den Endsieg einige Tage gefeiert. Er erscheint unausgeschlafen nur sporadisch zum Dienst. Er kennt keine Rachegefühle, freut sich auf eine baldige Heimkehr zu Frau und Kind. Fast bedauernd prophezeit er mir eine noch lang andauernde Gefangenschaft. Nein, die wünsche er mir nicht. Aber der Schaden, den wir in Europa angerichtet hätten, sei groß. Vielleicht hätte ich auch Glück, weil ich noch so jung wäre.
Ich träume davon, bald nach Hause schreiben zu dürfen, zu erfahren, wie der Einmarsch vonstatten gegangen ist, ob dabei meine Familie Schaden genommen hat. Trennende Grenzen für Briefe gibt es ja nicht mehr. Es kommt mir der verwegene Gedanke, nach Hause zu telefonieren und versuche es, als ich allein bin. Über Carentan dringe ich durch bis nach Paris, schaffe sogar eine Verbindung nach Frankfurt. Dort werde ich gestoppt. „Sorry, no private calls."
Aber es ist Mai. Wir gehen dem Sommer entgegen. Die Sorgen verblassen angesichts der aufblühenden Natur. Es kann alles nur besser werden.

Aus der Küche ordert Bill starken Kaffee für uns zwei. Er empfiehlt mir, das täglich zu tun, auch wenn er entlassen ist, als gehörten wir zu einer gehobenen Kaste.

47 Ein Stückchen Himmel

Mir werden, als Nachfolger des scheidenden Bill, zwei farbige Amerikaner als „Chefs" zugewiesen, die ich anzulernen habe. Sie tun sich genau so schwer beim Stöpseln wie ich am Anfang meiner Tätigkeit als Operator. Behutsam führe ich sie an den Schrank voller Elektronik heran.
Vom ersten Tag an komme ich gut mit ihnen aus. M.T. Woody, ein tiefschwarzer, gutmütiger Mensch, gerät ständig ins Schwitzen, wenn die fallenden Klappen ihn zu überfordern drohen. Wortlos stehe ich ihm bei, lächle ihm ermunternd zu und übersehe seine Begriffsstutzigkeit. Woody fasst Vertrauen zu mir, spricht über die Diskriminierung der Farbigen in der US-Army. Sie sind in einem eigenen Farbigencamp, getrennt von den weißen GIs, untergebracht. Zwar ohne Stacheldraht, leben sie in einem Ghetto, wie wir.
Jack Robertson, mein zweiter Chef, ist behänder und hat den Ablauf am Switchboard-Kasten nach wenigen Tagen im Griff. Er ist ein hübscher, sportlicher Typ, Camp-Meister im Tischtennis, wie er mir erklärt, und hat, ich kann es kaum glauben, bereits eine französische Mademoiselle geheiratet. Dazu sei er eigens katholisch geworden, nachdem er in den Staaten nacheinander der Methodisten- und Baptistenkirche angehört habe. Vollends ins Staunen versetzt er mich, als er mir erzählt, er sei auf dem Nachhauseweg von der Kirche seiner ihm gerade angetrauten Frau untreu geworden, als er mit einer jungen Anhalterin geschlechtlich verkehrt habe. Ich bin nicht sein Richter und bin froh, partnerschaftlich mit meinen Feinden von gestern umgehen zu dürfen.
Das ganze Lagerleben wird entspannter: Ein Lagerchor wird gegründet, daneben, mit dem gleichen Dirigenten, ein Kirchenchor.

Lagerchor

In beide Gruppen trete ich ein. Sie kommen meinem Wunsch entgegen, den Berg an Freizeit sinnvoll abzutragen. Ein junger Priester, Josef Wessiepe, übernimmt die Aufgabe eines Lagerkaplans. Er ist kurz nach seiner Weihe eingezogen und im Sanitätsdienst ausgebildet worden. Ich sehe ihn von Anfang an als einen ausgesprochenen Glücksfall an. Bisher kannte ich fast nur Geistliche, denen eine Weihrauchwolke voranwehte, Boten aus einer höheren Welt. Josef Wessiepe teilt unsere Sorgen, ärgert sich mit uns über die Tücken des Lagerlebens, über das immer noch unzureichende Essen, über das Fehlen jeglicher Literatur im Camp. Täglich feiert er im Kirchenzelt die Messe, wobei ich häufig als Messdiener und Lektor fungiere. Wie erleben einen regelrechten religiösen Aufbruch, der nicht nur Katholiken und nicht nur aktive Kirchgänger erfasst. Womit erklärt sich das? In der Rückschau erkenne ich, dass die paradoxe Grundaussage des Evangeliums „Die Letzten werden die Ersten sein" in hohem Maße auf uns in unserer Armseligkeit zutrifft, die wir als Letzte in der Hierarchie der Abhängigkeiten jeder Willkür ausgeliefert sind. Die biblische Kernaussage gibt jedem, der glauben kann, Trost.
Zwei Monate nach Kriegsende startet Josef Wessiepe im Lager eine Umfrage nach Themen für eine religiöse Woche. Die Resonanz ist groß, obwohl nicht jeder Vorschlag ernst gemeint

ist. So gibt es einen Gesprächsabend zu dem Thema „Waren die Apostel Nichtraucher?" Wobei Süchte und Sehnsüchte aller Zeiten, aber auch das Fehlverhalten kirchlicher Instanzen von der Urkirche bis heute kritisch beleuchtet werden. Der Zulauf zu diesen Veranstaltungen ist groß. Radikal stellt der junge Priester die Person Jesu in die Mitte seiner Predigten. Ein von ihm geschriebenes Programm einer Missionswoche habe ich aufbewahrt. Sieben Predigtthemen hat er dort aufgeführt. Ein Thema „Jesus und wir" bekommen wir ausformuliert in die Hand. Ich habe es viele Jahre in meiner Brieftasche bei mir getragen. Schon halb zerfleddert, habe ich das Schriftstück zu den Briefen, Karten und anderen Aufzeichnungen über die Gefangenschaft gelegt. Noch heute rührt mich der Text an.
Mein kindlicher Glaube, genährt von den Erfahrungen im Elternhaus und bei Pastor Lücke, weiter gehegt in der Nische des Heerde-Kollegs in Münster, ist noch völlig unangefochten. Die Zeit beim Reichsarbeitsdienst, so gottfeindlich es dort zugehen mochte und meine Soldatenzeit haben meinen naiven Glauben nicht ins Wanken bringen können. Hier im Lager weht ein anderer Wind. Die Zeit der anfänglichen Not ist vorüber, der Krieg ist aus. Wir sind zwar physisch unfrei, werden hinter Stacheldraht bewacht, aber gegensätzliches Denken kann sich frei entfalten und unzensiert ausgesprochen werden. Ich stelle bald fest, dass ich mein Denken und Glauben nur mit einer Minderheit teile. In den Wohnzelten stoßen die Meinungen aufeinander. Da gibt es keine Sprachregelungen mehr, keine Redeverbote. Gottlose dürfen ihre Ansichten genauso ungeniert vertreten wie gläubige Christen.

48 Anfechtungen

Meine bis dahin unreflektierte Gläubigkeit gerät gewissermaßen in einen Wirbelsturm, als Hans Beielstein, der mir den Posten in der Telefonvermittlung zugeschanzt hatte, mir in einem Telefongespräch während meines Nachtdienstes die Lehre des Darwin über die Entwicklung der Arten, genauer über die

Herkunft des Menschen aus dem Tierreich auseinandersetzt. Ich kenne weder Darwin noch seine Lehre. Hans will von mir wissen, welche Schule das wohl sei, die mir solche wissenschaftlich gesicherten Fakten vorenthalten habe. Auf welchem Stern ich bis heute wohl gelebt hätte. Seit der Aufklärung im 18. Jahrhundert sei kein Platz mehr für das, was ich Gottes Schöpfung nenne. Ein ganzes Weltbild bricht bei mir zusammen. Es ist, als habe man mir den Tod Gottes verkündet. Nach Dienstschluss finde ich keinen Schlaf auf meiner Pritsche und suche am nächsten Morgen bei Josef Wessiepe Rat und Hilfe. Ich trage ihm vor, wie grausam ich in der vergangenen Nacht aufgeklärt worden sei. Ob er mir den verloren gegangenen Gott wieder beschaffen könne. Er beruhigt mich: Die Tatsache der Evolution solle ich getrost akzeptieren. Irgendwann im zivilen Leben würde ich das auch auf der Schule erfahren. Das sage aber nichts gegen Gott als den Schöpfer aller Dinge aus. Schon gar nichts gegen die Existenz Gottes. Dass Gott existiere, sei zwar nicht zu beweisen wie eine mathematische Formel, aber es spreche alles dafür. Erkennen ließe sich Gott für uns Christen durch den Glauben an Jesus Christus. Der sei der sicherste Garant, so wie er in den Evangelien bezeugt und beschrieben werde.

Ich bin in diesen Wochen neunzehn Jahre alt geworden. Mein Bart beginnt zu sprießen. Ich spüre, dass die Zeit der Pubertät hinter mir liegt und ich erwachsen werde. Josef Wessiepe macht mir klar, dass auch der Kinderglaube einem Erwachsenenglauben Platz machen müsse. Das ginge in der Regel nicht reibungslos vor sich, sondern sei wie jeder Umbruch mit Ängsten und Unsicherheiten verknüpft. Könne dann aber zu ganz neuen und tieferen Einsichten führen. Ich bin ihm für jedes Wort dankbar, engagiere mich weiter im Kirchendienst und besonders im Chorsingen. Im Kirchenchor dürfen neuerdings ein paar deutsche Krankenschwestern mitsingen, die dann allerdings nach der Chorprobe in ihr Außenlager zurück müssen. Diese Schwestern sind Gefangene wie wir und ausschließlich in den Krankenzelten eingesetzt. Ihnen wird eine baldige Heimkehr nach Deutschland in Aussicht gestellt, worum wir sie beneiden. Eine Schwester fixiert mich beim Singen mit leuchtenden

Augen. Ich halte mich unauffällig in ihrer Nähe auf. Sie heißt Bärbel Lux und stammt aus einem Eifeldörfchen. Zu einem längeren Gespräch kommt es zwischen uns aber nicht. Mir genügt es, dieses liebliche Wesen anzuschauen und mit ihr gemeinsam zu singen.

49 Auftritte

Im Laufe des Sommers eignen sich die beiden Chöre einen Fundus an Liedern an, die vor der Öffentlichkeit aufgeführt werden sollen. Der Kirchenchor beherrscht im Herbst die Schubertmesse vierstimmig, wobei ich den zweiten Tenor singe. In der Zeltkapelle ertönt sie um Allerheiligen herum zum ersten Mal. Ich bin ganz begeistert von den Melodien und fasse den Entschluss, Texte und Noten abzuschreiben und bei Gelegenheit dem Bürener Kirchenchor zuzuschicken. Kann ich solche Texte für mich behalten, die meine Situation widerspiegeln wie kein anderes Lied? „Wohin soll ich mich wenden, wenn Gram und Schmerz mich drücken? Wem künd ich mein Entzücken, wenn freudig pocht mein Herz?" Wahrscheinlich hat mir Josef Wessiepe, dem von Amts wegen Schreibmaschine und Material zugestanden werden, das Schreibpapier zugesteckt. Ein halbes Jahr später, als wir regelmäßig schreiben und Post empfangen durften, habe ich die handkopierte Messe an mein Elternhaus geschickt mit der Bitte, sie dem jungen Organisten Bernhard Terschluse zu geben, der in Büren den Kirchenchor leitete.
Mit dem Lagerchor übten wir mehrstimmige Lieder ein, die wir von Zeit zu Zeit in den Krankenzelten vortrugen. Der Dirigent stellte keine hohen Ansprüche an die Auswahl der Lieder. Er schrieb zu der Grundmelodie selbst mehrstimmige Sätze. Uns genügte das und auch die Patienten wollten leichte Kost. So wurden unsere Sangesfreude und Leistungsfähigkeit nicht übermäßig strapaziert, wenn in den Zelten zur Freude der kranken Kameraden volkstümliche Weisen wie „Ännchen von Tharau," „ Hab oft im Kreise der Lieben im duftigen Grase geruht" und „Am Brunnen vor dem Tore" erklangen.

Rückblickend erstaunt mich, dass ich mich in meiner Freizeitbeschäftigung so ausschließlich aufs Singen verlegt habe, das Theaterspielen etwa, das von anderen Gruppen in so genannten „Bunten Abenden" gepflegt wurde, zwar begierig angesehen, aber nicht durch eigenes Mittun begleitet habe. Dort tummelten sich Landsmannschaften mit wehmütigen Liedern „Riesengebirge, deutsches Gebirge, du meine liebe Heimat du", wurden Possen gespielt und gesungen „O Trauerkloß, o Sauerbier, wir beiden Unglücksraben. Am besten ist's, wir sehn nichts mehr und lassen uns begraben." Die Stimmung im Zelt schwoll zur Begeisterung, wenn ein Sänger, stilecht verkleidet als Zarah Leander, von der Bühne ins Publikum hineinschritt und mit verräucherter Stimme die leibhaftige „Lili Marleen" vor unseren Augen und Ohren erstehen ließ: „Vor der Kaserne, vor dem großen Tor". Westfalen in ihrer ruhigen Gemütsart sind mir bei dieser Art von Auftritten nicht aufgefallen. Auch mir war das schauspielerische Posieren noch fremd; das entwickelte sich erst nach meiner Entlassung aus der Gefangenschaft in Büren und steigerte sich während meines Studiums auf der Pädagogischen Akademie in Emsdetten und Münster. Dort wurde ich regelrecht Theater besessen und verlor die Singefreudigkeit.

50 General Hospital II

Fast ein Jahr dauerte der Aufenthalt im General-Hospital Lison Manche in der Normandie, von Januar bis November 1945. Das Gefangenenleben ist immer erträglicher geworden. Allerdings sind die Essensrationen knapp und das Nahrungsangebot Monate lang einseitig. So gibt es vom Sommer bis Herbst täglich Tomatensalat. Eine Zeit lang tausche ich meine Tomatenration gegen Zigaretten, bis ich meinen Widerwillen gegen diese Früchte aufgebe und sie schließlich als schmackhafte Speise schätzen lerne. Bei dem ständigen Zigarettenmangel in diesen Monaten wende ich viel Energie und Fantasie auf, durch Tauschgeschäfte an diese Droge zu kommen. Hier habe ich meine durch alle Fährnisse gerettete Kommunionuhr der

Patentante Johanna Wellers meiner Rauchsucht geopfert. Noch heute schäme ich mich deswegen.

Das amerikanische Aufsichtspersonal ist zu einem großen Teil in die Staaten entlassen. Die verbleibenden Wachposten, hauptsächlich Farbige, verbrüdern sich längst mit uns. Nachdem schon während des Krieges über das Rote Kreuz in Genf Lebenszeichen zu den Angehörigen gelangt sind, dürfen wir jetzt geregelten Kontakt mit ihnen aufnehmen. Mit Datum vom 5. November 1945 verschicke ich eine vorgedruckte Karte zu meiner Familie. Darin heißt es: „Ein Mitglied der geschlagenen Wehrmacht sucht seine nächsten Angehörigen. Ich bin noch am Leben und befinde mich z.Z. in amerikanischer Hand. Ich bin gesund. Meine Anschrift ist wie unten. Bitte die Karte sofort zurück schicken." Zu der Ortsangabe des Hospitals kommen mein Name und meine Kriegsgefangenennummer. Vom 8. Februar 1946 ist die zurück gesandte Antwortkarte datiert, auf der mit Schreibmaschine die 25 zulässigen Worte getippt sind. Es gehe allen gut, Pastor und Lehrer ließen grüßen und ob man Fotos schicken dürfe. Das ist der Auftakt zu einem regen Austausch, sehr bald schon über die wenigen Sätze hinaus zu ausführlichen Briefen. Ich erfahre, dass Vaters jüngster Bruder Willi, der noch eng zu unserer Familie gehörte, seit Herbst 1944 als vermisst gilt, dass aber meine Familie bei Kriegsende keinen Schaden erlitten hat. Ich bin unendlich dankbar und sehe mein Schicksal als viel erträglicher an.

Unser Hospital, das in Wirklichkeit eine Zeltstadt auf freier Fläche ist, soll abgebaut werden. Wir müssen beim Abbruch helfen und packen transportables Kleingerät in Kisten. Die Parole, dies sei das Ende der Gefangenschaft, ist nur kurzlebig. Wir bekommen das Ziel unseres nächsten Einsatzortes genannt: Carentan, ein Ort in der Nähe. Es werden also Standorte aufgelöst, verwundete und kranke deutsche Soldaten nach Hause geschickt. Das lässt hoffen. Das deutsche Personal wird auf Trucks an die neue Arbeitsstelle gefahren. Außerhalb des Ortes Carentan wartet bereits die fertig aufgebaute Zeltstadt auf uns, nach dem gleichen Muster angelegt wie das General Hospital in Lison.

Die amerikanischen Mitarbeiter und Bewacher sind größtenteils neu. Mit Friedhelm Voß und Walter Holtwick erkunde ich das Gelände. Josef Wessiepe hat wieder ein „Chaplain's Tent" als Arbeitsraum zugewiesen bekommen, daneben das Kirchenzelt. Ein größerer Zeltkomplex mit vielen Bänken als Sitzplätzen und einer erhöhten Bühne für Aufführungen will von uns benutzt werden. Die Wohnzelte bieten Platz für zehn doppelstöckige Betten. Als weitere Ausstattung ein so genannter Bunkerofen, ein Tisch und Sitzplätze für zwanzig Personen.
Es ist für uns alle ein Neuanfang, obwohl die meisten die gewohnte Arbeit wieder aufnehmen. Aus lauter Sehnsucht nach einer baldigen Entlassung kommt mir der Gedanke, eine krank machende Arbeitsstelle zu suchen. Die finde ich in zwei Zelten, in denen an offener Tuberkulose erkrankte Kameraden versorgt werden. Ich verspreche mir davon eine rasche Ansteckung und Abschiebung nach Deutschland. Meine Freunde wundern sich nur, dass ich mich hier nicht um die begehrte Stelle als Switchboard-Operator bemühe. Meine wahre Absicht behalte ich für mich und verschweige sie auch in den Briefen, die wir nach Hause schreiben dürfen. Also kümmere ich mich um TB-Kranke, teile mit ihnen eine Zigarette, ja, lege mich während des Nachtdienstes gelegentlich in ein leeres, von einem Kranken verlassenes Bett. Ein riskantes Spiel mit meiner Gesundheit. Zusammen mit vier Sanitätern und zwei deutschen Rot-Kreuz-Schwestern teilen wir uns in die Tag- und Nachtschichten. Bärbel Lux, die auch mit nach Carentan versetzt wurde, arbeitet in einem anderen Krankenzelt, wo gesundheitliche Risiken nicht zu befürchten sind. Mir macht die Arbeit mit diesen Kranken Spaß. Sie sind durchweg lebensfroh, wohl auch mit Blick auf den in Aussicht stehenden Rücktransport in die Heimat. Ich beneide sie darum und auch wegen der qualitativ besseren und größeren Essensrationen, die wir diesen Patienten reichen, ohne selbst in deren Genuss zu kommen. Oft genug gerate ich in die Versuchung, unauffällig davon zu naschen, erliege ihr aber nicht.
Nach einer Anfangsuntersuchung werden die Helferinnen und Helfer in den TB-Zelten im Abstand von vier Wochen geröntgt.

Die erste und zweite Durchleuchtung zeigt bei mir eine intakte Lunge.

Es geht auf Weihnachten zu. Der Lagerchor probt für einen Auftritt mit Weihnachts- und Winterliedern, die wir in einem bejubelten Auftritt auf der Lagerbühne vortragen. Im Kirchenchor geht es nicht um den Applaus. Wir üben für eine Liturgie zum ersten Weihnachtsfest im Frieden Chorgesänge und Weihnachtslieder. Zur Mette um Mitternacht hat jemand eine Trompete besorgt und bläst vor Beginn das Lied „Stille Nacht". Danach feiern wir gemeinsam eine festliche Messe, die ich intensiv miterlebe. Welch ein Unterschied zum Weihnachten des vergangenen Jahres, als wir in ungeheizten Waggons durch Frankreich transportiert wurden! Jetzt suchen wir unter einem sternklaren Himmel nach dem Gottesdienst, von guten Gedanken erfüllt, unsere beheizten Zelte zum Schlafen auf. Ich entdecke eine Überraschung auf meinem Bett. Ein Päckchen, in Weihnachtspapier gewickelt und mit sorgfältiger Frauenschrift an mich adressiert. Ich ahne seine Herkunft, als ich es öffne und Zigaretten und Schokolade zum Vorschein kommen und bin mir vollends sicher, als mir ein selbst gestaltetes Weihnachtskärtchen entgegenlacht mit einem Spruch, der mir damals viel bedeutet hat: Ein Mann, der steht, wenn alle stehen. Bewundernswert, wer steht, wenn wenige den Mut dazu haben. Ein ganzer Mann, der steht, wenn er verlassen ist. Natürlich war Bärbel Lux die Urheberin und ich der bewundernswerte Mann. Das war mir bis dahin noch von keinem Menschen gesagt worden. Welch ein Glück, so etwas auf diesem Außenposten, an dem ich mich befand, zu lesen! Ich weiß, ich habe mich bei der nächsten Gesangprobe bei meiner Verehrerin bedankt, erinnere mich aber nicht, womit ich mich revanchiert habe. Ich erfahre von ihr, dass sie etliche Jahre älter ist als ich und zu Hause ein Verlobter auf sie wartet, Das tut unserer platonischen Zuneigung keinen Abbruch.

51 Verordneter Platzwechsel

Bei der nächsten Durchleuchtung stellt der Arzt einen Schatten auf meiner Lunge fest. Er fährt mich schroff an:" Sie sind neunzehn Jahre? Welcher Idiot hat Sie überhaupt in die TB-Abteilung geschickt? Unter 22 ist dort überhaupt kein Pfleger zugelassen. Noch heute melden Sie sich ab!" Schweren Herzens verabschiede ich mich von den Mitarbeitern und suche umgehend die Telefonvermittlung auf. Dort begrüßen mich meine alten Chefs M.T. Woody und Jack Robinson. Noch ein dritter Amerikaner ist da, ein weißer. Er ist nun der Boss. Ich kann sofort anfangen, muss aber, wie mir gesagt wird, mit häufiger Nachtarbeit rechnen. Woody und Jack sind sauer, noch immer als GIs in Europa festgehalten zu werden. Zwei Jahre ohne Urlaub, dreiviertel Jahr nach Kriegsende, immer noch in der verhassten Uniform. Jack spricht nicht von seiner französischen Frau. Ob die Ehe vielleicht schon am Ende ist? Ich frage ihn nicht. Die Sehnsucht nach Hause teile ich mit den beiden.

Die Nachtdienste wechseln wochenweise. Es ist ein lauer Job, besonders nach Mitternacht. Stunden lang kommt kein Anruf, sodass man sich in das bereit stehende Feldbett legen kann. Die Stöpselwand wird ab 22 Uhr von den aufleuchtenden Lämpchen auf akustische Signale umgestellt. Verbotenerweise entferne ich mich schon mal, erkunde die nächtliche Umgebung. Nur zwanzig Meter sind es bis zum Main Gate, wo ein schwarzer Posten einsame Wache halten muss. Mit einem freunde ich mich an und plaudere mit ihm über seine und meine Situation, die sich in vielem ähnelt.

Eines Nachts erklärt er mir seine Lebensphilosophie: Alles in unserem Leben ist auf Vermehrung, auf Sex, auf das andere Geschlecht ausgerichtet. Der Sinn unseres männlichen Daseins besteht darin, den Frauen zu gefallen. Ich kann ihm da nicht folgen, verweise auf die Freude an der Arbeit, an der Kunst, an der Religion, erinnere ihn an das Glück einer lebendigen Familie. Er lässt nichts dergleichen gelten:" Schau dich selbst an, die Knöpfe an deiner Jacke, der Kniff in deiner Hose, dein Haarschnitt. Alles für die Frauen."" Und was ist mit den Kindern, den alten Menschen, die von Sexualität noch nichts oder

kaum noch etwas wissen", halte ich noch einmal dagegen. Er beharrt: „Die leben am eigentlichen Leben vorbei."
Es passiert, dass bei meiner Rückkehr in die Telefonbaracke mehrere Kläppchen ihre schrillen Signale aussenden: Da muss ich schnell verbinden mit der Entschuldigung, ich sei austreten gewesen.
Als ich eines Nachts wieder bei meinem Gesprächspartner am Haupttor erscheine, drückt er mir sein geladenes Gewehr in die Hand mit der Bemerkung, ich sei zu feige, damit auf den Scheinwerfer an einem der Umzäunungsmasten des Lagers zu schießen. Ich lege kurz entschlossen den Schaft an meine Backe und ziele, da packt ihn offensichtlich die Angst, ich sei glatt dazu fähig und unsanft entreißt er mir den Schießkolben wieder. Wahrscheinlich hätte ich nicht geschossen. Wir sind beide ein bisschen verlegen und ich begebe mich an meinen Stöpselschrank zurück.
In eine ruhige Nachtschicht hinein stolpert eines Abends M.T. Woody. Er reißt die Tür auf und steuert geradewegs auf das Feldbett zu, wo er sich schluchzend windet. Ich denke zunächst an eine Verletzung, bemerke aber die Alkoholfahne. Beruhigend rede ich auf ihn ein. Er solle hier einfach schlafen. Ich brauche das Bett nicht. Irgendwann fängt er an zu sprechen. Ich höre Bruchstücke: „We are second class people . We will always be that. It's a hell here!" Ich sage ihm , zu Hause, in den Staaten, sieht die Welt besser aus. Dem ruhigen Woody wird also unter dem Einfluss des Alkohols der ganze Jammer seines zweitklassigen Daseins bewusst. Irgendwie kann ich das verstehen, obwohl ich noch nie einen Alkoholrausch gehabt habe. Nach einer Stunde schleicht er davon in sein eigenes Camp und erwähnt den Vorfall nie mehr.
Bei meinem Tagdienst an einem Sonntagmorgen erhalte ich einen Anruf unseres Kirchenchor-Leiters. Zum anstehenden Hochamt um 10 Uhr sei bei der mehrstimmigen Messe die zweite Tenorstimme unterrepräsentiert. Ob ich mich in meinem Dienst nicht vertreten lassen und mitsingen könnte. Es ist bereits halb zehn. Mir fällt Jack Robinson ein, den ich in seinem Lager aus dem Bett klingele. In einer Viertelstunde kommt er, nur mit Hemd und Hose bekleidet, mit einem mittelschweren

Truck vor die Telefon-Vermittlung gefahren. „Ist doch klar, wenn einer in die Kirche will, vertrete ich ihn, auch mitten in der Nacht." Mit Jack Robinson, der mit Auflösung des Hospitals in Carentan in die Staaten entlassen wurde, hat mich nach meiner eigenen Entlassung eine mehrjährige Brieffreundschaft verbunden. Seine französische Ehe kam dabei nicht zur Sprache.

52 Lichtblicke

Jede Woche fährt ein Lazarettzug mit teils oder voll genesenen Gefangenen nach Deutschland. Auch die deutschen Rote-Kreuz-Schwestern, darunter Bärbel Lux, werden entlassen. Ich gebe Briefe mit nach Hause, ausführlicher als die vorgegebenen grünen Faltbriefe. In unseren Köpfen wächst die Hoffnung, mangels sinnvoller Arbeit ebenfalls nach Hause geschickt zu werden. Immer häufiger wird der Name eines Entlassungslagers genannt, Bolbec, Verheißung und Abschreckung zugleich, denn es kursiert das Gerücht, die Franzosen hätten Zugriff auf dieses Lager und dürften sich mit deutschen Gefangenen bedienen für den Bergbau und das Minenräumen in der Normandie. Solch ein Schicksal wünscht sich keiner. Lieber beim Amerikaner ausharren.
Friedhelm und Walter, unser Dreierklub ist ergänzt durch Josef Lechtenberg aus Nordvelen, kommen eines Tages mit einem Geheimtipp: Für den Hafen von Antwerpen wird ein Arbeitskommando deutscher Gefangener angefordert. Sie seien entschlossen, sich dafür zu melden. Sicher würde ich da mitmachen. Doch ich bin skeptisch, berufe mich auf meinen guten Job, auf meinen Sonderstatus als Sanitäter, auf die kleiner werdende Zahl der Patienten und die irgendwann anstehende Auflösung dieses Lagers. Was ich nicht ausspreche: Tief in mir spüre ich einen Hang, Bestehendes festzuhalten, die Angst, angesichts ungewisser Aussichten selbst Entscheidungen zu treffen. Ich suche das Risiko und das Abenteuer nicht. Unsere Dreierfreundschaft ist überdies ein bisschen brüchig geworden. Wir sehen uns selten. Ich habe im Kirchenchor neue Freunde: Hans

Möckel aus Thüringen, der meine Nähe sucht, Sepp Weber und Fritz Stoiber aus Süddeutschland, den fast 40-jährigen Klemi Richter aus Epe und Josef Wessiepe, auf dessen Begleitung ich nicht verzichten will. Ich sage ab. So trennen sich hier unsere Wege, die wir fast zwei Jahre gemeinsam gegangen sind. Eine Woche später, Mitte Februar 1946 wird das General Hospital Carentan aufgelöst, wie ein viertel Jahr davor in Lison.

53 Wachsende Freiheiten

Der nächste Einsatzort heißt Le Havre. Ob er auch der letzte sein wird? Der Umzug verläuft ganz unspektakulär. Mit dem Truck werden wir in das voll ausgebaute General Hospital befördert. Alles ist weitläufig angelegt. Wir bekommen als geschütztes Personal (PP) ein eigenes Wohncamp zugewiesen, das zwar mit Stacheldrähten eingezäunt, aber unbewacht ist. Hier gibt es keine farbigen Amerikaner, dafür viele weiße Frauen in Uniform. Sehr willkürlich werden wir in die 20-Mann-Zelte verteilt. Ich gerate in Zelt vier mit fast ausschließlich mir fremden Kameraden. Der Ton der einweisenden Amerikaner ist ruppiger als in Carentan. Hätte ich vielleicht doch den Absprung nach Antwerpen wagen sollen? Zu spät. Ich melde mich für die Krankenpflege. In einem Zelt mit 40 Patienten werde ich meinen Dienst tun. Lauter Fälle mit inneren Erkrankungen, Herz-, Nieren- und Magenkranke. Auch Nachtschichten gehören hier zum Dienstplan. Mich stört das nicht. Leider ist auch in diesem Camp das Essen karg wie in Carentan. Richtig satt werde ich selten. Ständig nagt ein Hungergefühl im Bauch. Mir scheint, die knappe Rationierung hat Methode, damit wir Gefangenen nicht über die Stränge schlagen.

54 Bildungsangebote

Die Arbeit im Krankenzelt ist abwechslungsreich. Das Fiebermessen am Morgen mit dem Fahrenheit-Thermometer ist der routinemäßige Auftakt. Enten und Pfannen müssen den bettlägerigen Patienten besorgt, verschriebene Medikamente verabreicht und der Morgenkaffee serviert werden. Der zuständige deutsche Arzt stattet allmorgendlich seine Visite ab und entscheidet, wer für den nächsten Transport in die Heimat ausgewählt wird. Nur wenige schwere Fälle gibt es, die der ständigen Zuwendung bedürfen. Uns Pflegern wird hier nach einer kurzen Unterweisung erlaubt, intramuskuläre Spritzen zu setzen. Das braucht also nicht jedesmal der Arzt geholt zu werden, besonders beim Nachtdienst. Und zum ersten Mal ergießt sich wie ein Segen eine Sendung von Büchern und Spielen über uns. Wie oft haben wir in Gesprächen beklagt, dass das Deutsche Rote Kreuz, in dessen Dienst wir ja stehen, als Organisation offensichtlich völlig zerschlagen worden ist. Nur der Name existiert noch. Hilfe kommt von anderer Seite. Die YMCA, (young men's christian association), der christliche Verein junger Männer, zeichnet verantwortlich für diese Lieferung. Von ihnen stammen auch die „Neuen Testamente" in der Übersetzung von Konstantin Rösch, die wir als unser Eigentum betrachten dürfen. Ich vertiefe mich in die Lektüre dieser uralten Heilsworte, die uns bis dahin nur häppchenweise, als Perikopen verabreicht wurden, lese die Apostelgeschichte wie eine spannende Erzählung, atme den brennenden Geist des Apostels Paulus in seinen Briefen. Ein schöneres Geschenk konnte man mir nicht machen.

Neben den Bibeln sind 150 Romane und Sachbücher eingetroffen, die zur Ausleihe bestimmt und bald vergriffen sind. Die Mitarbeiter in unserem Krankenzelt erwischen einige. So lese ich in der Nachtschicht von Trygve Gulbranssen „Das Erbe von Björndal" und „Ewig singen die Wälder". Fasziniert bin ich von Tolstois „Krieg und Frieden", einem dicken Wälzer, den ich mit anderen teilen muss.

55 Entlassungsträume

Krank bin ich weder als Soldat noch als Gefangener gewesen. Nicht einen Tag lang, wenn ich einmal von den angefrorenen Füßen auf der Zugfahrt nach Cherbourg absehe. Hier in Le Havre erwischt mich eine mit leichtem Fieber verbundene Grippe, wobei ich Schmerzen in der Nierengegend verspüre. Diese gesundheitliche Verstimmung macht mich aber nicht arbeitsunfähig. Mir kommt der verwegene Gedanke, die Unpässlichkeit aufzubauschen, eventuell ein Patientenbett zu erwischen und mich mit einem Krankentransport nach Hause befördern zu lassen. Dazu suche ich unseren deutschen Lagerarzt auf, dem ich erkläre, ich leide schon seit meiner Kindheit an schwachen Nieren. Jetzt mache sich wieder ein neuer Schub bemerkbar. Er untersucht mich gründlich, tastet umständlich in der Nierengegend herum, zapft mir eine Blutprobe ab, durchleuchtet im X-Ray-Zelt vor dem Röntgenschirm mein Inneres und fordert für den nächsten Morgen eine Urinprobe. In zwei Tagen solle ich mich bei ihm wieder vorstellen und mir das Ergebnis sagen lassen. Bis dahin bliebe ich am besten auf der Pritsche liegen und könne mich erholen. Ich habe Hoffnung, dass mein Plan gelingt. In meinem Kopf türmen sich verheißungsvolle Bilder, die noch beflügelt werden von meinem leichten Fieberzustand. Ich sehe mich schon in einem Krankentransport auf der Fahrt nach Hause. Auf dem Weg zu meinem Schlafzelt lese ich im Anschlagkasten mit den Tagesmitteilungen den Hinweis, dass für eine Blutspende drei Tage lang doppelte Essensrationen gewährt werden. Kurz entschlossen bewege ich mich ins Laborzelt und biete mein Blut an. Mit mir warten noch zwei Spendenwillige. Ich werde nach meiner Blutgruppe befragt, die mir nicht bekannt ist. Schließlich strecke ich auf dem Feldbett meinen Arm der erstaunlich dicken Nadel entgegen. Alles halb so schlimm. Es tröpfelt in eine Literflasche hinein. Der erwartete Blutfluss bleibt aus. Der Flaschenboden ist gerade bedeckt, als kein Tropfen mehr fällt. Ein Arzt erklärt die Blutentnahme kurzerhand für beendet. Irgendetwas in mir sperre sich, außerdem sei ich nicht fieberfrei, wie er mit bloßer Hand fühle. Mein Blut ohnehin wertlos. Und meine doppelten Portionen? will ich

wissen. Er drückt mir drei gestempelte Scheinchen in die Hand, die mich zum Nachfassen berechtigen.
Als ich zur verabredeten Zeit nach meinem Nierenbefund frage, bekomme ich die Auskunft, meine Nieren seien in bestem Zustand, alle beide. Da sehe man mal wieder, wie radikal Kinderkrankheiten verschwinden können - und ich habe den Eindruck, als zeige sich auf seinem Gesicht ein ironisches Schmunzeln.

56 Reiz des Verbotenen

Da unser Camp zwar noch von Zäunen umgeben, aber nicht mehr bewacht ist, gibt es bald Schlupflöcher, durch die insgeheim ein Austausch mit den französischen Bewohnern der Umgebung stattfindet. In der Detachment Area organisiertes amerikanisches Material wird durch den Zaun gegen bare Francs verschoben. Aufsehen, ja Bewunderung erregt ein Mitgefangener, der einen kompletten Jeep-Motor, einem amerikanischen Fahrzeug entnommen, an französische Händler verkauft. Umgekehrt kommen Kostbarkeiten wie Tabak und Alkohol von außen ins Lager. Und Frauen. Gleichsam als Krönung des Austausches durch den trennenden Stacheldraht flanieren französische Frauen an unseren aufgerissenen Augen vorbei und warten auf Einlass. In den Zelten wird heftig diskutiert, ob man sich dieser Angebote bedienen soll. Es gibt Abstimmungen darüber. Mehrheiten entscheiden. In unserem Zelt vier wird nach kurzer Debatte dagegen entschieden, achtzehn zu zwei Stimmen. Ein deutliches Votum für die Erhaltung der Moral. In anderen Zelten sieht es anders aus. Bruder Leo, ein Kapuziner aus Zelt dreizehn, möchte Josef Wessiepe zum Einschreiten bewegen, da die Lustfrauen nicht nur in sein Zelt gelassen, sondern er hautnah das wüste Treiben seines Bettgenossen mit solchen Freudenmädchen miterleben müsse. Wessiepe bittet ihn, das Zelt zu wechseln.
Den Amerikanern sind diese Vorgänge nicht verborgen geblieben. So gibt es zweimal mitternächtliche Razzien durch

bewaffnete Militär -Polizei. Die Ausgänge aller 15 Zelte werden schlagartig besetzt. Wir haben unsere Betten zu verlassen und uns in unserer Schlafbekleidung draußen zeltweise aufzustellen. Die Zelte werden durchstöbert und ein paar Frauen entdeckt und abgeführt. Zelte mit höherem Frauenanteil, so heißt es gerüchteweise, hätten vorgesorgt und ihre Damen bis nach der Razzia unterirdisch verschwinden lassen. Die Möglichkeiten und Freiheiten des einzelnen sind gewachsen, das ist unverkennbar.

Wie ein Lauffeuer geht es durchs Lager: Dietmar, der seit den Tagen in Lison als Sprachkünstler gepriesene Dietmar, hat die großzügiger gewährten Freiheiten missverstanden und ist, als amerikanischer Soldat verkleidet, mit einem Jeep auf Heimatkurs gefahren. In der Nähe von Paris ist er gestoppt und zu uns zurück befördert worden. Man habe ihn drei Tage im „Little Tent" bei karger Verpflegung eingesperrt. Ein Ausflug ganz besonderer Art wird mir zuteil: Josef Wessiepe ist vom katholischen Ortspfarrer einer kleinen Gemeinde vor Le Havre zu einem Besuch geladen. Ich darf ihn begleiten. Ein GI fährt uns mit einem Jeep durch die aufblühende Natur. Das erste Laub zeigt sich. Felder und Wiesen sind üppige grüne Teppiche. Ich genieße diesen Abstecher in die Freiheit. Der Pfarrer bewohnt ein kleines Haus neben der Kirche. Er empfängt uns freundlich und bittet uns in sein Arbeitszimmer. Alles ist einfach. Ein paar Bilder an der Wand und Bücher auf seinem Schreibtisch. Wir bekommen ein Glas Wein eingeschenkt und erfahren einiges aus seinem Arbeitsleben. Nur wenige Gemeindemitglieder besuchen die Sonntagsmesse, hauptsächlich ältere Frauen. Die Begeisterung fehlt. Dabei wäre so viel Grund zur Dankbarkeit nach all den Kriegswirren. Er nehme es dem französischen Staat übel, dass deutsche Kriegsgefangene, ohne für die gefährliche Arbeit ausgebildet zu sein, Minen an der Atlantikküste wegräumen müssten. So kämen ein Jahr nach Kriegsende ständig junge Menschen ums Leben. Josef Wessiepe erzählt aus unserem Lagerleben. Er glaubt, religiöse Aufbrüche bei den Gefangenen festzustellen. Das Evangelium entspräche ganz unserem entbehrungsreichen gegenwärtigen Zustand. Wenn damit materielle Armut gemeint sei, so unterschieden wir uns da kaum, vermerkt der Pfarrer. Beim Weggehen schaut er mich eindringlich an. Er wünsche mir, dass ich bald zu meinen Eltern zurückkehren darf und er wünsche unserem und seinem Vaterland nach drei verheerenden Kriegen in den letzten hundert Jahren, dass sie endlich gute Nachbarn werden.

57 Aufbruchsstimmung

Die Krankenzelte leeren sich zusehends. Regelmäßig befördern Transportzüge die Patienten nach Hause. Wir sehnen unsere baldige Arbeitslosigkeit herbei. Ohne Kranke gibt es hier für uns nichts mehr zu tun. Ich stecke den Entlassenen Briefe an meine Familie zu. Sie versprechen, die Post in Deutschland zu frankieren und aufzugeben. Da Deutschland in Zonen aufgeteilt ist, empfiehlt man uns, Kameraden aus der britischen oder amerikanischen Zone als Transporteure auszusuchen. In diesen Wochen bis in den Sommer hinein steigert sich der Briefwechsel zu einem kontinuierlichen Fluss. Ich erfahre über die Routinemeldungen hinaus Einzelheiten aus Büren. Wer noch in Gefangenschaft ist oder als vermisst gilt. Schwester Luzi, gerade erst elf Jahre alt, teilt voller Begeisterung mit, wie gut sie von ihren älteren Schwestern bereits das Tanzen erlernt hat. Schwester Hedwig schreibt einen wohl gesetzten Brief in Englisch. Sie erhält Sprachunterricht von Stadtlohner Vorsehungsschwestern, die im Blockhaus hinter der Brokweide wohnen, nachdem das Annastift zerstört ist. Schwester Mia erwähnt, Pastor Lücke unterrichte wohl an die vierzig „Studenten" und seine Schule sei von den Engländern als Höhere Schule anerkannt worden, worauf er sehr stolz sei. Schwester Agnes packt das leidige Thema meiner künftigen Berufswahl an und empfiehlt mir, Karl, der seit kurzem aus der Volksschule entlassen sei, den Vortritt als Hof- und Hauserben zu lassen. Mein Vorschlag, er solle sicherheitshalber einen handwerklichen Beruf erlernen, sei nicht realistisch. Mutters Ansinnen, ich könne mit meiner Schulbildung vielleicht Polizist werden, weise ich in einem Antwortbrief empört zurück. Erstens würde ich nie im Leben mehr

eine Uniform tragen und zweitens liege es mir nicht, andere Leute anzuscheißen. Meine beiden Brüder und Vater halten sich mit dem Schreiben zurück, setzen gelegentlich einen Gruß unter die Post der anderen. In mehreren Briefen bedauere ich, dass ich zur Silberhochzeit meiner Eltern im Mai nicht dabei sein kann. Ein eigens für dieses Fest verfasstes Schreiben trifft tatsächlich am Jubiläumstag, dem 19. Mai 1946 ein.
Durch meinen Schreibfleiß fordere ich die Antworten auch der Verwandten, Nachbarn und Bekannten heraus. So trifft ein Brief von Onkel Gerhard ein. Ich spüre seine Sorge um die noch immer vermissten Söhne Berni und Werner. Pastor Lücke schickt einen sorgfältig getippten Briefbogen, der meine Klage, ich verpasse jeglichen Anschluss an die berufliche Weiterbildung, bündig beantwortet. „Was man nicht kann ändern, muss man lassen schlendern". An Gefühle rührt bei mir ein herzlicher Brief der 17 jährigen Hildegard Stapper, die in schöner Schrift, wohl formuliert und gescheit, die Neuigkeiten aus dem Pastorat mitteilt.

Nach dem letzten Krankentransport, bei dem ich einem Westfalen die Schubertmesse, zu einem Päckchen geschnürt, mitgebe, wird unser Krankenzelt geschlossen. Als Englisch Sprechender werde ich kurzerhand ins „Headquarters" versetzt, wo ich in einer größeren Baracke einen eigenen Schreibtisch mit Schreibmaschine gestellt bekomme. Zusammen mit sechs Bürokraten soll hier das Schrumpfen und der langsame Untergang des Lagers verwaltet und registriert werden. Einen Sinn habe ich in dieser Arbeit in den etwa sechs Wochen meines Einsatzes nicht gefunden, Aber ich habe das Tippen auf der Schreibmaschine mit zwei Fingern gelernt, sodass neben dem obligatorischen täglichen Lagerbericht meine Briefe nach Büren säuberlich Maschinen geschrieben sind. Immer dringlicher stelle ich in ihnen die Frage, wann wir hier überflüssig sind. An meine Arbeitsmoral werden hier nur geringe Anforderungen gestellt, kein Druck wird ausgeübt. Allen in diesem Raum ist klar, dass unsere Nachlassverwaltung eher Beschäftigungstherapie als sinnvolle Tätigkeit ist und möglicherweise für den Mülleimer produziert wird. Wir finden viel Zeit, uns privat auszutauschen. Ich bin der Glückliche mit der meisten Post aus der Heimat.

Deutsche Zigaretten schmuggelt Mutter sogar in einen Brief hinein. Sie schmecken wie Heu und ich lass die Kameraden einen Zug daran tun. In einem weiteren Brief von ihr entdecke ich die Titelseite eines neu erscheinenden Kirchenblattes des Bistums Münster mit dem Titel „Kirche und Leben", das ich Zeile für Zeile lese. Ich gewinne den Eindruck, dass nach der Stagnation und der Bedrängnis der NS-Zeit die Kirche in der Heimat neue Blüten treibt. Allgemeines Staunen erregt die Mitteilung von zu Hause, mein Vater habe nach dem Einmarsch der Engländer die seit fünf Jahren bei den Bürener Bauern arbeitenden Franzosen auf einem Leiterwagen zum Stadtlohner Bahnhof gefahren und dort mit Wehmut verabschiedet.

Das Essen aus der Lagerküche ist üppiger geworden. Die Rationen sind denen der Amerikaner angeglichen. Deutlich nehme ich an Pfunden zu. Zu einem Foto, das mich mit den Mitarbeitern des Headquarters wohlgenährt zeigt, erwähne ich mein Gewicht mit 80 Kilogramm. Wir hören Radio, lauschen den amerikanischen Songs „I don't want to be loved by anyone else but you, I don't want to be kissed by anyone else but you" und den Ohrwurm „Oh, give me land, lots of land, under sunny skies above, don't fence me in", verfolgen an einem deutschen Sender Ausschnitte aus den Nürnberger Prozessen, die uns seltsam ungerührt lassen, als liege diese dunkle Epoche der deutschen Geschichte schon weit zurück.

Andachtsbild von 1946

Josef Wessiepe setzt noch einmal zu einer Besinnungswoche an. Das Thema heißt „Ja, Vater!" und beruft sich auf die Aussage des Paulus in seinem Epheserbrief „Leistet euren Dienst mit willigem Sinn. Es gilt ja dem Herrn und nicht Menschen." Ein Andachtsbildchen, das ich aus dieser Aktion bis heute bewahrt habe, zeigt zwei zum Gebet ineinander gefaltete Hände, mit einer Kette gefesselt. Sie sind emporgereckt zu einem Kreuz, das auf einem Berg aufgerichtet und von einem brennenden Kranz umgeben ist. Darüber steht „1946 in der Kriegsgefangenschaft." An die Aussagen dieser Einkehrtage kann ich mich nicht mehr erinnern, ich nehme aber an, dass wir ermuntert wurden, unsere Zeit in der Gefangenschaft nicht als verlorene Zeit zu betrachten, sondern sie als Gewinn positiv zu bewerten. Sind wir zu einem Fatalismus angehalten worden? Es kommt doch alles, wie es soll? Den Verdacht habe ich, denn in einigen meiner letzten Briefe aus Le Havre finde ich die resignative Bemerkung, ich müsse mich in mein Schicksal fügen, es käme doch alles, wie es für mich bestimmt sei. Ich erschrecke heute darüber, kann mir nicht vorstellen, so Schicksal ergeben gedacht zu haben. Fest steht allerdings, dass ich Risiken und Initiativen, etwa das Abenteuer einer Flucht, nicht ernsthaft erwogen habe. Umso mehr fiebere ich der Auflösung auch dieses Lagers in Le Havre entgegen, damit eine legale Rückführung in die Heimat möglich wird.

Mitarbeiter im Headquarter

58 Inneneinsichten

Unser amerikanischer Chef im Headquarter regelt auf betont lockere Art in Absprache mit uns die geforderte Arbeitsleistung. Die Aktivitäten werden gedrosselt. Nur noch wenig gibt es zu tun. Wir können das Ende absehen. In eine solche Lagebesprechung platzt ein junger Gefangener, der den Ami-Chef um Entbindung von seiner bisherigen Arbeit bittet. Erfolglos, wie ich mitbekomme. Ich bin neugierig, welch wichtige Aufga-

be er wahrnimmt und erfahre von ihm, dass er seit Lison als Pathologe für alle zweifelhaften Todesfälle, amerikanische und deutsche, im Lager zuständig ist. Eigentlich sei das die Aufgabe eines Arztes. Er sei gelernter Friseur und als Sanitäter, der mit Messer und Schere umzugehen wisse, habe man ihn probeweise bei der Obduktion einiger Lagertote zugelassen. So sei er langsam in die zweifelhafte Selbständigkeit hinein geschlittert. Jetzt käme er da nicht mehr heraus, obwohl ihn die Arbeit in den sicheren Wahnsinn treibe. Ich tröste ihn, das Ende des Lagerlebens stehe bevor, jedermann spüre das, und damit auch das Ende des Sterbens in diesem Hospital. Er spürt mein Interesse und schlägt vor, bei der Sezierung der anstehenden Leiche heute Abend dabei zu sein, ob ich das wolle. Ich sage zu.
Ein toter Mann liegt auf der Sezierbank, als wir die Baracke betreten. Mein Begleiter dreht grelles Scheinwerferlicht auf den wächsernen Körper. Spontan denke ich an die Eltern des Toten. Ob die wissen, dass ihr Sohn gestorben ist? Ein Amerikaner, werde ich aufgeklärt, der vermutlich an Drogen oder Alkohol gestorben ist. Um das nachzuweisen, müsse jetzt, ritsch ratsch, das Innere freigelegt werden. Die weiteren Untersuchungen blieben einem Arzt überlassen. Er sei eigentlich nur der „Aufschneider". Dabei hat er bereits die Bauchdecke geöffnet und schneidet sich zu den gewünschten Organen vor. Mich packt ein ziemlicher Ekel, mache aber nicht schlapp und harre bei ihm aus, bis wir den Schreckensraum verlassen. Ich verstehe, dass er sich an diesen Job nicht gewöhnen kann.

59 Endstation

An meinem 20. Geburtstag im Juli 1946 ist es soweit. Ich darf meine Schreibutensilien wegpacken. Ein Sonderkommando räumt unser Büro leer. Die Möbel, Maschinen und Akten werden draußen gestapelt zum Abholen. Wir können uns von den im Lager Verbleibenden, die bald nachkommen sollen, verabschieden. Josef Wessiepe bleibt sich selbst treu. Das Angebot zur Abfahrt gilt auch für ihn. Er will aber mit den Letzten ausharren. Die paar Wochen könne er verkraften.

Mit einem Stoffbeutel, vollgestopft mit Briefen und Fotos von zu Hause und etwas Unterwäsche, steige ich am nächsten Morgen in den Truck. Auf Innenbänken längs der Ladeflächen erleben wir auf dem offenen Fahrzeug die hochsommerliche Landschaft der Normandie, durchfahren friedliche Dörfer und mit unseren Augen saugen wir den Anblick fast reifer Getreidefelder und leuchtender Kirschen in uns auf. Wir täuschen uns nicht: Es geht auf Paris zu. Vor genau zwei Jahren bin ich als Rekrut zur Ausbildung nach Croissy-Beaubourg, nahe Paris, gefahren worden, einer unsicheren Zukunft entgegen, jetzt, nach einer erlebnisreichen Odyssee, heißt die letzte Station Attichy, ebenfalls in der Nähe von Paris. Aber welch eine Perspektive! Wir werden entlassen.

60 Gebremstes Glück

Bei der Ankunft verwirrt mich der Anblick der Stacheldrahtverhaue. Zäune, soweit das Auge reicht. Wer kann sich da zurechtfinden? Von Stockages, Käfigen, ist die Rede. Zelt an Zelt innerhalb einer jeweils quadratischen Umzäunung. Und Menschenmassen! Wir landen in Stockage Nummer sieben. Jeder sucht sich ein Bett. Ein grau flutender Strom von Männern an den Stacheldrähten entlang und über die Lagerwege. Liegende Gestalten auf den Betten am helllichten Tag. Ständig plärren Lautsprecher Informationen und Namen. Hört überhaupt jemand darauf? In ersten Gesprächen werden wir gewahr, dass dieses Lager nicht die Pforte zum sofortigen Glück ist. Wartezeiten sind hier angesagt. Die Zahl der auf Entlassung Wartenden ist wohl zu groß, die bürokratischen Verfahren vielleicht auch zu umständlich, um geradewegs in die Freiheit zu marschieren, zumal einige Schiffsladungen mit deutschen Gefangenen aus den USA eingetroffen sind. Wochen könnte die Entlassungsprozedur dauern, wollen einige wissen. Das klingt ernüchternd. Das Essen ist wieder karg und knapp: Suppe und

Brot. Einige haben „eiserne Rationen" dabei, Kekse, Schokolade, Zigaretten. Eine oder zwei Wochen halbsatt. Wen kümmert das schon? Wie Vögel flattern die Namen aus den Lautsprechern an den Eckmasten unseres Stockage - bis ich deutlich meinen Namen höre. Er wird wiederholt: Felix Ritter, letzte Arbeitsstätte General Hospital Le Havre, bitte sofort im Headquarters melden. Was bedeutet das? Wollen die eine Auskunft von mir oder steckt mehr dahinter? Mit einem unguten Gefühl frage ich mich zum Headquarters durch. Ein Mitgefangener empfängt mich freundlich. Er hat ein paar beschriebene Blätter vor sich, meine Akte. Switchboard-Operator in Lison und Carentan, Mitarbeiter des Headquarters in Le Havre, das sei doch eine ganz interessante Aussage, die mich direkt empfehle für eine Tätigkeit hier in Attichy, sagt er ohne jede Ironie. Englisch sprechende Leute würden dringend gebraucht für eine Tätigkeit in diesem Entlassungslager. Also ein neuer Einsatz. Ich will es nicht glauben und bringe Gründe dagegen vor, verweise auf mein Alter, meine fehlende Schulbildung, überhaupt auf mein mangelhaftes Englisch. Er lässt sich nicht beirren und bleibt zuvorkommend. Es sei ein Einsatz von genau einem viertel Jahr, keinen Tag länger - und mein Englisch könnte ich in dieser Zeit vervollkommnen. Ich sei vorgesehen im Bekleidungscamp. Morgen früh könne mein Dienst beginnen. Aus der Traum von einer schnellen Entlassung.
Ich suche das Haupttor zu meinem künftigen Arbeitsplatz. Ein junger Mann, 19 Jahre alt, gepflegt und aufgeräumt, empfängt mich und führt mich in „mein" Büro. Er sei seinerzeit genauso überrumpelt worden wie ich und, im Vertrauen gesagt, das brauche hier kein viertel Jahr zu dauern. Er selbst sei acht Wochen an diesem Platz, habe seinen Entlassungsschein in der Tasche und müsse nur noch mich in meine Tätigkeiten einweisen. Er stellt mich meinen fünf Mitarbeitern im größeren Nebenraum vor, die dort vor ihren Schreibmaschinen sitzen. Ich sei der neue Chef. Das wird kopfnickend zur Kenntnis genommen.
Der eigentliche Chef ist Captain Jones Townsend. Der hat seinen Hauptwohnsitz in Attichy bei einer Freundin und kommt

wenigstens einmal in der Woche, um seine Unterschriften zu leisten. Wenn der Laden hier läuft, sei er zufrieden.
Ich schau mir das Camp an. Zelte mit Uniformen, Unterwäsche, Schuhen. Berge von gestapelten Waren. Dazwischen wenige Männer, die packen, stapeln und aufräumen. Auf dem freien Platz hinterm Büro fallen mir die Aschenreste eines Feuers auf. Ja, hier müsse die gefilzte Ware der entlassenen Gefangenen verbrannt werden. Ein weiteres Zelt, in dem Handwerker an Arbeitstischen schneidern. Ich erfahre, dieses Camp beschäftige insgesamt 35 Personen. Unter ihnen seien auch einige, die aus französischen Arbeitslagern entflohen und hier unbürokratisch aus Gnade aufgenommen worden seien. Aufgabe dieses Camps sei es einerseits, schlecht ausgestattete Deutsche neu einzukleiden, andererseits sei es auch ein Zwischenlager für gefilzte Gegenstände, die voll bepackten, besonders aus den USA kommenden Gefangenen weggenommen würden. Geben und Nehmen also. Das Filzen werde übrigens von Sondertrupps besorgt, die darin Erfahrung hätten. Und meine Aufgabe? - will ich wissen. Sie bestehe hauptsächlich darin, einen täglichen Zustandsbericht, den „Daily Bulletin" zu schreiben, und die Beiträge der Mitarbeiter über die Aus- und Eingänge der Waren zu sammeln. Jeder habe seinen Bereich und wisse, was zu registrieren sei. Keine Angst, sagt mein freundlicher Einweiser, nichts wird zu genau genommen.
Ich bekomme eine Anschrift, die ich nach Hause mitteile, eine weiße Armbinde mit der Aufschrift „Lagerleiter" und darf mich zwischen den fünfzehn Großkäfigen mit geschätzten 30.000 Gefangenen frei bewegen. Am nächsten Tag mache ich einen Probegang über die geschotterten Lagerpfade in dem Labyrinth der Stacheldrähte und entdecke Sepp Weber aus Ludwigshafen am Bodensee, mit dem ich im Kirchenchor gesungen habe. Der war schon einige Wochen vor mir aus Le Havre entlassen worden und ich wähnte ihn längst bei seiner Frau und den Kindern. Unbehelligt betrete ich das Stockage. Sepp berichtet, dass er nun schon drei Wochen hinter diesem Zaun verbringe und von Tag zu Tag auf die Entlassung warte. Das Essen sei armselig, alle Vorräte aufgebraucht. Da wäre er lieber in Le Havre geblieben. Ich verspreche ihm, etwas gegen

seinen Hunger zu tun. Mit Hilfe meines Vorgängers stopfe ich mir am nächsten Tag mehrere Tafeln Schokolade, Kekse und einige Dosen Erdnussbutter unter meine Windjacke. Vor den Bauch platziere ich geschnittene Brotscheiben. Wie hinter einer kugelsicheren Weste bewege ich mich steif auf Sepps Stockage zu, vorbei an dem wachhabenden GI. Die Freude ist groß und ich verspreche ihm, noch einmal zu kommen. Vorrat ist genug da.
Entsprechend der Anzahl der Stockages gibt es 15 Lagerleiter. Für sie und ihre Mitarbeiter ist eine eigene Küche mit Bedienungspersonal eingerichtet. Es darf mittags aus zwei Menüs gewählt werden. Mir behagt die Sonderstellung angesichts des krassen Unterschieds zu den „normalen" Gefangenen nicht. Deshalb nehme ich dieses Angebot nur selten wahr, verpflege mich lieber aus dem reichen Fundus der Filzwaren, die ich während meiner Zeit nicht einmal in einem Feuer zu vernichten wage.
Captain Townsend taucht am Wochenende auf. Ich stelle mich vor und übergebe ihm die Berichte der Woche zum Unterschreiben. Ungerührt zeichnet er sie ab, verweilt nur kurz bei den Inhalten. Beiläufig fragt er nach besonderen Vorkommnissen. Die gibt es nicht. Alles okay. Ob mir die Arbeit Spaß mache. Na ja, lieber wäre ich zu Hause. „Do your work and we will see." Das klingt gar nicht so schlecht.
Bei einem weiteren Erkundungsgang durch „mein" Camp lerne ich die Aufräumer, Packer, Schneider und Schuster näher kennen. Sie alle haben Vierteljahresverträge wie ich. Einer, der schon sechs Wochen hier arbeitet, zeigt mir einen Brief seiner Frau, aus dem Krankenhaus geschrieben. Es ist ein Hilferuf. Wann er denn endlich käme. Ich lege das Schreiben dem Captain bei seinem nächsten Erscheinen vor. Er hat ein Einsehen. Ich darf für den Mann ein Entlassungsformular ausfüllen. Doch das soll nicht die Regel werden, wie er mir zu verstehen gibt.
Um nicht stets und ständig an die Wochen bis zur Entlassung denken zu müssen, zwinge ich mich, meine Schreibtischarbeit mit Fleiß und Ausdauer zu machen. Auch will ich meinem Chef sorgfältige Tagesberichte vorlegen; das könnte meine Aussicht

auf Heimkehr beschleunigen. Dazu nehme ich mir jetzt schon vor, rechtzeitig einen Nachfolger anzulernen.
Mein Vorgänger ist entlassen und ich widme mich meinen Mitarbeitern im Büro. Jeder erzählt aus seinem Leben und den Erlebnissen während der Gefangenschaft. Zwei haben bereits eine Berufsausbildung als kaufmännische Angestellte, zwei haben das so genannte Notabitur. Ihnen ist das letzte Schuljahr bei der Einberufung zur Wehrmacht geschenkt worden. Der fünfte hat ein Philosophiestudium hinter sich. Er schreibe hier an seiner Diplomarbeit, wie er zugibt und verweist auf einen Stapel beschriebener Blätter. Weil ihm die nötige Literatur fehle, müsse er die Arbeit zu Hause voraussichtlich umschreiben. Ich hätte sicher nichts dagegen, wenn er hier bereits seinen Kopf trainiere mit philosophischen Gedankengebilden anstelle der geistlosen Arbeit in diesem Büro.
Aufgeplustert von wertvollen und leckeren Nahrungs- und Genussmitteln unter meiner Windjacke tauche ich zum zweiten Mal als Gabenbringer in Sepp Webers Stacheldrahtkarree auf. Er strahlt vor Freude nicht nur über meine Mitbringsel, sondern über seine für morgen vorgesehene Heimfahrt. Wir tauschen unsere Adressen aus. Ich müsste ihn nach meiner Entlassung auf jeden Fall in seiner Heimat am schönen Bodensee besuchen, was ich drei Jahre später wahr mache.
Das anderthalb Jahre nur selten gestillte Hungergefühl schlägt hier bei meiner einseitigen und viel zu üppigen Ernährung ins Gegenteil um. Ich bin ständig satt, besuche höchstens einmal in der Woche die „Chefküche" und nehme an Pfunden zu. Um mir Bewegung zu verschaffen, durchstreife ich die Irrwege des Riesenlagers und stelle nach einigen Wochen fest, dass die Karrees sich leeren. Zufällig entdecke ich einen Stadtlohner, August Renner, dem ich ein paar Stücke Feinseife für die Familie und Tabak für meinen Vater und Onkel Jupp mitgebe.
Nach sieben Wochen halte ich die Zeit für gekommen, einen Nachfolger für mich ausrufen zu lassen. Dem Ami-Chef verschweige ich dieses eigenmächtige Handeln. Er wundert sich auch nicht sonderlich, als ich ihm den neuen Mann vorstelle, der ein exzellentes Englisch spricht und mit der Schreibmaschine umgehen kann. Für mich erbitte ich den Entlassungsschein,

verweise auf meine zweieinhalbjährige Abwesenheit von zu Hause und auf meine abgebrochene schulische Ausbildung. Er zeigt Verständnis für meine Situation, empfiehlt mir aber, irgendeine Behinderung, eine Macke vorzuweisen, um den vorzeitigen Abbruch meines Dienstes zu legitimieren. Denn ein Arzt müsste in jedem Fall eingeschaltet werden. Mir fällt mein misslungener Versuch mit den geschädigten Nieren ein. Diesmal muss mein Defizit hieb- und stichfest, vor allem nicht nachprüfbar sein. Jeden Teil meines Körpers nehme ich streng unter die Lupe, stoße auf einige gut verheilte Narben, die keine Beweiskraft mehr haben. Doch, am Hinterkopf ertaste ich eine Verdickung, die von einem Unfall herrührt, den ich als Kind an Engberdings Schaukel erlitten habe. Diese Narbe soll es sein. Sie verursacht mir ständige Kopfschmerzen. Da soll er mir das Gegenteil beweisen. So lasse ich unter der Rubrik „ärztlicher Befund" Narbe am Hinterkopf eintragen, darunter: Zustand nach Gehirnerschütterung. Der deutsche Stabsarzt Doktor Runte, der sein Plazet zu meiner Entlassung, wie ich an seinem Verhalten merke, nur widerwillig gibt, trägt unter „Tauglichkeitsgrad" arbeitsfähig ein, als wolle er mir zu verstehen geben, dass meine lächerliche Narbe kein Entlassungsgrund ist. Trotzdem kann er meinen Antrag auf vorzeitige Entlassung nicht verhindern. Jetzt fehlt nur noch die Unterschrift meines Chefs. Doch da bin ich recht zuversichtlich. In einem der fast täglich an meine Familie geschriebenen Briefe lese ich meine von Skepsis gebremste Freude: „Es ist möglich, dass die Entlassung schneller kommt als erwartet."

61 Heimwärts

Die Reise meines Lebens steht vor mir. In der Bekleidungskammer besorge ich mir einen unauffälligen Holzkoffer. Um im letzten Augenblick nichts zu gefährden, werde ich mein Gepäck im Rahmen des Erlaubten halten. Bei einem Schneider im Handwerkerzelt gebe ich eine Schirmmütze nach Maß in Auftrag, die ich in drei Tagen abholen kann.

Von den Mitarbeitern im Büro stehen ebenfalls einige zur Entlassung an. Zwanglos ergibt sich ein Abschiedsgespräch nach Dienstschluss. Politische Fragen werden behutsam angegangen. Trauert jemand dem untergegangenen Regime nach? Keiner bekennt sich dazu. Kostbare Jahre sind uns gestohlen worden durch die Schuld anderer, das ist die gängige Meinung. Und die eigene Schuld? Wie hat sich der Einzelne von uns in Belastungssituationen verhalten? Stimmt es, dass die Deutschen, mehr als unsere Nachbarvölker sich in der Not verraten, sich, wie es im Soldatenjargon heißt, als „Kameradenschweine" entpuppt haben? Wie sieht die Zukunft aus? In Deutschland herrschen Hunger und Wohnungsnot. Lebensmittelkarten, wie im Krieg, regeln das Leben. Gräuelgeschichten werden erzählt von dem Einmarsch der Roten Armee in die deutschen Ostprovinzen. Vergewaltigung der Frauen, Ermordung unschuldiger Zivilisten. Von der Vertreibung der Ostdeutschen nach Westen ist die Rede. Sollen da neue Staatsgrenzen gezogen werden? Wird man uns, wie nach dem ersten Weltkrieg, harte Reparationszahlungen aufbürden? Einer weiß aus dem Radio, dass die deutsche Zivilbevölkerung zwangsweise durch die so genannten KZs Buchenwald und Dachau und andere geführt wurden, um die Bilder des Verbrechens an Juden und Andersdenkenden zu sehen. Was sollte man von all dem glauben?

Einer wirft die Frage nach unserer Weltanschauung auf. Wenn wir uns schon schwer täten, politische Überzeugungen auf den Tisch zu legen, vielleicht weil wir uns hier im Ghetto keine eigene Meinung bilden konnten, sollten wir das, woran wir glaubten oder nicht glaubten, freimütig bekennen. Duldsamkeit oder Toleranz, wie das jetzt genannt würde, dem anderen seine Anschauungen und Gewohnheiten zu lassen, die hätten wir doch inzwischen gelernt. So kommt es der Reihe nach zu einer Aussage über das religiöse Bekenntnis. Unter den sechs ist der „Philosoph" der einzige erklärte Atheist, drei sind evangelisch getauft und haben seit ihrer Konfirmation keine Kirche mehr betreten, einer ist katholisch getauft und hat seinen Glauben zwar nicht an Gott, aber an die Kirche verloren. Zuviel sei da im Laufe der Jahrhunderte schief gelaufen, als dass er sie als Vermittlerin der reinen Wahrheit akzeptieren könne. Ich bekenne mich als Katholik, der kirchentreu ist und durch den Glauben an den christlichen Gott bisher Hilfe und Freude erfahren hat. Wir überlegen, ob wir Sechs ein repräsentatives Abbild der deutschen Gesellschaft sind. In dieser Runde fällt es mir nicht schwer, offen meine Meinung zu sagen und mich zu meinem Glauben zu bekennen. Ob mir das später auch gelingen wird? Sicherlich kann ich nicht überall die in unserem kleinen Kreis geübte Toleranz erwarten.

Adressen tauschen wir nicht aus; dafür haben wir in den paar gemeinsamen Wochen zu wenig Gemeinschaft gepflegt. Ich selbst habe an dieser Endstation keine neuen Freundschaften geschlossen, nachdem meine Freunde aus Ciney, Lison, Carentan und Le Havre an anderen Orten oder längst zu Hause sind.

Also verabschiede ich mich von meinem liebenswürdigen Chef und lass mir von ihm gute Wünsche in die bevorstehende Freiheit mitgeben. Den Lagerchefs in der Exklusivküche teile ich meinen vorzeitigen Abgang gar nicht erst mit. Ich kenne sie zu wenig und will keine unnötigen Fragen provozieren.

Wie ein Träumender packe ich mein Köfferchen, lege neben Hemd und Unterhose einige Tafeln Schokolade, Kekse, Tabak und Seife aus dem Camp-Fundus, überschreite das gesetzte Limit aber nicht. Meine Mütze und eine bessere Uniformjacke ohne das mit weißer Farbe aufgemalte PP hole ich mir aus dem Bekleidungszelt. Wie geräuschlos, rasch und unkompliziert ist meine fast zwei Jahre brennende Sehnsucht handfeste Realität geworden. Nicht in der Masse eines Menschenhaufens erfolgt mein Abgang, sondern mit wenigen, die beim Passieren der filzenden Kameraden ihre Koffer nicht zu öffnen brauchen. Am Morgen des 9. September 1946 werfe ich einen Blick auf die gespenstisch wirkende Geisterstadt aus Stacheldraht und Begrenzungspfählen zurück, geselle mich zu den mit freudig erregten Gesichtern wartenden Freudensgenossen und besteige mit ihnen einen der Trucks, die uns zum Bahnhof Attichy fahren.

Der Sonderzug steht bereit. Die Waggontüren sind weit geöffnet. Kein Gedränge, keine Wachposten. Im Inneren finden wir Decken vor. Kurz vor Mittag setzt sich der Zug in Bewegung und fährt uns durch eine von warmer Herbstsonne beschienene Landschaft an Paris vorbei in Richtung Deutschland. Keine Ungeduld kommt auf, wenn der Zug stoppt oder rangiert wird. Wir reißen dann die Tür unseres Waggons auf, lassen die wärmende Sonne herein und wundern uns: Keine drohende Faust der Passanten, kein Steinwurf, kein Schimpfwort, wenn man uns als deutsche Gefangene erkennt. Die Wut, die uns vor zwei Jahren entgegenschlug, ist verraucht. Einige von uns wagen sogar eine verhaltene Geste des Winkens, die aber nicht erwidert wird. Für zwei Tage sind wir mit Verpflegung versorgt. Aus einem Wasserbehälter können wir unseren Durst stillen. Da alle Mitfahrenden dieses Transports in die britische Zone wollen, ist uns als Endziel unserer Fahrt Münster genannt worden. Das wäre für mich ein günstiger Ort.

Beim Dunkelwerden bewegen wir uns durch Belgien. Wir rollen uns in die Decken, doch an Schlaf ist vorerst nicht zu denken. Zu viele Bilder gehen mir durch den Kopf. Ich vergleiche diese Rückfahrt mit der panikartigen Flucht vor den anrückenden deutschen Truppen im Dezember 1944, vergleiche auch mein erstes Arbeitslager im belgischen Ciney mit dem letzten in Attichy. Die unterschiedlichen Charaktere dieser beiden Lagerleiter stehen mir vor Augen. In Ciney der geifernde Deutschenhasser, der uns täglich Hitlermethoden androhte und uns quälte, bis die kriegerischen Ereignisse seine finsteren Pläne durchkreuzten.
Dagegen in Attichy der wohl wollende Captain, der meine drängende berufliche Weiterbildung ernst nimmt und mir sogar einen Tipp für die vorzeitige Entlassung gibt. Überhaupt, registriere ich im Halbschlaf, ist mir in den 22 Monaten der Gefangenschaft von dem Elend des Anfangs bis zur relativen Unabhängigkeit am Ende eine beständige Besserung der Lage beschieden gewesen. Mir gehen die Ereignisse durch den Sinn, die mich getragen und sogar über Strecken hin glücklich gemacht haben. Die allen Belastungen gewachsene Freundschaft mit Friedhelm und Walter, der Glücksfall, den jungen Priester Josef Wessiepe getroffen und mit ihm eineinhalb Jahre verbunden und tätig gewesen zu sein, die unverkrampften Amerikaner, die meine Freude an der englischen Sprache unterstützt

haben. Ich denke an meine Familie, die mir durch ihre Flut von Briefen das Gefühl ständiger Geborgenheit geschenkt hat. Diese unentwegt gesponnenen Fäden hinüber und herüber haben verhindert, dass ich mir jemals verlassen oder gar verloren vorkam. Dankbar bin ich auch für die letzten glorreichen Wochen, in denen mir ungewohnte Freiheiten zugefallen sind. Ich genieße sie als einen abschließenden stillen Triumph, obwohl mir klar ist, dass ich nichts aufzuweisen habe, keinen Beruf, kein Erbe, kein Kapital, nur die Erfahrung der verflossenen Jahre. Ganz klein werde ich zu Hause anfangen müssen, was immer ich beginne.

In meine Träumereien hinein höre ich: „Los, aufwachen, das müsst ihr sehen!" Die Waggontür steht klaffend weit offen, ein kühler Nachtwind verscheucht unsere Verschlafenheit. Wir fahren durchs Ruhrgebiet. Vor unseren Augen die grellen Flammen eines Hochofens. Einer weiß, dass wir an Oberhausen vorbei rollen, während das Morgenlicht heraufdämmert. Jetzt will jeder hinausschauen. Was auch immer uns da an Ruinen in die Augen fällt, wir sehen die ersten Zeichen des Aufbruchs ebenso, bis wir gegen Mittag des zehnten September in Münster ankommen.

In einer der Kasernen an der Steinfurter Straße werden mir nach ermüdendem Aufstellen und Abzählen von fluchenden englischen Soldaten das Entlassungspapier und eine Bescheinigung über 1.600 Reichsmark für geleistete Arbeit ausgestellt, die ich bei jeder Bank einlösen kann. Ich bin frei!

62 Home, sweet home

Auf dem Bürgersteig orientiere ich mich. Mein Ziel steht fest: das Heerde-Kolleg, mein Internat, das bis zu meiner Einberufung meine zweite Heimat war. Mit meinem Köfferchen will ich mich auf den Weg machen, die Steinfurter Straße hinauf, am Hindenburgplatz vorbei zur Neustraße 4. Ein hilfreicher Mann, der mit vielen vor der Kaserne wartet, will unter allen Umständen meinen Koffer tragen. Wahrscheinlich sieht er in

mir einen reichen Amerikaner, wohlgenährt und sauber gekleidet. Ich gebe schließlich seinem Drängen eine Strecke weit nach und entlohne ihn mit einem Stück Feinseife, wofür er mir mit vielen Worten dankt.
Schwester Fides mit ihrem mir vertrauten lieben Gesicht öffnet die Tür des Heerde-Kollegs und ist erschrocken, als ich sie völlig unerwartet umarme. Ja, sie erkennt mich. „O Gott, so lange waren Sie fort!. Ja, der Herr Präses ist da." Freudig steige ich die Treppe zum Büro des „Alten" hoch, der mich empfängt wie den verlorenen Sohn aus dem biblischen Gleichnis. Das Leben im „Kasten" läuft fast normal. Über 40 Internatsschüler wohnen und lernen unter beengten Verhältnissen wieder im Haus, einige müsste ich noch kennen. Mein Zeugnis vom Paulinum mit der Versetzung nach Klasse 10 liegt vor. Doch jetzt geht es darum, möglichst schnell nach Büren zu kommen. Der nächste Zug fährt morgen um 12.40 über Burgsteinfurt nach Stadtlohn. Um meine Ankunft zu Hause mitzuteilen, suche ich mit Josef Südhoff ein Telefon, das wir in der Nähe des Zoos in einem Privathaus finden. Zum Glück hat meine Familie einen Öffentlichen Fernsprecher. So kann ich meiner überraschten Schwester, die vor lauter Bestürzung kaum einen Satz herausbringt, mein Kommen für 15.00 Uhr am Stadtlohner Bahnhof ankündigen. Bis dahin bin ich Ehrengast im Kasten, und der Präses stellt mir, falls ich trotz meines Alters wieder zur Schule will, einen Internatsplatz in Aussicht.
Der Weg zum Bahnhof führt über frei geräumte Straßen, stellenweise auch über viel belaufene Trampelpfade, die die Schuttberge überqueren. Auch vom Zug aus fällt der Blick in gähnende Häuserskelette. Umsteigen in Burgsteinfurt in die Westfälische Landeseisenbahn. Hinter der Haltestelle Almsick hält es mich nicht mehr im Abteil. Ich stehe im Fahrtwind und fiebere der letzten Station entgegen, wobei mir auf halbem Weg nach Stadtlohn meine frisch geschneiderte Mütze vom Kopf gerissen und in den Wald geweht wird. Barhäuptig steige ich am Stadtlohner Bahnhof auf den Rücksitz eines Motorrades, das auf mich wartet. Der Fahrer ist der Freund meiner Schwester Mia, der neue Schmied in Büren. Meine Familie empfängt mich, mit einigen Nachbarn, vor unserem Haus. Ich hole beim

Abspringen vom Beifahrersitz tief Luft, um dem Moment des Wiedersehens gewachsen zu sein. Meine Eltern weinen vor Freude, als wir uns umarmen und vor einer eilig gebundenen Girlande unsere anfängliche Fremdheit durch Fragen und Antworten zu überbrücken suchen. Bei Kaffee und Kuchen lockert sich die Spannung allmählich und wir kommen ins Erzählen. Endlich kann ich wieder nach Herzenslust plattdeutsch sprechen und mich über alles, was nicht geschrieben wurde, ins Bild setzen lassen. Mein Bruder Karl, mittlerweile 15 Jahre alt, bricht spontan auf, um meine verlorene Mütze zu suchen. Aber wie soll er in den Wäldern zwischen Hunsfeld und Berkel die von mir beschriebene Stelle finden? So bleibt sein Bemühen erfolglos.

Zwei Tage lang besuche ich die Nachbarn, begleitet von meinem elfjährigen Bruder Ludger. Mit ihm entdecke ich Schritt für Schritt die Wege zum Kamp, zum Blockhaus, zu den Waldteichen, die ausgetrocknet sind, neu, gehe den Fahrradweg durch die Bröke bis Kersting und zur dicken Eiche.

Mit Pastor Lücke

Am dritten Tag erscheint Pastor Lücke, mein „alter" Lateinlehrer. Er kommt nicht, um meine Kriegs- und Nachkriegsgeschichten zu hören, sondern überfällt mich regelrecht mit dem Angebot, sofort bei ihm wieder anzufangen. Seine Privatschule sei von der britischen Besatzungsbehörde als zweiter Bildungsweg anerkannt. Übermorgen könne es losgehen. Meine Argumente fegt er beiseite: mein Alter, die zweieinhalbjährige Unterbrechung, fehlende Motivation. Nichts davon lässt er gelten. Ungewöhnliche Zeiten erfordern ungewöhnliche Wege. Er verabredet mit mir einen klärenden Spaziergang für den Nachmittag.
Der Weg führt uns über die Russenstraße an den gesprengten Munitionsstapeln entlang, die hier unter dem Decknamen „Monika" für den Endkampf gelagert waren. Wir klettern an die Ränder der mit Wasser gefüllten Senglöcher, stolpern fast über herum liegende Granaten. Dem beleibten Pastor verursachen diese Abstecher von der Straße Atembeschwerden. Aber wir stapfen weiter von Loch zu Loch bis kurz vor den Almsicker Bahnhof. Ich werde aufgeklärt über die unsinnigen Versuche, mit Hilfe der hier gelagerten Granaten die feindlichen Mächte zu stoppen. Das Verhalten der Naziführung, die sich an die Macht klammerte, sei zum Kriegsende hin immer absurder geworden. „Stell dir vor, ein mit Hand geschaufelter Graben durchs Münsterland, großspurig als Westfalenwall deklariert, sollte die Wende eines längst verlorenen Krieges bringen.
Dazwischen informiert Lücke mich über den aktuellen Stand seiner Schule. Als Dank für erfolgreiche Arbeit und sein furchtloses Verhalten während der NS-Zeit habe die britische Besatzungsbehörde seiner Schule den Status einer Privaten Höheren Schule zuerkannt. Sie blühe wie nie zuvor. Er könne sich vor Bewerbern nicht retten, müsse schweren Herzens Lernwillige abweisen. Drei Leistungsgruppen führe er. In die Gruppe der Fortgeschrittenen solle ich mich einreihen. In einem halben Jahr, zu Ostern 1947, sei der fehlende Wissensstoff aufgearbeitet. Gemeinsam würden wir beiden nach Münster fahren zur Neuanmeldung im Heerde-Kolleg und im Paulinum.
Ich stehe vor einem Granattrichter und bremse, spreche von den vier Klassen, die ich noch bewältigen muss, zusammen

mit Schülern, die vier bis fünf Jahre jünger sind als ich. Wie er sich das vorstellt? Er ist unerbittlich, lässt keinen alternativen Weg zu, der nicht zum Abitur führt. Er will kein Schulgeld von mir, ist zum Einzelunterricht bereit und räumt mir alle Freiheiten ein, etwa nach Belieben zu kommen und zu gehen.
„Als Gegenleistung solltest du einigen Schülern, die sich auf ein neusprachliches Gymnasium vorbereiten, Englischunterricht erteilen. Du hast doch Englisch in der Gefangenschaft gelernt! Übrigens, zu deinem Alter mach dir mal keine Sorge. Ich selbst war 28 Jahre alt, als der Bischof Johannes Poggenburg mich in Münster zum Priester weihte. Und ich hatte nicht das Gefühl, zu spät gekommen zu sein."
Er gibt mir zwei Wochen Zeit, um wieder heimisch zu werden. Auf dem Rückweg sage ich zu, die gerissenen Fäden aus meinem bisherigen Lebensmuster aufzunehmen. Damit hat sich vorerst die Frage nach meiner Berufswahl erledigt. Für ein halbes Jahr bin ich wieder „Student" beim Pastor Lücke.
Die Zuwendung, die ich von Adolf Lücke erhalte, kann ich ihm erst viele Jahre später zum Teil vergelten, indem ich dem alt, müde und vergesslich gewordenen Mann mein Ohr leihe. Vieles bedrückt ihn. Das Elend seiner frühen Kaplansjahre in der Pfarre Sankt Johannes in Recklinghausen bekomme ich zu hören. Dort hat er gelitten unter der Fuchtel eines rigoros denkenden Pfarrers. Jetzt spürt er, wie viele Bürener ihm Wärme und Zuneigung versagen. Sein Lebenswerk, „spät berufene" Jungen für das Gymnasium vorzubereiten, wird nicht gewürdigt. Trotzig hält er dagegen und zählt auf, welche Wege seine Jungen gegangen sind, zu welchen Berufen sie durch seine Hilfe gefunden haben. Er nennt die Priester, Lehrer, Ärzte mit Namen, die er mit Latein, Griechisch und Mathematik versorgt und aufs Paulinum geschickt hat. Ich versichere ihm, dass seine Schüler ihn nicht vergessen haben, ihm vielmehr ein Leben lang dankbar sein werden.
Ohne es ausdrücklich auszusprechen, vermisst er in der Gemeinde auch schmerzlich den Dank für seine seelsorgerische Arbeit in der Gemeinde und seine Bemühungen um die Borromäus-Kirche. In einem verwahrlosten Zustand habe er das Gebäude übernommen. Und was hat er daraus gemacht? Ein-

zeln beschreibt er die mühseligen Schritte und die Plackerei in dreißig Bürener Jahren, die Kapelle zu einem Schmuckkästchen umzuwandeln. Er baut vor meinen Augen noch einmal den Turm auf, den er dem unfertigen Gotteshaus verpasst hat, lässt vor meinen Ohren die Breil-Orgel erklingen und die Stahlglocken läuten, die er aus Kostengründen nicht in Gescher habe gießen lassen, sondern aus Brilon bezogen hat. Er stellt mir den neuen Paramentenschrank, wohl gefüllt mit wertvollen liturgischen Gewändern, in der Sakristei vor, beschwört die wohlige Wärme der Koksheizung. Die Kanzel von der Künstlerfamilie Rüther aus Münster wird noch einmal entworfen mit ihren Reliefschnitzereien: Christkönig mit der Weltkugel, das Schifflein Petri auf den hochgehenden Wellen und die Geisttaube. Als Krönung seiner Anschaffungen die vier lebensgroßen Figuren aus der Werkstatt des Künstlers Heinrich Pütz in Wiedenbrück und die beherrschende Kreuzesdarstellung seines ehemaligen Schülers, des Bildhauers Hubert Janning, die den Chorraum schmückt. Die Turmuhr wird nicht ausgelassen, auch nicht der Windfang und die elektrische Beleuchtung der Kirche. Minutiös zählt Lücke Geldbeschaffung, Herstellung und Erwerb, chronologisch geordnet, auf. Ich höre es mir immer wieder geduldig an, schenke ihm bereitwillig meine Zeit und weiß, für jedes Werk hat er gebettelt und geknausert. Doch den Dank dafür, muss er sich, wie unter Zwang, selbst aussprechen.

63 Feiertage

Die westlichen Gefangenenlager scheinen in diesem Herbst 1946 der Reihe nach ihre unfreiwilligen Insassen zu entlassen. In Büren treffen jedenfalls etliche Heimkehrer ein, nach Hause geschickt von den Franzosen, den Briten oder den Amerikanern. Tons Schülting taucht kurz vor Weihnachten auf, den Kopf voller Pläne genau wie ich, August Robert, dem nach der wiedergewonnenen Freiheit allerdings die plattdeutsche Sprache abhanden gekommen ist. „Und dann kamen wir nach Paris, zu dem PW-Chef Mister Böcklin, diesem Drecksack, äh!", wie er wiederholt mitteilt. Viele Nachbarjungen und Klassenkameraden fehlen noch, aber die Zahl der Heimgekehrten reicht, um etwas auf die Beine zu stellen. Die gleichaltrigen Mädchen haben jahrelang gewartet und stehen in den Startlöchern. Uns allen gemeinsam ist ein unbändiger Erlebnishunger. Unser Bedürfnis, all das Verpasste nachzuholen, kann so leicht nicht gestillt werden. Nach Musik aus dem Radio erteilen mir meine Schwestern Tanzunterricht, und ich bin ein gelehriger Schüler. Den Schieber beherrsche ich schon am zweiten Abend. Schwieriger ist da der Foxtrott. Als unbedingtes Muss wird mir der Walzer beigebracht. Der Tango, bei dem die Tänzer durch anschmiegsame Bewegungen Tuchfühlung suchen, wird durch meinen elfjährigen Bruder Ludger ins Zwielicht gerückt. Im Religionsunterricht habe Pastor Lücke erklärt: Tango tanzen ist gefährlich.

Auf unterschiedlichen Tennen quer durch Büren oder in Ritters Saal wird Samstag für Samstag getanzt zu den Klängen einer Ziehharmonika oder eines Schifferklaviers, gelegentlich rhythmisch durch eine Trommel gestützt. „Wenn bei Capri die rote Sonne im Meer versinkt." Häufig genug kreist, hervorgeholt aus dunklen Verstecken, die Schnapsflasche Marke Eigenbrand. So hole ich mir den ersten Rausch meines Lebens. „Ich tanze mit dir in den Himmel hinein, in den siebenten Himmel der Liebe." Einige Wochen des Glücks in diesem sonnenverwöhnten Herbst 1946.

Meine Eltern am Tag ihrer Silberhochzeit

Die Silberhochzeit meiner Eltern, im Mai nur im kleinen Rahmen als Familienfest begangen, wird jetzt groß gefeiert. Festessen, Musik und Tanz, wie das in vielen Briefen beschworen worden war. Der verlorene Sohn ist wieder gekommen. Ein Kalb wird vor Freude geschlachtet, wie im biblischen Gleichnis.
Bei Pastor Lücke läuft der Unterricht für mich schleppend und wenig zufrieden stellend. Die Arbeitsgruppen sind groß, die Gesamtzahl der Schüler ist weit über die während des Krieges hinaus gewachsen, das Alter der „Jungs", wie Lücke sie liebevoll nennt, wie erwartet, durchweg jünger als ich. Bei den lateinischen Texten habe ich keine Schwierigkeiten, griechisch ist mir fremd geworden und in Mathematik zeigt sich meine Schwäche ganz unverhohlen.
Als Glücksfall erweist sich der im Forsthaus wohnende früh pensionierte Volksschulrektor Wilhelm Münstermann, der mir durch gezielten Beistand meinem Aufsatzschreiben und meinem Wissen in deutscher Geschichte auf die Sprünge hilft. Systematisch geht er zu Werk, hat jede Stunde schriftlich vorbereitet. Als Bildbeschreibung ist mir die Sixtinische Madonna

von Rafael mit detaillierter Gliederung im Gedächtnis. Mein Lehrer achtet auf einen flüssigen, gut lesbaren Stil, nicht gestelzt und nicht banal. Inhaltsangaben von Kurzgeschichten und Novellen werden als Hausarbeiten verlangt. Da unsere literarischen Neigungen und Vorlieben unterschiedlich sind, darf ich die Stücke, die zu beschreiben sind, selbst auswählen. Er gesteht freimütig, dass er der in meinen Augen virtuosen Novelle des Moselländers Stefan Andres „Wir sind Utopia" keinerlei Geschmack abgewinnen kann. Aber er lässt mich nach Herzenslust darüber fabulieren und daran herumdeuten.

Im Geschichtsunterricht erhalte ich wertvolle Anstöße von ihm. Nach der napoleonischen Besetzung Europas und den Freiheitskriegen legt er besonderes Augenmerk auf die Umstände, die zur Bismarckschen Reichsgründung im Jahre 1871 führten. Ihm kommen die Tränen, als er die Vorteile der konstitutionellen Monarchie in Beziehung setzt zum gegenwärtigen Nachkriegszustand, in dem das einst so starke Deutschland in Besatzungszonen aufgeteilt ist.

Im Englischunterricht mit einigen Schülern des Pastors kann ich, wie vereinbart, nicht nur mein eigenes Sprachwissen vertiefen und festigen, sondern auch jüngere Mitschüler mit dieser Fremdsprache vertraut machen. Ohne bestimmte Lehrmethoden zu kennen, bemühe ich mich um eine erfolgreiche Hinführung zu dieser mir in der Gefangenschaft ans Herz gewachsenen Sprache, bin sogar bereit, kostenlosen Einzelunterricht zu erteilen.

64 Ehrengäste

In der Adventszeit 1946 kommt telefonisch von Clemi Richter aus Epe eine mehrtägige Einladung in sein Hotel. Wir kennen uns vom gemeinsamen Singen im Kirchenchor der unterschiedlichen Gefangenenlager. Clemi ist ein in die Jahre gekommener Junggeselle, genau doppelt so alt wie ich. Mit mir ist Josef Wessiepe geladen. Ich sage erfreut zu und fahre mit der Bahn von Legden nach Epe. Im Hotel nehmen uns Clemi und seine Mutter in Empfang. Die Augen gehen uns über, als wir nach kurzer Besichtigung zu einem Empfangsessen gebeten werden, das Clemis Mutter gezaubert hat. Abgesehen davon, dass es mein erster Aufenthalt in einem richtigen Hotel ist, scheint hier alles ausgelöscht, was uns sonst überall auf Schritt und Tritt an die karge Nachkriegszeit erinnert. Auf dem Zimmer finde ich eine Kiste Zigarren und eine Flasche Korn vor. Eine Schale mit süßen Bonbons lädt ein, sich zu bedienen.

Clemi führt uns durchs ganze Haus. Überall herrscht eine etwas verblichene altmodische Schönheit. Namen illustrer Gäste aus der Eperaner Bürgerschaft, die hier verkehren, werden uns genannt. Ein Haus mit Vergangenheit, das auch in schlechten Zeiten seine Gäste zu verwöhnen weiß.

Wir halten uns am Abend bei einem Glas Wein nur kurz bei unseren gemeinsamen Erlebnissen während der Gefangenschaft auf, verwenden aber viel Zeit bei der Schilderung unserer gegenwärtigen Lage. Clemi berichtet, mit welchen Mitteln er sein Geschäft nach der langen Abwesenheit wieder ankurbeln will. Nur mit legalen Mitteln sei das nicht zu machen, besonders in der Gastronomie. Beziehungen spielen lassen, tauschen, „kungeln", nach diesem Prinzip müsse er handeln. Für das Fleisch auf dem Teller müsse er von den Gästen Abschnitte der Lebensmittelkarte einfordern. das widerstrebe ihm zutiefst. Uns bleibe natürlich diese Demütigung erspart, da hätten seine Mutter und er gründlich vorgesorgt. Josef Wessiepe erzählt, das letzte Lager in Le Havre sei einige Wochen nach unserem Abgang aufgelöst und er selbst über das Endlager Attichy nach Velbert entlassen worden. Dort sei er als Kaplan tätig. Aber schon nach den kommenden Osterferien werde er an einem städtischen Gymnasium als Religionslehrer mit verkürzter Stundenzahl eingesetzt. Er wolle beides miteinander verbinden, die Glaubensverkündigung in der Schule und die Seelsorge in der Gemeinde. Ich habe so recht nichts anzubieten, verweise auf den privaten Unterricht als Vorbereitung für die Klasse 10 des Gymnasiums, danach vier Jahre Paukerei. Ob ich das wohl durchhielte? Josef Wessiepe ermuntert mich: „Du wirst das schaffen. Halt dich dran und mach eines Tages das Abitur."

Am nächsten Tag streifen wir durch das Städtchen Epe, sehen uns die St. Agatha-Kirche an, nehmen die winterliche Dinkelaue an Epes Ortsrand in Augenschein und hangeln uns von einem üppigen Essen zum nächsten, das Mutter Richter für uns bereitet.

Am dritten Tag verabschieden wir uns von diesem gastlichen Haus und nehmen uns vor, ein weiteres Treffen in Büren oder Velbert folgen zu lassen.

Spuren des Hotels Richter sind nicht mehr vorhanden. Clemi hat zwar noch geheiratet. Die Ehe blieb ohne Kinder und er starb früh. Seine Frau hat die Gastronomie noch eine Zeitlang weiter geführt. Wenn ich später als Lehrer in Epe oder Gronau eine Tagung hatte, habe ich grundsätzlich zum Essen das Hotel Richter aufgesucht. Heute steht an der Stelle des ehemaligen Hotels und der landwirtschaftlichen Gebäude ein moderner Wohnblock. Sic transit gloria mundi.

65 Unna kommt

Mein kleines Zimmer im Elternhaus mit Blick über den Saal auf die Volksschule Almsick II ist nur sehr karg eingerichtet: Bett, Schrank, Tisch und zwei Stühle. Aber durch ein paar Drucke mit Tilmann-Riemenschneider-Motiven ist es einigermaßen wohnlich. Zum Studierzimmer wird es erst später aufgewertet. Ein Bunkeröfchen bringt bei Bedarf im Nu die nötige Wärme. Hier kann ich ungestört die Hausarbeiten für meine Privatlehrer Adolf Lücke und Wilhelm Münstermann machen. Eine Holztreppe mit Drehung führt am Elternschlafzimmer auf der „Upkamer" vorbei, das auf halber Höhe liegt. Steht die Tür meines Arbeitszimmers offen, kann ich Hörkontakt zur Küche unten aufnehmen. Das Geräusch der klappernden Teller ist für mich das Signal beginnender Mittags- oder Abendmahlzeit.

In diese meine kleine Arbeitswelt tönt eines Nachmittags der von meiner Schwester durch den Treppenschacht herauf gezischelte Ruf: „Unna kommt!" Wie ein Blitz durchzuckt es mich. Haben wir doch das frische Ergebnis der letzten

Schwarzschlachtung in einer Zinkwanne unter dem zweiten unbenutzten Elternbett auf der Upkamer stehen: Schinken, Speckseiten und für Mettwurst vorgesehene Fleischstücke. Jetzt heißt es handeln. Behutsam schleiche ich die knarrende Treppe hinunter. Die Tür zur Küche ist nur angelehnt. Meine beiden älteren Schwestern unterhalten sich mit einem Fremden. Mir wird klar, dass sie in der Küche bewacht werden, um nichts verschwinden zu lassen und keinen warnen zu können. Mutter muss währenddessen einen zweiten Kontrolleur durch die Gastwirtschaft begleiten. Dort werden die alkoholischen Getränke nach schwarz Gebranntem untersucht. In den beiden Kellerräumen, so erfahre ich später, ist ihr Begleiter geradewegs auf das Pökelfass zugesteuert, hat mühsam den schweren Holzdeckel abgehoben und es, abgesehen von etwas blutiger Lake und einigen Salzresten, leer gefunden.
Inzwischen verweile ich nur kurz auf dem Treppenabsatz, schleiche zur Upkamer und ziehe die prall gefüllte Wanne, deren Inhalt schon am nächsten Tag für das Pökelfass vorgesehen war, unter dem Bett hervor und - ich bin erstaunt über meine Bärenkräfte - hieve sie auf die Brüstung des zum Hof hin geöffneten Fensters, springe selbst durch das zweite Schlafzimmerfenster nach draußen und wuchte das Zentnerding zu mir herunter. Wohin damit? Ungesehen kann ich von hier aus nur den Saal erreichen. Dort verstecke ich die Wanne mit dem Schatz hinter gestapelten Klapptischen und Holzbänken, mache sie für Suchende unsichtbar. Mit einem Klimmzug hebe ich mich zurück auf die Upkamer, schließe die Fenster und schleiche wie eine Katze die Treppe zu meinem Arbeitszimmer hoch, wo ich hinter einem Lateinbuch erst einmal richtig durchatme. Meine ganze Aktion hat keine zehn Minuten gedauert. Wenig später höre ich Mutter und ihren Schatten aus Unna die Treppe heraufkommen und die Upkamer betreten. Mutters Angst, hier den großen Reinfall zu erleben, wenn die Augen des Spähers unters Bett wandern, muss einem ungläubigen Staunen gewichen sein, als jede Spur des frisch geschlachteten Schweins gelöscht ist. Ich höre die Schritte der beiden höher steigen zu den Schlafkammern der Geschwister. Auch meine Tür wird nach höflichem Klopfen geöffnet. Der Mann aus Unna entschuldigt

sich, er wolle mich nicht von der Arbeit abhalten. In mein fragendes Gesicht erklärt er, dies sei eine Routinedurchsuchung, zum Glück bisher ohne Beanstandung. Wie das retardierende Moment in einem Lustspiel kurz vor dem Happy End schleppen die beiden Kontrolleure meine Mutter und die Schwestern zum Schluss noch in den Saal, den sie jetzt erst entdecken, werfen einen Blick auf die Tische- und Bänkestapel, finden nichts Auffälliges und bescheinigen einer sich diebisch freuenden Familie, die ihre kleine Souveränität vor den schnüffelnden Überwachungsorganen behauptet hat, ihre volkswirtschaftliche Zuverlässigkeit in diesem schwierigen Frühjahr 1947.

66 Balkenbrand

Bei all den kleinen Festen mit Musik und Tanz sind die glücklichen Besitzer mit selbstgebranntem Schnaps den anderen überlegen. Diese Privilegierten sind von Freunden umgeben, die auf die Gunst eines tiefen Schlucks aus der Flasche warten. Sie werden beneidet, weil sie selbst ein Destilliergerät besitzen oder sich eins ausleihen. Auch ich bin nicht frei von diesem Neid und suche nach Wegen, mir den Traum vom Selber brennen zu erfüllen.

Zusammen mit Tons Schülting wird ein Plan entworfen, dessen Realisierung zwar kompliziert, aber nicht unmöglich scheint. Das erste Hindernis sind meine Eltern, die mir kurzerhand verbieten, in unserem Haus zu brennen. Selbstgebrannter Schnaps wäre ein gefundenes Fressen für Unna und könnte uns die Lizenz kosten. So setzen Tons und ich in einer Zinkbadewanne aus unserem geschroteten Korn in seinem Elternhaus die Maische an. Nach einigen Tagen hole ich die durchs ganze Haus stinkende gärende Brühe mit Pferd und Sturzkarren von dort ab und rumpele damit durch Büren und die Bröke zu Paul Kersting. Bei ihm steht ein von Helmut Fink geliehener Destillierapparat, ein von dünnen Röhren durchzogener Wecktopf, der auf ein mit unserer Maische gefülltes Gefäß gestellt wird, auf dem Herd bereit. Hier im Schutz der Brökenwälder sind wir weit außerhalb der Reichweite von Spitzeln und Denunzianten. Unser Pferd soll die Nacht in Kerstings Stall verbringen, als wir bei einbrechender Dunkelheit die Wanne mit der schwappenden Brühe behutsam in die Küche schleppen. Paul berät uns bei der Handhabung des Gerätes, mahnt uns zu Geduld, als auch nach einer Stunde noch kein Tropfen des zu erwartenden Alkohols aus dem Röhrenende fließt. Gegen Mitternacht beginnt es wie blankes Wasser in die darunter gestellte Flasche zu tropfen. Wir nehmen eine Kostprobe. Das Zeug brennt scharf auf der Zunge. Abwechselnd bedienen Tons und ich diesen Teufelsapparat, wie meine Mutter am nächsten Tag das Destilliergerät nennt, bis in den frühen Morgen hinein. Die Ausbeute dieser Nacht sind fünf Flaschen mit hochprozentigem glasklaren Alkohol, den wir im Verhältnis zwei, zwei, eins zwischen Tons, mir und Kersting aufteilen. Ich verlängere meinen Anteil mit der gleichen Menge Wasser, um das „Teufelszeug" trinkbarer zu machen, hole mir obendrein aus einer Stadtlohner Apotheke eine Anis-Essenz zur weiteren Verfeinerung des Geschmacks. In den nächsten Wochen lass ich eine Reihe von Bekannten partizipieren am Genuss der begehrten Droge Alkohol, nehme aber die Last eines weiteren Schwarzbrennens nicht noch einmal auf mich.

67 Schnupperfahrt

Im Frühjahr 1947 erklärt Pastor Lücke, die Zeit sei für mich gekommen, einen Neuanfang in Münster zu wagen. Vor den Osterferien fährt er mit mir ins Heerde-Kolleg, um mich dem Präses ans Herz zu legen, der mir ohnedies schon bei meiner Rückkehr aus der Gefangenschaft einen Wohnplatz im Kasten zugesagt hat. Vom münsterschen Bahnhof aus nehmen wir Abkürzungen über unaufgeräumte Schutthalden zur Neustraße 4. Der Präses empfängt uns wie alte Freunde, holt andere ehemalige Lücke-Schüler aus ihren Studierzimmern und stellt sie ihrem alten Lehrer vor. Ja, die Lateinfabrik in Büren hat nach wie vor einen guten Ruf am Gymnasium Paulinum. Lücke berichtet voller Stolz, wieviel Schüler er für die nächsten Jahre präpariere. Ernüchtert muss ich zur Kenntnis nehmen, dass ich ein Bett im Gemeinschafts-Schlafzimmer zu erwarten habe und auch an den überwachten Silentien teilnehmen müsse wie jeder Zehntklässler. Meine Option auf ein Einzelzimmer ist damit vorerst zerstoben. Ich nehme alles in Kauf. Mein letztes Zeugnis vom Paulinum zaubert der Alte aus einem Schubfach hervor. Seit zweieinhalb Jahren liegt es dort, vereinbarungsgemäß mit der Versetzung in die Klasse 10. Der Präses verspricht, mich für den ersten Schultag nach den Osterferien beim Paulinum anzumelden. Ich brauche mich um nichts zu kümmern.

Wir bekommen ein Essen im Kasten spendiert und fahren mit dem Abendzug über Burgsteinfurt nach Stadtlohn zurück.

68 Späte Jugend

Viel wird heute geklagt, es sei einer ganzen Generation die Jugend geraubt worden. Jahre lang kein Fest, keine öffentliche Feier, keine berufliche Ausbildung, dazu den ständigen Gefahren des Krieges ausgesetzt. Ich habe das nur ansatzweise so empfunden. Vielmehr scheint es mir, dass ich das Verpasste komprimiert nachgeholt habe. Wieviel ist in die ersten Jahre nach der Gefangenschaft gepackt worden! Sofort nach der Entlassung versuchte ich mit Gleichgesinnten, Jugendtreffen zu organisieren. Über das eigentliche Jugendalter waren wir zwar hinaus, aber das störte keinen. Zum Glück hatte im Jahr 1946 Bischof Michael Keller die Gemener Burg als so genannte Jugendburg angemietet. Hier gab es Hilfen und Begleitung für die Einrichtung und Führung von Jugendgruppen. Zusammen mit Alois Meis, Bernhard Deggerich, Tons Schülting und Alfons Rüberg, der Pastorenschüler war, fuhr ich mit dem Rad nach Gemen. Wir besorgten uns dort Info-Material von dem Burgkaplan Wormland. Dringend wurde uns eine enge Zusammenarbeit mit den Ortsgeistlichen ans Herz gelegt. Es gab

Handreichungen für die Gestaltung von Jugendmessen unter Einbeziehung von Laien, wobei schon damals die deutsche Sprache - neben dem Lateinischen - an bestimmten Stellen auch vom Priester benutzt werden sollte. Pastor Lücke nahm dieses Ansinnen zögernd an, wobei er, durch lebenslange Übung dem Formalen verhaftet, die in Frage kommenden Texte zuerst leise lateinisch, dann hörbar deutsch formulierte. Die Jugendgottesdienste wurden einmal im Monat als Jünglings- oder Jungfrauenmessen deklariert. Dabei stand, im Gegensatz zu den übrigen Gottesdiensten, ein gemeinsamer Kommuniongang an, allerdings in der Regel erst nach einer vorher gegangenen Samstagsbeichte.

Eingeschriebene Mitglieder gibt es in dieser Jungmännergruppe nicht. Jeder ist willkommen. Als Vorsitzenden bestimmen wir Bernhard Deggerich, Sprecher sind Alfons Rüberg und ich. Wir setzen die Themen fest für die Gruppenstunden, die jeweils am Montagabend in Pastor Lückes Schulraum stattfinden. Waren in den Jahren der NS-Herrschaft Befehlen und Gehorchen zum Prinzip erhoben, so galt es jetzt, neue Wege zu finden. In Büren war von den heimkehrenden jungen Männern von Anfang an alles Suchen und Tasten auf Kirchennähe hin angelegt. Teilnahme an Gottesdiensten, Singeabende, Jugendpredigten von Patres in der eigenen Pfarrkirche oder in Nachbargemeinden, das sind die Inhalte unserer „Bewegung". Der Dreifaltigkeitssonntag wurde zum Jugendsonntag mit Gottesdiensten in wechselnden Kirchen der Umgebung. Radwallfahrten führten uns nach Eggerode oder Haltern. Ganz besonders wurden wir zu Gesprächen über religiöse Fragen angehalten. Diskussion war das Zauberwort. Aber das Diskutieren musste erlernt werden. Wer konnte uns dabei helfen? Wir vertrauten Pastor Lücke diese Aufgabe an, ohne großen Erfolg, wie sich bald zeigen sollte. Ich vereinbarte mit ihm eine Diskussionsreihe zum Thema „Reformation und katholische Kirche", wobei ihm ein einstündiges Referat zugestanden wurde, an das sich eine weitere Stunde zum Diskutieren anschließen sollte. Beim ersten und zweiten Anlauf überzog er seinen Redeanteil derart, dass für die Diskussion keine Zeit mehr blieb. Er vergaß einfach aufzuhören. Am dritten Abend unterbrach ich ihn nach der vereinbarten Stunde. Er reagierte ungehalten, forderte mich unwirsch auf, eine Frage zu stellen. Wenig Wohlwollen klang da mit, dafür kannte ich ihn zu gut. Also brachte ich zaghaft vor, ob Martin Luther vielleicht anfangs gar nicht den Bruch mit Rom gewollt, vielmehr auf Missstände in der damaligen Kirche hingewiesen habe. Wie ein Donner kam seine Stimme über mich: „Was weißt du schon über Luther!" Dieser abgefallene Mönch habe die katholische Kirche zerstören und durch seine neue Lehre ersetzen wollen. Den Papst in Rom habe er gehasst, ihn den Antichristen genannt. Und ich zeige Sympathie für einen Menschen, der Verwirrung gestiftet und den Grund für die schlimmsten Kriege gelegt habe. Eine weitere Frage wagt keiner zu stellen und nach einer Schweigeminute verlässt Lücke das Katheder. Wie ein Frevel an der unfehlbaren Kirche muss ihm meine kritische Frage geklungen haben. Er, den ich von der Arbeit an lateinischen und griechischen Texten als hilfsbereit, suchend und erfinderisch kenne, gerät aus der Fassung, als das theologische Lehrgebäude, das ihm vermittelt wurde und dessen Fundament er für unverrückbar hält, angetastet wird. Ein tradiertes Bild der Kirche als einziger Heilsanstalt mit einer klaren Hierarchie. Das Bild von Hirt und Herde. Ist da eine offene Diskussion überhaupt möglich? Später hat Pastor Lücke mir gegenüber beklagt, dass er in seiner Studienzeit nur vorgeschriebene Literatur lesen durfte. Schon die Lektüre eines Romans, der nicht einmal indiziert sein musste, sei ihm im Borromäum untersagt worden. Heimlich habe er dieses Verbot gelegentlich missachtet. Die Früchte der strengen Observanz durch seine Erzieher und Lehrer ernten wir. Der misslungene Diskussionsversuch zeigt uns, dass seine Haltung, in religiösen Fragen dogmatisch zu denken, vorgegebenes Wissen zu verabsolutieren, es als das objektiv Richtige, das keinen Zweifel zulässt, hinzustellen, den Anregungen und Empfehlungen, der Jugendburg entgegenstehen. Dort werden wir angehalten, fertige Auskünfte zu hinterfragen und dabei neue und lebendige Einsichten zu gewinnen. Um das leisten zu können, müssen wir noch viel lernen, doch in der geschlossenen Gesellschaft der Bauernschaft Büren reicht es damals nicht zur Kritik an Vertretern der Kirche oder gar an kirchlichen

Lehrmeinungen. Die Lust dazu steckte durchaus in mir, zumal ich von Josef Wessiepe ein Jahr zuvor Impulse zur liebevollen Kritik an kirchlichen Versteifungen erhalten hatte.
Weitere Diskussionsabende habe ich mit Pastor Lücke nicht erlebt, als Referenten haben wir ihn allerdings weiterhin in unsere Montagsrunden mit einbezogen. Mein Verhältnis zu ihm blieb ungetrübt. Ich brauchte seine Hilfe weiterhin, wie sich noch zeigen wird, und er brauchte mich, später, als geduldigen Zuhörer.

69 Theaterpläne

Abends kommt mein Vetter Tons Schülting. Er ist drei Jahre älter als ich und Erlebnis hungrig wie ich. In unserem Tatendrang wollen wir mehr als Jugendarbeit, Kirchenchor und Feiern. An vielen Orten wird Laientheater gemacht. Das wollen wir auch und schmieden anfangs Pläne, selbst spielbare Szenen zu schreiben, verwerfen diesen Gedanken aber schnell, weil uns dazu die Erfahrung fehlt. Blind vor Eifer übersehen wir, dass auch das Einüben und Spielen gelernt sein will. Unser unbändiger Spieltrieb erklärt sich wohl daraus, dass wir zu früh erwachsen sein mussten und eine übersprungene Entwicklungsphase nachholten. Schaue ich auf die erste Aufführung eines Einakters zurück, so kann ich sie nur als völligen Reinfall bezeichnen. Ich glaube, das Stück hieß „Die Welt will betrogen sein". In Ritters Wirtschaft bauen wir vom Gastzimmer aus in den Saal hinein ein zwei Quadratmeter großes Podest aus Brettern. Ein bisschen wackelig und ohne Geländer mit Platz für zwei Stühle und einen kleinen Tisch. Nur wenige Mitspieler sind beteiligt. Wir versichern uns gegenseitig, die Texte zu beherrschen, stellen das an einigen Übungsabenden nur ansatzweise unter Beweis und wundern uns bei der Aufführung vor vollem Saal, dass ein Souffleur nicht ausgleichen kann, was den Spielern fehlt: die Beherrschung der Texte. Es gibt Stockungen, Brüche, überlange Pausen. Wir bringen das Spiel nicht zu

Ende und sagen den Zuschauern, es beim nächsten Mal besser machen zu wollen.

In einem nächsten Anlauf bereiten wir einen bunten Abend auf Völkers Tenne vor. Ohne Vorbilder zu haben, bringen wir Sketche, Liedbeiträge und Scharaden auf die stabil und größer gebaute Bretterfläche. Nach der leidvollen Erfahrung unseres ersten Auftritts wird diesmal intensiv geprobt. Alois Meis tritt als Conferencier an die Rampe der Bühne. Er bringt die größte Courage für solch eine ungewohnte Aufgabe mit. Das zahlreich erschienene Publikum begrüßt er :"Verehrtes Likum! Pub mag ke nich seggen." Die Geschwister Ritter sind zu dritt bei diesem Spektakel beteiligt. Meinen 16-jährigen Bruder Karl sehe ich mit einem auf- und zuschnappendem Regenschirm über die wippenden Bretter der provisorischen Bühne stolpern, Mit seiner klaren Stimme singt er: „Ich nehm den Schirm und schiebe los, denn so ein Schirm, der ist famos." Mit meiner Schwester Hedwig schluchze ich auf unglaublich kitschige, aber zu Herzen gehende Weise, mit vollem Ernst im Duett das Liedchen „Mutter, unterm Dach ist ein Nestchen gebaut." Man stelle sich vor: ein Paar, die Arme auf Distanz auf die Schultern des anderen gelegt, säuselt, in dieser Pose erstarrt, die Weise vom Schwalbenkind vor einem aufmerksam lauschenden Publikum.

Beim nächsten Theaterstück, diesmal auf plattdeutsch, wirkt eine größere Spielerschar mit. Es heißt „Quaterie üm Libbet", ist geschrieben von dem Coesfelder Natz Thier und hat sich bereits als Renner auf vielen Laienbühnen ringsum erwiesen. Wochen lang proben wir, aus vorhergegangenen Spielen klug geworden, fragen unerbittlich die zu lernenden Texte ab, feilen an der Aussprache und achten auf einstudierte Bewegungen. Aufführungsort dieses drei Stundenstückes ist Hyings Tenne. Selbstgemalte Kulissen schmücken die Bühne. Ein Besucherandrang ist uns sicher, denn hier werden die handfesten Figuren des Bühnenstücks durch junge Frauen und Männer aus der eigenen Nachbarschaft glaubwürdig verkörpert.

An zwei weitere Aufführungen in unserem Saal erinnere ich mich: „Die Gans" von Heinz Steguweit, eine bizarre Tölpelgeschichte und an eine ebenfalls in Versform getextete Weihnachtsgeschichte von Martin Hausmann über die Hartherzigkeit der Welt. Die aus Tischen und Bänken gefertigte Bühne in Ritters Saal wackelt bedenklich, als ich in meinem Feuereifer bis an die Rampe vordringe und der lauschenden Menge die Worte wie einen Speer entgegenschleudere: „Wer jetzt daheim ist und sein Tor verriegelt, wer jetzt sein Brot hat und nicht teilt, das Feuer löscht und seinen Mund versiegelt, auf seinem Lager ruht und müßig weilt, wer noch sein Kleid hat und es nicht zerschneidet, wer noch zwei Hände hat und sie nicht rührt, die Freude liebt und keinen Kummer leidet, ein Herz noch hat und keine Kälte spürt, wer sich geliebt weiß und nicht wiederliebt, wer jetzt ein Licht hat und es nicht entzündet, wer Gnade fand und sie nicht weitergibt, wer Glauben hat und ihn nicht tiefer gründet, der lege sich nun zu den Toten nieder und bleibe stumm und starr bei diesem Leid. Ihr aber, Schwestern Christi und ihr Brüder, was wollt ihr tun in dieser kalten Zeit?"

Es folgt eine lange Pause. Mit weit aufgerissenen Augen schauen die braven Landfrauen zu dem drohenden Bußprediger auf der knarrenden Bühne hinauf, als seien ausgerechnet sie die Hartherzigen, die hier an den Pranger gestellt werden.

Spielerisch haben wir dazugelernt, aber unser „Theater" ist in hohem Maße dilettantisch, ohne dass uns das recht bewusst wird.

Zwei Abend füllende plattdeutsche Stücke „Söffken van Gievenbeck" und „Up Wildrups Hoff", nach Romanvorlagen des Mundartdichters Augustin Wibbelt umgearbeitet, werden in unserer Scheune aufgeführt, die ich als Zuschauer erlebe, da ich in den Jahren 1950/51 mit dem Abitur befasst bin.

70 Küsterdienste

Liesbeth Rudde führt die Küsterarbeiten ihres im Krieg gefallenen Mannes Alois weiter. Sie wäscht und pflegt die Paramente, also die liturgischen Gewänder und Altartücher in der Bürener Kirche und ist für den wechselnden Blumenschmuck zuständig. Aber sie ist angesichts ihrer großen Familie gezwungen, besonders an Festtagen, einige Küsterdienste abzugeben. Die übernimmt dann Everhard Lücke, ein Schüler des Pastors und sein Neffe. „Mein lieber Neffe Everhard". Nach seinem Weggang zum Paulinum fallen mir diese Aufgaben eines Hilfsküsters zu. Der Umgang mit dem Glockenseil ist schnell erlernt beim Läuten zu den Morgenmessen. Schwieriger ist da schon das dreimalige Anschlagen der dumpferen Glocke beim Angelusläuten und dem höher gestimmten Nachbimmeln. Routine stellt sich bald ein bei den normalen Werktags- und Sonntagsmessen. Die dem Festkreis angemessenen Gewänder sind heraus zu legen, Wein und Wasser bereit zu stellen und dem Pastor beim Ankleiden zu helfen. Anspruchsvoller wird es um die Weihnachtszeit. Voller Fallstricke ist mir in meiner Erinnerung die Begleitung der ungewohnten Liturgie in der Karwoche geblieben. Pastor Lücke händigt mir zu meiner besseren Orientierung ein in Latein verfasstes Instruktionsbüchlein für die Abläufe der Karwochenliturgie aus. Darin sind für die Zeit vom Gründonnerstag bis Karsamstag eine Fülle liturgischer Kommentare enthalten, dass mir angst und bange wird. Pastor Lücke weist mich auf den Karsamstag hin, an dem der liturgische Vollzug sich ohne Gemeinde, nur mit Priester, Küster und Messdienern draußen neben dem Seiteneingang abspielen soll. Das Abbrennen eines kleinen Osterfeuers, dessen Asche bereits für das Aschenkreuz des kommenden Jahres bestimmt ist. In meinem Büchlein steht in gutem Kirchenlatein, der Funke des Feuers sei aus einem Stein zu schlagen. Ob ich das wohl könne, will Lücke wissen. Mir fällt Schusters Jans ein, der erst kürzlich aus russischer Gefangenschaft entlassen ist. Fasziniert habe ich beobachtet, wie er, unter Missachtung von Streichhölzern und Feuerzeug, mühelos mit einer abgebrochenen Feile aus einem Feuerstein sprühende Funken in einen fingerdicken Baumwolldocht schlägt, dessen oberes Ende aus einem Messingröhrchen herausragt und durch Blasen zum Glimmen bringt. Damit zündet er seine Pfeife an, die er den ganzen Tag nicht kalt werden lässt. Von ihm will ich mich unterweisen lassen. Jans gibt sich alle Mühe, mir die richtige Handhabung dieser Werkzeuge beizubringen, Ich übe die Karwoche hindurch und schlage, ausgerüstet mit Jans' Utensilien, ehe Pastor Lücke und die Messdiener es recht wahrgenommen haben, Funken in den

Docht und entfache durch vorsichtiges Blasen im Nu ein Feuerchen in den hauchdünnen Holzkrüllen. Der Pastor unterstellt mir einen Taschenspielertrick, vermutet ein Feuerzeug als Energiequelle, ist aber überrascht und zufrieden, als ich vor seinen Augen noch einmal Funken in den Docht regnen lasse. Seinem skrupelhaften Bemühen, dem Wortlaut kirchlicher Vorschriften gerecht zu werden, ist an diesem Karsamstag Genüge getan.

71 Aufbruch

Ein halbes Jahr habe ich bei Adolf Lücke und Wilhelm Münstermann mein Schulwissen aufpäppeln lassen. Nun wage ich nach Ostern einen Neuanfang in Münster. In der Klasse 10a des Paulinums bin ich der Senior, die Mitschüler sind vier bis fünf Jahre jünger. Kein gutes Gefühl für mich. Eher eine Last. Im Heerde-Kolleg wohnen zwar einige Gleichaltrige, die Abschlussklassen verschiedener Gymnasien besuchen und im Haus das Privileg genießen, in einem eigenen Zimmer arbeiten und schlafen zu dürfen. Ich dagegen muss mich trotz meines Alters im Gemeinschaftsraum dem Diktat des Silentiums beugen. Das nährt in mir eine Trotzhaltung. Zum Glück ist die starre Hausordnung dahingehend gelockert, dass alle Hausbewohner, soweit sie das wollen, an den Wochenenden in ihre Elternhäuser fahren dürfen. Ich nehme das jeden Samstag nach Schulschluss wahr und dränge mich in den immer noch überfüllten Zug bis Burgsteinfurt, wo ich in die Westfälische Landeseisenbahn umsteige und ein mäßig besetztes Abteil nach Almsick finde. Mit einem Herrenfahrrad erwartet mich mein zwölfjähriger Bruder Ludger in der Abgeschiedenheit des Almsicker Bahnhofs. Ich setze ihn vor mich auf die Stange und klemme mein Köfferchen mit schmutziger Wäsche auf den Gepäckträger. So radeln wir über die Russenstraße an den Sprenglöchern vorbei nach Hause. Unterwegs erzähle ich ihm von der Großstadt Münster, die er noch nicht gesehen hat, vom Paulinum und dem Leben im Heerde-Kolleg. Von ihm erfahre ich, wie das Schulleben in Büren sich langsam normalisiert nach den verworrenen Zuständen im letzten Kriegsjahr und der ersten Nachkriegszeit. Ludger ist, das muss ich feststellen, regelrecht schulgeschädigt und deutlich unterversorgt. Im Augenblick empfindet er das selbst gar nicht und lebt sorglos in den Tag hinein. Erst später holt er versäumtes Schulwissen nach.

Zu Hause verwöhnt mich Mutter mit Bratkartoffeln, Spiegeleiern oder Pfannkuchen. Ich genieße jede Stunde der kurzen Wochenenden, denn am Montagmorgen vor sechs Uhr muss ich von demselben Bahnhof in einer Zweistunden-Fahrt nach Münster zurück.

72 Auf glattem Parkett

Es ist kaum zu glauben, der Präses lässt die über 18-Jährigen des Heerde-Kollegs an einem Tanzkursus teilnehmen. Einzige Bedingung: Es muss die Tanzschule Estinghausen sein. Die hat Stil und bringt den jungen Männern neben Tanzen gute Manieren bei. Ich bin begeistert und fest entschlossen, die von meinen Schwestern erlernten und auf vielen Festen weiter entwickelten Tanzfertigkeiten zur Vollendung zu bringen.

Am Anfang wird nachdrücklich um die Art der Bezahlung gerungen. Nur ein Teil wird in Bargeld, der fast wertlos gewordenen Reichsmark, erwartet. Naturalien sind gefragt. Kartoffeln, Fleisch, Lebensmittel aller Art werden bevorzugt. Butter- und Mehlmarken sind begehrt. Ich biete halb getrocknete Tabakpflanzen an, die auf unserem Komposthaufen in Büren an üppigen Stauden gewachsen sind und bringe sie zur zweiten oder dritten Tanzstunde mit. Doch der Tanzlehrer stellt Schimmelpilze an den Blättern fest, hätte lieber durchfermentierten und getrockneten Tabak gesehen. Den kann ich ihm nicht bieten, da mein Vater und Onkel Jupp die fachmännische Zubereitung der Tabakblätter nicht beherrschen. Ersatzweise bringe ich dem Tanzlehrer zur nächsten Tanzstunde eine Mettwurst und ein Stück Speck mit. Das versöhnt ihn und ermöglicht mir das Weitertanzen.

Der Mittelball wird als erster Höhepunkt angekündigt. Er soll in einer Außengaststätte Richtung Handorf stattfinden. Jeder Mann hat sich mit einer Dame seines Herzens aus unserem Kurs zu versehen. Unschlüssigen wird eine Tanzpartnerin zugeordnet. Ich gehöre zu den Sitzengebliebenen und bekomme ein 16-jähriges Mädchen aus der Rosenstraße zugewiesen. Wegen ihrer Minderjährigkeit wird mir nahe gelegt, mich bei den Eltern vorzustellen. Die Tanzschule Estinghausen wird, wie sich hier zeigt, ihrem vortrefflichen Ruf gerecht. Ich tauche also im Elternhaus der mir anvertrauten minderjährigen Tanzpartnerin auf und erfahre von der Mutter, ihre Tochter sei zwar dem Alter nach noch ein Kind, habe es aber faustdick hinter den Ohren, sei leichtlebig und unberechenbar. Ich dürfe sie nicht aus den Augen lassen.
Sie tanzt gut, wie ich beim Mittelball feststelle, ist aber schon nach einer Stunde verschwunden. Ich fühle mich an meine Fürsorgepflicht gebunden und suche in Nebenräumen des Tanzlokals und draußen nach ihr. Schließlich entdecke ich sie in einem dunklen Flur mit einigen gleichaltrigen Jungen und Mädchen. Eine Schnapsflasche kreist und es herrscht eine ausgelassene Stimmung. Nicht besonders taktvoll weise ich auf das Alkoholverbot hin und hole die mir Anvertraute zum Tanzen auf das Parkett zurück. Doch sie hat keine Lust mehr. Von ihrer Clique werde ich mit unfreundlichen Worten bedacht. Ich sei ein Spießer, der keinen Spaß verstehe. Mir ist der Abend ebenfalls verdorben. Vor dem offiziellen Ende dränge ich aufs nach Hause gehen und liefere meine Tanzpartnerin an der Haustür ihrer elterlichen Wohnung ab.
Die zweite Hälfte des Tanzkurses absolviere ich eher wie eine Pflichtübung. Auf den Schlussball verzichte ich, um einen erneuten Reinfall zu vermeiden.

73 In Präses' Hand

Ich erinnere mich nicht, dem „Alten" im Heerde-Kolleg über meine Tanzerfahrungen berichtet zu haben. Wahrscheinlich interessierten ihn Fortschritte im Tanzen zu wenig. Schulfragen allerdings, Erfolg oder Misserfolg, werden von ihm intensiv begleitet. Er übernimmt die Rolle der Eltern, die in meinem Fall das Gymnasium Paulinum weder von außen noch von innen zu sehen bekommen. Der Präses ist über den Leistungsstand seiner Internatsschüler informiert. Weiß er, dass ich nur mühsam Fuß fasse, in Griechisch und Mathe, zwei Hauptfächern, den Anschluss nicht finde? Ich spüre es, meine Eltern ahnen nichts und ich lasse die Zügel schleifen.
Besuch von Angehörigen bekomme ich im Kasten nur einmal. Meine Schwester Agnes und ihr Verlobter Josef Deggerich kommen von Gescher aus mit dem Zug. Ich führe sie durch das Gemeinschaftsschlafzimmer, den Speisesaal, den Studierraum, lasse sie einen Blick in die Hauskapelle tun und dirigiere sie am Büro des Chefs vorbei. Dafür machen wir einen Gang durch die Altstadt und den stark zerstörten Dom, bevor ich die beiden am Bahnhof verabschiede. Ich beneide sie, als ich sie in den Zug einsteigen sehe und frage mich: Ist der Kasten, in dessen Mauern der Präses mich als alt Gewordenen in Gnaden wieder aufgenommen hat, meine Welt, ein Hort mit Zukunft auf dem noch langen Weg zum Abitur? Ist dies meine Heimat? Gewiss, den Älteren im Haus werden weit gehende Freiheiten zugestanden. Trotzdem sind die Hausregeln streng genug.
Die Spielfläche hinterm Heerde-Kolleg, auf der wir in der Freizeit der Enge des Platzes angemessene Sportarten treiben, zwingt uns ganz neue Regeln auf: Beim Fußballspiel werden die Wand des Gebäudes und der hohe Gitterzaun zum Landgericht angespielt, sodass der zurückprallende Ball wieder vor die eigenen Füße gerat. Einige bringen es da zu hoher Geschicklichkeit. Aber Ballspiele haben ihre Tücken, da uns häufig Ärger entsteht, wenn das Leder über den Zaun zum Gericht oder in eine Fensterscheibe des Kastens fliegt.
Eine Raum sparende Sportart ist das Springen aus dem Stand auf den Mühlstein, der am Randes des Spielfeldes steht und eigent-

lich als Tisch dienen soll. Eine hohe Zahl gelungener Auf- und Absprünge in einer festgesetzten Zeit wird dabei angestrebt. Bei einem Sprung verletze ich mein rechtes Schienbein. Mit einem Pflaster aus der Hausapotheke besänftige ich die Wunde. Ich habe den Vorfall fast vergessen, als sich die vernachlässigte Stelle entzündet und schmerzt. Damit schickt mich der Präses in die chirurgische Abteilung der Klinik. Der Arzt hält einen sofortigen operativen Eingriff für geboten. So erhalte ich nach der freiwilligen Lachgas-Narkose in der Gefangenschaft die erste ärztlich verordnete Narkose meines Lebens. Das Zählen in die Bewusstlosigkeit hinein empfinde ich als kleines Sterben, dem ich nichts entgegensetzen kann. Doch vorm Aufwachen erlebe ich Höllenqualen: Ich sehe mich auf eine Insel verbannt und weiß sofort, es ist das Fegefeuer. Ganz allein bin ich dort. Eine erschreckende Öde ist um mich. Wie soll ich hier erlöst werden? Da entdecke ich, weit entfernt, eine zweite Insel. Sie leuchtet in bunten Farben und mittendrin steht jemand, eine Frau, die mir zuwinkt, nein, die mich einlädt. Ich kenne das Gesicht. Es ist meine Schwester Mia. Ich greife nach ihrer Hand und wache auf, über mir das lächelnde Gesicht einer Krankenschwester. Auf dem Nachhauseweg, von dem betäubenden Äther noch benommen und wackelig mit dem bandagierten Bein, drängt sich mir immer wieder das Bild meiner Schwester auf, die mich wie ein rettender Engel aus der Verlorenheit zieht. Ja, ich kann dieses Bild bis auf den heutigen Tag jederzeit heraufholen und vor mein inneres Auge stellen.

Doch bald werde ich aus allen Sicherheiten herausgerissen. Auslöser ist eine von mir an den Präses gestellte Frage, kurz vor den Sommerferien. Ich mache ihn vorsorglich auf meinen 21. Geburtstag aufmerksam und verknüpfe das mit der Bitte, mir nach meiner Volljährigkeit ein Einzelzimmer als Schlaf- und Studierstube zu geben. Solch ein Zimmer steht nach den Hausregeln den Alumnen erst ab Klasse elf zu. Ich bin zwar noch in der zehnten Klasse, bin aber guten Mutes, dass er meinen Wunsch erfüllt. Seine Antwort ist für mich niederschmetternd. Laut geschriebener Satzung des Stifters Johannes Heerde, so wird mir erklärt, hätten Schüler ab 21 kein Wohnrecht in diesem Hause mehr. Bis zu den Sommerferien könnte ich hier noch wohnen. Ich sollte aber schon mal Ausschau halten nach einer anderen Unterkunft. Was ist mit dem Alten los? Er schickt mich in die Wüste. Gibt es in dieser zerstörten Stadt eine Überlebenschance? Er muss wissen, dass über kurz oder lang meine Schullaufbahn endet. Ich bin kein Hoffnungsträger mehr, das ist mir klar. Hat er von der Schule eine negative Auskunft über mich erhalten? Warum sagt er es mir dann nicht? Mein Alter war ihm vor einigen Monaten auch bekannt. Daran musste ich ihn nicht erst erinnern. Oder hat er die vor einigen Wochen erschlichene Sonderfahrt nach Büren, wo ich mich nach Waldbeeren umsehen sollte, in Wirklichkeit aber am Sommerfest auf dem Hof Stomp teilnahm, als Täuschung durchschaut? Wäre das ein Grund zur Entlassung? Ich stehe vor ihm, stumm vor Enttäuschung und Wut, und füge mich in mein Schicksal.

54 Jahre nach diesem Rausschmiss stehe ich mit meinem Sohn Markus vor diesem Haus, das ich seither nicht betreten habe. Es ist in seinem Äußeren fast unverändert. Nichts ist allerdings mehr zu erkennen von dem ehemaligen Spielplatz hinter dem Haus, auf dem wir, ziemlich beengt, Fußball spielten mit Blick auf vergitterte Fenster des Landgerichts. Dort stand auch der Mühlstein, an dem ich beim Springen aus dem Stand mein Schienbein verletzte, an dessen Folgen ich zwei Jahre herumkuriert habe. In der Fassade sind noch die vermauerten Spuren des Balkons sichtbar, von dem aus der Präses lesend und beobachtend Aufsicht führte . Die damalige Neustraße an der Vorderseite des Hause ist zu einem Innenhof umgewandelt. Mit Markus verschaffe ich mir Zugang zu dem Gebäude, in dem jetzt das Marketing Centrum Münster untergebracht ist und zur Universität gehört. Wir treffen wissbegierige Sekretärinnen in einigen Büros, als wir einen Streifzug durch das Haus machen. Allen ist bekannt, dass dieses Gebäude früher ein Internat war und Heerde-Kolleg genannt wurde. „Wo befand sich die Küche, wo der Speiseraum?" wollen sie wissen. „Ja, Spuren einer Kapelle befinden sich im zweiten Stock." Das Treppenhaus ist völlig unverändert, das verschnörkelte Eisengeländer führt ins vierte Stockwerk, das am 10. Oktober 1943 durch eine Bombe weggesprengt wurde. Auch die Kellerräume stehen uns offen, in denen wir nachts bei Fliegeralarm Schutz vor Bomben such-

ten. Jeder hatte da seinen festen Platz. Hier erteilte der Präses, wenn das Summen der schweren Bomber hörbar wurde und die Flak losballerte, den Jungen, den Küchenmädchen und Nonnen die Generalabsolution.

Niemand im Haus kann genaue Auskunft geben, wann das Haus als Internat ausgedient hat und der Universität zur Nutzung überlassen wurde. Eckdaten darüber erfrage ich schriftlich vom Präses persönlich, der als 94-jähriger im Schatten des münsterschen Domes am Horsteberg wohnt und mir postwendend Unterlagen zustellt, einige Wochen vor seinem Tod im Jahre 2002. Darin erfahre ich, dass er im Jahre 1959, nach 22 Jahren als Präses, die Leitung des Hauses an Max Georg von Twickel abgegeben hat. Sein Nachfolger ließ im Hoppengarten, einem idyllischen Fleckchen kurz vor der Kanalschleuse ein neues ebenerdiges Gebäude errichten, das im Gegensatz zum „Kasten" viele Vorzüge hatte - große Spielflächen ums Haus, Einzelzimmer für die Schüler - aber auf Grund fehlender Nachfrage bereits Mitte der 60-er Jahre als Internat aufgegeben und an die Stadt Münster verkauft wurde. Damit hatte das Kollegium Heerde, das 1733 gegründet wurde, nach 230 Jahren endgültig seine Pforten geschlossen.

Noch einmal zurück zum „Kasten", in dem ich eineinhalb Jahre gewohnt und mich wohl gefühlt habe. Mit Markus umrunde ich nach der Besichtigung im Inneren das Haus und entdecke wieder an alter Stelle ein Relief, das den Stifter des Kollegs, Johannes Heerde als Hirten mit Schafen in einem Tympanon über dem Seiteneingang zeigt.

74 Familienanschluss

Nach der schockierenden Entscheidung des Präses, mich vor die Tür zu setzen, führt mich mein erster Weg zu Friedhelm Voß, dem ich die bedrückenden Aussichten mitteile. Seine Eltern bieten mir eine vorübergehende Wohn- und Schlafmöglichkeit in ihrem Haus an. Ein Strohhalm, an den ich mich klammere, ein Hoffnungsschimmer nach dem ersten Schock.

Die Schule kann weitergehen. Ich ziehe nach den Sommerferien zur Familie Voß in die Turmstraße 20. Speck und Wurst von zu Hause gegen Unterkunft und Verpflegung. Friedhelms Mutter, - in welch angenehmer Erinnerung ist sie mir geblieben! - liebevoll und lebenstüchtig, versorgt mit mir fünf Personen in ihrem Haushalt: ihren Mann Fritz, Friedhelm und seinen jüngeren Bruder Gerd. In diese Familie werde ich also wie ein Sohn hineingenommen. Das kann wirklich nur ein Notbehelf sein. Schularbeiten, soweit ich sie mache, müssen im Wohnzimmer oder am Küchentisch erledigt werden. Ich schlafe auf der Couch im Wohnzimmer.

Friedhelm, der schon mit 17 vor seiner Einberufung das „Notabitur" gemacht hat, steht bei der Stadtverwaltung in Münster in einem Lehrverhältnis. Von Schulsorgen wird er also, im Gegensatz zu mir, nicht behelligt. Nach Dienstschluss steht er zur freien Verfügung. Wir stromern durch die Stadt. So lerne ich neue, mir bis dahin verschlossene Plätze und Winkel kennen. Seinen Bruder Gerd, er muss 15 oder 16 gewesen sein, nehmen wir nie mit. Einmal klauen wir Kohlen am Bahnhof. Ein Güterzug steht dort mit Kohlenwaggons. Obwohl wir mit Beute nach Hause kommen, kann ich mir den Vorgang selbst nicht mehr gegenwärtig machen. Wahrscheinlich war die Angst, ertappt zu werden, so groß, dass die Erinnerung an Einzelheiten versagt. Von zu Hause bringe ich ein paarmal Zucker-, Fett- und Mehlmarken mit, die Friedhelm und ich auf der Hammerstraße in einen Kuchenberg ummünzen. Regelmäßig sehen wir uns die Filme im „Neuen Krug" in der Weseler Straße an. Einen Film „Nachtigallenkäfig" besuche ich heimlich zum zweiten Mal am selben Tag. Die Geschichte eines Lehrers, der in einer Internatsschule eine verwahrloste Klasse durch Musik begeistert und zu einer Musterklasse formt. So etwas möchte ich auch schaffen: Lehrer werden und Schüler mitreißen. Aber dieses Ziel liegt unendlich weit. Bei meiner jetzigen Lebensführung kaum zu erreichen.

Friedhelm und ich rauchen um die Wette. Wir drehen unsre Zigaretten selbst. Den Tabak besorge ich zum Teil aus Bürener Selbstanbau, auf Ritters Komposthaufen geerntet. Da Zigarettenpapier nicht zu kaufen ist, entdecken wir eine englische

Zeitung mit äußerst dünnem Papier. Hüllen für tausend Selbstgedrehte.
Einige Male begleitet mich Friedhelm an Wochenenden nach Büren. Pit Prescher, ein Berliner, der in Gefangenschaft eine Zeitlang im Medical Supply mit uns gearbeitet hat und sich jetzt in Münster aufhält, fährt mit. Wir stopfen uns die Bäuche voll, nehmen einiges an Essbarem mit nach Münster, soweit meine Mutter das hergibt. Sie hält den Daumen drauf.
Wissen meine Eltern, wie es schulisch um mich steht? Ich mache bestenfalls vage Andeutungen. So können sie sich kein Bild machen, kennen weder das Paulinum noch die Turmstraße. Ich muss selbst meinen Weg finden. Der Gedanke, bei diesem halbherzigen Schulverhalten auf eine abwärts führende Straße zu geraten oder gar zu bummeln, kommt mir allerdings nicht. Ich entwickle sogar einen außerschulischen Eifer, indem ich mit Friedhelm an einem Englisch-Sprachkurs teilnehme, angeboten von der „Naafi", die in Münster angesiedelt ist. Im „Klösterchen" treffen sich wöchentlich Deutsche und Engländer, um in englischer Sprache zu wechselnden Themen Stellung zu nehmen. Das Zauberwort heißt auch hier „Diskutieren", seine Meinung ungehindert sagen und andere gelten lassen. Bei dem Thema „Euthanasie" kommt es nach Vortrag und Diskussion sogar zu einer Abstimmung, bei der sich die Mehrheit der Engländer für die Anwendung der Euthanasie unter bestimmten Bedingungen, die anwesenden Deutschen geschlossen dagegen aussprechen. Unsere jüngste Geschichte zwingt uns wohl dazu.Ein lockerer Spätsommer , 1947, voller Freiheiten, den ich bis in den Oktober bei der Familie Voß verbringe. Ich schließe die Augen vor den Problemen, verdränge sie und hätte längst erkennen müssen, dass ich die Gutwilligkeit meiner Gastgeber überstrapaziere. Stattdessen nehme ich mit Friedhelm an den recht früh einsetzenden Lambertifeiern teil, die sich allerdings nicht darstellen in Volkstänzen um eine beleuchtete Pyramide, sondern in öffentlichen Tänzen auf verschiedenen Kreuzungen und Plätzen im „Geistviertel", das für uns am ehesten erreichbar ist. Mindestens eine Woche lang. Ein laut gestelltes Radio, eine Klampfe liefern die Musik. Unser Nachholbedarf im Tanzen und Feiern ist immer noch riesengroß. In diese eu-

phorische Grundstimmung treffen die Andeutungen des Vaters Fritz Voß, ich könne bei ihnen ja wohl nicht ewig bleiben. Ich schäme mich und mach mich endlich auf die Suche nach einer winterfesten Bleibe.
Aber wohin? Dem Präses bin ich nicht mehr unter die Augen getreten. Zu tief sitzt der Groll gegen ihn. Bei den jüngeren Mitschülern frage ich ohne Erfolg nach einem passenden Zimmer. In Büren verweist mich ein Nachbar aus der Bröke, Hubert Enning, auf einen Vetter, der als pensionierter Bademeister mit seiner Frau auf der Scharnhorststraße wohnt. Der habe ein eigenes Haus, das im Krieg verschont geblieben sei, und da die beiden Kinder auswärts wohnten, sicher ein freies Zimmer.

75 Kalte Herberge

Dort komme ich tatsächlich unter. Allerdings gibt es Bedingungen: Wurst und Speck, das leuchtet mir ein, gegen ein Zimmer, karg ausgestattet. Bett, Stuhl, Tisch und Schrank. Das reicht mir. Der große Haken: Das Zimmer ist ungeheizt. Es hat weder Ofen noch einen Schornstein. Bisher habe ich in Münster nicht hungern noch frieren müssen. Bei Voß war die Küche immer geheizt und im Heerde-Kolleg war durch eine Zentralheizung beständige Wärme garantiert. Hier ist mir der Zugang zu einer Wärmequelle verwehrt. Ich sitze in der Kälte. Es ist November. Anfangs reicht noch eine Decke, über die Schulter gelegt. Mehr häusliche Schularbeiten als bei Voß kommen auch hier nicht zustande, eher weniger.
Mit dem Ex-Bademeister hätte ich bezüglich Beheizung einen Weg gefunden, als ich an einem kalten Abend danach frage. Aber die Entscheidungen trifft seine Frau, eine hoch gewachsene, stattliche Autorität, die mir zwar die vereinbarte Tasse Kaffe am Morgen zugesteht, im übrigen so kalt ist wie mein gemietetes Zimmer. Nun, es gibt die Unterbrechung durch die Weihnachtsferien. Aber der Winter 47/48 ist lang. Im Februar weist mich der Klassenlehrer darauf hin, dass bei mir die Leistungen in einigen Fächern gesunken sind. Im Deutschen traue

er mir zwar eine Menge zu, aber insgesamt müsse eine negative Bilanz dieses Schuljahres mit weiter fallender Tendenz gezogen werden. Bis Ostern sei es nicht weit. Ein Sitzenbleiben käme für mich doch wohl nicht in Frage, da dadurch der Altersabstand zum Klassendurchschnitt noch vergrößert werde. Kein Präses, der für mich eintritt, kein Mittelsmann, der mir den Rücken stärkt. Ich möge am Nachmittag in die Schule kommen zu einem Test. Ich erwarte eine Prüfung in meinen Schwachstellen, Mathematik oder Griechisch. Am Nachmittag führt mich der Tester in die Schulbibliothek, weist mir zwischen den hoch ragenden Regalen, die mit schwarz eingebundenen Büchern vollgestellt sind, einen Platz zu und stellt mir das Thema eines Aufsatzes, den er in einer Stunde abholen will. Es heißt: Johannes Gutenberg, der Erfinder des Buchdrucks". Ich bin völlig blockiert, wünsche mir, ein Buch aus dem Regal ziehen und daraus abschreiben zu können. Es ist mir später unbegreiflich, warum ich die Buchdruckerei nicht in Verbindung zur einsetzenden Reformation bringen konnte, falls der Lehrer überhaupt im Ernst einen Aufsatz von mir für seine Entscheidung brauchte. Ich schrieb jedenfalls nichts, aus Protest oder Nichtwissen, gab das leere Blatt ab und ergab mich in mein Schicksal. Als demütigender Vorgang ist dieser Akt der Vergewaltigung von seiten des Lehrers und meiner Verweigerung in meinem Gedächtnis geblieben und ich habe mich später gefragt, als ich selbst Eignungstests an Kindern durchzuführen hatte, ob es zu jener Zeit noch keine geeigneteren Wege gab, Hintergrundwissen, Bildungsstand und schulische Reife zu ermitteln. Was sollte nun mit mir geschehen? Der Tester baute mir eine Brücke: Versetzung nach Klasse elf unter der Bedingung, die Schule zu wechseln. Ich sage zu, ohne zu wissen, wohin.

76 Abschied auf Raten

Innerlich nehme ich nach dieser Vereinbarung mit dem Klassenlehrer, die offensichtlich die Zustimmung des Kollegiums gefunden hat, Abschied vom Paulinum. Das Schuljahr ist gerettet, trotz aller Hemmnisse und Rückschläge. Wie Wasser, das beim Abfließen den Weg des geringsten Widerstandes nimmt, Hindernisse umfließt, bin ich bemüht, die Zeit bis Ostern unauffällig zuzubringen, bei den Klassenarbeiten meinen Stand zu halten, in der großen Pause meinen Brei aus der Schulspeisung brav zu löffeln und weiterhin zu Mittag im Kolpinghaus mit meinen Lebensmittelkarten zu essen, wie ich es seit meinem Umzug von der Turmstraße in die Scharnhorststraße getan habe.
Doch, eine Freiheit nehme ich mir: Mit Friedhelm Voß und Walter Holtwick dampfe ich am Anfang der Karwoche im Zug zu einem Dreitage-Trip nach Würselen und Mariadorf, wo wir unsere Fronterfahrungen gemacht haben und schließlich gefangen genommen wurden. Noch keine vier Jahre ist das her. Im Bahnhof genehmigen wir uns von einem Schwarzhändler drei Chesterfield-Zigaretten für 60 Reichsmark. Abwechselnd nehmen wir im Zug Platz auf einem Sack mit 50 Pfund Kartoffeln, von mir herangeschafft aus Büren, den wir wie einen Schatz bewachen. Damit wollen wir unsere Unterkunft und Verpflegung sichern. In der Tat öffnen sich die Türen der Gasthäuser, die in dem von Granaten durchwühlten Würselen allerdings nur spärlich zu finden sind. Zerschossene Häuser entstehen neu, werden, noch ungeputzt, schon bewohnt. Wir können die Vorgänge von 1944, so frisch sie noch in unseren Köpfen stehen mögen, kaum noch lokalisieren. In Mariadorf, das weniger zerstört ist, finden wir das Haus nicht wieder, das für uns zur Falle in die Gefangenschaft wurde.
Die Schule in Münster weiß von diesem Ausflug nichts. Ich nehme am letzten Schultag mein Zeugnis mit dem Versetzungsvermerk entgegen, noch nicht ahnend, dass ich in einigen Jahren unter wesentlich besseren Vorzeichen wieder in diese von mir geliebte Stadt zurückkehren werde. Zu Hause kündige ich an, dass meine Zeit in Münster ausläuft. Sie nehmen es gelassen

zur Kenntnis, hört doch damit auch meine ständige Nachfrage nach Mettwurst, Speck und Lebensmittelkarten auf. Meiner Mutter, so merke ich, wäre es recht, wenn ich mit dem Einjährigen aufhöre. Ich könnte einen guten Büroposten kriegen. Aber ich denke im Ernst nicht ans Aufhören. Mein Lebensschiff mag schlingern und schwanken, orientierungslos bin ich nicht. Für fast alle Bürener, die durch Lückes Lateinschule gegangen sind, ist die Klasse 10 das Ende der Schullaufbahn. Das reicht für viele Berufe. Mir steht mein Ziel klar vor Augen: Ich will Lehrer werden. Pastor Lücke, dem ich meine Situation schildere, ermuntert mich, weiter zu machen. Er schlägt Driburg als passenden Ort für „Spätberufene" vor. Doch diese Berufung meint den Weg zum Priestertum. Dahin geht mein Wunsch nicht, obwohl Lücke das insgeheim hofft. Eine vergleichbare Lehranstalt mit Internat gebe es am Niederrhein, die Gaesdonck. Nach den Freiheiten, an die ich mich in Münster gewöhnt habe, will ich nicht erneut ins Internat.

77 Fahrschüler

Es bleiben in erreichbarer Nähe nur die Gymnasien in Borken oder Coesfeld. Ahaus, das am ehesten erreichbar wäre, führt als Progymnasium nur bis zur Mittleren Reife. Also nach Borken. Es ist vom Bahnhof Stadtlohn aus erreichbar. Meine Schwester Mia ist in Borken im Haushalt tätig. Ich fahre hin. In der Hand habe ich mein Zeugnis. Das will der zuständige Lehrer des Remigius-Gymnasiums gar nicht sehen. Was ich aufzuweisen hätte, will er wissen. Eigentlich wenig. Fremdsprachen? Mit welchen Fremdsprachen ich aufwarten könne. Ich zähle sie auf: Latein, Griechisch, Englisch. Vom Schwerpunkt her ungeeignet, lasse ich mir sagen. Hier sei Englisch die erste Fremdsprache, dann Latein. Und Französisch? Ob ich Französisch könne. . Ich gestehe: „Bisher nicht." Schlecht, sehr schlecht! Und Mathematik? „Leider fällt mir das recht schwer. Sprachen und Biologie, das liegt mir." Damit sehe er an seinem Gymnasium kaum eine Chance für mich, das Abitur zu erreichen. Nach einigen Hin

und Her kommt es zu einer bedingten Zusage: Ich kann für ein halbes Jahr zur Probe beginnen. Doch das reicht mir nicht, ist mir nicht sicher genug. So sage ich ab. Also nach Coesfeld zum Nepomucenum. Dort empfängt mich Oberstudienrat Neu. Er betont, er sei nur kommissarischer Schulleiter. Diese bescheidene Selbstdarstellung macht ihn mir auf Anhieb sympathisch. Woher ich denn käme. Wie? Vom Paulinum? Dann hätte ich ja Griechisch gelernt. Das brauchte ich hier nicht. „Ja, ich weiß." Ob ich mir zutraue, ein Jahr Französisch nachzuholen, das werde ab Klasse 10 gelehrt. Ich denke an Pastor Lücke und erinnere mich, dass er den gefangenen Franzosen in der Bürener Kirche gelegentlich eine Predigt in deren Muttersprache gehalten hat. Der wird mich mit Freuden anhand eines Buches in die Anfangsgründe der französischen Sprache einführen „Ja, das will ich versuchen." Dann sei ich willkommen in der Klasse 11b, darin seien nur Fahrschüler aus verschiedenen Richtungen, keine Coesfelder. Die Klasse sei nicht zu groß, könne noch wohl einen Schüler mehr vertragen. Das Zeugnis kann ich am ersten Schultag abgeben. Damit bin ich ab Frühjahr 1948 Fahrschüler des Nepomucenums in Coesfeld. Mit dem Fahrrad trampele ich morgens zum Bahnhof Gescher. Mit etlichen Gescheranern, davon drei aus meiner Klasse, komme ich täglich mit fast zehnminütiger Verspätung wegen der ungünstigen Verbindungszeiten des Zuges in Coesfeld an. Der Unterricht in der ersten Stunde nimmt auf unser späteres Eintreffen Rücksicht.
In der Klasse stelle ich mich vor, erzähle kurz meinen schulischen Werdegang. Als Kriegsteilnehmer stehe ich zum Glück nicht allein da, wie das in Münster der Fall war. Josef Sudke aus Darfeld ist sogar noch ein Jahr älter. Die Mitschüler behandeln mich mit distanzierter Freundlichkeit. Mein Alter macht ihnen offensichtlich zu schaffen. Ablehnung erfahre ich von keiner Seite. Auch die Lehrer bemühen sich um mich. Mit einigen Schülern bahnen sich bald besondere Kontakte an. Ulrich Derstappen, der mir am ersten Tag erklärt, ich solle mich in diesem Haufen wohlfühlen. Ewald Peterek, neben dem ich einen Platz zugewiesen bekomme, schenkt mir seine ganze Herzlichkeit. Er ist vertrieben aus dem Sudetengebiet und wohnt mit seinen Eltern bei einem Bauern in Höpingen bei Laer. Ewald ist, wie ich

bald feststelle, ein bescheidener Mensch und brillanter Schüler. Meiner Schwäche in Mathematik versucht er immer wieder auf die Sprünge zu helfen. Ebenfalls ein herzliches Verhältnis verbindet mich bald mit Werner Rolvink. Auch zu meinem Altersgenossen J. Sudke schlage ich schnell eine besondere Brücke, besuche ihn im Darfelder Bahnhof. Leider hört er ein Jahr vorm Abitur auf und macht mich zum Senior der Klasse.
Die Klassenlehrerin Fräulein Dr. Pilger unterrichtet uns in Englisch. Nur ein halbes Jahr Schulenglisch, erteilt vor drei Jahren im Paulinum in Münster, habe ich aufzuweisen. Zum Glück konnte ich, wie ich es beschrieben habe, in der Gefangenschaft diese Fremdsprache zwar nicht perfektionieren, aber doch weiter entwickeln. Doch muss sich das stark amerikanisch eingefärbte Kauderwelsch hier erst zum „Oxford English" mausern, mit Hilfe der Lehrerin. So bleibt die Beschäftigung mit diesem Fach für den Rest meiner Schulzeit und darüber hinaus eine Quelle der Freude.
Im Gegensatz zur englischen ist die französische Sprache, mit der die Klasse sich bereits seit einem Jahr herumplagt, für mich Neuland. Ein bisschen vorgesorgt habe ich allerdings, denn vor meinem Schulantritt in den Ferien sitze ich vor Pastor Lückes Bett, der mit einer Thrombose zur Ruhe gezwungen ist, gehe an den Konjugationen und Deklinationen entlang und probe mit ihm die richtige Betonung dieser wohlklingenden Sprache. Im Crash-Verfahren hole ich die versäumten Kapitel im französischen Lehrbuch nach und pauke mir in stundenlangen Märschen durch den Brökenwald die Vokabeln in den Kopf. Nach den Sommerferien wage ich, die erste Französischarbeit mitzuschreiben und bin erstaunt, dass der Grund gelegt ist. Studienrat Siebenkort, täglich mit einer frischen Blume im Rockaufschlag, überfordert mich nicht. Ich finde bald Zugang zur französischen Sprache. Sie wächst mir ans Herz. Ohne Auftrag, finde ich Gefallen daran, französische Texte zu übersetzen. Mit der Erzählung „Mateo Falcone", die wir im Unterricht behandeln, fülle ich zu meinem eigenen Vergnügen eine ganze Kladde. Sie hat die Jahre überdauert und beweist mir: Ich muss begeistert gearbeitet haben in diesem Fach. Vermutlich habe

ich meine Kräfte überstrapaziert, wie sich kurz vor dem Abitur herausstellen wird.

Enttäuscht bin ich von dem immer gleichen Brei, den es im Deutschunterricht zu schlucken gilt. Studienrat Pascek, ich sehe ihn an das offen stehende Fenster gelehnt, mit seiner Brille jonglierend, ein Buch in Reichweite, daraus vorlesend oder dozierend und wünsche mir den energischen Studienrat May als Deutschlehrer, der selbst Stücke schreibt und mit seiner Klasse aufführt. Doch dieser Wunsch geht nicht in Erfüllung.

Meine Mathelehrer, anfangs Oberstudienrat Neu, später Studienrat Goy, sind rücksichtsvoll gewesen und haben mir den Gang an die Wandtafel erspart, mir auch nie ernsthaft auf den Zahn gefühlt, was, hätten sie es getan, für beide Seiten schmerzhaft gewesen wäre.

Mit Freude betreibe ich Latein, ein Fach, mit dem ich sogar im Paulinum brillieren konnte, grundgelegt in der Lateinfabrik Adolf Lückes. In Coesfeld nimmt mich anfangs Oberstudienrat Thoss an die Kandare. Beim Betreten schafft er sich auf Anhieb Gehör, schwingt sich dann mit einem eleganten Schwung aufs Katheder und lässt die Beine baumeln. „Ritter, wie heißt altern? um meine schlappe Haltung zu korrigieren. Später bemüht sich Studienrat Jokusch in diesem Fach. Er verschafft uns in den letzten Wochen vor den Klausuren die Chance, aus beiläufig diktierten Vokabelblöcken bei Cicero, Livius oder Caesar nach den dazu passenden Textstellen zu fahnden. Dabei wird Klassen übergreifend mit der O1A kooperiert. Zusammen mit Hermann Krechting werde ich fündig - zugunsten unserer Parallelklasse, wie sich bei der Lateinklausur herausstellt.

Musik wird bei Studienassessor Ahrens geübt. Chorsingen spielt dabei eine große Rolle, teilweise mehrstimmig „Grünet die Hoffnung, bald hab ich gewonnen, blühet die Treue, so hab ich gesiegt." Als Ergänzung zum Singen gibt es Schallplatten zu hören mit Operettenmelodien oder Kunstliedern. Erholsame Stunden im Arbeitsbetrieb des Nepomucenums.

Kunst ist das Stiefkind im Kanon der Fächer. Mit Erfolg haben sämtliche Kunstlehrer während meiner Pennälerzeit es verstanden, jede Art von Kreativität von diesem Fach fernzuhalten. Sich viele Stunden mit dem Grundriss einer Kirche zu

beschäftigen, das Für und Wider eines Schornsteins in einem sakralen Bau zu erörtern, lässt unseren Kunstunterricht gelegentlich in bedenkliche Nähe zu einer Farce geraten. Erst auf der Pädagogischen Akademie in Emsdetten erfahre ich, welche künstlerischen Fähigkeiten im Menschen schlummern, die wie mit einem Zauberstab geweckt werden können. Eine Leinwand, Farbe und Pinsel - und der Künstler wird wach, ein Stück Ton - und unter der Hand entsteht ein „Kunstwerk."
Als Glücksfall sehe ich im Rückblick den Religionslehrer Franz Mehring. Er motiviert zum Mittun, schafft Vertrauen, gibt Orientierung, lässt kritische Fragen zu. Einige Jahre nach dem Abitur habe ich ihn in Coesfeld besucht, um mich bei ihm zu bedanken.
Ohne den Anspruch, unser damaliges Lehrerkollegium vollzählig vorzuführen, drängen sich meiner Erinnerung doch noch ein paar Namen auf. Studienrat Bischof, der ein gut lesbares Fachbüchlein zur Biologie, von ihm selbst verfasst, zur Richtschnur unserer Erkenntnis macht. Er arbeitet bereits am nächsten Buch, sammelt Stichworte und Begriffe, wodurch der lebendige Austausch mit uns im Unterricht ständig ins Stocken gerät. Unsere Leistungen oder das Fehlen derselben nimmt er kaum wahr im Gegensatz zu Studienrat Gockel, der uns in Physik durch die unsichtbare Welt der Wellen und Ströme hetzt, die sich der Erdkrümmung anpassenden Radiowellen in Kontrast setzt zu den geradeaus wandernden Wellen der Television, wodurch eine Übertragung von Fernsehbildern über weite Entfernungen nur von Bergen, von hohen Türmen, übers Meer nur durch eine Kette von Schiffen möglich sein wird. Die Platzierung von Satelliten im Weltraum, die souverän Bilder in alle Winkel der Erde übertragen, hat sich auch dieser engagierte Physiklehrer nicht vorstellen können.

78 Arbeitsnischen

Das Gymnasium Nepomucenum in Coesfeld stellt sich bald als der rechte Ort des Lernens für mich heraus. An die Fahrt zum Bahnhof in Gescher mit dem Rad und die anschließende Zugfahrt gewöhne ich mich. Mit den anderen Fahrschülern entwickelt sich rasch eine echte Gemeinschaft. Zu Hause verwandle ich meine Schlafkammer in eine gemütliche Studierstube. Sie bekommt einen neuen schmucken Allesbrenner, der das Bunkeröfchen ersetzt. Zu der vorhandenen Ausrüstung kommt ein Holztisch, groß genug, um darauf Arbeitsutensilien auszubreiten, ein Bücherregal, wo sich kunterbunt zu den Schulbüchern eigene literarische Erwerbungen gesellen: Graham Greenes „Die Kraft und die Herrlichkeit", Heinrich Bölls „Wo warst du, Adam", Rilkes „Cornett" , Hölderlins „Hyperion", den ich wie einen Schatz hüte. An die Wand hänge ich Drucke von Engelsgestalten aus dem Creglinger Altar. Von ihnen weiß ich mich geleitet. Der eigene Raum, der mir im Heerde-Kolleg versagt blieb, hier im Elternhaus wird er mir gewährt. Drei weitere Jahre Schulbesuch sind jetzt kein Problem mehr. Ich habe mein Refugium. Mein Schlaf-Arbeitszimmer ist für die kälteren Tage gedacht. Dazu kommt an Sonnentagen vom Frühjahr bis zum Herbst eine weitere Arbeitsnische. Ciceros Worte lassen sich auf meine Situation anwenden: Si apud bibliothecam hortulum habes, nihil deerit, was frei übersetzt heißt: Was fehlt dir noch, wenn du ein Arbeitszimmer mit Büchern und ein kleines Gärtchen hast. Dieses Gärtchen entsteht 300 Meter von meinem Elternhaus entfernt. Vor der ersten Kampweide, auf halbem Weg zum Blockhaus, in einem jungen dichten Waldstück richte ich mir im strahlenden Sommer 1949 einen Sommersitz ein. Nicht mehr als eineinhalb Quadratmeter räume ich frei, hämmere eine Holzplatte auf zwei Pfähle, davor ein Brett zum Sitzen. Sternmieren, Lauchkraut und Waldmeister pflanze ich vor diese kleine Laube und grenze sie mit einem Flechtwerk aus Haselnussruten ein. Das wird mein Arbeitsplatz von Mai bis September Der Zugang ist vom Weg her nicht einsehbar, so wenig wie ich in meinem Versteck auch nur vermutet werden kann. Nur selten bewegt sich jemand vorbei: Schusters Jans, der

von seiner Arbeitsbude in Büren zu seiner Wohnung im Blockhaus zurückkehrt, meistens zufrieden vor sich hin summend, sodass ich manchmal in Versuchung gerate, ihn zu mir einzuladen. Gelegentlich passieren Radfahrer auf dem Weg durch die Bröke meine Waldlaube. Ich komme mir vor wie ein Voyeur, wenn Wortfetzen aus ihren Gesprächen zu mir hereindringen. Meine Geschwister und Eltern kennen dieses Arbeitsversteck. Sie respektieren meinen schrulligen Einfall, die Nachmittage bis zum Dunkelwerden im Wald zu verbringen.
Als ich mehr als 50 Jahre später bei einem Spaziergang an diesem Waldstück vorbei meinem zehnjährigen Enkel Jonas die Stelle zeige, wo ich damals gesessen habe, will er wissen, wie alt ich denn da gewesen sei, „23 Jahre? War das nicht ein bisschen kindisch?"

Mein Arbeitsversteck

79 Abendgeschichten

Die ersten ungestümen Jahre nach meiner Entlassung aus der Gefangenschaft sind vorbei. Alltag ist eingekehrt und mein Tagesablauf in Büren ist geregelt. Die freie Zeit am Abend verbringe ich für meine Mutter viel zu oft außer Haus:" Wat löpps doch immer weg, et is, äs wenn di't Hus up'n Kopp föllt." In der Regel steuere ich auf Pastor Lückes Schulraum zu. Immer neue Gesichter tauchen dort auf. Lückes Privatschule boomt bis weit in die fünfziger Jahre hinein. Die Jungen bringen Farbe in das ereignisarme Büren. Ebenso häufig besuche ich abends Lisbeth Rudde und ihre Schwester Sefa Lüdiger. Beide sind Kriegerwitwen. In ihrem Küsterhaus wohnen sie mit Lisbeths sechs Kindern und Sefas Tochter Irmgard. In diesem Haus wird erzählt und gelacht. Lisbeth ist einfallsreich, dichtet zu allerlei Anlässen und kann auf lustige Art Leute beschreiben, wie eine Schauspielerin. Das verdutzte Gesicht des Hausierers, der ihr einen unzerbrechlichen Kamm verkaufen will, vor ihren Augen den Wunderkamm biegt und zerbricht, imitiert sie auf unnachahmliche Weise und steckt uns mit ihrem Lachen an. Oder sie spielt die Szene mit Pastor Lücke nach, der ihr am Weihnachtsmorgen nach dem Hochamt einen Festtagsbesuch abstattet, einen Hundertmarkschein auf ihr Kaminsims legt, den Schein während seines kurzen Aufenthaltes vor dem Herdfeuer nicht aus den Augen lässt und ihn beim Weggehen wieder einsteckt. Am Nachmittag liefert er ihn unter vielen Entschuldigungen zum zweiten Mal ab. Meine Schwestern verpassen mir den Namen Witwentröster, wobei ich nicht genau weiß, ob das als Schimpfwort oder Kompliment gemeint ist.

Wenn Vetter Tons kommt, bleibe ich zu Hause. Denn auch er weiß gut zu erzählen. Meine Mutter nennt ihn „Nachtule", weil er selten vor Mitternacht nach Hause fährt. An einem Abend, so erinnere ich mich, sitze ich allein mit Tons in der Küche. Meine Eltern und Geschwister sind schon zu Bett gegangen. Nicht mit Theaterplänen beschäftigen wir uns wie sonst, sondern kommen ins Erzählen aus unserer Kinderzeit. Mir fällt die Geschichte von einem seltsamen Menschen ein, der vor dem Krieg von Zeit zu Zeit bei uns einkehrte und zu essen wünschte, was in unserer Gaststätte damals ganz ungewöhnlich war. Meine Mutter hatte diesen Mann in Verdacht, er könne durch seinen stechenden Blick uns Kindern Schaden zufügen. Wir mussten verschwinden, sobald er auftauchte. Bei einem Besuch sah er in den Kinderwagen mit den kleinen Zwillingen Ludger und Luzi, ehe Mutter ihn daran hindern konnte und sprach flüsternd auf die Kleinen ein, wie ein guter Onkel das tut.

Doch die begannen zu weinen und nachdem Mutter dazwischen fuhr, steigerte sich das zu einem Schreien, das nicht mehr zu stoppen war. In Eile wurde Pastor Lücke geholt, die beiden Schreihälse zu segnen. Danach soll das Geschrei aufgehört haben. Ist der Mann mit dem Zauberblick damals des Hauses verwiesen worden? Ich weiß es nicht. Er tauchte jedenfalls auch später in Abständen bis zum Kriegsbeginn bei uns auf, und sofort setzten Mutters Abwehrmaßnahmen ein, uns aus dem Blickfeld dieses Menschen zu retten. „Was mag aus dem Mann wohl geworden sein?" frage ich Tons „Denn ich habe ihn nach dem Krieg nicht wieder gesehen." So unglaublich es klingen mag, als hätte ich ihn herbei geredet, es klopft in diesem Augenblick ans Küchenfenster. Ich sehe den Umriss eines Mannes draußen. Diese Gestalt, so durchfährt es mich, hat Ähnlichkeit mit dem Mann meiner Geschichte. Langsam bewege ich mich durch die Waschküche und öffne die Tür. Ich bin mir sicher: Er ist es. Eine traurige Figur, die leise nach einem Bett fragt. Ich bin ziemlich irritiert, lasse ihn aber herein und biete ihm einen Platz neben Tons an. Der Mann sieht nicht nach einem Hexer aus. Er mag um die 50 sein, wirkt müde, fast apathisch. Er sei aus Oberhausen, Vertreter, vor mehr als 10 Jahren sei er das letzte Mal hier gewesen. „Schicken Sie mich nicht weg!" Ich rufe zu meinen Eltern die Upkamer hinauf: „Hier ist ein Bekannter, der ein Bett braucht." Als keine Reaktion kommt, steige ich die paar Stufen zum Schlafzimmer meiner Eltern hinauf und erkläre ihnen flüsternd, wer in der Küche auf dem Stuhl sitzt. Mutter hält sich zu meinem Erstaunen heraus. Vater entscheidet, ich soll ihm Streichhölzer und Zigaretten abnehmen und auf den Strohbalken zum Schlafen schicken. „Gib ihm eine Decke mit!" Ich begleite den Mann, der sich abführen lässt wie ein Verurteilter, durch die Waschküche, an den Schweineställen vorbei, über die Tenne hinweg, am Kuhstall die Holzleiter hinauf bis aufs Stroh. Dort liefert er Feuerzeug und Zigaretten ab. Ich knipse das elektrische Licht erst aus, als er sich ins Stroh gelegt und sich zugedeckt hat, wünsche ihm eine gute Nacht und mache mir auf dem Rückweg zur Küche Vorwürfe, dass ich diesem gebeutelten Typen weder etwas zu essen noch zu trinken angeboten habe. Tons erwartet mich in der Küche, kann es immer noch nicht fassen, dass meine zufällig erzählte Geschichte mit dem realen Erscheinen dieses fremden Mannes zusammenfällt. Wie in einem kitschigen Film.

Die Geschichte findet am nächsten Tag eine Fortsetzung: Zerrupft taucht er am Morgen auf, darf sich an der Pumpe waschen und in der Küche Kaffee trinken. Mutter hat ihre Abneigung gegen diesen Menschen verloren und fürchtet seinen Zauberblick nicht mehr. Er tut ihr nur leid. Noch eine weitere Nacht möchte er bei uns schlafen, diesmal in einem richtigen Bett, und es wird ihm gestattet.

Am Abend ist in unserer Wirtschaft eine Tanzveranstaltung anlässlich des Erntedankfestes. Unser Gast sitzt rauchend und Bier trinkend am Ecktisch in der Gaststätte und sieht den Tanzenden zu. Er bedankt sich bei mir, als ich neben ihm Platz nehme, für die späte Aufnahme gestern Abend. Ich lasse unsere früheren Vorbehalte gegen ihn unerwähnt. Vielleicht hat er es selbst gar nicht gemerkt, dass wir seinen bösen Blick gefürchtet haben. Ich erfahre von ihm, er wolle seine alte Vertretung im westlichen Münsterland wieder aufbauen. Er bezweifle, ob ihm das gelinge. Nichts im Leben sei ihm richtig gelungen. „Die Menschen verstehen mich nicht, besonders die Frauen. Ich weiß, ich bin ein Einzelgänger. Das bin ich immer gewesen." Sein Blick ist starr auf die Tanzenden gerichtet. „Was nehmen Sie wahr? " fragt er mich, „wenn Sie die tanzenden Paare hier vor uns sehen?" Was soll ich dazu sagen? „Sie tanzen unterschiedlich gut," sage ich . „Mehr entdecken Sie nicht?" „Einige sind hübscher, jünger, manche verkrampft, andere glücklich." „Ich will Ihnen sagen, was ich sehe: Ich sehe bei jedem Tanzpaar zweimal fünf Meter Gedärme, die herumgeschaukelt werden. Das ist meine Sicht der Menschen." Ich nehme keine Stellung dazu, lasse ihn mit seiner Sicht allein und mische mich unter die Tanzenden. Das muss sein letzter Besuch in Büren gewesen sein.

80 Harte Währung

Die Währungsreform am 20. Juni 1948, lange erwartet, kommt trotzdem über Nacht. Mit 40 Deutschen Mark Handgeld sind alle Westdeutschen für einen Tag gleich reich. Schlagartig ist alles vorhanden. Kein Schwarzschlachten und Schwarzbrennen mehr. Das Bier schmeckt wieder nach Bier und kann in jeder beliebigen Menge bezogen werden. Den Kolonialwarenladen haben meine Eltern längst abgemeldet. Meine Schwestern waren nicht mehr bereit, mit endlosem Markenkleben das wenig ergiebige Geschäft über Wasser zu halten, den chronischen Mangel an Grundnahrungsmitteln zu verwalten. Da es in der Familie an Bargeld mangelt, fühle ich mich verpflichtet, wenigstens für den Eigenbedarf hinzu zu verdienen. In den Osterferien 1949 bewerbe ich mich als Pflanzer im fürstlichen Wald. Zehn Stunden Pflanzarbeit auf Kahlschlägen oder als Nachpflanzung in heranwachsenden Schonungen. Hauptsächlich Kiefern und Fichtensetzlinge müssen mit Hilfe kleiner Pflanzspaten in markierte Reihen gesetzt werden. Der junge Forsteleve Karl Horstmann schanzt mir eine begehrte Arbeit zu. Mit ihm zusammen bepflanze ich quer durch die Bröke Waldränder mit Wildkirschen, Douglas-Fichten, Lärchen und Wildkastanien. Mit unseren Rädern, das Pflanzmaterial auf dem Gepäckträger, durchqueren wir fürstliches Gelände vom Hunsfeld bis zur Dicken Eiche. Doch die Entlohnung am Ende der Ferien bewegt sich am unteren Ende der zulässigen Lohnskala. 28 Pfennig werden für die Stunde aus der fürstlichen Schatulle gezahlt. Das sind 2,80 DM für die Tagesleistung.
Ergiebiger ist da die Arbeit in der Ziegelei Schüring während der Pfingstferien. Für eine Woche vertrete ich Heini Meis, der als Saisonarbeiter den Lehm für die Ziegelei gräbt. Während er sich als hauptberuflicher Metzger um die Versorgung einer Bauernhochzeit mit Rind- und Schweinefleisch kümmert, habe ich im Akkord auf einem abgesteckten Beet weit hinter der Ziegelei mit dem Spaten Loren mit Lehm zu füllen. Die ersten Tage machen mir schwer zu schaffen. Ich bin solche Schweiß treibende Arbeit unter heißer Junisonne nicht gewohnt, möchte den Spaten wegwerfen und mich in den Schatten legen. Doch

meine Kräfte reichen. Vielleicht kommt mir das Sandschippen beim RAD vor fünf Jahren zugute, das ich widerwillig geleistet habe bei geringerer Entlohnung. In der Lehmkuhle verdiene ich 15 DM am Tag. Ein stolzer Lohn und ein gutes Polster für die geplante Radtour in den Sommerferien.

81 Auf großer Fahrt

Der Höhepunkt dieses für mich glorreichen Jahres 1949 ist die Fahrt zum Bodensee mit den beiden Vettern Tons Schülting und Bernhard Berning, genannt Rottjans Bernd. Es ist für uns drei die erste größere Radtour. Meinem Vater muss ich unser Vorhaben in kleinen Häppchen nahe bringen. Schon zu Beginn der Sommerferien ergehe ich mich zu Hause in Andeutungen, dass alle Welt heutzutage in Urlaub fährt, werde deutlicher während der Erntearbeit, der ich mich nicht entziehen kann und, als die grundsätzliche Zustimmung vorliegt, einige ich mich mit Vater auf die Zeit nach dem „Roggenbau" Anfang August.
Unsere alten Räder kriegen neue Reifen. Bernd und Tons steuern vier Wehrmachtszeltplanen bei. Damit können wir bei Bedarf ein Dreimannzelt bauen, Eine Decke braucht jeder für die Nächte. Im übrigen verlassen wir uns darauf, beständiges Wetter zu haben und unterwegs Strohschober und einladende Schuppen zu finden, in die wir hineinkriechen können. Wir beschaffen uns eine genaue Straßenkarte von Deutschland und einigen uns nach scharfem Hin- und Herrechnen darauf, nicht mehr als 30 DM pro Kopf mitzunehmen für die geplanten 16 Tage. Im Nachhinein frage ich mich, wo unser Realitätssinn war, dass wir glaubten, mit knappen 2 DM am Tag diese Fahrt zu wagen, zumal Tons und ich unsere tägliche Zigarettenration damit bestreiten mussten. Badehosen dürfen wir nicht vergessen und meine kleine Box-Kamera, die ich auf dem Rückmarsch durch Frankreich gekauft und kurz vor der Gefangennahme nach Hause geschickt habe. Ein Kochtopf soll als wichtiges Requisit unsere Ernährung unterwegs sichern.
Die Strecke teilen wir in sieben Tagesetappen ein, für jeden Tag 100 Kilometer. Zielort ist Ludwigshafen am Bodensee. Dort wohnt mein Freund aus der Gefangenschaft Sepp Weber, den ich in Attichy mit Schokolade und Keksen versorgt habe und dessen Einladung, an den Bodensee zu kommen, bei mir haften geblieben ist. Sepp betreibt eine kleine Schreinerei und hat in seiner Wohnung Platz für drei Gäste, wie er mir brieflich mitteilt.

Wir können ungehindert Richtung Süden fahren. Die Zeit der Einteilung Deutschlands in Besatzungszonen läuft aus, denn in diesem Jahr wird die Bundesrepublik gegründet. Für mich ist die geplante Route Neuland. Nur einmal, bei meiner Einberufung, habe ich vom Zug aus Rhein und Mosel gesehen. Ich fiebere dem Tag der Abfahrt entgegen, als gelte es, eine neue Welt zu entdecken.

Am Samstag, dem 6. August 1949, starten wir nachmittags um zwei Uhr von Büren aus. In Borken sagen wir meiner Schwester Mia Lebewohl, die uns zur Vorsicht mahnt und uns Gottes Segen für die lange Reise wünscht. Unser Tagesziel ist Oberhausen-Meiderich. Dort erwartet uns Franziska Bode, eine Freundin unserer Familie. Frau Bode bringt seit den frühen dreißiger Jahren großstädtisches Flair in unsere bäuerlich bestimmte Familie. Von Zeit zu Zeit wirbelt sie zu uns herein, hilft bei Festen, vergisst nicht, uns Kindern etwas mitzubringen und mischt unser „dröges" münsterländisches Verhalten wohltuend auf. Bei ihr wollen wir übernachten. Das Wetter ist sommerlich warm, sodass wir eine Abkühlung in einem Stausee bei Dorsten suchen. Frau Bode bewirtet uns nach unserer Ankunft bei einbrechender Dunkelheit und will Einzelheiten über unsere geplante Deutschlandreise wissen. Sie bietet uns für die Nacht die Ehebetten an. So gut wie an diesem Abend essen und schlafen wir während der ganzen Fahrt nicht mehr.

Am Dorstener Stausee

Ich suche vorm Schlafengehen ein stilles Plätzchen und halte die Tageserlebnisse in einem Tagebuch fest, das heute noch vorliegt. Es trägt die Überschrift „Kleine Begebenheiten auf der Fahrt zum Bodensee im August 1949". Das Büchlein ist vergilbt und weist Wasserflecken auf. Erst 51 Jahre später, im Jahre 2000, bekommen die beiden Vettern, diesmal mit ihren Frauen, es zu lesen und ich gebe es aus der Hand zum Kopieren.
Erst gegen Mittag verlassen wir am nächsten Tag Oberhausen, da wir uns einen Sonntag ohne Messbesuch nicht vorstellen können. Frau Bode begleitet uns in ihre Pfarrkirche und stellt uns beim Abschied für unsere Rückkehr erneut ihr Bett in Aussicht. Sorglos gehen wir mit unserer Zeit um, stellen Räder und Gepäck am Ufer ab, als wir bei Düsseldorf den Rhein erreichen. Obwohl wir alle drei nur mäßige Schwimmer sind, schicken wir uns ohne große Überlegung an, den Rhein schwimmend zu durchqueren. Was wissen wir von der Strömung dieses Flusses? Noch bevor wir die Mitte des Stromes erreicht haben, ermüde ich zusehends. Ein Blick zurück zeigt mir, dass wir weit stromabwärts getrieben sind und unsere Habseligkeiten aus den Augen verlieren. Halb in Panik verständigen wir uns durch Zeichen, umzukehren und landen erschöpft einen Kilometer rheinabwärts. Jeder fühlt, dies hätte das Ende unserer verheißungsvollen Fahrt sein können. Im Halbdunkeln sehen wir uns den Dom in Köln von außen an. Er ist bereits geschlossen. Wir radeln ohne Licht bis Wesseling. Mit Wurst, Brot und Butter, als Wegzehrung noch von gestern in unserem Gepäck, stillen wir unseren Hunger und löschen den Durst mit Wasser aus einer Pumpe. In einem Wäldchen breiten wir unsere Decken aus und ziehen uns die Zeltplanen über die Ohren, um die Aufregungen dieses Tages im Schlaf zu ertränken. Das Glück ist mit uns: Eine nebenan wohnende Frau gestattet uns am nächsten Morgen, eine Katzenwäsche vorzunehmen und lädt uns sogar zu Kaffee und Milch ein. An ihrem Küchentisch vertilgen wir die Reste unserer Essenvorräte.
Heute besinnen wir uns nicht lange, denn wir kommen bei dieser Bummelei den gesteckten Tageszielen nicht nach. Am Rhein entlang lassen wir uns von Bad Godesberg nicht einladen, widerstehen auch der Verlockung, den Drachenfels zu

besteigen. Das würde uns einen halben Tag kosten. Aber eine kurze Rast gönnen wir uns - zu unserem Glück: Der Fahrer eines Kleinlasters, der in der Nähe parkt, mustert uns von oben bis unten und gestattet uns, mit Sack und Pack bis in die Nähe von Koblenz mitzufahren. Ein bisschen verstaubt klettern wir von der Laderampe. Ein weiterer LKW, auf dessen Ladefläche bereits ein paar Anhalter hocken, nimmt uns auf. Einer betätigt sich als Fremdenführer, weist auf die Reste einer Mauer aus der Römerzeit hin und lässt uns ehrfürchtig lauschen, als wir die Lorelei passieren, die hier hoch über der engen Rheinschleife thront und ihr goldenes Haar kämmt. So kommen wir bis Bingen, ohne uns angestrengt zu haben. Durch die unverhofften Beförderungen sind wir unseren Tageszielen voraus. Ohne Zeitdruck können wir uns abseits der Stadt Bingen einen Schlafplatz suchen. Den Lärm der Straßen lassen wir hinter uns, als wir unsere Räder Hang aufwärts durch eine Obstwiese in eine, wie uns scheint, ungenutzte Steinhalde schieben. Bei näherem Hinsehen erkennen wir Grabsteine mit hebräischen Inschriften. Nach einem Friedhof sieht das nicht aus, eher nach einer Ansammlung steinerner Grabmale. Hier bauen wir zum ersten Mal aus unseren Planen ein Zelt, schleppen aus einem nahen Schober Stroh hinein, während über unseren Köpfen sich Gewitterwolken türmen und fernes Donnergrollen zu hören ist. Mit allem Gepäck kriechen wir in die enge Höhle hinein, froh, aus der Obdachlosigkeit der letzten Tage für eine Nacht heraus zu sein und suchen, dicht aneinander gedrängt, eine bequeme Lage zu finden. Doch bald merken wir, wie es aus dem Stroh heraus krabbelt und sich bewegt. Wir haben offensichtlich ein Nest mit Ohrwürmern in unser Nachtlager geschleppt. In meinem Tagebuch heißt es: „Wir verstopfen unsere Ohren mit Watte, schlagen unsere Rockkragen hoch und strecken todesmutig die Beine von uns, während der Gewitterregen auf das Zeltdach platscht."
Der Regen begleitet uns am nächsten Tag bis Mainz. Wir nehmen uns Zeit, durch die ausgedehnte Landschaft des Domes zu wandeln und vor dem Gutenberg-Denkmal für ein Foto zu posieren. Doch auf das Abkochen der vorgesehenen Gemüsesuppe im Freien müssen wir verzichten. Eine Mahlzeit in einem

Restaurant überfordert unser Budget. Ob es in dem Vinzenz-Krankenhaus, das in Sichtweite kommt, eine Armenküche gibt? Wir schauen uns um und entdecken eine Warteschlange, in die wir uns, halb durchnässt, einreihen. Wie selbstverständlich bekommt jeder von uns durch die Küchenluke einen Teller mit Reissuppe herausgereicht. Wir setzen uns auf eine Armen-Sünder-Bank und löffeln unsere Suppe zwischen den Armseligen, Hilfsbedürftigen, Gescheiterten. Was haben wir unbedarften Tölpel vom Lande uns dabei gedacht, über diese ungewöhnliche Situation zu kichern, zu spötteln. Was ist in mich gefahren, dass ich der Schwester, die mir hilfsbereit den leeren Teller aus der Hand nehmen will für einen Nachschlag, den letzten Löffel der Reissuppe aus meinem Mund in einem Lachanfall über das Ordensgewand pruste, anstatt höflich zu danken? Ernüchtert stehe ich da, möchte in den Boden versinken, jedenfalls weit weg von der Armenküche sein. Stattdessen folge ich der Schwester in die Küche und entschuldige mich förmlich. Sie beweist ein großes Herz und nimmt mein gestottertes Bekenntnis, mich unmöglich benommen zu haben, gelassen entgegen.

Kochstelle unterwegs

Auch auf dem weiteren Weg nach Worms, unserem heutigen Tagesziel, finden wir eine Mitfahrgelegenheit und erreichen die alte deutsche Kaiserstadt ohne große Anstrengung. Wir wissen: Diese Stadt ist geschichtsbeladen. Hier fand durch seinen Auftritt vor dem deutschen Reichstag Luthers definitive Trennung von der bisherigen Kirche statt. Diese schon zur Römerzeit besiedelte Stadt ist mit der verzwickten Nibelungensage mit ihren Szenen über Liebe, Verrat und Mord eng verbunden. Irgendwo im Rhein wartet hier der versunkene Schatz der Nibelungen auf seine Entdeckung. Wir suchen nicht danach, halten uns an das Sichtbare und steuern geradewegs auf das wie ein Berg aufragende Kirchengebäude zu. Ein zufällig anwesender Pater führt uns fachkundig durch den wuchtigen romanischen Dom. Gern hätten wir das vom Krieg gezeichnete Worms näher betrachtet, aber wir wollen uns außerhalb der Stadt um ein Nachtlager kümmern. Eine Zufallsbegegnung mit einigen bekannten Schülern des Nepomucenums, die mit ihren Rädern auf dem Heimweg sind, verhilft uns zu einem Geheimtipp über ein nahe gelegenes Dominikanerkloster. Dort gäbe es eine kostenlose Übernachtung und gutes Essen dazu. Förderlich wäre es, uns als Mitglieder einer katholischen Jugendorganisation ausweisen zu können. Wir finden das Kloster mühelos. Tons und ich bedauern, die kleine Anstecknadel über unsere Zugehörigkeit zur katholischen Landjugend zu Hause gelassen zu haben. Wir wollen es trotzdem versuchen. Ein Pater empfängt uns freundlich an der Klosterpforte. Ihm tragen wir unter Berufung auf das regnerische Wetter unsere Bitte um ein Obdach vor. Wir werden eingelassen. In meinem Fahrtenbericht heißt es dazu „Die Patres glauben nicht, Mitglieder der katholischen Jugend vor sich zu haben; unsere Ausweise fehlen. Ganz unauffällig will der Prior in unser katholisches Wissen eindringen. Gegen Abend führt er uns, anscheinend befriedigt, durch das Kloster. Er macht uns auf eine Hinterlassenschaft der Kreuzfahrer aus dem 11. Jahrhundert aufmerksam: ein Schiff mit geblähten Segeln, das in die Wand eingeritzt ist." Wir nehmen an der Komplet, dem Abendgebet der Mönche, teil und werden nach einem einfachen Abendessen zum Schlafen in Einzelzellen geschickt. Ein Frühstück mit Kaffee, Brot und Apfelmus ist in diesem kostenfreien Service inbegriffen, bevor wir herzlich verabschiedet und auf die Landstraße entlassen werden.

82 Ein Vetter in der Fremde

Auf dem Weg nach Karlsruhe, unserem heutigen Tagesziel, nehmen wir uns Zeit, die Barockkirche in Schwetzingen zu besichtigen. An den Städten Heidelberg und Speyer, so klangvoll deren Namen in unseren Ohren auch sind, müssen wir vorbeiradeln. Mit einem Sonnenbrand an den Beinen erreichen wir Karlsruhe. Hier wollen wir unangemeldet bei einem dubiosen Vetter einkehren, dessen von Geheimnissen umwittertes Lebensschicksal unterwegs schon unsere Fantasie beflügelt hat. Sein Name ist Hans Mönsters, aufgewachsen in der Familie Rottjann-Berning. Nach einer Ausbildung als Stellmacher hat er mit 17 Jahren das Weite gesucht, blieb lange Zeit verschollen, bis er sich sporadisch als Geschäftsmann in wechselnden Branchen aus Karlsruhe meldete. Wir kennen seine letzte Anschrift auf der Stefanienstraße, finden ihn und seine Familie dort aber nicht. Ein Schuljunge klärt uns auf: Die Buchhandlung Mönsters auf dieser Straße sei aufgelöst, die Familie in die Ettlingerstraße umgezogen. Als Tagebucheintragung lese ich: „Wie fahren die Ettlingerstraße auf und ab. Welcher Art ist sein Geschäft? Wie werden wir aufgenommen? Bernd erkundigt sich im Hotel am Zoo, Mönsters' Frau wohne hier schräg gegenüber. Ja - und er? Hans ist augenblicklich in Bruchsal im Gefängnis." Wie versuchen unser Glück und klingeln. Eine stattliche sympathische Frau gerät, wie mir scheint, nur kurz in Verlegenheit, als wir uns als Vettern ihres Mannes vorstellen. Da hätten wir aber Pech. Ihr Mann sei gerade geschäftlich verreist und käme auch vor dem Wochenende nicht zurück. Natürlich könnten wir auf unserer Fahrt eine Nacht hier verbringen. Sie bittet uns in ein reich ausgestattetes Wohnzimmer mit Polstermöbeln, einem Kronleuchter unter der Decke und dunkler Vertäfelung. Solch eine edle Einrichtung sind wir nicht gewöhnt. Das Badezimmer, in dem wir uns erfrischen, ist weiß gekachelt. Kaffee und Plätzchen werden uns angeboten. Wir kommen aus dem Staunen nicht heraus.
Ein schlaksiger 17-jähriger Sohn begleitet uns durch das abendliche Karlsruhe. Er bietet uns großzügig Zigaretten an. Sein Augenmerk gilt den großen amerikanischen Autos, die fast

lautlos an uns vorbeirauschen. Gangsterwägele nennt er sie. Über seinen Vater redet er voller Respekt und hält sich strikt an die Aussage der Mutter, er sei auf Geschäftsreise.
Wie in Oberhausen stehen auch hier die Ehebetten für die Nacht zur Verfügung. Mit einem Dankeschön verlassen wir das gastliche Haus nach dem Frühstück, ohne mehr über die Familienverhältnisse der Mönsters zu wissen als bei unserer Ankunft.
Drei Tagesetappen trennen uns noch von unserem Ziel am Bodensee. Wir entscheiden uns für die kürzere Route quer durch den Schwarzwald. Bis Bad Herrenalb und dem hoch gelegenen Dobel quälen wir uns mit unseren Drahteseln die Höhen hinauf. Die rasanten Fahrten abwärts entschädigen uns zwar für die Mühsal des Aufstiegs, aber als wir uns auf dem Weg nach Nagold verfahren, wirft uns das um einen halben Tag zurück, und wir beschließen, morgen für die vor uns liegende unbequemste Strecke das „Schwarzwaldbähnle" zu nehmen. In einer menschenleeren Gegend übernachten wir im Freien. Es wird kalt und in der Nacht treibt uns ein Schauer in ein nahes Gartenhäuschen. Ohne Rücksicht auf unseren schwachen Geldbeutel lösen wir drei Fahrkarten und zockeln gemächlich von Kalmbach über Kalw, Horb, durchs Nagoldtal bis Rottweil. Unsere angeschlagene Stimmung hellt sich auf, als wir bei einer Familie um Wasser und Holz zum Abkochen anhalten und uns auf unser freundliches „Grüß Gott" hin bereitwillig der Herd zur Verfügung gestellt wird. „Nach einem kleinen Anstieg über die Ausläufer der schwäbischen Alb bei Tuttlingen" so heißt es im Tagebuch, „fahren wir ins Bodenseetal hinunter. In Karlsruhe wurde uns das gute Obst am Bodensee empfohlen. Wir finden aber nur verkrüppelte, minderwertige Äpfel. Bei der Dürre des Sommers ist in Süddeutschland nicht viel gewachsen.

83 Am Schwäbischen Meer

Wir gerieten in Hochstimmung beim Anblick des vor uns auftauchenden Dorfes Ludwigshafen und ich will meinen Augen nicht trauen, als uns am Ortseingang Sepp Weber in die Quere läuft. Mein Tagebucheintrag vom Abend des 13. August gibt die Überraschung auf beiden Seiten wieder: „Sepp glaubt schon, wir hätten unterwegs den Mut verloren. Wir folgen ihm in die Werkstatt. Sie ist sauber und praktisch eingerichtet, wie ich es nicht anders erwartet habe. ‚Ich wohne mit meiner Frau und den Kindern in der Traube', erklärt Sepp, immer noch voller Verwunderung über unsere Anwesenheit. Gleich stelle ich euch meiner Frau vor. Eine liebenswürdige Frau empfängt und bewirtet uns „über der Traube."
Unser Tatendrang und Wissensdurst ist nicht zu bremsen. Sobald die wichtigsten Neuigkeiten ausgetauscht sind, unternehmen wir den ersten Ausflug mit dem Paddelboot über einen Seitenarm des Bodensees, den Überlinger See. „Das ist anstrengend, erfrischend und schön," notiere ich.
Nach einem langen und tiefen Schlaf besuchen wir mit Sepp das Sonntagshochamt. Unsere Pläne für den Tag sind vielfältig: Bei der Fahrt am Überlinger See entlang stoßen wir auf die Heidenhöhlen und besichtigen die berühmten Pfahlbauten bei Unteruhldingen, die nach archäologischen Funden rekonstruiert sind und das Leben von Steinzeitmenschen in dieser Region veranschaulichen. „Von Meersburg fährt ein günstiges Schiff zur Insel Mainau. Herrliche Parkanlagen, größtenteils mit exotischen Gewächsen geschmückt, zeichnen die Insel aus" heißt es euphorisch in meinem Tagesbericht. Aber noch mehr steht an diesem Tag an. Ich zitiere den Text von damals: „Wir freuen uns auf die Besichtigung des Laßbergschen Schlosses. Der Führer will gerade das Tor schließen, als wir ankommen, lässt sich aber bewegen, mit uns einen Gang durch die Räume zu tun, in denen Annette von Droste-Hülshoff einen Teil ihres Lebens verbrachte. Er hat wenig Zeit mehr, rast förmlich durch die Gemächer, zeigt dieses und jenes, vermag aber so schnell kein zusammen hängendes Bild über das Leben und Arbeiten der Dichterin zu geben." Ich schwärme noch über die

einzigartige Lage des Schlosses, die großartigen Ausblicke vom Balkon, die die Droste genießen konnte, was alles sie zu ihren Dichtungen inspirierte.

Erschöpft kehren wir zu Sepp Webers Familie heim, wo wir unsere Trinkfestigkeit mit selbst gekeltertem „Moscht" testen. Sepp lässt am Montag seine Schreinerwerkstatt im Stich, bemüht seinen alten Zündapp und knattert mit mir auf dem Rücksitz zum Haldenhof hinauf. Mit einem Fernrohr holen wir die blau-grau schimmernde Oberfläche des Schwäbischen Meeres heran, entdecken den Hohentwiel und Hohenkrähen. Der Blick gleitet über Konstanz hinaus auf die Umrisse der Alpen. Voller Begeisterung schreibe ich am Abend, dass sich wegen dieses Fernblicks für mich Flachländer die Fahrt zum Bodensee schon gelohnt habe. Heute ist der Feiertag Mariä Himmelfahrt. Wir nutzen jede Stunde und setzen unsere Besichtigungstouren fort, Von Radolfzell aus erreichen wir die Insel Reichenau, die mir ebenfalls Worte der Bewunderung entlockt: „Mit ihren vielen Türmen mutet die Insel wie eine mittelalterliche Festung an, nur viel lieblicher; denn alles Kriegerische wird durch das Grün der Parkanlagen gemildert." Am Abend nehmen wir aus Anlass des Feiertages auf Sepps Kosten an einem Gemeindefest teil, mit Musik und viel Alkohol, der den Geräuschpegel der versammelten Menge anschwellen lässt, sodass jede Verständigung schwer fällt. Sepp macht unter den Feiergästen einen LKW-Fahrer ausfindig, der morgen Nacht eine Fracht bis Heidelberg befördern muss. In Stockach könnten wir mit Rädern und Gepäck zusteigen. Den fälligen Fahrpreis übernimmt Sepp für uns, indem er den Fahrer mit Most und Bier freihält. Der Mann ist schon ziemlich betrunken und er macht auf uns keinen Vertrauen erweckenden Eindruck, aber wir nehmen das Angebot an. So schinden wir einen weiteren Tag für unser Sightseeing heraus.

Auch uns hat die feuchtfröhliche Feier zugesetzt und wir nehmen uns am nächsten Tag Zeit, in einem Schwimmbad Kraft zu tanken für die lange Heimreise, die, wenn unser Lastwagenfahrer Wort hält und uns bis Heidelberg befördert, nur fünf Tage dauern darf. Denn Tons' erster Arbeitstag ist am kommenden Montag. Eine unliebsame Überraschung hält dieser letzte Tag für uns bereit: Bernd verabschiedet sich kurzerhand von uns. Als Bahnangestellter macht er Gebrauch von seinem Recht auf eine kostenlose Heimfahrt. Wir sind sauer. Das hat er von Anfang an vorgehabt und uns verschwiegen. Außerdem müssen wir seine Plane mitschleppen, um unterwegs das Zelt aufbauen zu können.

84 Rückfahrt zu zweit

Wir nehmen Abschied von der gastfreundlichen Familie Weber, die uns drei Tage ertragen und frei gehalten hat, äußern die Hoffnung auf einen Gegenbesuch im Münsterland, zu dem es nicht kommt. Mit einem Dankeswort nach unserer Heimkehr endet auch die briefliche Verbindung zu Sepp, der, obwohl 15 Jahre älter als ich, doch so recht ein Mann nach meinem Herzen war.
Während Bernd also vom Zugabteil aus die wechselnden Landschaften Deutschlands betrachten kann, erleben wir zu zweit noch einmal im hellen Sommerlicht die Bodensee nahen Orte bis Stockach. Dort verbringen wir an einem kleinen Lagerfeuer gegen die kühler werdende Abendluft die Wartestunden bis Mitternacht. An verabredeter Stelle erscheint in der Tat ein klappriger LKW, beladen mit Mehlsäcken, auf denen schon eine Frau und zwei Kinder hocken. Mit uns ist alles rappelvoll. Der Fahrer ist übel gelaunt. Er sei seinen „Riesenaffen" von gestern noch nicht los. Über die Fahrt berichte ich in meinem Tagebuch: "Die Fahrgelegenheit auf dem LKW ist denkbar schlecht. Kalt strömt der Fahrtwind durch die Ritzen der Plane. Der Fahrer nimmt Richtung auf den Schwarzwald. Er vermeidet die Höhenstraßen, wählt den Weg durch das Nagoldtal und Kinzigtal. Über Pforzheim, Karlsruhe gelangt er auf vielen Um- und Irrwegen nach Heidelberg. Völlig verdreckt steigen wir ab. Dieses unangenehme Gefühl, wenn der Dreck von zwölf Stunden auf dem Gesicht und in den Kleidern klebt." Aber wir haben in einer Nacht ein Drittel des gesamten Heimwegs geschafft. Müde und durchgeschüttelt von dem altersschwachen Gefährt suchen

wir mit unseren Habseligkeiten die nächste Waschgelegenheit. Es muss wohl der Neckar gewesen sein, in dessen Fluten wir den Schmutz der staubigen Fahrt beseitigen. Und wir öffnen unsere Augen für die schöne und von allen Kriegseinwirkungen verschont gebliebene Stadt Heidelberg.
Dann heißt es Raum gewinnend voran zu kommen. Über die Bergstraße, neben der links und rechts die Fülle einer ergiebigen Apfel- und Birnenernte mit Händen zu greifen ist, schaffen wir es bis Darmstadt. Auf den Rat eines Fernfahrers hin wählen wir am nächsten Tag den Weg über den Taunus, Ich beschreibe in meinem Fahrtenheft die Strecke so: "Die Steigungen im Taunus sind Gottdank nicht denen im Schwarzwald gleich. Wir sind so eher geneigt, die Schönheit rings um uns zu betrachten. Der Anblick der gewaltigen Laubwälder ist für mich viel anmutiger als die schaurig-dunklen Höhen und Tiefen im Schwarzwald. Verfallene Schlossruinen ragen hier und da aus dem grün belebten Bild der Wälder stumm und grau heraus."
In meinem Bericht halte ich es für erwähnenswert, wie sich kurz vor Bad Ems das Landschaftsbild verändert: "Schieferlager erstrecken sich die Höhen hinauf. Allmählich wechselt auch dieses Bild wieder. Kleine Getreidefelder werden sichtbar und etwas tiefer im Lahntal duckt sich schüchtern der erste Weinberg unter der sinkenden Sonne. Wir zelten im Lahntal. Durchsichtiger Nebel liegt über der Lahn, die hier eine bedeutende Brücke hat." Wir schließen uns einer zeltenden Fahrtengruppe aus Kassel an, profitieren beim Abkochen von deren reichlichen Vorräten und werden zum gemeinsamen Singen ans Lagerfeuer geladen.

Bad Ems, das wir am nächsten Tag besichtigen, wird von mir bestaunt und in seiner unversehrten Schönheit mit Heidelberg verglichen. Von Koblenz aus bewegen wir uns auf derselben Strecke wie auf dem Hinweg. Ich schreibe:" Bei derselben Familie wie auf dem ersten Weg erstehen wir Kartoffeln und Eier. Milch ist heute am Freitag beim Erzeuger nicht zu haben, weil sie zu der üblichen Milchsuppe zum Mittag gebraucht wurde." Das sei in der gesamten Region so.
In der Höhe von Bad Godesberg machen wir einen Kassensturz und stellen zu unserem Erschrecken fest, dass unser Geldvorrat

auf 2,50 DM geschmolzen ist. Wir stehen also unter großem Zeitdruck und möchten heute die Strecke bis Köln bewältigen. Im Tagebuch heißt es:" In Bad Godesberg beginnt es zu regnen. Die Zeltplanen übergeschlagen, den Kopf eingezogen, lassen wir alle Schönheit unbeobachtet liegen. Der Regen hält an und es dunkelt bereits. Wer will in diesem Dreck draußen schlafen? Oder sollen wir die Nacht durchfahren? Ungewollt sind wir auf die Autobahn geraten. Ohne Licht! Tons entdeckt etwas abseits einen Strohschober. Nur frisch drauflos! Schnell haben wir aus den kantigen Strohbündeln eine Höhle aufgetürmt. Und hinein!"
Völlig verdreckt kriechen wir am nächsten Morgen aus unserer Nachthöhle ans Tageslicht. Tons hat gleichzeitig am Vorder- und Hinterrad einen Platten. Die erste Panne auf unserer Fahrt. Der Schaden ist schnell behoben. Es treibt uns förmlich auf Oberhausen zu, unserer letzten Etappe vor dem Heimatort Büren, und, ich kann es heute kaum glauben, dort steht in meinem Fahrtenheft geschrieben:" Bis Düsseldorf weichen wir nicht von der Autobahn. Der Strom der Fahrzeuge reißt uns mit." Noch einmal wird abgekocht, diesmal Kartoffelsuppe als Abwechslung zu dem ständigen Bratkartoffelrezept. Ein Bad am Ufer des Rheins, damit wir Frau Bode frisch unter die Augen treten können. Nach einem freudigen Empfang bieten wir die Höhepunkte unserer Deutschlandreise, ein bisschen dramaturgisch zugespitzt, einer gespannt lauschenden Frau Bode dar, bis wir vor Müdigkeit ins weiche Federbett fallen. Wie auf der Hinfahrt versäumen wir auch am heutigen Sonntag die Messe nicht, begleitet von unserer fürsorglichen Gastgeberin, und suchen auch jetzt, nach einer beschwingten Fahrt vom Ruhrgebiet ins Münsterland, meine Schwester in Borken auf, die uns aus unserem finanziellen Nullstand mit ein paar Mark für Zigaretten erlöst und uns mit Kaffee, Kuchen und Schnittchen versorgt, als kämen wir halb verhungert und verdurstet direkt aus der Wüste oder von einer abenteuerlichen Expedition.

85 Fiffi, Netti und Wolf

Tiere hatten in unserem bäuerlich geprägten Haus unterschiedliche Rechte. Sie erfuhren eine hierarchisch abgestufte Intensität der Zuwendung. Ganz oben rangierte unser Pferd, das die gesamte Feldarbeit zu leisten hatte. In den Sommermonaten kam es keinen Tag zur Ruhe, was ihm mit reichlichen Gaben an Hafer vergolten wurde. Dazu musste die Stute jedes Jahr ein Fohlen liefern. Als Reittier diente es nicht, es sei denn, man schwang sich auf den breiten Rücken des Tieres auf dem Weg von der Weide zum Stall oder ins Geschirr.

Unsere Kühe – in der Regel hatten wir sieben rotbunte, noch nicht im „Herdbuch" verzeichnete Milchkühe – erfuhren eine ähnlich sorgfältige Pflege. Bis auf die vor dem Kalben Stehenden mussten sie dreimal am Tag gemolken werden. Die ungeschriebene Regel, das Melken als reine Frauensache zu betrachten, wurde von meiner Mutter gebrochen. Bei meinem Vater und Onkel Jupp war die Hinführung zum Melken versäumt worden, bei mir und dem jüngeren Karl sollte sich das nicht wiederholen. So wurden wir bereits als Zehnjährige zu ersten Versuchen an „weichmelken", leicht zu melkenden Tieren aus unserer Herde angehalten. Ich habe diese Tätigkeit von Anfang an als kreativen Umgang mit dem lebenden Geschöpf begriffen und geliebt.

Das Hüten unserer Kühe in der „Brookweide", die auf fürstliches Geheiß hin nicht eingezäunt werden durfte, verstärkte die Nähe zu diesen für unseren Lebensunterhalt so wichtigen Tieren, obwohl es mir schwer fiel, sie namentlich auseinander zu halten.

Kaninchen durfte ich während meiner Kindheit und Jugend im Gegensatz zu den Tauben, deren Zahl zu meinem Leidwesen streng limitiert war, in unbegrenzter Menge halten. Doch das Interesse an den Langohren verlor sich.

Mit Bruder Ludger und Wolf

Katzen und Hunde dagegen haben im Elterhaus nie gefehlt, wobei die Katzen namenlose Stiefkinder waren. Sie wurden gnadenlos aus Küche und Wohnstube auf die Tenne und den Heuboden verbannt. Dort hatten sie die Mäuse in Schach zu halten. Junge Katzen, die jedes Jahr anfielen, wurden, wenn sie Glück hatten, verschenkt oder, wenn sich kein Abnehmer fand, im „Waldteich" ersäuft. Leider haben wir durch die Missachtung dieser klugen und eigenwilligen Tiere niemals das zärtliche Anschmiegen und Schnurren liebebedürftiger Kätzchen kennen gelernt.
Die Hunde gehörten zur Hausgemeinschaft. Sie waren zwar durchweg Mischlinge obskurer Herkunft, aber ausgestattet mit allen Rechten. Sie beteiligten sich an der Katzenjagd, wenn die ihr Revier aus Unkenntnis oder Neugier erweitern wollten.
In die von mir beschriebenen Nachkriegsjahre gehörten Fiffi, eine Terriermischung und Netti, in dessen Stammbaum neben anderen Rassen augenscheinlich auch ein Dackel gehörte. Die

jährlich geworfenen Jungen fanden, wenn sie die Kinderstube verlassen mussten, rasch Liebhaber.
Bei den Feldarbeiten vom Frühjahr bis zum Herbst begleiteten uns Fiffi und Netti auf den Acker oder die Weiden. Bei der Heu- und Getreideernte dösten sie wohlig im Schatten oder stöberten hinter einer Maus her. Wir passten höllisch auf, dass sie nicht vor die Messer der Mähmaschine gerieten, wie es Jahre vorher unserem jungen Schäferhund passierte. Ihn musste Vater erschlagen, nachdem er ihm beide Hinterbeine abgemäht hatte. Dieses grauenvolle Bild hat sich mir tief eingeprägt. Am Rande des Waldes haben wir das Tier begraben.
Das Melken in den hausnahen Weiden und in den Kampwiesen begleiteten Fiffi und Netti regelmäßig. Besonders beim ersten Melkgang am frühen Morgen liefen sie aufgeregt voraus, scheuchten voller Eifer auch mal ein Kaninchen oder einen Fasan auf, trieben die Kühe aus den entfernten Winkeln der Wiese zum Eingangstor, wo die Milchkannen bereit standen. Während die Tiere gemolken wurden, blieb den beiden Hunden Zeit zum Stromern im nahen Wald.
Diese gewohnte Idylle wurde jäh unterbrochen, als eines Morgens ein Schuss fiel und Fiffi und Netti sich jaulend aus dem Wald schleppten zu meinen Schwestern, die Melkschemel und Eimer im Stich ließen und die blutenden Tiere in Empfang nahmen. Mit der halben Menge Milch in den Kannen und den wimmernden Hunden auf dem Arm kamen meine Schwestern zu Hause an und betteten die beiden Tiere in Stroh auf der Tenne. Da Netti hochtragend war, wurde das Elend als doppelt schwer empfunden.
Wer hatte diesen Anschlag auf unsere Hunde ausgeführt? Ein Verdächtigter war bald gefunden: Seit einigen Tagen wohnte ein junger Forstassessor namens Liebelt mit seiner Frau im nahen Blockhaus. Nur der konnte es gewesen sein.
Dieses Drama mit den Lieblingen unserer Familie spielte sich im Herbst 1949 ab. Ich kam nachmittags mit dem Fahrrad von der Schule in Coesfeld zurück und entdeckte auf der Tenne die zitternden und blutverschmierten Hunde in ihrem Strohnest. Nur kurz nehme ich die Informationen meiner Schwestern wahr, schnappe postwendend mein Fahrrad und bin bereits

auf dem Weg zum Blockhaus. Der Fisch als Klopfer an der Tür des fürstlich Salm-Salmschen Blockhauses muss dem Förster bedrohlich geklungen haben wie eine Folge von Schüssen, als mir noch in das Klopfen hinein die Tür geöffnet wird und ich dem völlig verdutzten Assessor Liebelt gegenüber stehe. Ich stelle mich nicht vor und überfalle ihn mit der Frage, ob er sich als Tierquäler in Büren einen Namen machen wolle. Ein elender Schütze sei er, könne Tiere halbtot schießen und kümmere sich nicht weiter darum. Vor Eifer überschlägt sich meine Stimme. Liebelt lässt mich toben, bis meine größte Wut verraucht ist. Dann spricht er ruhig auf mich ein, fragt mich, wer ich bin und wie es den Hunden gehe. Er entschuldigt sich für seinen Übereifer. Er hätte wissen müssen, dass die Tiere in Begleitung von Menschen waren: denn wie Jagdhunde hätten die nicht ausgesehen. Frau Liebelt bietet mir zur Beruhigung eine Tasse Kaffee an, sodass wir zu dritt langsam zu einem entspannten Gespräch finden.
Die verletzten Hunde erholten sich und Netti brachte einen Wurf gesunder Junge zur Welt. Schwierigkeiten mit irgendeinem Förster gab es wegen unserer Hunde in Zukunft nicht noch einmal.
Eine ähnlich intensive Bindung wie an Fiffi und Netti hatte es in unserer Familie zu Beginn des Krieges an den Schäferhund Wolf gegeben. Er war uns von den Vettern Rappers aus Nordvelen ins Haus gebracht worden, als diese zur Wehrmacht einberufen wurden. Wolf war also herrenlos geworden. Er neigte dazu, wie uns bei der Vorstellung des Hundes nach intensiver Befragung mitgeteilt wurde, trotz seines Alters Kühe und Pferde zu jagen. Jedenfalls habe er das Weidevieh Nordvelens ziemlich auf Trab gehalten. Wolf sei nie ein Kettenhund gewesen, kenne auch keinen Zwinger, und da wir drei Jungen in der Familie hätten, die sich mit ihm befassen wollten, sei er der ideale Wachhund für das Haus Ritter.
Wolf stellte sich als gehorsamer Schäferhundrüde heraus, der besonders auf meinen Bruder Karl fixiert war, dem er ständig auf den Fersen blieb. Karl betrachtete ihn als sein Eigentum, ließ sich von ihm mit dem Fahrrad ziehen, forderte Gehorsam, sodass Wolfs Freude an rennenden Kühen und Pferden nachließ.

Ich lieh mir Wolf aus für Radfahrten zu meinen Vettern nach Legden oder zur Katzenjagd in der Nachbarschaft.
Unsere Liebe zu diesem treuen und zuverlässigen Begleiter konnte nicht verhindern, dass Klagen über das ungebärdige Tier aufkamen und meine Eltern veranlassten, Wolf kurzerhand an Ferdinand Hying zu verschenken, wo er in einem Zwinger rasch alterte und dahinsiechte.

86 Besuch in Velbert

Der briefliche Austausch mit Josef Wessiepe ist seit unserem Treffen bei Clemi Richter auf bloße Weihnachtsgrüße geschrumpft. Um so erfreuter bin ich, als mich im Frühjahr 1950 eine Einladung nach Velbert erreicht. Zu Beginn der Osterferien sei ich willkommen, um an einem Laienspiel in seiner Pfarrkirche St. Marien teilzunehmen. Jugendliche seiner Gemeinde wollten am Karfreitag nach der Karliturgie den „Totentanz" von Johannes Lippl aufführen. Damit sich die Fahrt auch lohne, wolle er, soweit seine liturgischen und seelsorgerischen Pflichten dies zuließen, mir noch einen Tag lang die bergische Stadt Velbert zeigen.
Vom Bahnhof in Stadtlohn fahre ich also am Gründonnerstag los in das nie gesehene Städtchen . Am Velberter Bahnhof erwartet mich Josef. In seiner Begleitung entdecke ich zu meiner großen Überraschung Bärbel Lux, die Krankenschwester aus der Gefangenschaft, die ich seit ihrer Entlassung aus dem General Hospital in Carentan nicht gesehen habe. Ich glaube nicht an einen Zufall, der Bärbel Lux und mich just an demselben Tag nach Velbert geführt hat. Sollte Bärbel das veranlasst haben? Ausschließen will ich das nicht, obwohl ich mir diesen asketischen Priester, der in den vergangenen drei Jahren noch hagerer geworden ist, schlecht als Kuppler vorstellen kann. Meine Freude, zwei vertraute Gesichter vor mir zu haben, verdrängt alle Verdächtigungen und Bedenken. Wessiepe hat in seiner Kaplanei Platz für zwei Gäste, und seine Haushälterin empfängt uns mit einem liebevoll gedeckten Tisch. Der ehe-

malige Lagerkaplan wirkt auf mich überarbeitet. Wie in der Gefangenschaft schont er sich auch hier nicht. Die doppelte Belastung als Priester und Religionslehrer am Gymnasium sieht man ihm an.
Wir dürfen an der Generalprobe in der Kirche teilnehmen, die er mit lockerer Hand leitet. Die jugendlichen Darsteller sind mit Eifer bei der Sache, beherrschen ihre Texte, suchen aber in ihrem Übermut, wo es sich anbietet, dem Angst verbreitenden Treiben des Todes eine heitere Seite abzugewinnen, dem Todernst mancher Szene ein Schnippchen zu schlagen. Wessiepe lächelt dazu, als die verzweifelte Mutter ihr Kind, eine kindsgroße Puppe, fallen lässt, anstatt es sich vom unerbittlichen Tod entreißen zu lassen. Sie erntet Gelächter damit. Ich sehe, wie klein der Schritt vom Erhabenen zum Lächerlichen ist. Aber am nächsten Tag, bei der Vorführung in einer voll besetzten Kirche, nehmen alle ihren Part ernst. Leise Violinmusik von einer Schallplatte, die anschwillt, sobald ein neues Opfer abgeführt wird, unterstreicht das Spiel vom Tod, der wahllos den Bauern, den König, die Mutter, das Kind, den Bettler und den Greis in sein Reich holt: „Zu diesem Tanze ruf ich insgemein die Kreaturen allzumal: Arm, Reich, Groß und Klein, Papst, Kaiser König und Kardinal."
Josef Wessiepe zeigt uns beiden am Karsamstag einige sehenswerte Gebäude der Stadt und erzählt aus der Geschichte seiner Kirchengemeinde, die in der Diaspora besondere Zuwendung braucht. Bei dem Spaziergang ist er, so scheint es mir, mit seinen Gedanken schon voraus, vielleicht bei der Liturgie oder der Festpredigt des morgigen Ostertages. Am Karsamstag verabschiede ich mich von Josef Wessiepe und Bärbel am Bahnhof. Bärbel, die einen Zug später nimmt, der sie zurück in die Eifel führt, drückt mir beim Abschied einen unbeholfenen Kuss auf die Backe, die erste körperliche Berührung mit diesem wie aus einer anderen Welt stammenden Wesen, wobei wir beide wohl spüren, dass unsere distanzierte Zuneigung von damals sich nicht in ein handfestes Verhältnis ummünzen lässt.
Ich habe das Gefühl, diese beiden Menschen, die mir vor einigen Jahren so viel bedeutet haben, hier am Bahnhof zum letzten Mal zu sehen. Bei Bärbel bewahrheitet sich das. Sie schreibt

mir noch einen Brief, den ich sachlich beantworte. Mit Josef Wessiepe komme ich zwei Monate später noch ein Mal eher zufällig in Berührung, habe dann in größer werdenden Abständen Briefkontakt, wobei die Botschaften dürftiger werden – bis ich im Jahr 1981 eine Einladung zu seiner Beerdigung erhalte. Er ist mit 64 Jahren an Krebs gestorben. Und ich möchte heute die damals brieflich mitgeteilte Entschuldigung, wegen dringender beruflicher Verpflichtungen nicht daran teilnehmen zu können, ungeschehen machen. Da das nicht möglich ist, leiste ich in Gedanken Abbitte bei diesem vortrefflichen Menschen, dem ich so viel verdanke.

Auf der Homepage der katholischen Kirchengemeinde Sankt Marien in Velbert, die ich mit Hilfe meines Sohnes im Jahr 2002 aufsuche, wird Josef Wessiepe als ungewöhnlicher Mensch hervorgehoben. Nicht nur in seinem Amt als Priester und Lehrer sei er vorbildlich gewesen. Er habe sich gleichermaßen um die Begleitung Jugendlicher wie Erwachsener in den Verbänden verdient gemacht. Besonders den schwierigen und straffällig gewordenen jungen Menschen habe er sich zugewandt. Ich erkenne in diesen Aussagen den Lagerkaplan aus der Gefangenschaft wieder und nehme mir vor, seine Grabstätte in der Priestergruft St. Marien in Velbert zu besuchen.

87 „Pilgerfahrt": Kölner Impressionen

Das große Ereignis des Jahres 1950 ist die Klassenfahrt mit Frau Dr. Pilger. Ein Wagnis, mit 17 erwachsenen Männern eine Woche lang loszufahren, vor dem mancher gestandene Lehrer zurückgeschreckt wäre. Wir sind wohlgemut und zweifeln keinen Augenblick am Gelingen der Fahrt. Für mich ist es der erste mehrtägige Schulausflug meines Lebens.

Er beginnt am 5. Juli mit einer Zugfahrt von Dülmen zum Kölner Hauptbahnhof. Befrachtet mit Gepäck und Fahrrädern strapazieren wir die Geduld mancher Mitreisender in den überfüllten Abteilen. Vollzählig sind wir erst, als sich auf dem Kölner Hauptbahnhof fünf Klassenkameraden uns zugesellen.

Ihnen ist noch die Moselseligkeit anzumerken, herrührend von Wein und Trester. Wortlaut begrüßen sie Frau Pilger mit einem Rosenstrauß, den sie von einem Vorgartenbesitzer ergattert haben und übertragen ihre gehobene Stimmung auf uns gerade Angekommenen. So vertraut sich das Fähnlein der siebzehn Aufrechten der Obhut unserer Ordinaria an. Sie bugsiert uns erst einmal per Fahrrad zu unserem Gästehaus. Hanno Badewitz und Bernd Rochol, die mit schelmischem Augenzwinkern Tagebuch führen, kleiden diesen Vorgang gleich in alle vier Sprachen, mit denen wir es im Nepomucenum zu tun haben: Unione facta we rode toute de suite zum Kolpinghaus, unserem ersten Nachtquartier.

Bei der Fahrt durch Köln fallen mir die Kriegsschäden auf. Aber die Ruinen sind bewohnt. Scheinbar unzerstörbar ragt der Dom aus dem Gerippe der Häuser. Doch auch dieses imposante Bauwerk wirkt eher als Torso eines Museums denn als Kirche. Aber wir können Teile des Inneren betreten und bestaunen. Als ich vor der Westfassade den Blick an dem gotischen Maßwerk zu dem mit dämonischen Fratzen versehenen Wasserspeichern und den wuchtigen Türmen wende, schleppt Frau Pilger ein australisches Ehepaar, das sie in dem internationalen Getümmel vor dem Dom ausgemacht hat, zu mir, um meinem amerikanischen Englisch eine Chance zu geben. Doch Chicago ist nicht Sydney. Ich verstehe kaum ein Wort, und das Gespräch kommt über dürftige Smalltalk-Versuche nicht hinaus.

Einblicke ganz anderer Art gibt es am nächsten Tag beim Westdeutschen Rundfunk. Ein Herr Winter, mit dem Frau Pilger bekannt ist und den sie eigens für uns engagiert hat, führt uns in die fremde Welt des Funkhauses, das auf ehemaligem Kirchengrund in der Nähe des Doms liegt. In den Gängen herrscht Enge. In Leuchtschrift wird uns „Ruhe" signalisiert. So tasten wir uns schweigend durch Schall gedämpfte Flure, erleben einen vor dem Mikrofon gestikulierenden Günter Lüders, der seine Stimme für ein Hörspiel einsetzt und just beendet. Die Sendung ist also, wie uns im Fachjargon mitgeteilt wird, gerade gestorben.

Noch gibt es keine Fernsehabteilung. Die entwickelt sich erst einige Jahre später. Alles ist hier aufs Ohr ausgerichtet. Der

Arbeitsraum des Herrn Winter reicht gerade, unsere 18-köpfige Gruppe hinein zu quetschen. Schwitzend nehmen wir seine Auskünfte zu den Ressorts im Haus entgegen. Einige davon dürfen wir in Augenschein nehmen: Die Pressestube, in der eifrige Redakteure alle wichtigen Zeitungen für ihre Meldungen auswerten. Kleine Studios für Live-Übertragungen von Interviews und größere für Bands und Orchester. In einem Raum mit mehrgeschossigen Regalen stapeln sich Pappschachteln mit Schallplatten und das Neueste auf dem Markt: Tonbänder, raumsparend bei der Lagerung und mit höherer Tonqualität.
Wir schauen in Büros hinein, die von Zigarettenrauch verqualmt sind. Kaffeetassen auf allen Tischen.
Programmgestaltung, so weiß Herr Winter, sei das A und O des Funkhauses, nicht die Technik. Gutes Personal, darauf komme es an, für alle Bereiche des Hörfunks: die Wirtschaft, Politik, für den Sport, den Land- und Kirchenfunk, für die Nachtsendungen. Alle Bereiche des öffentlichen Lebens spiegeln sich im Rundfunk wider. Ehrfurchtsvoll defilieren wir vorbei an Bürotüren, hinter denen geplant, gedacht, entworfen wird. Da dürfen wir nicht stören.
Herrn Winter, so merken wir, fällt nicht nur die Aufgabe zu, Künstler für Wort- und Musikbeiträge zu engagieren, sondern er beherrscht auch die Kunst, uns über einige Stunden in diesem Haus in Atem zu halten.
Nach mehrstündigem freien Ausgang, um unsere Köpfe frei zu bekommen, ist für den Abend ein Kontrastprogramm vorgesehen: ein Besuch im Hännesche-Theater, einer Puppenbühne, die uns unverfälschtes Kölner Milieu zeigen soll.
Die Aufführung fällt aus. Frau Pilger überrascht uns stattdessen mit Karten für Puccinis Oper Madame Butterfly. Mir ist das ganz recht, denn die Texte im Kölner Dialekt zum Tanz der Marionetten hätten wir eh nicht verstanden.
Wir greifen also freudig zu, kümmern uns nicht um die Kleiderfrage, die dem gehobenen Anspruch eines Opernbesuchs angemessen gewesen wäre, erscheinen also zum Teil in kurzer Hose und ohne Jacke. Damit nicht genug, wir kommen zu spät und müssen unter den missbilligenden Blicken eines erfahrenen Opern-Publikums einen unauffälligen Einstieg während

des ersten Aktes wahrnehmen. Wir richten uns aber ganz gut ein, genehmigen uns in der Pause einen stärkenden Milchshake, öffnen unsere Ohren für die innige, zu Herzen gehende Musik Puccinis und unsere Augen für die romantisch-traurige Liebesgeschichte zwischen einem Amerikaner und dem japanischen „Schmetterling."

88 Die saubersten Mädchen Deutschlands

Welch ein Glück für uns, dass Frau Pilger den organisationsfreudigen Herrn Winter kennt. Der ist nach der gelungenen WDR-Führung noch zu einer Steigerung fähig. Es heißt, er habe den Besuch bei den Bayer-Werken in die Wege geleitet, wo wir eine Rundum-Versorgung erfahren. Zwei Jahre nach der Währungsreform erleben wir einen Vorgeschmack auf das erst später einsetzende Wirtschaftswunder. Natürlich wird uns die Vielfalt der Arbeitsprozesse von den Medikamenten bis hin zu den Farben in diesem expandierenden Werk vor Augen geführt. In meiner Erinnerung haften zwei Bilder: die saubersten Mädchen der Bundesrepublik, hinter Glas in sterilen Räumen, die hier, vermummt wie Klu Klux Klan-Mitglieder, die Penicillin abfüllenden Maschinen bedienen.
Als zweites Erinnerungsbild sehe ich den reich gedeckten Tisch, das opulente Essen, das uns serviert wird, als seien wir eine zu hofierende Delegation von künftigen Chemikern oder besonders potente Konsumenten, die durch großzügige Leistungen dieser Firma gewogen gemacht werden sollen. Die beiden Klassenchronisten Bernd und Hanno verbreiten sich ausführlich über diese unerwartet üppige Mahlzeit, vergessen nicht, das servierte Menü detailliert aufzulisten, auch dass dieses Schmausen sich über zwei Stunden hinzog und sich daran ein kühlendes Bad in der Firmen eigenen Badeanstalt anschloss, die zu unserem Erstaunen an heißen Tagen mit Wasser aus der Eisfabrikation der Bayer-Werke gespeist wird und der bei küh-

len Außentemperaturen warmes Wasser aus dem Kraftwerk zugeführt wird.

Nach solcher Erfrischung schaffen wir den Weg zur Jugendherberge bei Bad Godesberg, die oberhalb der Villa des Bundespräsidenten Theodor Heuss liegt. Keuchend schieben wir unsere Räder mit dem Wochengepäck den Berg hinauf und werden, als wir unseren Durst gestillt und eine Erbensuppe gelöffelt haben, mit einem herrlichen Blick auf den Rhein bis hin zum Drachenfels belohnt.

89 Rheinromantik

Der nächste Tag hält gleich mehrere Highlights für uns bereit. Ledig aller Last des Vortages bewegen wir uns leichtfüßig den Berg hinunter, besteigen im Tal die Straßenbahn bis Bonn zu einem Besuch des Bundeshauses. Auch hier ist sorgfältig vorgeplant. Der münstersche Abgeordnete Peter Nellen führt uns durch die Enge der ehemaligen Pädagogischen Akademie, deren Auditorium Maximum als Plenarsaal dient. Erstaunen auf dem Gesicht eines Bediensteten, als er unseren Eintrag ins Besucherbuch liest: Fräulein Dr. Pilger mit ihren 17 Beschützern. So fesselnd die verabreichten Informationen über die Arbeit der Volksvertreter in diesem Haus auch sein mögen, größer noch ist die Faszination, die das Bundeshausrestaurant bei dieser Hitze auf uns ausübt. Trotz des hohen Preises von 0,60 DM pro Glas genehmigen wir uns eisgekühlte Zitronendrinks, um unseren Wasserhaushalt zu regulieren.

Oberprima mit Frau Dr. Pilger

Dieser Tag meint es also besonders gut mit uns. Auf einem Rheindampfer lassen wir uns an den Schönheiten der Landschaft vorbei zum Weinstädtchen Linz befördern. Wir bummeln ein wenig durch die engen Gassen. Die altersgekrümmten und windschiefen Fachwerkgiebel rings um den Marktplatz nehmen wir eher beiläufig wahr, sehnen uns vielmehr nach der Kühle eines schattigen Platzes oder eines geeigneten Wirtshauses und entscheiden uns für die Weinschänke ‚Zur Traube'. Dort löschen wir unseren Durst, diesmal nicht mit Säften, sondern mit Rheinwein, der unserer Gruppe bald zu einer gehobenen Stimmung verhilft.

Fotos beim Abschied von diesem gastlichen Haus belegen unsere Hochstimmung, die uns auch auf dem Dampfer nicht verlässt. Wir beherrschen das Oberdeck mit klugen Reden und über die Rheinwellen hinwehendem Gesang, grüßen an Land, noch immer wie auf Wolken schwebend, zu deren Verwunderung alle Passanten und finden, wie es nur Glücklichen widerfährt, zufällig einen Bus, der uns den mühevollen Aufstieg zur Jugendherberge erspart. Unter der kalten Dusche mutieren wir wieder zu der Oberprima, die sich folgsam den weiteren Reiseplänen der „Klassenmutter" unterordnet.

Nach 51 Jahren besuche ich mit meiner Frau auf einer Radtour das erinnerungsträchtige Lokal in Linz. Die blaue Traube über dem Eingang signalisiert noch immer einen Durst löschenden Trank. Auch im Innern herrscht hinter dunklen Butzenscheiben wie damals angenehme Kühle. Doch so sehr Gesehenes und Erlebtes in der Rückschau eine ganz neue Leuchtkraft erhalten und zu einer Wiederholung reizen mögen, begnügen wir uns ganz prosaisch mit einem Eisbecher unterm Sonnenschirm vor der Tür.

90 Schwitzen und schwimmen

Am Fronleichnamstag radeln wir von unserer uns bereits lieb gewordenen Jugendherberge von neuem nach Köln. Wir staunen über das frisch entdeckte Dionysosmosaik in Domnähe und sind Zaungäste bei der Fronleichnams-Prozession. Ironisch distanziert schildern unsere Chronikschreiber den Vorbeizug der ständisch gegliederten katholischen Demonstration. Nur beiläufig dagegen erwähnen sie den spontanen Abstecher zum Fühlinger See, zwischen Köln und Neuss gelegen und bei der andauernden Hitze ein ideales Ziel. Wir erfrischen uns in dem flachen Gewässer und mischen uns unter die Gruppen durchweg junger Menschen, die Ball spielen oder Musik aus dem Transistorradio hören.

Dass ausgerechnet der Senior der Klasse sich von der Musik einlullen lässt und sogar in ein kurzes Nickerchen fällt, während der Rest unserer wackeren Schar sich längst mit ihren Rädern um die Ordinaria versammelt hat, löst erhebliche Unruhe aus. Fräulein Pilger muss schlagartig erfahren, dass die gepriesene Zuverlässigkeit ihrer Jungen Risse zeigt.

Als sich nach kurzer Suchaktion alles aufklärt, kann die Fahrt nach Uedesheim zur Jugendherberge, die in einem ehemaligen Bauernhof eingerichtet ist, fortgesetzt werden.

Dieses ungewöhnliche Haus der Jugend stellt alle bisherigen Herbergserfahrungen in den Schatten. Das Essen ist prima, die Zimmer sind geräumig, die Betten haben richtige Matratzen und der Herbergsvater erweist sich als humorvoller, entgegenkommender Mensch. Er ermuntert uns, Stühle aus der Herberge zum Kreis in den Hof zu stellen. Bald gewinnen die Liederfreunde aus unserer Mitte die Oberhand und tönen mehrstimmig die bei Studienassessor Ahrens einstudierten Gesänge in den sinkenden Abend hinein, locken die Kinder der Herbergseltern und die aus der Nachbarschaft in unsere Runde.

Ich genieße jeden Tag dieser Fahrt in vollen Zügen und frage mich: Ist sie vorrangig eine Kulturfahrt oder Erlebnisreise? Soll hier unser Sozialverhalten auf den Prüfstand gestellt werden, oder dient die Fahrt als Orientierungshilfe für unsere bevorstehende Studien- und Berufswahl? Welchen „roten Faden" lässt Fräulein Pilger durch die unterschiedlichen Programmpunkte laufen? Ich erkenne ihn auf Anhieb nicht, erlebe vielmehr wie bei einer täglich zu öffnenden Wundertüte ständig neue Überraschungen. Später entdecke ich in dem kontrastreichen Programm ein feines Spiel sich gegenseitig ergänzender Angebote: Wir erfahren Kultur, kommen mit der großen Politik in Berührung, sehen mit eigenen Augen die aufblühende Wirtschaft, werden hautnah mit den Nachkriegsmedien konfrontiert, bekommen, für die damalige Zeit ganz ungewöhnlich, Einblicke in eine alternative Siedlungs- und Lebensform und erleben nicht zuletzt unverkrampfte Geselligkeit und Fröhlichkeit.

So finden wir uns bei endlich kühleren Temperaturen auf unserer Weiterfahrt im Edelstahlwerk Röhler in Düsseldorf wieder, wo sich allen unseren Sinnen der Aufbau der deutschen Schwerindustrie darbietet: feurige Schmelzmasse, dröhnende Hämmer, glühende Blöcke, die sich durch Pressung nach und nach in endlose Drahtgebilde verwandeln. Uns wird trotz der Außenkühle schon wieder heiß, und wir bekommen zu unserer Freude ein weiteres Mal, etwas weniger üppig als bei den Bayer-Werken, ein köstliches Mittagessen serviert, mit einem Glas Bier hinterher.

91 Das Ehlen-Schaf

Bei all den Überraschungen der letzten Tage wundert es mich nicht, dass uns hinter Düsseldorf unversehens eine Berg- und Talfahrt zugemutet wird, die bei der dürftigen Ausstattung unserer Fahrräder uns und den fahrbaren Untersätzen das Äußerste abverlangt. Mühsam geht es bergan, rasant sausen wir zu Tal. Konzentration ist gefragt. Der Baggage-Sack auf dem Gepäckträger gibt uns zusätzlichen Schub. Wir finden Gefallen an diesem Auf und Ab, bis ein Polizist beim Schleichgang den Berg hinauf die Karawane stoppt und die Räder kontrolliert. Besonderes Augenmerk richtet er auf die Funktionstüchtigkeit der Bremsen. Und er wird fündig und entdeckt ein gänzlich bremsenloses Rad: Unsere Chronisten haben diese Szene genüsslich ausgebreitet. Ich zitiere daraus: "An einem Vehikel fehlte die Bremse und das kostet Geld. Eine D-Mark kostenpflichtige Verwarnung. Das war unserem Fräulein Doktor unlieb, und in bewegenden Worten bat sie, doch ihrem Schüler die Strafe zu erlassen. So ein Polizist ist stur und hieß sie weiterzugehen, und weil er nicht zu glauben vermochte, sie sei unsere Lehrerin, meinte er "Das Mädchen wollte mich wohl auf den Arm nehmen." Nichts lag unserem Fräulein Doktor ferner als eine solche Kraftleistung, aber es wird noch heute gern über „das Mädchen" geschmunzelt. Der Schüler musste die Strafe bezahlen, trotzdem."

Das hätte ich mir nicht träumen lassen, zum zweiten Mal binnen acht Wochen im bergischen Velbert zu sein. Ich nehme mir vor, um jeden Preis einen Abstecher zu Josef Wessiepe zu machen. Doch was hat Frau Pilger bewogen, uns ausgerechnet in diese nichts sagende Industriestadt zu führen? Die Frage wird am nächsten Morgen bald beantwortet, als uns ein quirliger, weißhaariger Mann in seiner Wohnung empfängt. In einem Stuhlkreis sitzen wir um ihn. Unschwer erkennen wir in ihm den ehemaligen Lehrer, der uns zum Fragen auffordert. Was sollen wir fragen inmitten dieses ungewöhnlichen Ensembles von Spinnrad, selbstgebauten Holzmöbeln und handgewebten Gardinen und Tischdecken? Aber wir werden behutsam an seine Lebensphilosophie und sein Lebenswerk herangeführt:

an das Konzept eines familiengerechten Wohnens in Einzelhäusern mit entsprechend viel Grund und Boden zur Selbstversorgung. In Velbert sei dieses „Ehlensche Siedlungswerk" modellhaft entstanden und werde noch weiter ausgebaut. Was mir auf Anhieb unrealistisch, illusionär erscheint, wird stimmig, als diese Art des sozialen Wohnungsbaus in Kontrast gesetzt wird zu den seelenlosen Mietskasernen, in denen die Menschen ihre Identität zu verlieren drohn. Ich kann mir sogar das obligatorische „Ehlen-Schaf" vorstellen, das zu jeder Wohnstätte dazugehört, aus dessen Wolle, gesponnen und gewebt, die eigene Kleidung herzustellen sei. Bedenken bleiben allerdings, woher der Grund und Boden kommen soll, um solche Vision im großen Stil umzusetzen und wie das zu finanzieren ist. Hier sei die Unterstützung durch den Staat gefordert und die wechselseitige Hilfe der Siedler. Dieser charismatische Mann hat uns angesteckt, und wir möchten das Velberter Modell in Augenschein nehmen. Und siehe, mein Freund und Begleiter aus der Gefangenschaft, Kaplan Josef Wessiepe, der sich als Kenner und Förderer des Ehlenschen Siedlungsgedankens versteht, ist bereit, uns anstelle des fußkranken Nikolaus Ehlen durch dessen alternatives Wohngebiet zu führen.

Jetzt, 52 Jahre später, werfe ich mit Hilfe eines meiner Söhne einen Blick ins Internet, um zu erfahren, was aus dem Velberter Siedlungswerk geworden ist. Dort wird der „Siedlervater" Nikolaus Ehlen als berühmter Sohn der Stadt vorgestellt. Ein Gymnasium trägt seinen Namen, eine Straße ist nach ihm benannt. Ihm wurde die Ehrenbürgerschaft der Stadt Velbert verliehen. Insgesamt 340 Einzelhäuser, so lese ich, sind nach dem Ehlen-Modell bis 1954 entstanden. Und als Krönung seines Werkes habe er im Jahre 1957 an dem höchstgelegenen Platz der Siedlung Langenhorst eine „Nikolauskirche" gegen viele Widerstände erbaut, dem ein „Nikolaus-Kindergarten" folgte. Es wird auf die Impulse verwiesen, die von diesem Werk auf den sozialen Wohnungsbau der Bundesrepublik von den ersten Nachkriegsjahren bis heute ausgehen. Allerdings wird auch die Zeitgebundenheit der Ehlen-Siedlungen nicht verschwiegen, das Selbsthilfe- und Bescheidenheitsideal, das bei dem unerwarteten Wirtschaftswunder auf der Strecke blieb, die boden- und familienreformerischen Ziele, die nicht mehr verstanden wurden und Ehlens hartnäckige Weigerung, eine Kanalisation in „seinen" Siedlungen anzulegen, da hierdurch wertvoller Dünger verloren gehe. Trotzdem, sein Werk lebt.

92 Goethes liebliche Töchter

Unsere Gruppe beginnt zu bröckeln, als wir durchs Ruhrgebiet radeln und nur einige das Grab Ludgers in der Krypta des romanischen Doms in Essen-Werden aufsuchen. Aber in der Jugendherberge Haltern, unserer letzten Station, laufen alle noch einmal zur Hochform auf. Das hat seinen Grund: Außer uns bevölkert eine fast gleichaltrige Klasse des Goethe-Gymnasiums aus Dortmund die Herberge. Lauter Mädchen, die hier schon heimisch sind und ihre Tage mit naturkundlichen Exkursionen in der Umgebung füllen. Und der Herbergsvater hat ein großes Herz. Unter seiner und Frau Pilgers Obhut kann ein lustiges Schwingen anheben zu den von einigen „Goethinnen" erzeugten Klängen aus einer Quetschkommode. Anfangs sind es eher volksliedhafte Melodien, die uns zum Mitsingen auffordern und uns gemessene Bewegungen nahe legen. Doch ab null Uhr erklärt der Herbergsvater, ganz gegen alle Herbergsregeln, den Tango für zugelassen, womit Tuchfühlung nicht mehr ausgeschlossen wird. So dehnt sich, unterstützt durch die laue Sommerluft, das Vergnügen weit über Mitternacht hinaus.
Unsere Klassenfahrt ist ein Erfolg, das spürt jeder von uns, als wir am nächsten Tag auseinanderfahren. Ein Erfolg, den wir der umsichtigen Planung unserer Ordinaria Frau Dr. Pilger verdanken und ein wenig auch dem Gemeinschaftssinn dieser Oberprima.

93 Stenokurs und Seelenwäsche

Das Abitur wirft seine Schatten voraus. Die Schülerzahl meiner Klasse schrumpft. Bei der Versetzung in die Klasse dreizehn, O 1b genannt, sind es nur noch sechzehn, die in die Zielgerade einlaufen. Ein Stenokurs am Nachmittag wird uns als „conditio sine qua non" für jeden angeboten, der an ein Studium nach dem Abitur denkt. Wer möchte da fehlen?
Wir überbrücken die Mittagspause mit Kieler Sprotten, Brötchen oder einer Tasse Suppe bei der „Schwarzen Frau", üben dann folgsam die angebotenen Kürzel und fahren erst am späten Nachmittag in die verschiedenen Richtungen nach Hause. Intensiver geht es auf einem dreitägigen Exerzitienkurs zu, der unsere Seelen in Form bringen soll. Vorträge durch einen Benediktinerpater im Wechsel mit Meditationen und absolutem Schweigen nehmen uns im Exerzitienhaus des Klosters Gerleve in Beschlag. Ich vertiefe mich in das Büchlein „Nachfolge Christi" von Thomas von Kempen. Diese fast 600 Jahre alte Schrift, die in mehr als 2000 Auflagen bis heute gedruckt worden ist, schlägt mich in ihren Bann. Ist es die Einfachheit der Aussage, der Trost, die Besinnung, die mich berühren? In jeder Stunde während des Triduums in Gerleve empfinde ich mit Hilfe dieses Büchleins das Schweigen als Wohltat, die ich genieße. Ich vergleiche sie unwillkürlich mit den so genannten Exerzitien am Ende der Volksschulzeit im Stadtlohner St. Anna-Stift. Dort sollten wir, ebenfalls unter Schweigen, aufgeklärt und fürs Leben gerüstet werden. Doch eine ungebärdige, gerade in die Pubertät geratene Jungenbande wollte das aufgezwungene Schweigen nicht passiv hinnehmen und kompensierte es mit schweigend ausgeteilten Hieben und Tritten während der Pausen, sodass mir in der Rückschau diese Tage der Aufklärung eher als Verdunkelung erinnerlich sind.

94 Schulstress

Gegen Ende des Jahres 1950, die Abschlussprüfungen schon in Sichtweite, machten sich bei mir deutliche Zeichen einer Überanstrengung bemerkbar. Ich wurde von ständigen Kopfschmerzen geplagt, die mir nicht nur das Lernen, sondern auch das Radfahren zum Bahnhof Gescher zur Qual werden ließen. Nie war ich bis dahin ernsthaft erkrankt, Jetzt, so spürte ich, geriet ich in einen immer dunkler werdenden Tunnel. Mit Kopfschmerztabletten war das Problem nicht zu lösen. Und eine Lernpause einzulegen, konnte ich mir wegen meines Alters nicht erlauben. Aus der Fülle der vergangenen Sommertage bin ich abgesackt in ein Tal, wo ich jeden Tag als Fron, jede Fahrt zur Schule als lastendes Joch empfinde und kein Körnchen Gold im Fließsand der verrinnenden Unterrichtsstunden entdecke. Ein Reifen ist um meinen Kopf gespannt und drinnen reiben und verhaken sich die trüben Gedanken. So trat ich in der Deutschstunde an den Oberstudienrat Pascek heran mit der Bitte, in Coesfeld einen Arzt aufsuchen zu dürfen. Wo denn der Schuh drücke, wollte er wissen. „Kopfschmerzen, unbestimmte Ängste, beinahe Lernunfähigkeit". Er fixiert mich lange, als suche er die treffende Diagnose. Bedächtig formuliert er einen Spruch, der sich mir auf Anhieb einprägt: „Raste viel und haste nie, dann haste nie Neurasthenie" und entließ mich in die Stadt. Wahrscheinlich gab es keinen niedergelassenen Neurologen in Coesfeld. So suchte ich den Heilpraktiker Dr. Bönninghausen auf, dessen Name mir geläufig war. Er vergrößerte mein Auge mit einer Lupe und überraschte mich mit der Feststellung, an meinem rechten Schienbein befinde sich eine große Narbe Doch dann ließ er mich zu Wort kommen und meine Misere schildern. Zu den vorgetragenen Beschwerden äußerte er sich zuversichtlich. Die Kopfschmerzen entstünden durch eine Überreizung des Nervensystems. Nur Ruhe könne helfen. Wann denn das Abitur stattfände. Da sollte ich mich sofort krank melden, zu Hause spazieren gehen, lesen, was mir gefiele, einfach in den Tag hineinleben und die überstrapazierten Nerven sich regenerieren lassen. Hastlos statt rastlos. Damit traf er sich mit Paseks Vorschlag. Er verschrieb mir einige Fläschchen mit homöopathischen Tropfen und ich konnte die Winterferien bereits zehn Tage vor Weihnachten beginnen. Um ungestörter zu sein, zog ich auf den Bauernhof meiner gerade verheirateten Schwester Agnes nach Gescher-Büren, durchstreifte dort die kahlen Winterwälder, bastelte einen Krippenstall und vertiefte mich leidenschaftlich in Hölderlins „Hyperion", dessen Satz: "Wo aber Gefahr ist, wächst das Rettende auch" mir meiner eigenen Situation angemessen erschien und mir Trost gab wie der Weihnachtsstern über der Krippe.

Nach den Weihnachtsferien miete ich mich auf dem Coesfelder Berg bei der Familie Mühlenkamp ein, anstatt die Strapaze einer täglichen Fahrt durch Dunkelheit und eine verharschte Straße zum Bahnhof auf mich zu nehmen. Bei den Mühlenkamps geht es herzlich und familiär zu. Hermann Krechting aus Schöppingen, ein Schüler der Parallelklasse, wohnt ebenfalls dort. Hermann ist Gaufeldmeister der St. Georg-Pfadfinder und als angehender Theologie-Student schleppt er mich fast täglich über den Berg mit zur Komplet der Benediktinermönche in Gerleve. Das ist Balsam für mein immer noch angekratztes Nervenkostüm. Durch ihn lerne ich auch die entspannende Wirkung der Sauna in Coesfeld kennen. Wir ergänzen uns in unseren Stärken, stützen uns in unseren Schwächen und arbeiten gemeinsam auf die Abiturwoche zu.

95 Die Schlacht an den „Thermopullen"

Die Monate der Vorbereitung auf die Abschlussprüfung, Reifeprüfung genannt, münden in die „Woche der Wahrheit": Die Klausuren werden geschrieben. Die Nerven sind zum Zerreißen gespannt. Um das Fünf-Stunden-Marathon zu überleben, haben sich alle Teilnehmer mit Broten, Traubenzucker, Säften und heißem Kaffee in Thermosflaschen eingedeckt. Unsere Klassenschreiber vom Dienst, Hanno Badewitz und Bernd Rochol geben hinterher in launigen Hexametern einen „Augenzeugenbericht" über die viertägige Gewaltanstrengung unter der Überschrift „Die Schlacht an den „Thermopullen".

In pathetisch überhöhter Sprache verfolgen sie das heroische Geschehen, angefangen vom Aufreißen des Siegel bewehrten Umschlags aus dem Schuldezernat in Münster bis hin zu dem todesmutigen Streiten des Häufleins der Sechzehn, deren Kräfte zu erlahmen drohen.
„Müde sanken den Kriegern die Waffen.
Stärkungen heischend griffen die Fäuste der Mannen unter die Bänke,
aus Taschen und Flaschen die Kräfte zu mehren.
Pausen zerteilten das Wüten.
Kauend mahlten die Zähne Konsumbrot, beschmiert mit Nutella."
Mit dem deutschen Aufsatz wird die Klausurwoche eingeläutet. Aus zwei Themen ist zu wählen. Eine literarische Betrachtung, die mir, wie ich mich zu erinnern glaube, nicht zusagt und ein Thema, das sowohl ins Soziologische, Religiöse und Philosophische hineinreichen kann und somit Spielraum gibt. Es lautet, "Ist der Wert eines Menschen abhängig von seiner Leistung?" Eine vage Erinnerung sagt mir, dass ich dieses Thema gewählt habe. Genau weiß ich es nicht und habe auch bis heute keinen Einblick in die Klausuren genommen. Was mag mir damals zu der Frage eingefallen sein? Habe ich auf die Verbrechen hingewiesen, die das NS-Regime an den so genannten lebensunwerten Menschen verübt hat, die keine Leistungen vorweisen konnten? Wenn ich allerdings an die Verdrängungsmechanismen der Nachkriegszeit denke, habe ich solche Überlegungen gar nicht angestellt.
Die Mathematikklausur ist der Berg, den zu erklimmen bei mir Schwindelgefühle verursacht. Deshalb habe ich im Vorfeld Vereinbarungen getroffen, Mathe-Lösungen gegen Lateinhilfen auszutauschen. Und in der Tat, mir flattern trotz Kontrolle Lösungsschritte samt Endergebnis auf die Bank, mehr als ich zu übernehmen und als Eigenleistung anzubieten wage. Denn ich möchte meine Vorzensur nicht erhöhen, um von einer mündlichen Prüfung in diesem Fach verschont zu bleiben.
Die Lateinarbeit fällt wider Erwarten schwierig aus. Ich brauche viel Zeit, den Sinn des vorgelegten Textes zu erschließen, feile an einer brauchbaren Übersetzung und bedenke nicht, dass

mein Hintermann die Geduld nicht aufbringt, meinen endgültigen Text abzuwarten. Unversehens reißt er mir das halb fertige Konzept vom Tisch. Eine heikle Situation für mich, da ich einen Ersatzschmierzettel brauche, einen aus meiner eigenen Tasche ohne den Kopfaufdruck des Nepomucenums. Doch alles nimmt ein gutes Ende.

Die Englisch-Klausur macht mir keine Sorgen. Gelassen sehe ich diesem Fach entgegen, und trotz mancher Fragezeichen, die hinter die Ergebnisse der letzten Tage zu setzen sind, schließe ich mit einem guten Gefühl die aufregende Woche ab.

In den Hexametern unserer Klassendichter heißt es:
„Rüstig sah dann der grauende Morgen die Wackeren.
Fester band sie zusammen erlittene Unbill.
Heiter und mutig erhoben das Herz sie, die Augen erblitzten".
Die Hälfte der Ernte ist eingefahren. Es fehlt noch die mündliche Prüfung.

96 Freudenfeuer

Alles andere als souverän meistere ich den letzten Akt auf der Bühne des Gymnasiums am Tag der mündlichen Prüfung. Jeder muss für sich bestehen und wird einzeln vor die Prüfungsgremien gebeten. Ich höre mich irgendeine Ballade deklamieren. Ein Quartaner hätte das auch gekonnt. Die Frage fällt, ob ich Schauspieler werden wolle. Keine ernsthafte Prüfung, in der ich Rede und Antwort stehen und mein Wissen unter Beweis stellen muss, wird mir abverlangt.

In Latein ärgere ich mich, über einen einfachen Text zu stolpern, den ich unter weniger druckvollen Bedingungen flüssig übersetzen könnte. Glücklich bin ich, nicht in die Matheprüfung gerufen zu werden. Man sieht offensichtlich über meine Schwäche in diesem Fach hinweg, traut mir eine Anhebung der Vorzensur nicht zu und erspart mir einen Reinfall. Am Nachmittag kommt die erlösende Nachricht, das Abitur bestanden zu haben.

An dieser Stelle möchte ich einen bis ins Alter wiederkehrenden Traum erwähnen, in dem ich ein „richtiges" Abitur nachhole.

Kein Albtraum, sondern ein Angebot, dem ich freudig nachkomme – jedes Mal mit Erfolg.

Kaum fassen kann ich heute, dass ich als 24-Jähriger wegen des Freudenfeuers auf dem Schulplatz, wobei wir unsere beschriebenen Schulhefte den Flammen opferten, alle Züge nach Gescher bis auf den letzten verpasste. Getanzt haben wir zwar nicht ums Feuer, aber die Euphorie über das Ende der Schulzeit bestimmte wohl solch kindisches Verhalten. Von wehmütigem Abschiedsschmerz keine Spur.

Erst auf der späteren Abschlussfeier, bei der meine Eltern zum ersten Mal das Coesfelder Gymnasium von innen sehen, wird mir richtig bewusst: Das Ziel ist erreicht. Das dreijährige Fahren hat sich gelohnt. Entspannt kann ich Augen und Ohren öffnen für das selbstgefertigte heiter-besinnliche Spiel über das Schulleben von Sexta bis Oberprima, einstudiert von Oberstudienrat May mit der Klasse zwölf. Ich genieße die Gedichte, Musikstücke und Ansprachen. Nichts kann mir jetzt mehr genommen, nichts mehr in Frage gestellt werden.

97 Höhenluft

Ist mit dem Abitur der Berg erstiegen, der Ausblick gewährt auf verlockende Ziele, auf Bildungsmöglichkeiten, die zum Greifen daliegen und mit dem Zauberschlüssel Hochschulreife zu knacken sind. Ich empfinde es so. Nur wenig Aufmerksamkeit schenke ich den nachfolgenden Feiern und nehme halbherzig an einigen teil, singe mit oder ohne Lehrpersonen die Volks- und Studentenlieder, „Gaudeamus igitur, juvenes dum sumus", die im Grunde längst obsolet geworden sind und wie leere Hülsen nur noch scheppern, obwohl mich bei Bier und Zigaretten das Verbindende dieser Texte und Melodien nicht kalt lässt und ich an deren Stelle nichts Besseres zu setzen weiß. Ich trinke einige Male die obligatorischen Mengen an Alkohol mit und wende mich hoffnungsvoll der Zukunft zu. Von der Pädagogischen Akademie in Emsdetten lasse ich mir Auskünfte geben und erfahre, dass nur einmal im Jahr, und zwar im Oktober, Erstsemester eingerichtet werden. Die Zulassung hänge von einer eintägigen schriftlichen und mündlichen Prüfung ab, bei der neben dem Reifezeugnis die musischen Qualitäten ausschlaggebend seien für die Aufnahme. Ich bewerbe mich also mit den geforderten Unterlagen und warte auf den Tag der Entscheidung.

Da in den Mitteilungen der PA der sichere Umgang mit einem Musikinstrument, möglichst einem „tragbaren", das im Unterricht eingesetzt werden könne, gefordert wird, trete ich erneut an den ehemaligen Volksschulrektor Wilhelm Münstermann heran. Auch auf diesem Gebiet kann er helfend eingreifen. Er stellt mir sogar leihweise seine eigene Geige zur Verfügung, bringt mir die ersten Geigentöne bei, die ich im Laufe des Sommers vervollkommne und führt mich nach der wöchentlichen Probe in die Grundkenntnisse der Harmonielehre ein. Wir wagen uns nach und nach an leichte Stückchen mit Geige und Klavier heran, sodass ich meine, damit in Emsdetten bestehen zu können, wenngleich ich das mulmige Gefühl, auf dünnem Fundament zu bauen, nicht loswerde.

98 Grün ist Leben

Da ich in mir ständig einen zwar verhinderten, aber verkappten Bauern spüre, suche ich für die vor mir liegenden schulfreien Monate bis Oktober eine passende Arbeit im Freien. Ich muss nicht lange überlegen, um auf das Gärtnern zu stoßen, das der Landwirtschaft verwandt und mir in Ansätzen seit meinen Volksschultagen vertraut ist. Aufs Geratewohl erkundige ich mich bei der Gartenbaufirma Sonntag in Stadtlohn, die aber bestenfalls eine Teilzeitkraft für ein bis zwei Tage in der Woche einstellen will. Ich möchte täglich zehn Stunden arbeiten und Geld verdienen. Schon beim nächsten Versuch laufe ich in die offenen Arme des mir gleichaltrigen Hans Demes, der erst seit kurzem ein Gewächshaus hinter seiner Wohnung betreibt, Frühbeete angelegt hat, auf angemietetem Freiland Gemüse züchtet und, was ich mir gewünscht habe, Gartenanlagen gestaltet. Wir werden uns schnell einig und ich kann am nächsten Tag anfangen.

Die Gärtnerei Demes liegt günstig für mich, vor der Stadt in Richtung Büren. Ich kann sie also mit dem Fahrrad oder dem 125er Sachs-Motorrad, das für meinen Bruder Karl und mich verfügbar ist, erreichen.

Pünktlich bin ich am nächsten Morgen zur Stelle. Hans stellt mich zwei Mitarbeitern vor, Bernhard Heuer, der wie ich keine gärtnerische Ausbildung hat und dem Gärtnergesellen Georg Weddeling aus Heiden. Mit freundlichen Erklärungen werde ich durch die Anlage geführt. Ich erkenne, dass der Betrieb noch im Aufbau begriffen ist. Es wird noch experimentiert, z.B. mit Erika-Setzlingen, die aber nicht recht gedeihen wollen. Ich dränge auf sofortigen Einsatz. Im Gewächshaus werde ich bereits am ersten Tag mit der mir unbekannten Tätigkeit des Pikierens und der vegetativen Vermehrung von Topfpflanzen durch Stecklinge vertraut gemacht. Ich brenne darauf, binnen weniger Tage zu allen vorkommenden Arbeiten zugelassen zu werden. Bäuchlings auf einem Brett liegend beschnippele ich die Erika-Pflänzchen in den Frühbeeten, um doch noch einen Frühjahrstrieb herauszulocken. Ohne Erfolg, wie sich zeigen wird. Im Gewächshaus setzen wir Salatpflänzchen, die in einigen Wochen für den Markt und das Geschäft in der Stadt vorgesehen sind. Bei steigender Sonne wagen wir es, im April verschiedene Kohlpflanzen ins Freie zu setzen und nach den letzten Nachtfrösten schmücken wir ein ganzes Feld mit Tomatenpflanzen, die in Reih und Glied wie zur Parade angetreten dastehen. Wie ein Apotheker seine Mixtur mische ich Blumenerde für den Eigenbedarf mit allen dazu gehörigen Ingredienzien.

Schon nach wenigen Wochen hat sich das drückende Band um meinen Kopf gelockert. Arbeitslust hat mich erfasst, die Schatten der Wintermonate weichen vor der Frühlingssonne.

Weniger fasziniert bin ich, als mir die Aufgabe zugewiesen wird, mich mit einem Traktor ähnlichen Fahrzeug vertraut zu machen, das von einem harten Eisensitz aus durch zwei lange Greifarme gesteuert wird und auf den ersten Blick eher einem urweltlichen Fabeltier gleicht. Dem Ungetüm ist ein 100-Liter-

Tank zur Aufnahme einer Giftmischung angebaut. Mit diesem Gefährt, so lautet mein Auftrag, soll ich alle Obstgarten-Besitzer der Stadt und des Stadtlohner Umlandes anfahren und ihnen eine Spritzung der Obstbäume anbieten. Die Mischung des Konzentrats, das ich mit Motorenkraft bis in die höchsten Wipfel der Apfel- und Birnbäume blasen kann, ist eine von Hans Demes und mir eigenmächtig komponierte und dosierte Giftkeule gegen alle Arten von Insekten und Pilzen. Wie auf einer Riesenkrake steuere ich von Garten zu Garten, biete den überraschten Besitzern meine Wunderwaffe an, mische, wenn sie mich zulassen, vor ihren Augen die gelbe Brühe aus Gift und Wasser. Manche lehnen höflich ab, vertrauen meiner Giftspritze nicht, einige weisen mich wie einen unliebsamen Hausierer von ihrer Gartentür, ohne sich von mir aufklären zu lassen. Einer ist hellauf begeistert, gibt sich angesichts seiner Riesen-Obstplantage mit einer Tankfüllung nicht zufrieden. Ich gerate bei drei Tankfüllungen in eine regelrechte Spritzeuphorie.

In einer Wohnsiedlung, in der ich besonderen Anklang finde, begleitet mich eine wachsende Zahl von Kindern, als sei ich der Rattenfänger von Hameln. Ich lasse den sprühenden Nebel gegen die Sonne steigen und entlocke den Jüngeren unter ihnen Rufe des Entzückens, wenn der von mir verheißene Regenbogen in allen Farben vor ihren Augen aufleuchtet. Nach zwei Wochen unermüdlichen Mischens und Sprühens fühle ich mich fast wie ein Zauberer, der für ein Jahr der Ungezieferplage vorbeugt und eine reiche Obsternte verspricht.

Über den Preis kann ich den Spritzwilligen nur ungefähre Auskunft geben. Ich führe Buch über die verspritzten Literzahlen, bemühe mich, sie gerecht auf die Anzahl und Größe der behandelten Bäume zu verrechnen und bin froh, als diese Aktion beendet ist und ich mich wieder den gewohnten gärtnerischen Arbeiten zuwenden kann.

Die Rechnungen befördere ich einige Wochen später persönlich an „meine" Kundschaft. Fast alle sind mit der geforderten Summe zufrieden. Allerdings stoße ich auf ein enttäuschtes Gesicht bei dem, der mich zum maßlosen Spritzen provoziert hatte. Ihm kommt meine vorbeugende Behandlung seiner Ap-

felbäume teurer zu stehen als alle Insekten an Schaden hätten anrichten können.
Er findet sich aber nach längeren Erklärungen mit der geforderten Geldsumme ab und lädt mich zu einer Tasse Kaffee in sein Gartenhäuschen.
In der Gärtnerei lerne ich jeden Tag dazu. Zu meiner Freude werde ich aktiv mit einbezogen, wenn bisherige Gemüsegärtchen im Stadtbereich im Zeichen des steigenden Wohlstandes umgewandelt werden in so genannte Anlagen. Den Boden sorgfältig einzuebnen und ausdauernd zu beharken, bevor Rasen eingesät wird. Ziersträucher von Ribes und Forsythien über Jasmin und Sommerflieder mit ihren unterschiedlichen Blütezeiten als Randbepflanzung, Rosenbeete oder Sommerblumen an den sonnigsten Stellen. Für Immergrün, Rhododendron und Azaleen eher die schattigen Standorte und saure Torfböden. Begierig wie ein trockener Schwamm sauge ich diese Kenntnisse in mich hinein.
Ein persönliches Erfolgserlebnis verbuche ich, als ich im Spätsommer 1951, schon erfahren und meiner Sache sicher, selbstständig nach einer vorliegenden Skizze vor einem Neubau am Kalter Weg eine Anlage gestalten darf.
Es ist eine quadratische Fläche, die, ungewöhnlich genug, von allen vier Seiten gleichmäßig nach innen abfallen soll. Wahrscheinlich hat sich der Hausherr gescheut, den fehlenden Mutterboden heran zu schaffen und so aus der Not eine Tugend gemacht. Die Ränder sollen mit unterschiedlichen Sträuchern, die Absenkungen ausschließlich mit Immergrün bepflanzt werden. Für den Beckenboden ist ein trittfester Rasen vorgesehen, zu dem vom Haus her eine Steintreppe hinabführt. Eine herrliche Aufgabe, der ich mich gewachsen fühle. Einen ganzen Tag brauche ich für die Erdarbeiten. Das Haus ist schon bewohnt. Im Wechsel erscheinen der Besitzer und seine Tochter im Türrahmen, werfen einen Blick auf das entstehende Werk und nehmen wohlwollend mein Bemühen wahr, der Vertiefung vor ihrem Haus Gestalt zu geben.
Am nächsten Tag kommt es zum ersten Sprechkontakt mit dem Hausherrn, das heißt, ich werde auf plattdeutsch angesprochen: "Büs Mester?" Meine Antwort: "Nä." „Büs Geselle?" „Ok nich."

„Wat büs dann?" „Ick bünn ne Hölpe bie Hans Demes." Worüm mäks dann kiene Lehre?" „Ick will ien Harfst studeern un mutt mie tüskenien lück Geld verdeenen." Ein Ruck geht durch meinen Fragesteller: "Dann haben Sie das Abitur! Was wollen Sie studieren?" Ich gebe ihm Auskunft und kann mir eine Schmunzeln über diesen Dialog nicht verkneifen. Das Abitur als Zauberwort hievt mich augenblicklich auf das Niveau der so genannten gehobenen Gesellschaftsschicht Stadtlohns.

99 Von der Muse geküsst

Mitten in die Sommerarbeiten meines Gärtnerlebens hinein erreicht mich die Einladung zur Aufnahmeprüfung in Emsdetten. Ich nehme mir einen freien Tag bei Hans Demes und fahre mit dem 125-er Puch-Motorrad meines Schwagers Josef Deggerich los. Auf dem Rücksitz nehme ich Alfred Hommel aus Legden mit, der mit mir den gleichen Prüfungstermin hat. Zum ersten Mal sehe ich die künftigen Professoren, vor deren kritischem Urteil ich heute bestehen muss.
Der Vormittag ist, so wird uns erklärt, für eine mündliche Befragung in verschiedenen schulrelevanten Disziplinen vorgesehen, am Nachmittag seien schriftliche Aufgaben zu erfüllen. Ein Rat wird uns vorab gegeben, möglichst gelassen und offen mitzumachen. Das ist leicht gesagt. In den Gesichtern der Prüflinge spiegeln sich gespannte Erwartung und Unsicherheit. Namentlich werden wir in Zweier- oder Dreiergruppen in verschiedene Räume gebeten. Bei dem Dozenten für Sprecherziehung, Literatur und Rollenspiel Dr. Ignaz Gentges fällt im Nu alle Angst von mir ab, als er mich auffordert, Märchentitel der Gebrüder Grimm zu benennen. Ich habe eine lange Reihe auf Lager, sodass er bald abwinkt und mir die Aufgabe stellt, vor einer imaginären Gruppe sechsjähriger Kinder ein Märchen meiner Wahl zu erzählen. Um die Spannung zu erhöhen, senke ich meine Stimme bis zum Flüstern herab, als die Märchenkinder in die Nähe des Hexenhauses gekommen sind. Hierbei werde ich mitten im Vortrag unterbrochen für eine weitere Aufgabe,

die darin besteht, einen vorgegebenen Text mit entsprechender Modulation der Stimme ängstlich, komplizenhaft, selbstherrlich oder gleichgültig vorzutragen. Ich habe ein gutes Gefühl, als ich das kleine Dachzimmer, das der Sprecherziehung dient, verlasse und in einen Raum mit doppelter Größe wechsele. Hier sollen offensichtlich meine bildnerischen Fähigkeiten getestet werden. Von mir wird verlangt, eine vorliegende kurze Geschichte, an deren Inhalt ich mich heute nicht mehr erinnere, zu lesen und anschließend in beliebig vielen Bildern an einer über eine ganze Wandbreite sich hinziehenden Tafel skizzenhaft zu gliedern und darzustellen. Da ich zeichnerisch ungeübt bin, ich aber um jeden Preis verhindern will, wie der Ochs vorm Berge dazustehen, fackele ich nicht lange und produziere beherzt mit verschieden farbigen Kreiden Strichmännchen an der Tafel, die ich, der erwarteten Gliederung entsprechend in gehörigen Abständen mit einfach darstellbaren Symbolen wie Haus, Baum, Blume, Wolke und Wasser umgebe, dafür unerwartetes Lob ernte, dem ich nicht so recht traue, mich aber beruhigt zur nächsten Prüfungsstation bewege. Mir ist klar geworden, dass hier nicht Schulwissen abgefragt wird, auch nicht zuerst Intellekt gefordert ist, nicht die linke Gehirnhälfte mit dem Sitz des Verstandes, der Logik, der Mathematik, sondern die kreativen Möglichkeiten sollen aus uns heraus gekitzelt werden. Die rechte Hälfte des Gehirns hat hier zu dominieren. Intuition und Fantasie bekommen eine Chance. Von der Muse geküsste Typen werden das Rennen machen, das spüre ich instinktiv und werde bestätigt im großen Vorlesungssaal, in dem es von allen Enden her tönt; verhalten zwar, doch deutlich genug, mich an die mangelhafte Beherrschung meines Musikinstrumentes zu erinnern. Gekonnte Geigenstriche mischen sich da mit den schrillen Tönen der Blockflöte. Eine Gitarre scheint mit aufmunternden Akkorden zum Mitsingen aufzufordern. Aus einer Ecke perlen die geläufigen Triller einer Klavierspielerin. Wie ein willkürlich zusammengestelltes Orchester, das sich mit solch kakophonen Klängen auf den Einsatz vorbereitet. Geduldig warte ich, bis mir eine Geige in die Hand gedrückt wird mit der Aufforderung, die chromatische Tonleiter zu spielen. Ärgerlich, dass bei Münstermann genau diese Art der Tonleiter nicht zur Sprache gekommen ist. Ich bemühe mich, nahe am Ohr des prüfenden Musikdozenten mit meiner Tonleiter durchzudringen. Das sei allerdings die C-Dur-Tonleiter, höre ich. Doch was ist chromatisch? Freundlich wird mir erklärt, da seien auch die Halbtöne mitzuspielen. Nun ja, das könne ich ja noch lernen. Zu meinem Trost lässt er mich eine Melodie meiner Wahl streichen und fragt mich nach meinen stimmlichen Fähigkeiten. Als er erfährt, dass ich in einem Kirchenchor aktiv bin und schon während der Gefangenschaft in zwei Chören gesungen habe, hellt sich sein Gesicht auf und er empfiehlt mir, im Herbst in seinem Studentenchor mitzumachen. Obwohl ich im Bereich der Musik keine Glanzleistung hingelegt habe, wird mein Anfangseindruck bestätigt, dass bei diesen Prüfungen eher das Bilderbuch der Seele als des Verstandes aufgeblättert wird.

Nach einer Mittagspause gilt es nur noch einen Aufsatz zu schreiben. In der ungewöhnlich kurzen Zeit von einer Stunde sollen wir unsere Gedanken zum Thema „Sparsamkeit und Geiz" zu Papier bringen.

War es die Freude über den als gelungen empfundenen Tag oder Gedankenlosigkeit, als ich auf dem Rückweg die strenge Anweisung meines Schwagers, den neu eingebauten Motor seiner Puch nur gedrosselt zu fahren, missachtet habe, auf halbem Wege den Kolben blockierte und mit meinem Sozius auf dem Rücksitz die letzte Strecke nur noch tuckernd zurücklegen konnte? Den Schaden versprach ich Josef Deggerich durch Mithilfe in seiner Landwirtschaft gutzumachen, da mir das Bargeld für eine Reparatur fehlte.

100 K.O. im Festzelt

Ein weiteres Mal unterbreche ich die Tätigkeit in der Gärtnerei, um beim Bürener Schützenfest zu helfen. Meine Familie übt seit dem Bestehen der Gaststätte die Funktion der Festbetreuung aus. Nach zehnjähriger Unterbrechung durch Krieg und Nachkriegszeit findet das erste Schützenfest im Jahr 1950 behelfsmäßig in unserer Scheune statt. Dieses Provisorium soll sich nicht wiederholen. Jetzt, ein Jahr später, steht wieder ein Festzelt zwischen Saal und Scheune auf unserem Hof. Sämtliche Mitglieder unserer Familie, erweitert um einige zuverlässige Helfer von auswärts, sind eingebunden in die mehrtägigen, mühsamen Arbeiten in der Küche, im Zelt und an der Vogelstange. Da gibt es kein Ausweichen. Unser Blick wird auf das für die Familie Nützliche gerichtet. Das Mitfeiern an den beiden Tagen im Festzelt bleibt uns verwehrt. Zaungäste nur sind wir beim strammen Losmarschieren der Schützenbrüder mit geschultertem Handstock zur Vogelstange und bei deren kläglichen Rückkehr wie nach einer verlorenen Schlacht. Kein Schuss auf den hölzernen Vogel von den männlichen Mitgliedern der Familie, keine Chance für meine Schwestern, sich als Schützenkönigin bejubeln zu lassen. Fleißige Hände sind gefordert an den verschiedenen Stationen des Geschehens. Das Geld sitzt locker an diesen Tagen und vom Umsatz hängt für uns der Erfolg ab.

Ich kann rückblickend sagen, dass mir der Dauereinsatz an den strapaziösen Tagen und Nächten zur lieben Gewohnheit geworden ist und ich weder dem Verzicht auf das Marschieren zu den Klängen der Blaskapelle nachtrauere noch auf den Kitzel des Königsschusses scharf gewesen bin und statt dessen den Platz hinter der Biertheke besetzt hielt.

Dort stand ich auch am Sonntagabend nach Mitternacht, müde von dem Lärm und den Anstrengungen des langen Tages und wartete sehnsüchtig auf das Ausklingen des ersten Festabends. Die Musiker packten ihre Instrumente ein. Die älteren Gäste hatten das Zelt bereits verlassen. Nur an einigen Tischen herrschte noch Hochstimmung. Wie Nachzügler stellten sich zwei mir unbekannte Männer an die Theke und forderten in drängender Eile ein Bier nach dem anderen. Ich hielt sie für Freunde, die sich gezielt und hastig einen Rausch antrinken wollten, indem sie fünf oder sechs Biere hintereinander kippten. Doch als ich von Bezahlung sprach, weigerten sich beide. Jeder gab vor, Gast des anderen gewesen zu sein. Gerade noch in einem freundschaftlichen Gespräch miteinander, an dem ich mich sogar beteiligt hatte, steigerten sie sich in einen Streit hinein. Ich redete beschwichtigend auf sie ein und schlug vor, jeder solle seine eigene Zeche bezahlen. Doch der Auffälligste der beiden, ein großer imponierender Mann, warf mir vor, ich sei der Komplize seines Trinkkumpans. Das hätte er auf Anhieb gemerkt. Mit dem stecke ich unter einer Decke. Er jedenfalls werde keinen Pfennig bezahlen, sondern in die Sektbar nebenan gehen, wo er hoffentlich nicht geneppt werde wie bei mir. Ich bestand auf vorherige Bezahlung. „Wenn Sie hier nicht bezahlen, kommen Sie nicht in die Sektbar." Schon hatte er sich umgedreht und steuerte entschlossen, jedoch leicht schwankend, auf den Eingang der Sektbar zu. Spätestens in diesem Augenblick hätte ich das kommende Unglück verhindern, fünf gerade sein lassen und auf die lumpigen paar Mark an Zechschulden verzichten können. Aber nein, ich stürzte hinterher, bereit, diesen Mann bei den Mädchen hinter der Sekttheke als Zechpreller anzuprangern. Doch dazu kam ich nicht. Beim ersten Schritt in den abgedunkelten Raum hinein traf mich ein betäubender Schlag ins Gesicht und ich ging mit einem Aufschrei zu Boden. Über mir sah ich einen massigen Körper und Fäuste, die auf mich eintrommelten. Kein weiterer Gast befand sich in der Bar. Nur ein Mädchen hinter der hohen Sekttheke. Mein Hilferuf muss gehört worden sein. Keine Minute ist vergangen, als ich meinen Nachbarn Heini Meis, in voller Schützenfest-Montur, wie einen Racheengel eindringen sehe. Er packt meinen Peiniger, reißt ihn hoch und, während er ihn massiv mit Worten bedroht, zahlt er ihm mit seinen Fäusten dreifach heim, was der mir zugefügt hat. Ich rappele mich indessen auf, erfasse nach und nach die Situation, merke, dass mein Hemd zerrissen ist und mein Gesicht vor Schmerzen brennt. Ein Polizist, der dienstlich als Ordnungshüter anwesend ist, kennt den Täter, wie ich bald spüre. Nur widerwillig lässt er sich von mir den Tathergang schildern, rät mir, von einer schriftlichen Fassung des peinlichen Vorfalls abzusehen. Denn dadurch würde der Fall aktenkundig und müsse weiter verfolgt werden. Dem Mann sei doch nur unter Alkoholeinfluss die Hand ausgerutscht. Das müsste ich als Wirtssohn doch einordnen können. Ein unbescholtener und angesehener Stadtlohner Bürger. Ob da keine Versöhnung an Ort und Stelle, eventuell mit Schadenersatz für mein zerrissenes Hemd und Schmerzensgeld, vorzuziehen sei. Ich bestehe darauf, ein Protokoll anzufertigen und einen Strafantrag wegen Körperverletzung zu stellen. Mein rechtes Auge ist mittlerweile so verquollen, dass ich einäugig unterschreibe und mich bereit erkläre, am nächsten Morgen im Polizeirevier den Vorgang bei Licht zu betrachten. Dort erscheine ich mit dunkler Sonnenbrille. Zwei Polizisten sind bemüht, mich nachgiebig zu stimmen. Herr B. sei schon vor mir da gewesen. Er stehe mit Bedauern zu seiner nächtlichen Entgleisung, wolle mich in Büren förmlich um Verzeihung bitten und finanziell meinen Wünschen entgegen kommen. Einzige Bedingung: Mein Strafantrag müsse zurück gezogen werden. Von soviel Einsicht des Täters gerührt, beuge ich mich dem Drängen der Ordnungshüter und stehe am Nachmittag einem völlig verwandelten Mann gegenüber, der mir fast Leid tut, als ich von ihm für ein neues Hemd und erlittene Schmerzen hundert Mark verlange und in bar ausgezahlt bekomme. Ich kann nicht umhin, ihn mit der Bemerkung nach Stadtlohn zu entlassen, dass er das billiger und mit weniger Ärger hätte haben können, wenn er in der Nacht seine Zeche bezahlt hätte.

101 Herbststräuße

Seit dem Hochsommer esse ich nicht mehr im Hause meines Chefs zu Mittag, sondern bin Gast im Elternhaus von Frau Demes, einem Bauernhof in der Nähe. Die rustikale Küche, wie ich sie von zu Hause gewohnt bin, ist ganz nach meinem Geschmack. Besonders das tägliche Schälchen Dickmilch mit Zimt und Zucker ist mir in angenehmer Erinnerung geblieben.
Nun kündigt sich der Herbst mit seiner Fülle an. In der Gärtnerei Demes werden die Freilandkulturen abgeerntet. Blumenkohl, Kohlrabi und Tomaten von den Feldern und pralle Salatköpfe aus dem Gewächshaus packen wir in handliche Kisten, die wir mit einigen Klapptischen auf der überdachten Ladefläche des Kombiwagens verstauen. Ein Eimer mit leuchtenden Schnittgladiolen wird im letzten Augenblick von Hans Demes nachgereicht. Ich glaube zu verstehen, zehn Stück für

eine Mark zu verkaufen. Diese Ladung ist unser Angebot auf dem Wochenmarkt in Gronau, Geselle Georg steuert das Fahrzeug, ich begleite ihn als zweiter Verkäufer.
Auf dem Markt rücken wir unseren Stand ins rechte Licht, legen die besten Früchte obenauf, doch die Nachfrage ist verhalten. Zu viele Händler konkurrieren mit unserem Angebot. So machen wir von unserem Recht Gebrauch, das Hans uns ausdrücklich mit auf den Weg gegeben hat, die Preise bei schlapper Nachfrage zu senken. Im Nu wird unser Stand stärker umlagert. Die Gesetze des Wettbewerbs greifen. Die Kisten leeren sich zusehends, als wir die vergessenen Gladiolen in der Ecke des Kombiwagens, wie in einem Versteck, bemerken. Ich hole sie hervor und stelle bereits ein leichtes Welken der Blüten fest. Was ist zu tun? Georg eilt mit einem Eimer ins nächste Privathaus, um Wasser zu holen. Ich platziere derweil die kränkelnden, aber immer noch bezaubernden Blütendolden vor mir auf dem Verkaufstisch. Die Nachfrage steigt nach den ersten verkauften Blumen schlagartig an. Eine Schlange bildet sich, und die letzten Gladiolen sind von mir in limitierten Mengen über den Verkaufstisch gereicht, bevor Georg keuchend mit dem Wasser eintrifft. Der staunt über meine Verkaufserfolge, schlägt aber die Hände über dem Kopf zusammen, als er meinen Preis hört. Nicht zehn Gladiolen sollten eine Mark kosten, sondern jede einzelne.
Unser Stand ist geräumt. Wir werden uns einig, meinen „Hörfehler" dem Chef in Stadtlohn zu verheimlichen und unseren Verkaufstag in Gronau als Erfolg zu deklarieren. Wir rechnen aus: Etwa dreißig Gladiolen steckten in dem Eimer, die einen Betrag von dreißig Mark erbringen sollten. Statt dessen waren nur drei Mark in die Kasse geflossen. Wir haben also einen Verlust von siebenundzwanzig Mark zu verbuchen. Bei den insgesamt guten Tageseinnahmen dürfte unsere Schummelei nicht auffallen. In der Tat, wir ernten Lob für unsere geschickte Verkaufsstrategie, bei abgesenkten Preisen die Ware restlos abgesetzt zu haben. Erst Jahrzehnte später habe ich Hans Demes die wahren Hintergründe unseres so erfolgreichen Gladiolenverkaufs aufgedeckt, und er hat es lächelnd hingenommen.

Die Herbstarbeit in der Gärtnerei führt mich an eine weitere mir unbekannte Beschäftigung.

Da das Fest Allerheiligen seine Schatten vorauswirft, steht neben den Arbeiten im Gewächshaus das Wickeln, Binden und Stecken von Sträußen und Kränzen in gedeckten Herbstfarben als Grabschmuck an. Ich bringe es aber nicht mehr zur erwünschten Fertigkeit, da im Oktober der Beginn des Studiums auf der Pädagogischen Akademie in Emsdetten winkt. Schon ein paar Wochen nach der Prüfung ist mir zu meiner großen Freude der Zulassungsbescheid ins Haus geschickt worden. So, wie ich vom Frühling bis zum Herbst Pflanzen, Blühen und Ernten erlebt und Fertigkeiten erworben haben, die auch in Zukunft einsetzbar sind, so sicher bin ich mir, dass das, was an geistigem Potenzial angelegt ist, dort erfolgreich weiter entwickelt werden kann.

102 Marienminne

Meine Mutter war durch ihre fromme Erziehung, vielleicht auch durch ihren Vornamen stark auf Maria, die Mutter Jesu, bezogen. Sie sprach täglich eine Reihe von Mariengebeten. Der „liebe Heiland" und die Mutter Gottes waren feste Größen in ihrem Leben, um die ihr Denken und Fühlen kreiste. Einige Male habe ich sie nach Eggerode, einem Wallfahrtsort in der Nähe, mit dem Fahrrad begleitet und vor der großartigen Marienplastik aus dem 13. Jahrhundert mit dem Titel „Maria, Königin vom Himmelreich" unsere Anliegen ausgebreitet. Mein Vater war nüchterner in seinem religiösen Denken und Handeln. Religion war für ihn ein Feld, auf dem eher gerodet und durch treue Erfüllung der kirchlichen Pflichtübungen geackert, aber wenig geredet wurde.

Verheißungsvoller als Eggerode klang in meinen Ohren der entfernter liegende Wallfahrtsort Kevelaer. Er war mir seit meiner Kindheit und Jugend hauptsächlich durch die Mitbringsel von dorther bekannt: Papierfähnchen mit einer bunten Mantel-Madonna und, was faszinierender war, Maria in einem Glasge-

häuse, die beim Kippen von Schneeflocken umwirbelt wurde.
In der Stadtlohner Gärtnerei erfuhr ich, dass für den jährlichen Sonderzug nach Kevelaer noch Wallfahrer willkommen seien. Ich meldete mich kurzerhand für die zweitägige Wochenendfahrt an.
Sobald der Zug losrollt, bestimmt ein über Jahre hin erprobtes und nicht in Frage zu stellendes Ritual den Ablauf. Vorbeter, die ihre Aufgabe sehr ernst nehmen, sorgen für einen abgestimmten Wechsel zwischen Gebeten und Liedern, ohne den Plausch mit dem Sitznachbarn rigoros zu unterbinden.
Beeindruckend für mich der feierliche Einzug in Kevelaer mit den Fahnenträgern voran, schallende Marienlieder auf den Lippen bis zur „Gnadenkapelle". Dort stelle ich mich in die lange Warteschlange, lasse mich geduldig an das „Gnadenbild" heranschieben und entdecke ein Postkarten großes Bildchen, das hinter Glas in einem goldenen Rahmen gefasst ist. Consolatrix afflictorum, Trösterin der Betrübten lese ich und bin enttäuscht über die unansehnliche Mariendarstellung. Ausgerechnet Söldnern, die es im 30-jährigen Krieg aus Luxemburg hergebracht haben, verdankt Kevelaer diese wundertätige Ikone, vor der seitdem die Betrübten und Beladenen der ganzen Region Trost suchen.
Ich frage mich, während ich eine halbe Minute vor dem Bildchen verharre, was mich zu dieser Wunderstätte treibt. Weshalb suche ich den Augenblick auszudehnen, den ich im Angesicht der Schutzmantel-Madonna verbringe? Lass ich mich vom Zauber des Ortes einfangen? Sind es die vielen einträchtig singenden und betenden Menschen, die mich in ihren Sog ziehen? Weckt der Blick auf das Madonnenbild in mir eher Begehrlichkeiten und Wünsche oder überwiegt einfach ein Gefühl des Dankes für dieses gelungene Jahr? Für das Abitur im Frühjahr und die erfolgreiche Prüfung in Emsdetten? Will ich einfach meine Freude darüber kundtun, dass bei der sommerlichen Gärtnerei-Arbeit meine Kopfschmerzen wie weggeblasen sind, so wie sich Tautropfen vor der Sonne verflüchtigen?
Mit den anderen Stadtlohner Pilgern stärke ich mich in einer der zahlreichen Gaststätten, kaufe mir eine Tasse Suppe zu den mitgebrachten Broten und nehme an der Abendandacht und

der sich anschließenden Lichterprozession teil, die sich wie eine Riesenschlange zwischen den sakralen Gebäuden windet.

Eine Huldigung an die Gnadenvolle, die liebe Frau, deren Größe mit hundert klangvollen Namen besungen wird: du Arche des Bundes, du Morgenstern, du Trösterin der Betrübten, das dreimal wiederholt wird. Während ich in die Kehrverse mit einstimme, geht mir ein Vers des romantischen Dichters Novalis durch den Sinn: Ich sehe dich in tausend Bildern, Maria, lieblich ausgedrückt; doch keins von allen kann dich schildern, wie meine Seele dich erblickt.

Am Ende dieses von Gefühlen getragenen Tages steht die nüchterne Frage nach einer Unterkunft für die Nacht. Da Einzelbetten für viele von uns ein zu großer Luxus wären, entscheide ich mich mit einigen jungen Männern aus unserer Pilgergruppe für ein privat angebotenes Ehebett. Es wird dadurch besonders preisgünstig, dass wir bereit sind, zu sechst die Nacht darin zu verbringen. Wir sehen uns die massive Eichenholz-Konstruktion an und schaffen uns eine optimal nutzbare Liegefläche, indem wir uns quer hineinlegen. Nach einigem Gerangel um eine günstige Schlafposition versinke ich, von den Anstrengungen des Tages ermüdet, schnell ins Vergessen, und nach dem Frühstück am nächsten Morgen sind alle in der Lage, am Hochamt in der reich verzierten Basilika und dem nachfolgenden Kreuzweg im Freien teilzunehmen.

Ich nutze die verbleibende Zeit für persönliche Besorgungen, kaufe Kevelaer-Fähnchen für meine jüngsten Geschwister in einem Devotionalien-Laden und finde Gefallen an einem schmalen Bändchen mit dem Titel „Der 1000 jährige Rosenstock", an dessen Autor ich mich nicht mehr erinnere.

Im Dunkeln erreichen wir Stadtlohn nach einer Heimfahrt, bei der uns kaum noch gemeinsames Beten und Singen abverlangt wird, wir vielmehr unseren Gedanken nachhängen oder unserer Müdigkeit nachgeben können.

Ich verzichte auf den angebotenen Segen in der St. Otger-Kirche, schnappe mir am Bahnhof mein Rad und fahre, versunken in gute Gedanken über die beiden im heiligen Bezirk Kevelaers verlebten Tage, nach Büren. Doch in Estern, etwa auf halbem Wege nach Hause, werde ich aus meinen Träumen gerissen.

Frontal stoße ich auf einen Radfahrer, der wie ich ohne Licht fährt. Ich bin der Glücklichere, falle auf den Grünstreifen und verletze mich nicht. Mein Gegenüber, dessen Gesicht wie mein eigenes im Dunkeln bleibt, zieht sich beim Sturz auf die Schotterstraße Schürfwunden zu. Die Lenkstangen stehen quer, die Räder sind ineinander verkeilt. Mit ein paar gezielten Tritten auf mein verbogenes Vorderrad bringe ich meinen alten Drahtesel wieder zum Rollen mit solch quietschenden Geräuschen, dass ein weiterer Zusammenprall bis Büren nicht zu befürchten ist.

Nach fast fünfzig Jahren entschließe ich mich erneut, nach Kevelaer zu wallfahren. Jetzt nicht als Einzelpilger, sondern mit meiner Frau, in einem Bus mit Ottensteinern und ohne Übernachtung. Die Gnadenkapelle zwingt mich, trotz der überbordenden Pracht, zum stillen Hinschauen. Die Marienbasilika erdrückt mich, wie damals, mit ihrem Überangebot an Rot und Gold, wobei kein Quadratzentimeter des Kirchenschiffs unbemalt ist. Brennende Kerzen, drinnen und draußen, mittlerweile zu einer Lichterflut angeschwollen, beweisen, dass weiterhin „brennende Bitten" nach drüben geschickt werden.

103 Glückssuche

Die herrliche Zeit in Büren neigt sich dem Ende zu. Den neuen Wohnsitz werde ich nach Emsdetten verlegen. Die Jahre nach dem einschneidenden Datum des elften September 1946, an dem ich wie ein Neugeborener aus der Verbannung in die Waldesecke heimgekehrt bin, sind prall mit Leben gefüllt. Wie ein Fisch, der sich, gefangen im Netz, abgezappelt hat und dann, endlich befreit, sich kopfüber ins Wasser stürzt, bin ich eingetaucht in die Vergnügungen und die Arbeit. Beides nehme ich extrem wahr. Den erfolgreichen Weg zum Schulabschluss muss ich allein finden, als Fossil bei dem Prälaten Lücke, mit dem einjährigen Intermezzo in Münster und schließlich auf dem Gymnasium in Coesfeld, dem ersehnten Schulabschluss entgegen. Das Feiern auf den Bürener Tennen und den Festen

ringsum teile ich mit den Altersgenossen, einig in dem Ziel, Kontakte mit Mädchen aufzunehmen und mich in Liebeleien verwickeln zu lassen. Diese aufregenden Jahre sind nun vorbei. Ich bin in ruhigere Fahrwasser geraten.
Ich erinnere mich an das Erlebnis des ersten Kusses mit 20 Jahren, einige Monate nach meiner Entlassung. Meine älteren Schwestern mit ihren Partnern warteten außer Sichtweite auf dem Rückweg von einer gemeinsamen Feier, als ich Maria L. bis vor den Seiteneingang des Pastorats Lücke begleitete und dort mit einem flüchtigen Kuss verabschiedete. Ich war meinen Schwestern dankbar, denn ich hatte gelesen, der erste Kuss könne einen Gefühlswirbel auslösen, einem Schwindelanfall vergleichbar. Da konnte es nur von Nutzen sein, vertraute Menschen in der Nähe zu wissen. Aber meine Befürchtungen waren gegenstandslos. Nichts dergleichen geschah.
Meiner Liebeleien möchte ich mich nicht rühmen. Es fällt mir sogar schwer, sie überhaupt zu erwähnen. Ich hülle mich lieber in Schweigen, als mühsam die Wurzeln meiner Unstetigkeit aufzudecken, aus Sorge, mit mir selbst ins Gericht gehen zu müssen. Es bleibt die Tatsache: Bis auf eine Ausnahme waren meine Bindungen in jenen Jahren oberflächlich und von kurzer Dauer. Ich mochte mich nicht verwickeln lassen, ungeachtet der Traurigkeit und des Schmerzes der Partnerinnen. Ich scheute die feste Bindung, empfand sie regelrecht als Bedrohung. Ein Teil meines Wesens war auf Flüchtigkeit eingestellt, ganz im Gegensatz zu meinen Schwestern, deren Verhalten zu ihren Partnern von Zuverlässigkeit bestimmt war.

104 Wo die Nachtigall singt

Die Wohnfrage in Emsdetten steht an. Ein Zimmer, billig und möglichst mit Familienanschluss, soll es sein. Unser Nachbar Bernhard Tieke verweist auf seine Schwester, die als Witwe mit einem Haus voller Kinder einen Bauernhof am Rande der Stadt Emsdetten bewirtschaftet. Ich solle da mal nachfragen. Entschlossen besteige ich mit meiner Mutter einen Zug zu mei-

nem künftigen Studienort. Etwa einen Kilometer vom Bahnhof entfernt finden wir das ansehnliche Bauernhaus mit etlichen Nebengebäuden. Obwohl wir die Familie Niesmann nicht kennen, werden wir wie gute Bekannte von einer resoluten Bäuerin empfangen. Ich trage mein Anliegen vor. Natürlich sei noch eine Schlafkammer frei, und am Tisch ein Platz für einen weiteren Esser. Ob da nun sechs Kinder am Tisch säßen oder sieben, mache doch keinen Unterschied. Besondere Ansprüche dürfe ich allerdings nicht stellen. Bargeld wird nicht erwartet. Ich könnte dem jüngsten Sohn Willi, der die Quarta des Gymnasiums besucht, bei seinen Hausaufgaben helfen. Nachhilfe also gegen Nahrung und Bett.
Nach Kaffee und Kuchen führt uns Frau Niesmann durch das geräumige Bauernhaus. Das angebotene Schlafzimmer ist schmucklos, ausgestattet mit Bett, Schrank, Stuhl und Tisch. Platz genug für meine Bücher. Ein schmales Fenster gibt den Blick frei in einen ausgedehnten Bauerngarten, dessen Rabatten von Buchsbaum eingefasst sind. Herbstgemüse leuchtet aus den Beeten: Endivien, Weiß- und Grünkohl. Beherrschend unmittelbar vor dem Fenster eine Buche, mit schon herbstlich eingefärbtem Laub. Hier könne ich im Mai dem Gesang der Nachtigall lauschen, abends wenn ich schon im Bett läge. Auf diesen Vogel sei Verlass. Über dessen Lautstärke würde ich mich noch wundern. Das Wohnzimmer neben der Eingangsdiele, so wird mir bedeutet, könne auch zu Studierzwecken genutzt werden. Wir besichtigen weitere Räume. Im Gegensatz zu meinem Elternhaus finde ich hier ein Badezimmer mit fließendem Wasser und Toilettenspülung. Als Herzstück des Hauses wird uns die große Diele vorgestellt, ausgestattet mit einem überdimensionalen Herd und einem ausladenden massiven Eichentisch. In diesem Raum werden die täglichen Mahlzeiten eingenommen.
Auch den landwirtschaftlich genutzten Teil des Hauses nehmen wir in Augenschein: der Kuhstall, angelegt für eine stattliche Herde, glänzt in schwarz-weißem Sommeranstrich und wartet auf den baldigen Eintrieb der Milchkühe. Die Schweineställe, die Pferdeboxen, alles ist großzügiger als bei uns zu Hause. Meine Mutter ist begeistert, ihren Sohn in eine solch solide bäuerliche Welt verpflanzt zu sehen, und ich spüre, irgendwo

in meinem Stammhirn die ersehnte Nähe zu einer lebendigen Familie, auch zum Stall- und Erdgeruch eines Bauernhofes.

105 Schmalspur-Studenten?

In einem kleinen Koffer transportiere ich meine wenigen Habseligkeiten Anfang Oktober an den neuen Wohnort. Die Fahrt mit dem Zug von Stadtlohn aus ist mit einem Umsteigen in Burgsteinfurt verbunden und dauert fast drei Stunden. Ich nehme mir vor, trotz des nahenden Winters die wöchentliche Fahrt in Zukunft mit dem Fahrrad zu machen. Keine fünfzig Kilometer sind es von Büren aus.

Nach der ersten Nacht in meinem neuen Domizil erscheine ich mit einer grauen Kollegmappe aus Kunststoff unterm Arm zur Begrüßung in dem neuen PA-Gebäude, über dessen Haupteingang mir die Spuren eines weggemeißelten Hakenkreuzes, die auf eine frühere Nutzung als HJ-Heim hindeuten, in die Augen fallen. Etwa achtzig Neustudenten lauschen erwartungsvoll den Worten des Rektors Prof. Haase. Die Stimme verrät einen gütigen und wohlwollenden Menschen, der uns Schnupperstunden in den einzelnen Fachgebieten empfiehlt. Nicht die Anzahl der Vorlesungen und Seminare seien entscheidend, sondern die richtige Auswahl. Zwei Wochen brauchten wir, uns zurechtzufinden. Hilfe könnten wir von vielen Seiten erwarten, besonders vom Vorjahressemester und natürlich von allen Dozenten.

Die Vorzüge der Pädagogischen Akademien gegenüber den ideologisch geführten Lehrerbildungsanstalten (LBAs), die vom NS-Regime zur Ausrichtung linientreuer Pädagogen installiert wurden, stellt uns Prof. Haase vor Augen. Unsere Ausbildung in vier Semestern sei zwar relativ kurz, aber wissenschaftlich orientiert und intensiv.

Als Schmalspur-Studenten, wie manche uns herablassend einschätzten, sollten wir uns nicht verstehen.

106 Homo ludens

Ich setze einen meiner Schwerpunkte bereits in der ersten Woche bei dem Deutschdozenten Dr. Ignaz Gentges. Seine Fachgebiete sind Deutsche Literatur und Rollenspiele in der Schule, Bereiche, die mich brennend interessieren. Schon nach wenigen Tagen bietet er Spielwilligen eine Theater-AG an. Etwa 15 Personen scharen sich um den Mann, der zu den Initiatoren des deutschen Laienspiels zählt. Wie eine konspirative Gruppe ihrem Guru Geheimnisvolles, Faszinierendes zutraut oder andichtet, so wollen wir über diesen spielbesessenen Menschen möglichst viel erfahren, mischen wohl auch in den ersten Wochen bis zur späteren Ernüchterung Dichtung und Wahrheit. Als bisheriger Rundfunksprecher und Theaterregisseur ist er an die PA berufen worden. Es heißt, er bemühe sich sehr um die deutsch-französischen Verständigung. Im Großen Herder stehe er als Wegbereiter des deutschen Laienspiels und Autor eines Buches zu diesem Thema verzeichnet, was ich prüfe und bestätigt finde. Auch Warnungen werden laut: Dieser Mann sei ein Nachtmensch, wer ihm folge, müsse mit endlosen Spätveranstaltungen rechnen. Ich verschreibe mich diesem musischen Menschen und erlebe ihn in vielen Sitzungen als Kettenraucher, den ich während der ganzen PA-Zeit nicht mehr aus den Augen lasse.
In den Seminaren bei Ignaz Gentges werden unsere Stimmen geprüft, als müssten wir das Lesen neu erlernen. Texte unterschiedlichen Stimmungen anpassen: gleichgültig dahinsprechend, besänftigend, zornig oder im Befehlston, heuchlerisch, unterwürfig. In einer Schauspielschule könnte es ähnlich zugehen. Gentges ist verliebt in die Sprache. Er artikuliert jede Silbe, lässt sie sich im Munde zergehen wie eine süße Speise. Um seine Lippen spielen dabei hundert kleine Fältchen, die seinem Altersgesicht jugendliche Bewegtheit verleihen. Mit stoischer Gelassenheit fordert er uns zu immer neuen Anläufen auf. So sehr wir uns bemühen, seinen Ansprüchen wird keine und keiner gerecht. Auch meine Leseübungen scheinen ihm nicht zu genügen. Er unterbricht und korrigiert mich. Umso überraschter bin ich, als ich mit zwei weiteren Teilnehmerinnen zu

höheren Weihen zugelassen werde: ich darf die Hauptrolle in einem kleinen Adventsspiel übernehmen, mit dem die beiden Semester in die Weihnachtsferien entlassen werden sollen. Ein Spiel von Sündenfall und Erlösung, wohl dem Genesis-Bericht der Bibel mit der Schlange und den ersten Menschen entlehnt, dessen Titel mir entfallen ist. Nicht einmal ein Foto besitze ich von meinem ersten Auftritt. Ich sehe mich unter einer vom Kunstdozenten Wienhausen entworfenen Palme aus Pappmaché sitzen, ein gefallener Adam, ächzend unter seiner Schuld, die er anderen zuweist, sich selbst als Opfer, nicht als Täter sehend. Zwei Gestalten bemühen sich um den Bedauernswerten. Auch deren offensichtlich befreiende Botschaft ist mir nicht mehr erinnerlich. Nur dass sie in schlichten Knittelversen daherkommt, in einer Adventszeit, die so ernst ist wie Advent einmal war. Nicht auf der Bühne im großen Hörsaal, sondern auf einer Spielinsel im Eingangsbereich der PA, fast ohne Bewegung, ohne Schminke und Verkleidung, ohne musikalische Begleitkulisse im Hintergrund, nur gesteuert von einem Scheinwerferstrahl, der die sprechende Person hervorhebt, findet das Lehrstück statt. Ein Mysterienspiel, das aufrütteln soll und in der Tat die anwesenden Studenten und Dozenten zu andächtigem Hinschauen zwingt, ihnen sogar einen bemerkenswerten Applaus abverlangt. Für mich ist vor diesem kompetenten Publikum ein zartes Pflänzchen Selbstbewusstsein und Selbstsicherheit gewachsen.

107 Aus Erde gemacht

Ein weiterer Fachbereich findet meine ungeteilte Zustimmung: die Kunsterziehung. Aus dem „Doppelpack" der beiden Kunstdozenten wähle ich den schulerfahrenen Walter Dornseifer. Von ihm stammt ein expressionistisches Bild im großen Hörsaal, das die ganze Wand ausfüllt: Es stellt die Erschaffung des Menschen dar. Aus gleißendem Licht heraus weist eine Heldengestalt mit pathetischer Gebärde ein verängstigtes Menschlein in eine chaotische Landschaft. Gar nicht biblisch mutet das Bild an, eher scheint es der antiken Götterwelt zu entstammen. Auch nichts Tröstliches geht von dieser Monumentaldarstellung aus. Anders dagegen ein zweites Bild, in Öl gemalt und gerahmt, das dem zweiten Kunstdozenten Wienhausen zugesprochen wird. Es zwingt mich jeden Tag zum Nachdenken Ein Sämann streut schwungvoll Samen nicht etwa in wohl vorbereitetes Erdreich, sondern, wie es scheint, in morastig aufgewühlten Boden. Ich rätsele, ob damit auf die Erfolglosigkeit allen pädagogischen Bemühens hingewiesen werden soll, komme aber zu der Deutung, dass trotz aller Widrigkeiten hoffnungsvoll gesät wird. Dornseifer legt weniger Wert auf Theorien über vergangene und gegenwärtige Kunstepochen als auf schulnahe Praxis. Materialien aller Art legt er uns vor. Wie von einem Zauberstab berührt, verwandeln wir uns in „Künstler", die aus Lumpen Collagen schaffen oder Puppenköpfe aus Papiermaché formen.

Vor der Staffelei

Ich stehe zum ersten Mal vor einer Staffelei, setze geometrische Figuren aufs Papier, die ich voneinander abgrenze oder kaleidoskopartig mische. Ich fühle mich befreit von allen Fesseln des bisher erlebten Kunstunterrichts an den Schulen. Doch Dornseifer weist mich behutsam auf die Grenzen meiner malerischen Fähigkeiten hin und rät mir, im Kelleratelier der PA an einem Klumpen Ton meine kreativen Kräfte zu erproben. Nur ein paar Studenten befassen sich mit diesem Material. Ich kann also des Dozenten volle Aufmerksamkeit auf mich ziehen. So entsteht unter meiner Hand ein Gefäß, asymmetrisch, mit eingeritzten Motiven, das gebrannt wird und die Zustimmung Dornseifers findet. Er ermuntert mich, figürlich zu arbeiten. Es müsse eine Figur sein, in sich ruhend, ohne Schnörkel und abstehende Extremitäten. Vom Leichten zum Anspruchsvollen müsse der Weg in kleinen Schritten gegangen werden. Der liebe Gott habe die Lebewesen auch stufenweise vom Einzeller bis zum hoch entwickelten Wirbeltier geschaffen. Aus einem kompakten Stück Ton knete ich nacheinander einen Fisch, eine Maus, eine Schildkröte, einen liegenden Hund, spüre den fast erotischen Reiz, der im „Begreifen" dieses Materials liegt. Aber ich werde aufgefordert, alles wieder aufzuweichen und in einen Klumpen Ton zurück zu verwandeln. Betroffen zögere ich, möchte auch diese Teile gebrannt sehen. Aber freundlich und unerbittlich belehrt mich Dornseifer, jede Tonarbeit müsse hohl sein. Eine Röhre, ein Zylinder stehe am Anfang, je dünnwandiger umso besser, und alles müsse regelrecht ineinander verklebt sein. Er besieht meine Hände. Das seien Töpferhände, breit und groß, wohl von häufiger Handarbeit herrührend. Was ich denn am liebsten fertigen wolle nach meinen Trockenübungen. Ich entscheide mich für einen knienden Hirten, der unsere Weihnachtskrippe zu Hause schmücken könnte. Na gut, dann solle ich mir vorher Barlach-Gestalten anschauen, um zu erkennen, wie erdnah seine weltweit berühmten Bronzefiguren seien, die er schließlich in Ton vorgeformt habe. Meine Figur findet zwar nicht das ungeteilte Lob meines Lehrers, aber ich werde zum Weitermachen aufgefordert. Ich nehme mir vor, diesem sympathischen und berechenbaren Dozenten treu zu bleiben und wünsche mir, bei ihm die Staatsarbeit zu schreiben. Nicht ahne ich, dass hier der Grund für den lebenslangen Umgang mit Ton gelegt wird. Eine unüberschaubare Anzahl von Figuren rings um die Krippe: Marien mit Kind, Hirten, Könige, Engel, Ochsen und Esel und vor allem Schäfchen sind seitdem in meiner Werkstatt entstanden, gebrannt und glasiert, und in jedem Jahr liegen Aufträge für die nächste Weihnachtssaison vor.

108 Die Sprache der Zukunft

Ohne es zu beabsichtigen, gerate ich bei der Wahl der Seminare in kleine Gruppen, was die Mitarbeit zwangsläufig intensiviert. Kaum gefragt ist das Englischangebot. Was soll ein zukünftiger Volksschullehrer mit der Fremdsprache Englisch anfangen? Der reine Luxus, dafür Zeit zu opfern. Frau Dr. Kladder ist da anderer Meinung. Sie sieht Zeichen, die auf eine wachsende Bedeutung des Englischen beziehungsweise des Amerikanischen in der jungen Bundesrepublik hinweisen. Die Einflüsse von dort sind nicht zu übersehen und nicht zu stoppen. Amerikanische Literatur sei bei uns gefragt. Man denke an Ernest Hemingway, John Steinbeck oder Graham Greene. Wer möchte die nicht im Original lesen! Und die Musik aus Amerika! Der Jazz, der wie ein Feuerbrand über die jungen Deutschen hinwegfege mit seinen Symbolfiguren wie Louis Armstrong und vielen anderen. Überhaupt der „American way of life" verändere das europäische Leben von Grund auf, auch wenn wir es hier noch nicht merken. Als clevere Geschäftsleute würden die Amerikaner bald florierende Wirtschaftsbranchen bei uns einrichten. Die ein wenig pummelig wirkende Frau Kladder gerät ins Schwärmen, als sie die wachsenden Einflüsse des Englischen vor uns ausbreitet. Also wappnen wir uns, indem wir uns in diese Sprache vertiefen, auch wenn wir in der Schule den Schatz einer englischen Lehrbefähigung vergraben müssen. Mich überzeugt sie, zumal sie bei mir auf eine tief wurzelnde Liebe zur englischen Sprache trifft. Aber unsere Gruppe ist fast zu klein. Das ärgert Frau Kladder, man merkt es. Wahrhaftig, sie hat es nicht nötig. sich anzupreisen. Die erste Stunde beweist es: Sie ist eine mitreißende Persönlichkeit, eine Powerfrau, deren Energie sich auf uns überträgt und uns zu Hochleistungen stimuliert, soweit unser Englisch-Niveau das hergibt. Bei ihr darf gelacht und gescherzt werden, eine Spur von Fröhlichkeit führt durch die Doppelstunde mit ihr. Streckenweise ist Deutsch-Sprechen untersagt. Dann fließen die Strafgroschen in eine bereit stehende Dose. Ich bleibe während des Studiums in dieser Gruppe, finde bis zum Ende Gefallen an dem Fach und an der Kraft strotzenden Dozentin und habe bis heute die angenehme Atmosphäre bei der mündlichen Prüfung in Erinnerung, in der sie zu Graham Greenes Roman „The power and the glory" Fragen stellte, die mir die Antworten auf die Zunge legten.

Ein Vierteljahrhundert später, als wir zu einem Semestertreffen die noch lebenden Dozenten einluden, erschien auch Frau Kladder - als Schatten der ehemals Funken sprühenden Frau. Sie erkennt keinen von uns, setzt sich still auf einen Platz und schaut um sich. Weiß sie noch, welches Fach sie unterrichtet hat?

109 Zehnkämpfer

Der Kanon der Fächer, mit denen wir uns auseinandersetzen müssen, ist umfassend. Schwerpunkte dürfen wir setzen, aber auslassen sollten wir nichts. So wird es uns ans Herz gelegt. Zehnkämpfer sind wir. Ganz unmöglich, alles gleich intensiv zu betreiben.

In der musikalischen Ausbildung beabsichtige ich, den Geigenunterricht aus der Bürener Zeit fortzusetzen. Doch nach der ersten Übungsstunde, in der mir meine Stümperei bewusst wird, schalte ich kurz entschlossen auf das Erlernen der Blockflöte um. Das Instrument kommt mir handlicher vor als die sperrige Geige, und zu deren Handhabung wird von einer studentischen „Selbsthilfegruppe" kostenlos Beistand geleistet. Da finden sich ausreichend Fortgeschrittene, die altruistisch genug sind, den Anfängern über die ersten hilflosen Triller hinwegzuhelfen. Allerdings muss bei dem anfangs geringen Niveau eine jämmerliche Katzenmusik in Kauf genommen werden. Nach einigen Wochen der Kakophonie entwickelt die Gruppe erträgliche Töne, die sogar gelegentlich eine kleine Hörergemeinde anlockt. Mit meinen ungeübten Fingern bleibe ich eher den langsam fließenden Melodien verhaftet und fühle mich auch für die hohen Tonlagen nicht zuständig. Dem Studentenchor des Dozenten Josef Brandhofe, der großen Zulauf hat und mit Auftritten lockt, trete ich nicht bei, um mich bei meinen tagesfüllenden Aktivitäten nicht weiter zu verzetteln. Ich brauche meine freie Zeit und Kraft für die nicht abreißenden Spielangebote des Ignaz Gentges und die kreativen Formübungen bei Walter Dornseifer.

Neugierig lausche ich den theologischen Vorlesungen des Professors Sonntag, merke aber bald, wie wenig innovativ und mitreißend die Angebote sind. Hausbackene Kost. Eine Mischung aus Fundamental-, Moral-und Pastoraltheologie. Nichts davon kann in der Kürze der Zeit wirklich vertieft werden. Als konfessionsgebundene Akademie wird uns das theologische Wissen vermittelt, das zur Erlangung der so genannten „Missio canonica", der kirchlichen Lehrbefähigung an Schulen, als Minimum gefordert wird. Ein Fundament wird gelegt, auf dem wir als junge Lehrer weiterbauen sollen. Es ist kein Geheimnis, dass auch auf die Lebensführung des Einzelnen geachtet wird. Das geschieht unauffällig und ohne Benotung. Durch meinen Dienst bei studentischen Messfeiern, den ich aus innerem Antrieb, nicht aus Berechnung leiste, komme ich mit Professor Sonntag in persönlichen Kontakt. Ich erlebe ihn als einen Mann der treuen Pflichterfüllung, ohne Ausstrahlung. Einen Zugang zu ihm finde ich nicht, engagiere mich bei ihm auch nicht in einem Seminar.

Eine ähnlich starke Anziehung wie die Theologie üben auf mich die Vorlesungen über Biologie aus. Seit meinen Volksschuljahren ist mein Sinn geweckt für alles Lebendige in der Natur. Doch hier fehlt in den ersten Semestern der geeignete Dozent, der meine Fragen beantwortet und meinen Erwartungen entsprochen hätte. Erst im dritten Semester tritt mit Professor Kreuz ein Biologe in Emsdetten seinen Dienst an, der einen ungewöhnlichen Zulauf zu diesem Fach auslöst. Ihm werde ich ein eigenes Kapitel widmen.

In die Geheimnisse der Philosophie und Pädagogik führt uns der eloquente Professor Walter Rest. Er bringt es fertig, die Flamme unserer pädagogischen Neugier zu entzünden und

uns im für den „eros pädagogikos", die liebevolle Hinwendung zur jungen Generation, zu begeistern. Rest möchte das Mittelmaß der PA näher an das Niveau der Universitäten heranführen. Auch die Standorte möchte er wechseln, weg von den Kleinstädten in die Zentren, wo die kulturellen Angebote und wissenschaftlichen Herausforderungen größer sind. Die Pädagogik auf die Ebene der forschenden und lehrenden Institute zu heben, ist sein Anliegen. Er steht damit im Gegensatz zu den grundsoliden Ausführungen des Soziologie-Professors Haase, der die Lehrerbildung im Milieu der stadtfernen Provinz angesiedelt wissen will. Konkret heißt das bei ihm: Der Standort Emsdetten ist zu verteidigen gegen die Anonymität der Universitätsstadt Münster. Durchsetzen wird sich, wie wir bald erfahren, Professor Rest in seinem Amtsjahr als Rektor der PA gegen einen Großteil des Dozentenkollegiums. Uns Studenten ist eine Verlegung nach Münster durchaus willkommen.
In Geschichte nehme ich nur die Pflichtvorlesungen wahr. Meine Liebe zu diesem Fach entwickelt sich erst später. Aufhorchen lässt mich das Thema einer Vorlesungsreihe über den deutschen Widerstand gegen das NS-Regime. Ich empfinde es als einen Schritt aus der lähmenden Starre der ersten Nachkriegsjahre, als die Sorge um das eigene Überleben alles kritische Fragen ausschloss und manche Gewissenserforschung unterblieb. Jetzt erhalten wir Auskünfte über die vielfältigen Formen des Widerstandes gegen die Hitler-Diktatur, hören von Denunziationen, aber auch von spontanen Hilfeleistungen für politisch Verfolgte. Die Haltung der Kirche kommt zur Sprache. Das mutige Auftreten der katholischen Bischöfe von Galen und Faulhaber und der Protestanten Niemöller und Wurm mit ihrer „Bekennenden Kirche" gegen die „Deutschen Christen" und deren Reichsbischof Müller, die das Alte Testament ablehnten und Jesus am liebsten zum Arier erklärt hätten. Nur zaghaft wird das Versagen der schweigenden Mehrheit gegenüber den Deportationen und der systematischen Ermordung der europäischen Juden erwähnt. Ausführlicher kommt der organisierte Widerstand verschiedener Gruppen zur Sprache, die im geheimen den Sturz des Diktators Hitler planten. Die Geschwister Scholl, die unter dem Decknamen „Weiße Rose" an der Mün-

chener Universität in Flugblättern die wahren Absichten des Regimes bloßstellten und dadurch ihr Leben einbüßten; der Kreisauer Kreis auf dem schlesischen Gut des Grafen Moltke, aus dem führende Mitglieder mit dem Leben zahlten; die Verschwörungen innerhalb des Heeres, die schließlich zu dem misslungenen Anschlag vom 20. Juli 1944 durch Graf Claus von Stauffenberg führten.
Geographie gehört nicht zu den Fächern, zu denen es mich besonders hinzog. Am liebsten möchte ich die Vorlesungen auf die Sehenswürdigkeiten möglicher Urlaubsorte reduzieren, die mich zu einem Besuch oder auch nur zum Träumen einladen. Aber ich wage einen mutigen Schritt nach vorn und erbitte mir ein Referat über die Klimazonen der Erde. Damit sichere ich mir auf kürzestem Weg das erforderliche Testat. Die Dozentin Angelika Beckmann zeigt sich erfreut über solch spontanen Einsatzwillen. Zusammen mit Hilde Gier darf ich über die Savannengebiete unserer Erde referieren. Ohne großen Aufwand bringen wir in der Bücherei unseren Vortrag zu Papier. Hilde trägt den ersten Teil vor, mir bleibt die zweite Hälfte. Zu unserer Überraschung wird mein Beitrag positiv bewertet, während Hildes Part kritisch beurteilt wird. Wir betonen, die Arbeit sei als Gemeinschaftswerk entstanden, Dadurch lässt sich Frau Beckmann von der unterschiedlichen Wertung nicht abbringen. Hat bei mir die Sprecherziehung bei Ignaz Gentges solch ein Wunder bewirkt oder war da ein Vorurteil gegenüber der Geschlechtsgenossin im Spiel?
In gutem Ansehen steht bei mir der Psychologe Dr. Knape. Er redet nicht über unsere Köpfe hinweg, erkundigt sich teilnahmsvoll, wo wir in unserem Wissen stehen und welche Bücher über Psychologie wir gelesen haben oder dem Titel nach kennen. Er hält lange Listen mit empfehlenswerter Literatur bereit, einiges erklärt er zur Pflichtlektüre. Das Kind in seiner Eigenart zu akzeptieren, um die frühe Prägung des jungen Menschen zu wissen, dazu will er uns verhelfen. Feuer holt er nicht vom Himmel, das uns entflammt hätte, aber beharrlich führt er uns in die menschliche Seele ein und lässt uns deren unendliche Tiefe erahnen.

Ein geringerer Stellenwert im Vergleich mit der NS-Zeit wird dem Sportbereich zugemessen. Mir fehlt die Zeit, Sport über das geforderte Maß zu betreiben. Lust dazu hätte ich. Die Geräte in der Turnhalle haben für mich größtenteils die Herausforderung des Neuen. Ich wünschte, sie früher kennen gelernt zu haben. So hangele ich ständig an der unteren Leistungsgrenze herum. Doch mit den Bällen aller Größen bin ich vertraut. Der Sportdozent Grindel, ein ehemaliger Volksschullehrer, versucht trickreich, die lahme Gruppe zu motivieren. Er lockt mit Spielangeboten, mit Hand- und Basketball. Ich halte mich von allem fern, wie ich auch im zweiten Lehrfach dieses Mannes, der Mathematik, Zurückhaltung übe, mich zu keiner Seminararbeit verleiten lasse, nur das Minimum höre, zu dem ich verpflichtet bin.

Längst habe ich mich bei Gentges in ein weiteres Stück einbinden lassen, sodass ich zum Erstaunen meiner Gastfamilie auch die Abende wieder in der PA verbringe. Nur zu den Essenszeiten bin ich da und komme daher nur mit Mühe meiner Verpflichtung nach, dem 13-jährigen Sohn Willi, der zum Glück ein pfiffiges Kerlchen ist, beizustehen. Die kurze Mittagspause muss dazu herhalten.

Szene aus „Schreie in der Nacht"

Gentges' Spiel ist eine Persiflage auf ein Buch der Vielschreiberin Hedwig Courths-Mahler mit dem Titel „Schreie in der Nacht." Groteske Szenen werden dort in Stummfilm-Manier dargestellt, begleitet von der ins pathetisch Lächerliche überhöhten Sprache der volkstümlichen Schreiberin. Mir ist nach einem Auswahlverfahren die Rolle des Sprechers zugefallen und ich setze alles daran, der anspruchsvollen Aufgabe gerecht zu werden. Von Grafen und Prinzessinnen muss ich mit voller Inbrunst reden, die vom Pfad der Tugend abirren, Stand und Ansehen aufs Spiel setzen, schließlich doch wieder in den behüteten standesgemäßen Schoß einer ebenbürtigen Familie zurückfinden.
Zweimal führen wir dieses Stück auf. Ich bin froh, als es zuende ist, denn Gentges ist unerbittlich in seiner Kritik. Es fällt ihm schwer, ein Lob auszusprechen. Aber seiner Spielgruppe, die eine hohe Fluktuation aufweist, bleibe ich verbunden. Die eigentliche Herausforderung steht noch aus, wie geheimnisvollen Andeutungen unseres Spielleiters zu entnehmen ist. Inzwischen bleibt die tägliche Verpflichtung, dem Vielerlei der Angebote gerecht zu werden. Manches möchte ich vertiefen. Die Kürze der Zeit lässt das nicht zu. Trotz aller gegenteiligen Behauptung fühle ich mich auf einer Schmalspur, mit überschwerem Koffer im Eiltempo dem Zielbahnhof entgegenrollend.

110 Nach den Sternen greifen

Noch vor Ende des zweiten Semesters eröffnet uns Gentges seinen großen Plan. Er hat den Auftrag erhalten, mit einer gemischten Gruppe aus Schauspielern und Studenten auf dem Berliner Katholikentag Paul Claudels „Kreuzweg" aufzuführen. In 14 Stationen wird da das Leiden und Sterben Jesu dargestellt. Ein Freund Claudels, Monsieur René Rabault, stehe ihm zur Seite. Das klingt wie Glockengeläut in meinen Ohren. Aus der Enge Emsdettens auf die große Waldbühne Berlins. Acht Studenten unserer PA und ebenso viele Schauspieler aus Düsseldorf sind für das Spiel vorgesehen. Claudel, der berühmteste lebende Dichter Frankreichs habe lange gezögert, den Kreuzweg für eine Aufführung freizugeben. Nur über seinen Freund lasse er es in Deutschland zu. Gentges erklärt uns, eine seit 1938 vorliegende Fassung in Deutsch genüge ihm nicht. Eine eigene Übersetzung sei so gut wie abgeschlossen. Er liest Teile daraus vor. Wie Hammerschläge klingen die ersten Sätze, scheinbar ohne Poesie und abseits der gewohnten Kirchensprache: "Das ist nun das Ende. Wir haben Gott gerichtet und ihn zum Tode verurteilt. Wir wollen Jesus Christus nicht mehr unter uns dulden." Gentges liest sich in die Texte hinein. Wir hören aufmerksam zu. Kühne Gedanken, die mit einem Flügelschlag an den Himmel reichen und gleichzeitig die Erde berühren. Bilder aus dem Alltag, die plötzlich eine nie gewusste Bedeutung erhalten. Ich frage mich, wie solche ins Philosophische reichenden Texte wohl zu spielen sind. Keine Spielhandlung zeichnet sich ab, ein Wechsel von Gefühlen, Visionen, Gebeten, verzweifelten Aufschreien, demütiger Hingabe und eines Dialogs zwischen dem leidenden Jesus und uns Menschen.

Als habe Gentges meine Bedenken erraten, doziert er :"Es ist ein chorisches Spiel, keine Einzelrollen. Die Texte werden durch Bewegung und Gestik verlebendigt und anschaulich gemacht. Musik verbindet die einzelnen Stationen. So will es der Dichter. "Acht von euch, die bereit sind, jede freie Stunde und einen Teil der kommenden Semesterferien zu opfern, gebe ich die Chance mitzumachen. Der gesamte Text ist auswendig zu lernen." Das klingt ernüchternd und schreckt ein paar aus der Spielgruppe ab. Einige erbitten sich Bedenkzeit. Ich zögere nicht lange, begreife das Angebot als eine einmalige Herausforderung , sage Ja und erhalte auf der Stelle den Zuschlag. Einen Katholikentag habe ich bisher nicht erlebt, obwohl das bereits der vierte nach dem Krieg ist. Auch Berlin kenne ich nicht. Welch eine Chance! Es ist später Abend im Mai, als ich in meine gastliche Pension zurückkehre. Die Familie Niesmann ist schon zur Ruhe gegangen: Ich liege lange wach, prüfe aufkommende Bedenken über diesen Griff nach den Sternen und überlege, ob ich mich da nicht voreilig gebunden habe. Und zum ersten Mal höre ich vor meinem Fenster das laute Flöten der Nachtigall, als wolle sie die aufmunternde Begleitmusik zu meiner möglicherweise folgenreichen Entscheidung liefern.

111 Literatur-Verschnitt

Ignaz Gentges ist ein belesener und weltoffener Mensch. In seinen Vorlesungen über Literatur spielen die deutschen Klassiker eine herausragende Rolle. Von Klopstock bis Schiller und Hölderlin lässt er sie, die uns ja nicht unbekannt sind von der Penne her, in einem hellen Licht erscheinen. Über Goethe referiert er mit wahrer Inbrunst. Er bedient sich dabei keines Konzeptes. Ein Abweichen vom Thema muss daher ständig in Kauf genommen werden. Aber er schöpft aus dem Fundus seines Wissens über diesen Geistesheroen. Die Romantiker mit ihrer Betonung des Gefühls und der bewussten Hinwendung zur Religion werden gebührend in unseren Blick gerückt. Politische Dichter wie Kleist und Büchner finden kaum Erwähnung, ebenso wenig der geniale Heinrich Heine, den ich von seinem „Buch der Lieder" her kenne.
Bei der Gegenwartsliteratur erfahren die kirchennahen Schriftsteller besondere Aufmerksamkeit. Gertrud von le Fort mit den Romanen „Das Schweißtuch der Veronika" und „Kranz der Engel", mit den „Hymnen an die Kirche" wird als eine der sprachgewaltigsten Dichterinnen unserer Zeit gepriesen und ihre Novelle „Die Letzte am Schafott", dieses Hohelied der Angst, als eine der besten deutschen Novellen hingestellt. Ihr Verdienst bestehe auch darin, dass sie als Konvertitin das Protestantische mit der Katholizität zu verbinden wisse. Gerühmt werden die Werke Reinhold Schneiders, des Moralisten, mit seinem Glauben an die „Einfalt, die die Erde sprengt" und des schwerblütigen Ostpreußen Ernst Wiechert, dessen Erzählung „Der Todeskandidat" mich persönlich sehr anrührt. Werner Bergengrüns Roman „Der Großtyrann und sein Gericht" wird als epochales Meisterwerk empfohlen und Stefan Andres' Novelle „Wir sind Utopia" als bleibendes Kunstwerk empfunden. Heinrich Bölls frühe Romane in ihrer Abkehr von jeder Gewalt

hin zu einer „neuen Zärtlichkeit" werden als ein- für- allemal verbindlich erklärt.

Die ausländischen Schriftsteller, die nach zwölfjährigem Totschweigen nun vehement in unser Blickfeld rücken, werden ähnlichen Auswahl-Kriterien unterworfen: Gnade findet nur, wer das christliche Menschenbild in den Gestalten aufscheinen lässt. Graham Greenes Roman „The power and the glory", der den verworrenen Wegen von Schuld und Gnade nachspürt, und „Die Brücke von San Luis Rey" von Thornton Wilder, in dem die Frage nach Zufall oder schicksalhafter Vorbestimmung gestellt wird. Große Zuwendung erfahren auch die französischen Dichter. Allen voran Paul Claudel mit dem schwer lesbaren „Seidenen Schuh". George Bernanos, dessen" Tagebuch eines Landpfarrers" ich mit Hingabe lese und der im Krieg als Flieger verschollene Antoine de Saint Exupery mit dem Roman „Wind, Sand und Sterne" und dem „Kleinen Prinzen". Die kritischen Geister finden bei uns wenig Gehör. Jean-Paul Sartre wird nicht empfohlen, James Joyce's „Ulysses" als zu schwer verständlich und alle Maße sprengendes literarisches Werk den Experten überlassen.

Zwei prominente Vertreter, die unsere Zeit repräsentieren, stellen sich persönlich der Studentenschaft vor. Der Ostpreuße Werner Bergengrün, der aus dem „Großtyrann" liest. Ein hagerer, asketisch wirkender Mensch, ein wenig gebeugt, trägt ohne jede Theatralik seine Texte vor. Unsere anschließenden Fragen zielen nicht auf seine Herkunft, auf das verlorene Land im Osten, auch nicht auf seine Erfahrungen mit den NS-Machthabern, die ihn in den Widerstand getrieben haben, sondern auf die religiöse Dimension seiner Dichtung. Als zweiter beehrt uns der Münsterländer Josef Pieper, Literat und Philosophie-Dozent an der PA in Essen. Ich kenne einige seiner Schriften aus der Vorkriegszeit: "Muße und Kult" und „Über die Tapferkeit". Der Auftritt des groß gewachsenen Mannes ist souverän. Die Verflechtung von Theologie und Philosophie ist das Thema seines Vortrags. Mit unerhörter sprachlicher Kompetenz führt er uns von dem Denken des heiligen Paulus über den Bischof Augustinus zu dem gelehrten Dominikanermönch Albertus Magnus und dessen überragenden Schüler Thomas von Aquin, die den griechischen Philosophen Aristoteles in das christliche Weltbild einbinden konnten. Er verweist auf die beginnende Moderne mit Descartes, Leibniz und Newton, auf den Höhenflug Immanuel Kants bis in das Glauben und Denken unserer Zeit mit Sören Kierkegaard und Romano Guardini. Eineinhalb Stunden verzaubert er uns regelrecht mit der Kraft und Treffsicherheit seiner Worte. Ich beneide insgeheim die Essener PA-Studenten, die den gelehrten Wissenschaftler täglich erleben können.

Aus heutiger Sicht muss der Literaturbetrieb in Emsdetten als zu eng geführt bezeichnet werden. Aber nach der Gott fernen Verirrung in den NS-Jahren und dem Chaos des Krieges verlangen wir nach klaren Leitbildern und nach Ideen, die in die Zukunft weisen. Mag man sich in der Zeitgebundenheit der Literaten und ihrer Werke geirrt haben, so sind wir doch auf einen Pfad gesetzt worden, der sich später zu einem breiten Weg weitete.

112 Klausurtage

Gentges hält uns an der kurzen Leine. Die Claudel-Texte einzeln und im Chor herzusagen, die Betonung immer nuancierter herauszuarbeiten, ist unsere tägliche Beschäftigung. Auch in den Semesterferien, als die PA verlassen daliegt, quälen wir uns durch die Bewegungsabläufe, die Gentges variabel hält, da Monsieur Rabaults endgültiges Placet darüber noch aussteht. Wir befassen uns auch mit dem Inhalt, stellen Fragen zu Passagen, die uns dunkel und unverständlich scheinen, die in einem geschichtlichen Kontext gedeutet werden müssen oder theologische Erläuterungen erfordern. Claudel selbst hat Kommentare mitgeliefert, die zum Teil seine persönliche Sphäre berühren. „O Mitte unseres Lebens! O Fall, den man ohne Vorbedacht begeht!" Dieser Schrei über den zweiten Fall Jesu betreffe sein eigenes Versagen in der Lebensmitte. Zweidreimal treffen wir uns in der Woche. Zwischendurch bemühe ich mich auf meinem alten Rad nach Büren, um der Gastfamilie nicht unnötig zur Last zu fallen. Pünktliches Erscheinen zu den

Proben ist Pflicht. Einmal gerate ich in Zeitnot, als auf dem Weg nach Emsdetten in Borghorst mein Fahrradreifen platzt. Kurz entschlossen klopfe ich an die nächste Haustür und erbitte mir ein brauchbares Rad für die letzten Kilometer. Am nächsten Tag finde ich zu meiner Freude mein eigenes Vehikel geflickt vor. Nach einigen Wochen kündigt Gentges ein Ende der Proben in Emsdetten an. Ich empfinde es als Erlösung von dem ständigen Hin- und Herfahren und dem Einerlei der Textrezitationen. Das Treffen mit den Schauspielern aus Düsseldorf steht bevor. Unser Spielleiter warnt uns: da kämen ganz ungewohnte Typen auf uns zu, unangepasst, extrem in ihren Ansprüchen und wechselhaft in ihren Stimmungen. Auch deren religiöses Verhalten, damit müssten wir rechnen, sei exzentrisch, reiche von frommer Spinnerei bis hin zu zynischer Freigeisterei.

Endlich, zwei Wochen vor Beginn des Katholikentages, fahren wir mit dem Bus zu einem angekündigten „Ort der Einsamkeit", nach Altenberg bei Köln. Wir entdecken als erstes eine ehemalige Klosterkirche mit einer Reihe von Nebengebäuden. Der Name Altenberg ist mir als Zentrum des Bundes der katholischen Jugend in Deutschland ein Begriff. Wir bekommen Mehrbettzimmer in der weitläufigen ehemaligen Zisterzienserabtei zugewiesen und einen Tagungsraum für unsere Proben. Die Schauspielerkollegen entpuppen sich bald als umgängliche, stets zu Späßen und kleinen Überraschungen aufgelegte Menschen. Keine Spur von Berufsdünkel und Überlegenheitsgebaren. Sie sind mit den Claudel-Texten vertraut, bringen frischen Wind in unsere schon zur Routine erstarrte Sprechweise und legen durch ihre beherrschten Bewegungen die Messlatte auch für uns erheblich höher. Monsieur Rene Rabault aus Frankreich ist ebenfalls eingetroffen, ein sympathischer Mann, stets mit einer brennenden Gauloise im Mund Sein Deutsch ist so schlecht wie unser Schulfranzösisch. Den sprachlichen Teil des Claudel-Stückes überlässt er Ignaz Gentges. Er selbst befasst sich mit den Bewegungsabläufen und bringt uns im wahren Wortsinn auf Trab. Während wir die mittlerweile verinnerlichten Texte vor uns hinmurmeln, bewegen wir uns einzeln, paarweise oder zu viert auf eine Mitte hin, wie von einem Magneten gezogen, als wollten wir den bedrängten Jesus umarmen. Wir sind aber auch das verführte Volk, das schreit und tobt und mit erhobenen Fäusten droht. Wir begleiten diesen Jesus auf dem Weg, strecken uns mit ihm aus, als er zu Boden stürzt, liefern ihn dem Spott aus: "Was, das ist euer Jesus? Er reizt uns zum Lachen. Er ist bedeckt von Schlägen und Unrat. Er gehört zu den Verrückten und in Polizeigewahrsam. Sein Evangelium ist Lüge und sein Vater ist nicht im Himmel." .Wir sind Mitleidende, aber auch Täter, als er ans Kreuz genagelt wird: "Da ist er nun, dieser armselige Erdenfleck, den du bei uns begehrt hast." Am Ende sind wir diejenigen, die die Früchte seines Todes ernten: "Es gibt keine Sünde mehr in uns, der nicht eine Wunde entspricht. Komm also zu uns von dem Altar, wo du verborgen bist, Erlöser der Welt."

Einen halben Tag braucht René Rabault, uns durch das gesamte Spiel zu geleiten, auf immer mehr Feinheiten achtend.

Ignaz Gentges ist in Nachtarbeit darum bemüht, mit uns die gesamte Fassung auf Tonband zu bannen. Bei der Aufführung soll es als Playback dienen. Wir kleiden dazu einen Raum mit Decken und Tüchern aus. Jeder Widerhall von den Wänden soll dadurch erstickt werden. Doch eine nahe vorbeiführende Straße schickt störende Geräusche in unsere Isolation, auch bei Nacht. Ein rumpelnder Lastkraftwagen liefert uns unerwünschte Erschütterungen und zwingt uns, Texte zu löschen und erneut aufs Band zu sprechen. Der durchdringende Schrei einer liebestollen Katze macht die Arbeit einer Viertelstunde wertlos. Schließlich ist alles „im Kasten."Die Dehnung der Pausen ist der Dauer der von Rabault inszenierten Bewegungen angepasst. Wir können die Generalprobe wagen.

113 Gott lebt

In aller Frühe verlassen wir Altenberg. Zu uns in den Bus steigen aus Köln angereiste Kirchenbedienstete, darunter ein Priester in auffälliger Prälatentracht. Unbeanstandet passieren wir bei Helmstedt die ehemalige Zonengrenze, die jetzige Grenze zur noch jungen Deutschen Demokratischen Republik und verlassen erst in Berlin die Autobahn. Bei meiner ersten Durchquerung Deutschlands von West nach Ost bleiben die Sehenswürdigkeiten also außer Sicht- und Reichweite. Eine positive Überraschung beim Aussteigen in Berlin: Wir stehen nicht, wie eigentlich erwartet, vor einer Jugendherberge, sondern vor einem zwar altertümlichen und von Kriegseinwirkungen gezeichneten, aber einladenden Hotel am Kurfürstendamm. Doppelzimmer und Vollpension warten auf uns. Das erste wahrhaftige Hotel meines Lebens. Für den Rest des Tages entlässt uns Gentges in die große Stadt. U-und S-Bahnen signalisieren eine Beinahe-Normalität. Mich zieht es magisch zu flimmernden Bildern in einem Schaufenster. Meine erste Begegnung mit dem Fernsehen. An verschiedenen Punkten laden Transparente mit dem Leitwort des Katholikentages „Gott lebt" ein. Kürzer kann die Frage nach Gott nicht beantwortet werden. Ist unser Beitrag geeignet, diese Antwort glaubhaft zu bestätigen?

Mit dem Bus unternehmen wir am nächsten Tag eine Stadtrundfahrt. Noch ist Ost- und Westberlin gleichermaßen erfahrbar. Beim Blick auf die Waldbühne spüre ich ein gewisses Unbehagen. Diese wie ein antikes Amphitheater wirkende Vertiefung mit den ringsum aufsteigenden Sitzreihen sollen wir mit Leben füllen. Einen Tag lang kann unsere Spielgemeinschaft über die Waldbühne verfügen.

Wir üben am Vormittag, lernen die Ausmaße der Bühne kennen, suchen den Gleichklang zwischen unseren Stimmen und dem Playback des Tonbandes, staunen über die Anzahl der Scheinwerfer, die uns in die Farben des Regenbogens tauchen sollen, können die Vielfalt der Farben nur erahnen, wenn wir am Abend in die Dunkelheit hineinspielen werden. Eine filmische Aufnahme der Generalprobe am Nachmittag scheitert an der Sturheit Gentges', der das nur im farbigen Licht der Abendaufführung zulassen will.

Während wir in den Umkleideräumen dem Beginn entgegenfiebern, füllt sich die Waldbühne zusehends. Dreißigtausend Menschen mit brennenden Fackeln und Kerzen in den Händen schauen am Abend auf unser sechzehnköpfiges Häufchen herab, das zwei Stunden lang, in weiße Gewänder gehüllt, auf den Brettern dort unten agiert. Ich fühle mich hineingerissen in die seit Wochen geübten Abläufe, werde geblendet durch die Lichtkaskaden, die uns überfluten, verliere jedes Zeitgefühl und erwache wie aus einem Traum, als langer Beifall uns belohnt.. Zuschauer kommen auf die Bühne herunter und beglückwünschen uns. Ein junger Mann tritt an mich heran: "Ja, segg äs, Ridders Felix, büs du dat würklick? Dat gifft doch nich!" Paul Schmittmann aus der Bürener Nachbarschaft Estern hat mich erkannt und kann es nicht fassen, dass wir uns an dieser Stelle in Berlin treffen.

Szene aus Claudels „Kreuzweg"

Im Hotel findet eine Nachbesprechung statt. Nur Gutes ist zu hören. Gentges lobt den disziplinierten Auftritt und hebt das vorbildliche Zusammenspiel zwischen Schauspielern und Studenten hervor. Große Worte findet Monsieur Rabault: Wir hätten eine Brücke geschlagen zu einem aufmerksamen Publikum, den Auftrag Claudels erfüllt, den leidenden Jesus in seinem vollen Menschsein zu zeigen, die Distanz zwischen Gott und uns verkürzt.

Nebenbei erfahren wir, dass die Aufführung am seidenen Faden gegangen hat; Das Tonband ist an einer Stelle gerissen und der Tontechniker hat das Band behutsam per Hand am Tonkopf vorbeigezogen, bis zur nächsten Sprechpause. Keiner von uns hat das bemerkt.

Monsieur Rabault mit den Akteuren

Einen weiteren Tag können wir uns in die vielfältigen Angebote des Katholikentages einmischen. Auf der Heimfahrt herrscht ausgelassene Stimmung im Bus. Alle Spannung ist von uns gewichen und vor uns liegen einige Wochen unbeschwerter Ferien. Ein Schauspielerpärchen tauscht im Schatten unseres Hochgefühls innige Zärtlichkeiten aus und erregt damit den Unwillen des mitfahrenden Priesters aus Köln. Der fordert die Verliebten auf, mit dem Schmusen und Küssen aufzuhören oder den Platz zu wechseln und aus seinen Augen zu verschwinden. Doch die beiden, aufgeschreckt aus ihrer Liebesseligkeit, fügen sich nicht, schlagen vielmehr dem Prälaten vor, seinerseits den Platz oder den Bus zu wechseln. Wir erleben einen eskalierenden Wortwechsel. Ist es die Anmaßung des Geistlichen, moralische Maßstäbe zu setzen oder der Bonus, den die Busgemeinde den Liebenden gewährt?. Die Sympathie liegt eindeutig auf Seiten der Gescholtenen. Keine Stimme erhebt sich zugunsten des Priesters. Der zieht beim nächsten Rastplatz die Konsequenz, fordert den Busfahrer zum Halten auf und steigt trotz Gentges' besänftigenden Zuredens aus. Unser Bus, eine Höhle des Lasters, so muss es der fromme Prälat wohl empfunden haben.
Wir setzen, ein wenig beklommen von den Vorkommnissen, die Fahrt fort. In Düsseldorf wollen wir unsere lieb gewonne-

nen professionellen Mitspieler entlassen und nach Emsdetten weiterfahren. Spontan fasse ich auf der Autobahn in der Höhe Oberhausens den Entschluss, auszusteigen und mich mit meinem Köfferchen in der Hand, querbeet nach Oberhausen-Meiderich zu Frau Bode durchzuschlagen, die ich seit dem Bodensee-Ausflug vor drei Jahren nicht mehr gesehen habe. Bevor ich meine Erlebnisse vor ihr ausbreiten kann, schlägt Franziska Bode mir für den Abend einen Besuch der „Meistersinger von Nürnberg" vor Sie habe zwei Karten und ich käme wie gerufen. Spontan sage ich zu, denn keine Wagner-Oper habe ich bisher gesehen. Frau Bode drückt mir einen Opernführer in die Hand, damit ich mich mit dem Inhalt vertraut machen kann. Bewaffnet mit einem Opernglas genießen wir im Stadttheater Oberhausen das Lustspiel artige Musikstück, das ich als echten Kontrast zu dem noch in mir nachwirkenden Claudelschen Kreuzweg empfinde

114 An hellen Tagen

Die Studenten unseres Semesters pflegen untereinander einen familiären Ton. Zu dem höheren Semester bahnen sich kaum Kontakte an, zu klein ist die Schnittmenge der gemeinsamen Angebote und Interessen. Freundlich distanziert ist auch unser Verhältnis zu den meisten Dozenten, ganz im Sinne des üblichen hierarchischen Denkens jener Nachkriegszeit. Wir wollen das ändern, mehr Nähe wagen und lassen durch unsere Sprecher Theo Heckmann und Ria Drees Tage eines intensiveren Austausches zwischen Lehrenden und Lernenden vorschlagen. Statt der Alltagsroutine mit Vorlesungen und Seminaren ein freies Spiel der Einfälle. Die bischöfliche Jugendburg in Gemen, die mir von meiner Jugendarbeit in Büren vertraut ist, öffnet uns für unser Vorhaben die Tore. Herzlich empfängt uns der Jugendkaplan Wormland, lässt uns verfügen über das ganze Haus samt Umgebung und ist bereit, im Bedarfsfall Besinnungsstunden oder Gottesdienste anzubieten.

Als wir uns eingerichtet haben, nehmen wir wundersame und bis dahin nicht erlebte Bilder wahr. Professor Haase wandelt, umgeben von einer Schar freudig hüpfender Studentinnen, in den „Sternbusch".

Gentges, dem ich mich anschließe, umrundet gemessenen Schrittes den Burggraben und entwickelt vor unseren Ohren den Unterschied zwischen Allegorie und Symbol in nuancenreichen Worten und mitgelieferten Bildern, wie die Peripatetiker im alten Athen beim Rundgang durch die Laubengänge des „Lykeions" den Jüngeren die Weltfragen beantworteten.

In einem Stafettenlauf auf dem Vorgelände der Burg bringt Frau Kladder ihre Mannschaft in Bedrängnis, als sie beim Wechsel den Stab verliert, und Herr Knape versucht sich beim Fußball über die Schnur.

Ohne Absprache erklingen aus dem inneren Burghof, wie die Triller einer aufsteigenden Lerche, die mehrstimmigen Töne des Liedes „An hellen Tagen, Herz, welch ein Schlagen" und „Es geht eine helle Flöte, der Frühling ist über dem Land."

Die viel bemühte Spontaneität, hier bricht sie auf. Sie ergreift uns alle. Ich schließe mich einer achtköpfigen Gruppe an, die in zwei Booten die Gemener Aa hinunterpaddelt, Allerdings müssen wir beim nächsten Stauwehr unseren Ausflug beenden und umkehren.

Der Bischof Michael Keller hat sich zu uns begeben, lässt sich über unser Vorhaben berichten und spricht uns Mut zu in unserem löblichen Tun, gesellschaftliche Schranken mal beiseite zu lassen zum Nutzen für unseren angestrebten Beruf.

Zum großen Ausklang am letzten Abend bedient uns Gentges mit einigen bühnenreif vorgetragenen Balladen und wir stürzen uns in ein Spiel, dem neuen Medium Fernsehen abgelauscht, mit dem Titel „Das ideale Brautpaar", zu dessen durch Zufall ermittelten Siegern Ulla Wieskus und ich gehören Bei diesem Beziehungsspiel haben beliebig zusammen gewürfelte Paare getrennt voneinander gleiche Fragen zu beantworten, die zum Teil in die Intimsphäre zielen. Die Quote der Übereinstimmung entscheidet über den mehr oder weniger idealen Beziehungsstand des Paares Es ist uns beiden ein wenig peinlich, als man uns auf zwei bereitstehende Stühle drückt und Ulla mit einem Blumenstrauß beglückt.

Im Hochgefühl über die Woche, die meine Erwartungen weit übertroffen hat, bewege ich ein halbes Dutzend Mitstudenten, mit mir per Rad einen Schlenker über Büren zu machen. Wie erwartet, versorgen meine Schwestern uns mit einigen Happen, bevor wir den Weg nach Emsdetten fortsetzen.

Können wir solche Schranken überwindenden Feiertage wiederholen oder gar überbieten? Wir versuchen es und wählen als geeigneten Platz die älteste Jugendherberge Deutschlands im sauerländischen Bilstein. Fast alle Professoren fehlen diesmal. Scheuen sie die unbequemen Doppelstockbetten oder das karge Herbergsessen? Auch mit nur wenigen Dozenten sind wir den Herbergseltern willkommen. Wir begeben uns umgehend auf Motivsuche und werden nicht enttäuscht von den Angeboten ringsum. Zum ersten Mal schaue ich in eine Jahrtausende alte Tropfsteinhöhle. Wir trinken das quellklare Wasser der flinken Bäche und genießen die Fernsicht von den Höhen des Sauerlandes.

Nach exakt fünfzig Jahren liegt ein Schreiben vor mir, in dem eine ehemalige Kommilitonin mit freundlichen Worten an das gemeinsame Erlebnis von Bilstein erinnert und zu einem erneuten Treffen nach dorthin einlädt. Doch ich kann mich für eine Teilnahme nicht entscheiden. Bin ich zu alt geworden für solche weiten Wege?

115 Gehversuche

Alles schön klingende theoretische Wissen, das Gepäck der Vorlesungen und Seminare, soll zur Praxis hinführen, zum Unterricht vor einer Schulklasse. Da bietet sich der bewährte Methodiker Herbart an, der ganze Lehrergenerationen mit seinen fünf Schritten von der Einleitung bis zur Nutzanwendung, wie an einem sicheren Geländer, über die Tücken der Schulstunden hinweggeführt hat. Der wird uns auch jetzt noch empfohlen. Aber sich nicht sklavisch daran binden.

Moderne Lehrmethoden, flexibler als die konventionellen, sollen um jeden Preis zum Zuge kommen. Leben wir doch in die Zukunft hinein, die lieb Gewordenes schnell veralten lasse. Wir haben die Wahl. In so genannten Lehrproben gilt es, die ersten Gehversuche zu wagen, wie das Kind das Laufen an der führenden Hand der Mutter lernt.

Bei meiner starken Bindung an Ignaz Gentges liegt es nahe, Deutsch als erstes Fach vorzuführen. Ebenso nahe liegt es, mich für ein Rollenspiel zu entscheiden. In der siebten Klasse einer mit der PA kooperierenden Volksschule lese ich den Kindern ein kaum bekanntes Grimmsches Märchen „Der eiserne Ritter" vor, lasse es nacherzählen, in spielbare Szenen einteilen, Stegreif-Dialoge sprechen und schließlich als Ganzes vorspielen. Mit einem Entwurf der Stunde in der Hand verfolgt Gentges anfangs aufmerksam mein Bemühen. Bei den Dialog-Szenen allerdings fällt er in einen sanften Schlaf, wie ich das bei Theaterproben schon öfter erlebt habe und den ich nicht zu stören wage. Doch in der Endphase der Stunde, als ich mein Spiel über die Klassenbühne gebracht habe, ist Gentges wieder aufgeschlossenen Sinnes anwesend. Eine kleine Gruppe von Studenten hat die Schlafphase meines Mentors augenzwinkernd mitverfolgt. Bei der sich anschließenden Bewertung meiner Lehrprobe traue ich meinen Ohren nicht, als Gentges von mir wissen will, warum ich die im Entwurf vorgesehenen Spielszenen ausgelassen habe. Ich zögere einen Augenblick, bis ich zu sagen wage: "Der Unterrichtsschritt hat stattgefunden, Herr Doktor. Sie müssen ihn wohl überhört und übersehen haben." was er kommentarlos hinnimmt.

Die Lehrproben sind ein Vorgeschmack auf eine im Block geforderte Unterrichtstätigkeit. Ein Stadt- und ein Landschulpraktikum sollen die Fähigkeit zu unterrichten vertiefen und festigen. In einer Emsdettener PA-nahen Volksschule werde ich für vier Wochen dem Lehrer einer achten Jungenklasse zugewiesen, der die Mentorenschaft wahrnehmen soll. Alle meine Antennen sind auf Empfang gestellt, in der Hoffnung, schlummernde pädagogische Anlagen in mir wachrütteln zu lassen. Doch wie eine kalte Dusche ernüchtert und enttäuscht mich dieser Mann schon in den ersten Tagen. Er dehnt die Pausen, verführt mich, mit ihm vor der Klassentür eine weitere Zigarettenlänge auszuharren, dämpft von Zeit zu Zeit den anschwellenden Lärmpegel durch ein in die Klasse gezischtes Wort. Seine Unlust begründet er damit, dass er dem Staat heimzahle, was der an den Lehrern sündige durch eine lächerlich niedrige Bezahlung. Ich kann seiner Logik nicht folgen, die Schüler für die Versäumnisse des Staates büßen zu lassen, ärgere mich, mit solchem Lehrer vorlieb nehmen zu müssen. Doch im Verlauf der vier Wochen steigert sich der Mann. Ich spüre, die Kinder mögen ihn. Meine Zeit in dieser Klasse ist nicht völlig vertan. Ich lerne dazu, indem ich als Kind unter den Schülern sitze, klein und angewiesen bin wie sie. Ich bin noch nicht fertig, von Perfektion ganz zu schweigen. Aber ich kann wachsen wie die Kinder und gewinne neue Erkenntnisse. Einmal in der Woche muss ich erwachsen sein, muss zeigen, wie weit ich schon gekommen bin mit meinem Verständnis vom Unterrichten. Den Schülern will ich Vertrauen, aber auch Respekt abfordern. Ich habe also beides zu sein : Kind und Erwachsener. Das Kind lehrt mich das Staunen, das Begreifen. Als Erwachsener soll ich hellhörig, hellsichtig sein, um den Standort des Kindes zu erkennen.

Zusätzlich zu den Übungen in Emsdetten bin ich, wann immer sich die Gelegenheit bietet, Gasthörer in der Bürener Volksschule. Albin Engberding gewährt mir freien Zugang zu seiner Oberklasse, den Jahrgängen fünf bis acht. Dort verfolge ich mit besonderem Interesse den Naturkundeunterricht. Aber auch in die Unterklasse habe ich Zutritt. Die junge Lehrerin Marianne Knors gestattet mir gelegentlich, den Bürener Kindern ein Gedicht nahezubringen oder mit ihnen ein Lied einzuüben.

116 Ein Fenster in die Welt

Eine Fortsetzung und belebende Vertiefung erfährt meine Schulpraxis in dem kleinen Dorf Holthausen bei Laer. Doch dazwischen liegt der Umzug unserer PA aus dem vergleichsweise verschlafenen Emsdetten in die Universitätsstadt Müns-

ter. Obwohl ich den Ortswechsel als Sprung in voraussichtlich größere Freiheiten begrüße, nehme ich wehmütig Abschied von der Geborgenheit im Schoß der Familie Niesmann. Hier habe ich drei Semester lang volle Kindesrechte genossen und durfte an allen familiären Ereignissen teilnehmen. Nachsichtig wurde mein ungeregeltes Kommen und Gehen respektiert.
Mein Schwager Alois Kuiter aus Thuine verfrachtet auf der Ladefläche seines Kleinlasters meine wenigen Habseligkeiten zur kurzfristigen Zwischenlagerung nach Büren.
Noch während des letzten Emsdettener Semesters entscheide ich mich, meine Staatsarbeit nicht, wie anfangs geplant, bei Ignaz Gentges zu machen, sondern mich dem schulerfahrenen Walter Dornseifer anzuvertrauen. Von ihm verspreche ich mir stärkere Praxis nahe Hilfen. Er schlägt spontan ein Thema vor, gegen das ich mich eine Zeitlang sperre. Ich empfinde es als zu wenig zukunftsorientiert, sage aber schließlich zu und wir einigen uns auf eine Formulierung, wie sie umständlicher gar nicht sein könnte. Es heißt" Das volkskünstlerische Formgut meiner engeren Heimat angesehen auf seine Verwendbarkeit im Kunstunterricht der Volksschule". Dornseifer rät mir, diese Volkskunst auf den Bauernhöfen und im Heimatmuseum aufzuspüren, das Thema nicht zu eng zu fassen, die Produkte der Stadtlohner Töpfereien auf ihren künstlerischen Wert hin zu untersuchen. Das Hamaland-Museum in Vreden, das er zwar nicht kenne, werde sich als Fundgrube erweisen. Die Kacheln in manchen Bauernhäusern solle ich unter die Lupe nehmen. Alte Hausfassaden würden bei näherem Hinsehen verborgene Schnitzereien und Malereien preisgeben. Jede mit Schnitzereien versehene Truhe, jede Schmuckschatulle könne von Belang sein. Die früheren Handwerker seien oft verkappte Künstler gewesen, deren Arbeiten gegenwärtig kaum geschätzt würden; denn wir befänden uns in einer Bilder- stürmerischen Phase, die jede Ornamentik für überflüssig halte. Das werde sich ändern. Eines Tages werde das alles wieder hohe Beachtung finden. Auch ich kann meine Vorbehalte gegenüber dem „alten Plunder" nicht verhehlen, ahne aber auch den möglichen Reiz dieses Themas.
In Münster beziehen wir die Überwasserschule als Hauptstandort unserer PA. Dort werden auch die Verwaltung und

die Bücherei untergebracht. Eine kleine Cafe-Bar im ersten Obergeschoss verstehe ich als große Errungenschaft und als Symbol neuer studentischer Freiheit. Alles trägt den Charme des Provisorischen. Zwölf verschiedene Standorte für Vorlesungen und Seminarübungen zum Glück alle fußläufig zu erreichen, müssen wir uns einprägen. Aus meiner Sicht ist unser Abschlusssemester wahrhaftig ein Aufbruch aus der Enge in die große Welt.

Für mich ist das Sommerhalbjahr bis zur Prüfung im Oktober außerdem voll hektischer Aktivität. Die Semesterferien sind voll mit verplant. Erfolgreich bin ich auf Anhieb bei der Suche nach einer Studentenbude. Es ist ein wahres Schnäppchen: Ein solides zweigeschossiges Haus inmitten notdürftig geflickter oder ruinöser Bauten. Gelegen in der Stadtmitte am Bült, fast noch im Schatten der Lambertikirche. Mein Mitbewohner Hans Kirch, einer der Jüngsten in unserem Semester, handelt mit der Vermieterin noch eine allmorgendlich vor die Tür gestellte Kanne Kaffee heraus.

117 Letztes Spiel

Umgehend durchforste ich die PA-Bibliothek nach passender Literatur und versorge mich großzügig. Um jede Stunde nutzen zu können, schleppe ich meine Kollegmappe mit einigen Fachbüchern und den ersten Manuskripten ständig mit mir herum. Denn ich habe mich gleichzeitig zu einem letzten Theatervorhaben mit Ignaz Gentges entschieden, das neben dem Vorlesungsbetrieb bewältigt werden muss. Eine Reihe guter Gründe macht mein Mittun trotz Zeitmangels attraktiv. Acht junge Franzosen sind zu unserer zehnköpfigen Gruppe gestoßen, begleitet von einem Pantomimen aus Frankreich als Trainer. Ein Tanztheater, mit deutschen und französischen Texten unterlegt, soll in einem Kompaktkurs innerhalb zwei Wochen eingeübt werden. Die erste Aufführung wird im Paulinum stattfinden. Ich habe also die Chance, mein altes Gymnasium in Münster wiederzusehen. Das löst bei mir ganz gegensätzliche

Gefühle und Erwartungen aus: Erinnerung an mein Scheitern vor fünf Jahren, aber auch Neugier auf bekannte Gesichter. Der Reiz der zweiten Vorstellung in Essen liegt darin, für eine Nacht in einer Essener Gastfamilie wohnen zu dürfen. Von Anfang an proben wir, geschmeidige Spezialpantoffeln an den Füßen, bis zur Erschöpfung in einer Turnhalle. Unser „Einpeitscher" lässt uns wissen: Gut genug sind wir nie. Er kennt kein Pardon. Wir merken bald, er eifert seinem großen Landsmann Marcel Marceau nach, den ich gerade erst in Münster in seiner Glanzrolle als melancholischen „Bip" und in anderen Rollen erlebt habe. Meine Begeisterung über die Verwandlungskraft dieses Mannes beflügelt auch mich. Deshalb ist mir keine Übung zu hart, schreckt kein Drill mich ab, die Bewegungen romantischer, naiver, pfiffiger, ums Überleben kämpfender Figuren in endloser Wiederholung „en bloc" bis zu traumwandlerischer Sicherheit zu verinnerlichen. Die Sprache spielt eine untergeordnete Rolle. Ignaz Gentges persönlich serviert sie genüsslich mit seiner Mikrophon gewohnten Stimme. Die Bewegung dominiert. Tatsächlich bringen wir binnen weniger Wochen unsere Szenen bis zur Bühnenreife und können getrost der Kurztournee in Münster und Essen entgegensehen. Die starke Beanspruchung, verstärkt durch meine Rauchsucht, zeigt mir die Grenzen meiner Belastbarkeit. Ich spüre einen Dauerschmerz in der Herzgegend und mache mich in einer Übungspause auf den Weg in eine Arztpraxis. Am Ende des Prinzipalmarktes in Richtung Rothenburg entdecke ich ein Hinweisschild auf den Internisten Dr. Müller, bei dem ich Einlass finde. Der junge Arzt empfängt mich freundlich wie einen alten Bekannten und überfällt mich mit der Frage, ob ich mit ihm ein Glas Sekt trinken will, bevor ich mich zu meiner Krankheit äußere. Ich sei nämlich der erste Patient in seiner heute eröffneten Praxis und er betrachte mich als Glücksbringer. Darauf müsse man doch anstoßen. Das sehe ich ein. So kommen meine gestressten Herzkranzgefäße erst später zur Sprache. Doch er hält eine zweite Überraschung für mich bereit: Die Medikamente schenkt er mir und auf eine Abrechnung meines Besuches will er verzichten. In der Gewissheit, dass mir geholfen worden ist, reihe ich mich wieder in den

Block der unter der strengen Observanz unseres französischen Trainers Übenden ein.
Vor der Aufführung unserer pantomimischen Sketche entdecke ich auf dem Schulplatz des Paulinums den Deutschlehrer, der mir den Gutenberg-Aufsatz abverlangen wollte. Er führt offensichtlich die Pausenaufsicht. Erkennt er mich? Ich nehme mir ein Herz und begrüße ihn. Nach kurzem Nachdenken erinnert er sich. „Ach ja, wo waren Sie inzwischen"? Ich kläre ihn in ein paar Sätzen über meine beiden Stationen Coesfeld und Emsdetten auf. „Und Sie gehören zu den Franzosen? Da sind Sie ja richtig erfolgreich". Das sagt er ohne jede Ironie, wie mir scheint. Und „Ich werde mir Ihr Spiel nicht entgehen lassen". Auf dem Weg zu unserem zweiten Aufführungsort ist die Premierenangst von uns gewichen. Es herrscht eine muntere Stimmung im Bus. In Münster haben wir starken Applaus geerntet. Das wird sich in Essen wiederholen, dessen sind wir uns sicher.
Wir treffen am Abend ein in Erwartung unserer Gasteltern. Die Aufführung soll am nächsten Morgen, ebenfalls in einem Gymnasium, erfolgen. Mein Holzköfferchen in der Hand, steige ich aus und halte Ausschau nach Personen, die mich in ihre Obhut nehmen wollen. Ein bisschen verloren stehe ich da, als ein junger Mann mir ein freudiges „Bon jour, monsieur" zuruft. „Sie können ruhig Deutsch mit mir sprechen", sage ich und lese Enttäuschung in seinem Gesicht. Aber er erholt sich schnell und entschuldigt sich: „Sie müssen wissen, uns sind französische Schauspieler angekündigt und nun kommen Sie als Deutscher daher. Mein Schulfranzösisch habe ich eigens für diesen Empfang aufgepäppelt." Ich gestehe ihm, dass ich ihn doppelt enttäuschen muss: „Ich bin weder Franzose noch Schauspieler, sondern Pädagogik-Student". Er bittet mich in seinen Volkswagen und erzählt mir unterwegs, er sei Architekt und habe mit seiner Frau und den beiden Kindern gerade ein eigenes Haus bezogen. Bei der Ankunft beweist er Humor. Er ruft ins Haus: "Kinder, ich bringe euch einen Franzosen, der fließend Deutsch spricht".
Ein liebevoll gedeckter Tisch wartet auf uns, französische Spezialitäten: Baguettes, verschiedene Käsesorten und Rotwein.

Ständig drängt mich die Familie in die Rolle eines Theaterexperten, die ich nicht annehmen will. Lieber gebe ich Auskunft über unser Experiment, mit den Franzosen zusammen aufzutreten und zu reisen. Ich betone, dass sie bei den Proben sehr diszipliniert sind, witzige Einfälle haben und spontaner agieren als wir.

Mit dem Auftritt am nächsten Morgen beende ich meine „Theater-Karriere" bei Ignaz Gentges, deren Auswirkungen jedoch mein ganzes Berufsleben lang spürbar bleiben.

118 Heideblumen

Bevor ich mich ausschließlich meiner schriftlichen Examensarbeit zuwenden kann, steht noch ein mehrtägiger Ausflug ins Grüne mit dem Professor Kreuz an. Die Botanik, der Umgang mit Lupe, Pinzette und der Königin der Pflanzen-Bestimmungsbücher „Flora von Deutschland" von Schmeil-Fitschen locken mich derart, dass ich mir diese Pirsch in die Kräuter duftenden Jagdgründe des Hümmling nicht entgehen lassen will. Von der Jugendherberge in Sögel aus durchstreifen wir Heide- und Moorgebiete, suchen nach seltenen Pflanzen wie Moosbeere, Bergsandglöckchen, Heidenelke und vielen anderen. Lupe und Bestimmungsbuch griffbereit, entblättern wir unbekannte Gewächse, tasten uns durch Schmeil-Fitschen gesteuerte Alternativ-Fragen an das Verhalten, das Wesen, die Familienzugehörigkeit und schließlich an den Namen der Pflanze heran, wie ein Detektiv im Krimi dem Täter systematisch auf die Spur zu kommen sucht. Kreuz stachelt unsere Entdeckerfreude an und lässt uns Pflanzen bestimmen, von deren Existenz wir bis dahin nichts wussten. Leider habe ich diesen kompetenten Mann nur zwei Semester lang erleben dürfen. Aber in der kurzen Zeit hat er die in mir angelegte Liebe zur Natur, besonders zur Pflanzenwelt, voll aufblühen lassen.

119 Alter Plunder?

Nach den spannenden Tagen in Sögel verträgt die Staatsarbeit keinen Aufschub mehr. Die allgemeinen Fragen über Volkskunst kann ich mit Hilfe der Fachbücher lösen Die Suche nach dem „Formgut meiner engeren Heimat" steht an. Der Kustos des Hamaland-Museums in Vreden, Heinrich Ruhkamp, dem ich mein Anliegen vortrage, führt mich persönlich in das ehemalige „Gasthaus zum heiligen Geist", in dessen Mauern die Museumsschätze aufbewahrt sind. Er lässt mich staunen über die Vielfalt der Museumsstücke, erzählt über den Erwerb besonders wertvoller Gegenstände. Keine Vitrine wird übergangen. Ich spüre seine Liebe zu jedem Teil in dieser Sammlung. Auf meine Frage hin erlaubt er mir, beim nächsten Besuch zu fotografieren. Ich könne mir den Schlüssel fürs Museum jederzeit bei ihm abholen. So wähle ich schon am nächsten Tag aus der Fülle der Exponate aus, was mir der „Volkskunst" zugehörig scheint, stelle die Objekte ins rechte Licht und knipse mit meiner noch aus Kriegszeiten stammenden „Box" - ohne Blitz und Belichtungsmesser.
Auch an anderen Fundorten, der Töpferei Erning in Stadtlohn und auf einigen Bauernhöfen, begnüge ich mich mit meiner leistungsschwachen Kamera. Lediglich bei dem Berufsschullehrer Fritz Dorweiler in Stadtlohn bekomme ich professionelle Bilder geliefert. Das vorhandene Bildmaterial reicht allemal, die vorgesehene Arbeit, die fünfzig DINA4-Seiten nicht überschreiten soll, damit zu bestücken. Vier Wochen stehen mir dafür zur Verfügung. Nicht nach Büren, wo mir beharrliche Konzentration nicht gesichert zu sein scheint, sondern in meine Studentenbude nach Münster ziehe ich mich zurück. Mein Mitbewohner fertigt seine Arbeit in einem ruhigen Lehrer-Elternhaus an. So bin ich völlig frei in meiner Zeiteinteilung. Schon nach wenigen Tagen finde ich meinen Rhythmus, den ich nur hin und wieder unterbreche: Schreiben am Nachmittag bis in die Nacht, Schlafen und Ausspannen am Vormittag. Ich fühle mich erinnert an meine häufigen Nachtdienste in der Gefangenschaft, entdecke mich als Nachtmenschen neu. Für die warme Mahlzeit am Mittag, die nicht mehr als zwei DM kosten darf, habe ich passende

Lokale gefunden. Die übrigen Mahlzeiten decke ich bei dem benachbarten Bäckerladen Krimphove ab. Ein bohème-artiges Leben, das mir noch Zeit lässt, münstersche Kirchen zu besichtigen, das Theater zu besuchen, aber auch ein paar ausschweifende Abende mit Alkoholgenuss gestattet. Ich schaue dem mir seit meinen Bürener Tagen bekannten Bildhauer Hubert Janning zu, wie er über dem Eingang des Kramer-Amtshauses am Alten Steinweg einen Buch lesenden Apoll als Hochrelief meißelt. Janning hat in Münster ein eigenes Kelleratelier angemietet. Einen verbummelten Abend lang durchstreife ich mit ihm den Send auf dem Hindenburgplatz. Kirmesbetrieb hat mich zwar nie gefesselt, aber nach längerem Verweilen an einem Bierstand wachsen mir Flügel, ich klettere zum ersten und letzten Mal in meinem Leben in eine Achterbahn und lande am späten Abend in der Gallitzinstraße, in Jannings Atelier. Hubert überlässt mir seine Pritsche und nimmt mit dem Schlafsack auf dem Boden vorlieb. Durch den Alkoholnebel sehe ich die entspannten Gesichtszüge des gekreuzigten Jesus über mir, der gerade für die Bürener Borromäuskirche fertiggestellt ist und auf den Abtransport dorthin wartet.

Trotz solcher gelegentlichen Eskapaden komme ich mit dem Schreiben zügig voran. Außer mir ist in der Nacht wenigstens der Türmer von Sankt Lamberti wach. Er macht im Stundentakt auf sich aufmerksam. Wenig melodiös wehen die seinem Horn entlockten Töne über die schlafende Stadt Münster in mein offenes Fenster hinein. Indessen sehe ich in meiner Klause die Arbeit auf 44 Seiten wachsen und kann sie mit knapper Not im gebotenen Zeitrahmen fertigstellen. Einem professionellen Schnellschreiber, dessen Name mir entfallen ist, diktiere ich in einem zwei Tage- und Nächte-Schreibmarathon den Text in die Maschine. Im Eilverfahren gebunden und mit den vorgesehenen Fotos versehen, bringe ich meine Staatsarbeit zum letztmöglichen Termin auf den Weg.

120 Schöne, kleine Welt

Entspannt sehe ich meinem Landschulpraktikum in Holthausen entgegen. Gleich vier Studenten haben diese Dorfschule für das Praktikum gewählt. Wilma Sigel und Ruth Mersmann begeben sich in die Obhut des Lehrers Valerian Krautwurst, der die vier unteren Jahrgänge führt. Mit Hans Kirch vertraue ich mich dem Oberstufenlehrer Johannes Resing an. Vier junge Menschen begeben sich in die dörfliche Idylle Holthausens, weil der abgelegene Ort gerade noch in Reichweite der münsterschen PA liegt.
Koppers Mariechen im drei Kilometer entfernten Laer, bei der ich erneut um ein Obdach nachsuche, scheint auf mich gewartet zu haben. Ein geräumiges Schlafzimmer steht für mich bereit. Ich kann ihr versichern, dass meine Lieblingsspeisen nach wie vor die deftigen Eintöpfe und Reibepfannkuchen sind. Über ein Entgeld für Unterkunft mit Vollpension wird kein Wort verloren. Ich erinnere mich nicht, meinen Aufenthalt mit Geld oder Naturalien vergolten zu haben. Lediglich einen Korb mit reifen Zwetschgen, die ich von einem Bauern in Holthausen erstehe, bringe ich Mariechen ins Haus.
Bei unserer Vorstellung freut sich Herr Resing sichtlich, dass mit Beginn seines letzten Dienstjahres junges Blut den Schulalltag zu beleben verspricht. Er zeigt sich erstaunlich aufgeschlossen für unsere Ansprüche. Wir können die Zeit für eigene Unterrichtsgestaltung und bloßes Hinhören selbst bestimmen.
Bald erkennen wir, welch gründliche Wissensvermittlung in seiner Klasse geschieht. Nichts wird oberflächlich oder beiläufig betrieben. Mit Nachdruck verhilft er auch den Schwächeren zum Erfolg. Drückebergerei unter seinen Augen scheint nicht möglich. Die häuslichen Aufgaben werden bis ins Detail erklärt, auch über die offizielle Unterrichtszeit hinaus und am nächsten Morgen unerbittlich eingefordert. Täglich erleben wir beiden Praktikanten: Wir haben es mit einem strengen, gerechten und erfolgreichen Lehrer alter Schule zu tun. Dass dieser auf Anhieb starr wirkende Mann unsere „modernen" pädagogischen Vorstellungen neugierig und verständnisvoll aufnimmt,

überrascht uns sehr. Er drängt uns geradezu, Neues in seiner Klasse auszuprobieren: die Kinder in Gruppen arbeiten zu lassen, beim Frontalunterricht manche Lehrerfrage durch einfache Denkanstöße überflüssig zu machen. Er staunt, wie wir den Schülerbeiträgen breiteren Raum geben, auch bei geringen Leistungen ein bestätigendes Wort finden. Walter Dornseifer, der den Unterricht durch gelegentliche Besuche begleitet, stärkt unser Ansehen in der Klasse, als er unseren Unterrichtsstil lobt. Ob wir aus Lehrerfamilien kämen.
Privat öffnet sich Herr Resing, macht uns mit den Kuriositäten in der kleinen Gemeinde bekannt. Er selbst ist neben seiner Tätigkeit als Lehrer Betreiber einer Gaststätte und verwaltet die Raiffeisenbank im Ort. Ich erlebe ihn ein paar Mal als gewieften Skatspieler und erfahre nebenher, dass er während seines langen Lehrerlebens in Holthausen keinem Menschen das „Du" angeboten habe. Zu seinem Bedauern habe sein Kollege Krautwurst als wesentlich jüngerer Mensch es gewagt, ihn zum Duzen zu bewegen. Da habe er Not gedrungen nachgegeben, obwohl der Vorname Valerian ihm wahrlich nicht leicht über die Lippen komme.
Auch zu seiner Familie verschafft er uns Zugang. Eine liebenswerte Frau Resing und erwachsene aufgeschlossene Kinder laden mich ein in ihren Lesekreis. Der Leiter dieses Zirkels heißt Karl Eissing. Er ist nur wenig älter als ich. Nach anfänglicher Befürchtung, ich könnte es mit einem sektiererischen und elitären Geheimbund zu tun kriegen, stoße ich schon beim ersten Treffen auf mir wohlvertraute Namen von Schriftstellern. Die kleinen Werke der Gegenwartsliteraten sind es, die von diesen Literatur beflissenen jungen Menschen gelesen, zerpflückt und auf ihren Gehalt hin geprüft werden. Ich mische mich ein und verzichte an zwei Wochenenden sogar auf die sonntägliche Heimfahrt nach Büren, um die literarische Sitzung nicht zu verpassen.
Ich weiß die Titel nicht mehr, in die wir uns damals vertieft haben. Lediglich ein angenehmer Nachklang jener erfüllten Wochen ist haften geblieben. So wundert es mich auch heute nicht, dass wir das Praktikum mit einem erweiterten Familienfest im Gastzimmer der Dorfwirtschaft beschlossen haben.

121 Ausblick

Mit dem Praktikum in Holthausen endet mein PA-Studium. Tief befriedigt schaue ich auf die vier Semester in Emsdetten und Münster zurück. Die zwei Jahre zählen nach den Aufbruchsjahren in Lückes Lateinschule zu den schönsten der in diesem Bericht beschriebenen. Wie eine Klammer umfassen glücklicher Anfang und erfolgreiches Ende die zum Teil von Leid und Entbehrung geprägten Jahre dazwischen. Als viel zu kurz empfinde ich meine Studienzeit. Mindestens zwei Semester hätte ich anhängen, Biologie, Religion und Geschichte vertiefen mögen.
Bevor ich zur mündlichen Prüfung antrete, stelle ich mich bereits dem fünfköpfigen Lehrerkollegium der Ottensteiner Volksschule vor. Durch den Hinweis eines Kommilitonen bin ich auf die freie Lehrerstelle hingewiesen worden. Ich sehe dieses abseits gelegene, aber mit reicher Geschichte beladene Dorf zum ersten Mal, obwohl es keine zwanzig Kilometer von Büren entfernt liegt. Mir gefällt die Enge und die damit verbundene Nähe zum Nachbarn, kann mir vorstellen, hier zu arbeiten und zu wohnen. Nicht ahnen kann ich, dass ich hier bleibe bis auf den heutigen Tag, davon sechs Jahre als Single und 44 Jahre mit meiner Frau Helga, mit der ich gute Zeiten verleben darf. Vier Kinder ziehen wir auf, die mittlerweile alle das elterliche Nest verlassen und sich im Münsterland angesiedelt haben.
Ein halbes Jahrhundert also in diesem inzwischen zu Ansehen und Wohlstand gelangten Ort, der mir das Fundament und den Rahmen zu einem selbstbestimmten Leben gegeben hat. Zwei Generationen habe ich hier heranwachsen sehen, aber auch von vielen Menschen Abschied nehmen müssen. Hier genoss und genieße ich die Freiheit, das Dorfleben in seinen Facetten zu erleben.
Wie in den beschriebenen zwölf Jahren bleibe ich auch hier den „großen Fragen" auf der Spur, engagiere mich stärker im Leben der Kirchengemeinde als in den politischen Gremien. Als das herausragende Ereignis und als persönliche Befreiung empfinde ich rückblickend das zweite Vatikanische Konzil (1962-1965), auf dem die Weichen für die Zukunft neu gestellt werden. Eine

Mündigkeitserklärung der katholischen Christen. Ein Ende der Gängelei. Mut ist gefordert zu eigener Meinung. Vorbei die Zeit, hinter hierarchischen Ordnungen Schutz zu suchen, sondern Demokratie zu wagen - auch in der Kirche. Inzwischen hat sich herausgestellt, dass nicht alle Blütenträume gereift sind und überkommene Strukturen mächtig blieben.

Was ist noch der Rede wert? Ich habe die Gelegenheit wahrgenommen, ein Haus für die große Familie zu bauen und trainiere mittlerweile das Loslassen materieller Besitzstände

Immer noch hänge ich Träumen nach und muss sie in ständigen Anläufen an der Wirklichkeit messen lassen.

Meinem Beruf als Lehrer fühlte ich mich anfangs nur bedingt gewachsen. Ich musste erheblich dazulernen und zu meinem eigenen Erstaunen wandelte sich der mühselige Job zu einer echten Berufung.

Dagegen wächst mir die Arbeit mit der Borromäus-Bücherei, die später in Katholische Öffentliche Bücherei umbenannt wird, auf Anhieb ans Herz. Hier entdecke ich meine Welt. Die Vielstimmigkeit der Autoren und ihrer Werke fasziniert mich bis heute.

Was ist aus der Theaterbesessenheit in Büren, Emsdetten und Münster geworden? Sie hat mich einige Jahre in Ottenstein beschäftigt - mit mäßigem Erfolg. Einen Höhepunkt und Abschluss hat die Lust am Spielen während des Ortsjubiläums im Jahre 1992 gefunden, als ich in einjähriger Arbeit mit einer Gruppe Jugendlicher ein eigenes Stück verfasst und mit Unterstützung durch den Theater erfahrenen Lehrer Wolfgang Doempke aufgeführt habe. Über den Beifall des Tages hinaus habe ich nie eindringlicher erlebt, welche Freude das gemeinsame Spiel Zuschauern und Spielern gleichermaßen beschert.

Eine positive Lebensbilanz? Gewiss, mir ist viel Gutes widerfahren, nicht nur in den beschriebenen zwölf Jahren. Aber das Ende ist offen. Ungewissheit und Zweifel treffen sich mit Zuversicht mitten in meinem Herzen. Mir wird zugemutet, aufzubrechen, jeden Tag neu.